Nadine Gordimers *Anlaß zu lieben* ist der Roman einer Liebe zwischen Schwarz und Weiß. Man könnte dieses Buch einen Gesellschaftsroman im klassischen Sinne nennen, denn es entfaltet am Beispiel einer Gruppe intelligenter, kommunikationsfreudiger Menschen die Konflikte einer ganzen Gesellschaft. In diesem zugleich stechend scharf beobachteten und mit menschlicher Wärme geschilderten Mikrokosmos brechen die Widersprüche auf, die den Einzelnen noch in der vermeintlich privatesten Zuflucht einholen.
Jessie Stilwell ist eine eigenwillige Frau von etwa vierzig Jahren. Sie lebt mit ihrem Mann Tom, einem Universitätslehrer, und drei Kindern in einem geräumigen alten Haus in Johannesburg. Die beiden bewegen sich in liberalen, akademischen und künstlerischen Kreisen, die der Rassenfrage vorurteilslos gegenüberstehen.
In dieses ›offene‹ Haus kommen für einige Monate Boaz, ein Freund Toms, und seine junge lebenshungrige Frau Ann. Einer der Künstler, die zum Kreis um Tom und Jessie gehören, ist Gideon, ein bekannter Maler, dem vor Jahren ein italienisches Stipendium angeboten wurde, das er als politisch engagierter Schwarzer nicht annehmen durfte. Ann verliebt sich in Gideon, und eine Weile haben die beiden eine Affäre, in die nur Jessie eingeweiht ist. Bald geben die Liebenden sich keine Mühe mehr, ihre Beziehung geheimzuhalten, aber je offener sie auftreten, desto deutlicher werden die Gegenkräfte der Apartheidgesellschaft, die Gefahren, die in einem rassistischen Staat einer Liebe zwischen Schwarz und Weiß drohen.
Die Geschichte dieser Liebe wird über weite Strecken des Romans durch die Augen Jessies gesehen. Ihre störrische Sensibilität, ihr absolutes Beharren auf dem Recht, frei und selbstbestimmt zu leben, geben dem Roman seinen Reichtum und seine Dichte. Sie ist das eindrucksvollste Beispiel für Nadine Gordimers Kunst der Charaktergestaltung.

Nadine Gordimer wurde 1923 als Tochter jüdischer Eltern – der Vater aus Litauen, die Mutter aus England – in dem südafrikanischen Grubenstädtchen Springs geboren. Sie war fünfzehn, als ihre erste Erzählung gedruckt wurde. Ihre Romane, Erzählungen und Essays machten sie weltweit bekannt. Beharrlich tritt sie für die gesellschaftliche und politische Emanzipation der Schwarzen in ihrer Heimat ein. Nadine Gordimer gehört zu den wenigen modernen Autoren, denen es gelungen ist, politische Themen ohne ästhetische Einbuße in ihren Werken zu behandeln. Sie lebt in einem Vorort von Johannesburg. 1985 wurde sie mit dem Nelly-Sachs-Preis der Stadt Dortmund ausgezeichnet.
Nadine Gordimer im Fischer Taschenbuch Programm, siehe Anzeige am Schluß des Bandes.

Nadine Gordimer
Anlaß zu lieben

Roman

Aus dem Englischen von
Margaret Carroux

Fischer
Taschenbuch
Verlag

Sonderausgabe
40 Jahre Fischer Taschenbücher
Veröffentlicht im Fischer Taschenbuch Verlag GmbH,
Frankfurt am Main, Januar 1992

Lizenzausgabe mit freundlicher Genehmigung des
S. Fischer Verlags GmbH, Frankfurt am Main
Die englische Originalausgabe erschien 1963 unter
dem Titel ›Occasion for Loving‹
im Verlag Victor Gollanz, London

Umschlaggestaltung: Bartholl & Bartholl, Hamburg
Foto: Elke Hesser, ›Nina‹, Paris 1989
Gesamtherstellung: Clausen & Bosse, Leck
Printed in Germany
ISBN 3-596-11205-2

»Wir sind alle in dem Maße Menschen geworden,
in dem wir Menschen geliebt haben
und Anlaß zu lieben hatten.«

Boris Pasternak

»In der Gestalt des Politischen ist uns heute
die Frage des Menschen selbst
mit einem letzten und lebensgefährlichen
Ernste gestellt . . .«

Thomas Mann

». . . Knechtschaft, Falschheit und Terror . . .
diese drei Übel sind die Ursache
für das Schweigen zwischen Menschen,
machen sie einander unverständlich und verhindern,
daß sie sich in dem einzigen Wert wiederfinden,
der sie vor dem Nihilismus bewahren kann
- der langen Zusammengehörigkeit von Menschen,
die mit ihrem Schicksal kämpfen.«

Albert Camus

Teil Eins

I

Jessie Stilwell hatte den Weg nach Hause mit voller Absicht vergessen, aber manchmal fand sie sich dort wieder, ohne sich der Tatsache bewußt zu sein, daß sie schon vor langer Zeit die Flucht ergriffen hatte und immer noch lief. Noch immer lief, und das Laufen und die Atemlosigkeit und das Trommeln ihrer Füße riefen eine Illusion von Schweigen und Bewegungslosigkeit hervor – die Stille, die wir fühlen können, während sich die Erde dreht –, in der sie das Haus ihrer Mutter nie verlassen hatte. Das empfand sie auch jetzt, als sie träge aus dem Schatten der Veranda hinaustrat in den trockenen, heißen Septemberwind, der den Garten peitschte und verunstaltete. Er blies ihr das Kleid in die Kniekehlen; sie war allein und machte sich nicht die Mühe, gerade zu gehen. Der Wasserhahn drehte sich in ihrer Hand mit einem trockenen Quietschen; der Strahl aus dem Schlauch klang wie ein Prasseln von Kies auf den ausgetrockneten Blättern. Während der Wind an ihr stieß und schob und ihr das Wasser ab und zu ins Gesicht sprühte, empfand sie alles genauso wie mit acht Jahren, als sie sich im Garten ihrer Mutter bückte. Da war wieder das innere Summen eines wortlosen Einklangs mit dem Aufnehmen und Trinken der Pflanzen, mit den Sträuchern, deren glänzende Blätter trüb waren wie schmutzige Spiegel, den an den Rändern unter der Flamme der Sonne gekräuselten Blütenblättern und dem grauen Unkraut, das, wo es konnte, auf Stengeln wie alten Drähten

wuchs. Es war ein sanfter, sinnlicher und befriedigender Einklang. Es war nichts Äußerliches daran; sie hatte den Garten nie verlassen, nie die Engel mit dem Flammenschwert an den Toren herausgefordert.
Plötzlich verschwand diese Bewußtseinsebene, wurde davongetragen im Strom der Gegenwart; statt dessen erinnerte sie sich jetzt in Worten jenes anderen Gartens. »Was für eine Wasserrechnung gibt das diesen Monat, das möchte ich mal wissen!« warf ihre Mutter den Pflanzen vor. Nichts wuchs gut in der ausgedörrten, roten Erde, die zweimal wöchentlich einen Spritzer Wasser bekam. Einige zählebige bunte Blumen – eine einzige Iris, eine gelbe Margerite –, aufragend wie Hutnadeln.
Der Garten dieses Hauses, in dem die Stilwells wohnten, hatte nicht viele Blumen, aber er war schattig und grün. Wasserschleier aus Jessie Stilwells Schlauch schwebten über kumulusförmigen und hängenden Sträuchern, Palmen, deren Messer glitzerten, und großen holzigen alten Fuchsien, die ihre kirschroten Blüten baumeln ließen; das Wasser zerriß staubbedeckte Spinnenweben und peitschte auf schimmernde Kiefernnadeln, die unter knarrenden Bäumen lagen. Als Tom Stilwell nach Hause kam, hatte das Wasser die Luft mit dem Duft des Frühlings erfüllt. Der Duft ließ ihn lächeln, aber er erkannte ihn nicht; er kam ihm vor wie der Geruch von backendem Brot oder einer Flasche verschütteten Parfums – der Frühling hat keinen Geruch in Afrika. Er winkte Jessie mit zusammengerollten Papieren zu, ging aber direkt ins Haus. Sie drehte kurz darauf den Hahn zu und folgte ihm, und als sie die Stufen hinaufging, stampfte sie mit den Füßen auf, um ihre Sanda-

len von dem Rand aus Kiefernnadeln und Schmutz zu befreien. Das Haus war alt, und es gab viele angenehm dunkle Winkel darin, in denen verschiedene heimatlose Dinge liegen konnten; in einem dieser Winkel war ein Waschbecken, wo sie die Hände unter den Hahn hielt und dann an ihrem weiten Rock abtrocknete. Sie ging ins Wohnzimmer und wieder hinaus, schaute in die Küche und wechselte ein paar Worte mit dem Mädchen, das dort Erbsen palte. Sie wollte nicht laut rufen, sie wollte das Haus nicht aus seinen wenigen, friedlichen Atempausen herausreißen. Sie fand ihn oben auf dem alten Holzbalkon, der mit modernen Fenstern verglast worden war. Dort arbeitete er.

»Sie kommt am sechzehnten«, sagte Tom. Er hatte seinen Stoß Bücher abgeladen und sortierte die Aufsätze seiner Studenten, die er auf einen Wust gerade erst geöffneter Briefe, Kataloge und Rechnungen legte.

»Na ja, in Ordnung.« Sie waren noch in einiger Entfernung voneinander; am Ende des Tages, an dem jeder von ihnen seiner eigenen Tätigkeit nachgegangen war, dauerte es immer eine Weile, bis sie wieder in den privaten Hafen ihrer Beziehung einlaufen konnten. Sie hatten geheiratet, um ihr Leben miteinander zu teilen; aber natürlich gab es kein Entkommen, auch nicht durch die Ehe: jeder mußte sein Leben für sich führen. Jessie dachte manchmal, ohne Vorwurf oder das Gefühl, getäuscht worden zu sein, an das Jahr, in dem sie nicht verheiratet waren, als sie, wie sie jetzt begriff, auf wundervolle Weise aufgehört hatten zu leben; darauf lief es nämlich hinaus – um die Liebe zu feiern, darf man nicht arbeiten, keine Freunde sehen, keine Notiz von Verpflichtungen nehmen.

Zwei Boote, die sanft auf denselben abendlichen Wellen auf- und niedergehen; sie ging hinüber und fuhr ihm mit dem Finger über das Gesicht. Es war klebrig vom Tag, er hatte sich noch nicht gewaschen, deshalb küßte sie ihn nicht. »Was meinst du dazu?« fragte er. »Nein, es ist in Ordnung.« Aber das Schweigen nach ihren Worten wirkte wie ein Echo aus Zweifeln. »Es muß nicht sein, wenn wir es nicht wollen«, sagte er nachdrücklich. Am Abend zuvor hatten sie darüber diskutiert, ob sie einem Freund von Tom, einem Musikwissenschaftler, der mehrere Jahre in England verbracht hatte, anbieten sollten, bei ihnen zu wohnen, wenn ihm seine junge Frau nach Südafrika folgte.

Tom begann noch einmal zu sagen, was er am Abend vorher gesagt hatte. »Eine Pension kommt nicht in Frage mit all seinen Sachen; und mir sagt der Gedanke nicht zu, daß sie in einem dieser netten Einzimmerapartments in Hillbrow unterkriechen.«

»Um Gottes willen, nein.«

»Ich dachte bloß, wir könnten aushelfen. Und uns würde es wirklich wenig ausmachen.« Er spürte die Schwere ihrer Reaktion und kämpfte dagegen an.

»Es ist ganz in Ordnung, solange Morgan nicht zu Hause ist«, sagte sie in dem Versuch, bereitwillig und vernünftig zu sein. Ihr Sohn, der das große Dachzimmer mit Waschbecken hatte, war im Internat.

»Na, Morgan hat auch schon früher auf dieser Veranda geschlafen; oder sie könnten es, wenn's sein muß.«

Und dabei blieb es vorläufig. Von unten im Haus war plötzlich ein schriller, lauter Streit zu hören – er schien ebenso schnell ausgebrochen wie beigelegt –, und dann näherten sich langsame, schmollende, schwerfällige

Schritte mit übertriebenem Aufstampfen auf der Treppe; Jessie stieß die Tür mit dem Fuß zu. Tom bewegte sich ruhelos, geduldig, als er auf etwas Groteskes im Aufsatz eines Studenten stieß. Das schwere Atmen vor der Tür verschwand; Jessie verspürte einen Augenblick lang einen, wie sie selbst fand, kindischen Triumph – sie war dem Kind entkommen.

Er legte den Aufsatz beiseite und wandte sich ihr zu mit seinem blonden, krausen Bart und den tief eingegrabenen freundlichen Stirnfalten – er besaß diese allmählich schwindende studentische Saloppheit, die die Selbstsicherheit der mittleren Lebensjahre überspringen und eines Tages plötzlich die schäbige Distinguiertheit eines alten Universitätslehrers sein würde. »Du bist nicht gerade wild begeistert«, sagte er.

Plötzlich sprach sie frei heraus. »Ich will keine Beobachter.«

»Beobachter? Was beobachten?«

Sie war beschämt, ein wenig froh, erleichtert. Sie ging zu ihm und schob ihre Hand schutzsuchend zwischen seinen Arm und seine Brust. »Ich möchte im Geheimen leben«, sagte sie, halb im Scherz.

»Das tun wir doch, oder?« fragte er.

»*Wir* schon. Aber nur unter uns. Soweit unser Leben füreinander ist. Unser übriges Leben ist ganz offen, so daß jeder zusehen kann. Dann verhärtet es sich tatsächlich zu dem, was jeder sehen kann, es bleibt festgelegt, unveränderlich, akzeptiert. Aber wenn man es verändern will? Wie soll es sich ändern, wenn jedermann zusieht, neugierig ist und Kommentare abgibt? Und wenn es sich nicht ändern darf, dann wird der Punkt kommen, an dem nichts Wahres mehr daran ist. Oder? Wie ein

Tanz, der irgendeine große Zeremonie darstellt, deren Bedeutung die Tänzer vergessen haben.«

Es war jetzt niemand oben, aber das Leben im Haus machte sein Recht geltend und schlug an die Tür: der laute Streit des Mädchens mit einem Kind in der Küche, das Töpfeklappern und Türenschlagen, das nasale Heben und Senken einer Stimme im Radio, Kinderstimmen, das hartnäckige Telephon mit seinem quälenden doppelten Läuten. Er bemühte sich, es auszuschließen, es von ihr fernzuhalten, aber das gab der Notwendigkeit zu verstehen, worauf sie hinauswollte, den Anschein oberflächlicher Hast. Er wollte die Gelegenheit nicht vorübergehen lassen. Es fiel ihm schwer, ihrer beider Leben in Verbindung zu bringen mit dem, was sie gesagt hatte, und sie sah ihn mit der Intensität hilfloser Unaufrichtigkeit an, denn natürlich hatte sie in Wirklichkeit nur von sich gesprochen. Der Druck wurde zu stark für ihn, er gab auf und sagte: »Jessie, um Gottes willen, dann lassen wir's, wenn's dir lästig wird.«

Sie stolperte eilig auf die Ebene der Halbwahrheiten zurück, auf der sich das tägliche Leben abspielt. »Nein, es gibt überhaupt keinen Grund, warum sie mir lästig werden sollten. Natürlich ist es in Ordnung. Man könnte glauben, wir hätten noch nie Leute bei uns gehabt.«

»Kann man bei Gott nicht behaupten«, sagte er mit gutmütig ironischem Nachdruck; er gähnte mitfühlend, das Gähnen endete in einem Lächeln. Sie hatten nie wirklich allein gelebt; von Anfang an war immer Jessies Sohn Morgan dagewesen, und seit eh und je hatten ihr Mitleid mit zeitweise wohnungslosen Freunden (von denen sie eine ganze Anzahl kannten) oder Geldmangel es notwendig gemacht, ihr Haus mit anderen zu teilen.

»Laß uns hinuntergehen und etwas trinken«, sagte Jessie.
»Komme gleich.«
Sie verließ ihn und ging über den großen, altmodischen Podest und die Treppe hinunter. Das Haus war immer übersät mit herumliegenden Dingen, die von unterbrochenen Tätigkeiten zeugten; sie kam an einem Schuhkarton vorbei, auf dem eine Puppenbadewanne stand, halb gefüllt mit schaumigem Wasser, an einer leeren Cornflakes-Packung, die als Garage für Spielzeugautos diente, und an zwei Stühlen, die durch ein Netz aus grober roter Wolle mit dem schmutzigen Messingknauf der Badezimmertür verbunden waren. Gesten, die mitten in der Luft endeten, unterbrochene Sätze – ein Haus voller Wachstum, die sorglose und beängstigende Verschwendung der Natur, die sich in Millionen fortpflanzt und Millionen sterben läßt. Was lag Kindern daran, »fertig zu machen, was man anfängt«? Sie hatten eine solche Fülle von Dingen auszuprobieren; ihre Unordentlichkeit war die entsetzliche Unordentlichkeit des Lebens selbst, das tausend mal tausend Samenzellen verschleudert hatte, um allein die Geburt von jedem von ihnen zustande zu bringen. Jessie schimpfte mit ihnen, drohte und predigte und sagte, was seinerzeit auch ihr gesagt worden war, sie würde ihnen schon Ordnung beibringen; aber der Instinkt, der sie antrieb, war nicht hausfraulich oder auch nur mütterlich – ihr war bewußt, daß sie in gewisser Hinsicht verängstigt war, daß sie aus den Händen einer elementaren Kraft zu entkommen suchte.
Auf der halben Treppe traf sie ihre Tochter Elisabeth, die sich nach oben schleppte. Tränenspuren auf ihren

Wangen ließen erkennen, daß Zorn und Kummer verflogen waren, ehe die Tränen Zeit gehabt hatten zu fließen. »Ich habe einen Marienkäfer«, sagte Elisabeth. »Clem will mir eine Schachtel geben, und da lege ich ein paar hübsche Blätter rein, die er fressen kann. Er soll für immer mein Lieblingsmarienkäfer sein.« Sie ging weiter die Treppe hinauf. Ja, für immer und ewig, und morgen wird der in der Zigarettenschachtel gestorbene Käfer weggeworfen.

Jessie ging durch die Diele, wo es nach Gekochtem roch, ins Wohnzimmer. Sie hatten es selbst tapeziert, und es sah gut aus, obwohl nichts Wertvolles darin war. Manchmal, wenn sie in das Zimmer ging, hörte sie ihre Stimme sagen, als hätte sie einen Stolperdraht ausgelöst: »Wir sehen nicht ein, warum wir Europa nachäffen sollen . . .«, wie sie so oft sagte, wenn jemand Bemerkungen machte über die Vorhänge aus buntem bedruckten Kattun aus Westafrika oder eine Holzschale aus Swaziland oder einen Tontopf betastete. Wie bei allen Aussagen über einen Standpunkt trug die Wiederholung dazu bei, es selbstgefällig und rhetorisch zu machen; sie müßte aufhören, das zu sagen. Sie holte eine halbvolle Flasche Gin aus einem selbstgebauten Schrank und stöberte nach einer Flasche Tonic Water. Als sie in die Küche ging, um etwas Eis zu holen, schloß sich ihre zweite Tochter Madge ihr an. Als Jessie dann im Wohnzimmer das zischende Wasser auf den schwer aussehenden Gin goß, legte die Sechsjährige ihr die Arme um die Hüften. »He, ich verschütt' ja alles.« Sie entwand sich dem Kind und setzte sich hin. Madge kam zu ihr herüber und blieb vor ihr stehen; da sie das vage Gefühl hatte, daß etwas von ihr erwartet wurde, blies Jessie als komische Aufforderung zu einem Kuß eine Wange auf. Das Mädchen küßte die Wange, schlang der Mutter die Arme um den Hals und umarmte sie leidenschaftlich. Dann stand es wieder vor ihr, die Augen in gleicher Höhe wie die der Mutter, und als sich ihre Blicke trafen, sah Jessie die Augen des Kindes starr auf sich gerichtet, dunkel, leidenschaftlich, liebeskrank, und diese Liebe würde sich an sie heften und das Leben aus ihr heraussaugen.

Zwei oder drei Abende später kam Tom mit Boaz Davis zum Dinner. Jessie hatte ihn erst einmal kurz auf einer Cocktailparty anläßlich irgendeiner Universitätsfeier gesehen, das war alles. Er war etwa Dreißig, acht oder neun Jahre jünger als die Stilwells, ein schlanker junger Jude; sein Gesicht hatte eher die eigenartige Blässe von wie Hammelfett glänzender Jade als die gehärtete, rasierte Einfarbigkeit eines erwachsenen Mannes. Er trug, was in seltsamem Widerspruch zu seinem sonstigen Auftreten stand, den unverkennbaren Stempel mütterlicher Verwöhnung, der so vielen jüdischen Jungen für ihr ganzes Leben aufgeprägt ist. Eine feste und attraktive Frucht, dachte Jessie, aber plötzlich könnte man mit dem Daumen an eine weiche Stelle geraten und sie eindrücken.

Er zog sie alle drei in ein friedliches Gespräch über seine Arbeit, das während des Dinners und dann bis gegen Mitternacht anhielt. Als er vor zehn Jahren Südafrika verließ, war er weggegangen, weil er dort nicht bekommen konnte, was er damals wollte – eine Ausbildung, die ihm das geistige Rüstzeug vermittelte, Komponist zu werden; sein Ziel hatte sich in der Zwischenzeit geändert, und jetzt kam er zurück, weil Afrika ihm das bieten konnte, was Europa ihm nicht bot – primitive Musik und primitive Instrumente aus erster Hand zu studieren. Das Selbstvertrauen, das ihm seine europäischen Studien gegeben hatten, bewirkte, daß er sich freudig, fast stolz, dem Arbeitsgebiet zuwandte, in dem er aufgewachsen war, ohne überhaupt davon Kenntnis zu nehmen. Ab und zu erreichte das Gespräch einen Punkt, an dem sich sein und Tom Stilwells Wissen trafen – Tom war Dozent für Geschichte, und im Nachvollzug, wie verschiedene Arten von Musikinstrumenten von einem Stamm zum anderen weitergegeben worden waren, fand er so etwas wie eine Aufzeichnung ungeschriebener Geschichte. »Wir könnten zusammen einen Artikel darüber schreiben«, sagte Tom. »Jedenfalls könnte ich dir helfen – oder du könntest mir helfen.« Er lachte. Seit zwei Jahren war er an der Arbeit und sammelte Notizen für ein geschichtliches Werk, das er schreiben wollte – eine Geschichte des afrikanischen Subkontinents, in der die Schwarzen als vom weißen Westen überfallene Völker dargestellt werden würden und nicht als eine andere Art Fauna, mit der sich der Weiße bei seiner Erforschung der Welt befaßte.

»Weißt du, daß Tom eine Geschichte Afrikas schreiben will, vom Standpunkt der Schwarzen aus gesehen?« fragte Jessie.

»Nicht vom Standpunkt der Schwarzen aus! Mein Gott! Vom historischen Standpunkt aus!«

»Na ja, du weißt schon, was ich meine«, sagte Jessie.

»Zum Teufel, du hast völlig recht«, sagte Davis zu Tom. Jessie hatte das Gefühl, daß er in ihrer Gesellschaft auf besondere Weise entspannt war; er sprach, offenbar mit

einem seltsamen, genüßlichen Vergnügen in dem emotionalen, langgezogenen südafrikanischen Slang, der den Sprecher so oft niedergeschlagen, sogar wie betäubt erscheinen läßt; als ob *jedes* Reden für ihn wie eine fremde Sprache wäre, bei der die Verwendung von ein paar lahmen Phrasen, unterstützt durch Wiederholung und Überbetonung, dazu dienen müsse, eine unmögliche Last an Selbstdarstellung zu tragen. Er verfiel in diese Sprechweise, wie jemand in einen Dialekt verfällt.
»Ah – in *die* Falle geh ich nicht«, versicherte Tom. »Ich werd mich nicht dafür hergeben, eine ruhmreiche Vergangenheit für die Schwarzen zu erfinden, als Gegenstück zur ruhmreichen Vergangenheit der Weißen«.
»Das ist wie eine zurückprojizierte Hoffnung auf den Himmel«, sagte Jessie. »Findet ihr nicht?«
»Wie meinst du das?« Sie kannten sich noch nicht gut genug, um alle auf einmal zu sprechen.
»Man kann vom Ruhm in der Zukunft, in einem Himmel, überzeugt sein, aber wenn einem das zu nebelhaft erscheint – und die Afrikaner haben es satt, auf irgend etwas zu warten –, dann kann man vom Ruhm in der Vergangenheit überzeugt sein. Es wird sich auf einen auf genau dieselbe Weise in der Gegenwart auswirken. Man wird sich trotz allem entweder der Zukunft oder der Vergangenheit würdig fühlen.«
Jessie verschränkte die Arme vor der Brust, als wollte sie sagen, ich kann das alles klarstellen, wenn ich will.
»Von der Politik bin ich ganz runter«, sagte Boaz zu ihnen beiden.
»Recht so«, fand Tom.
»O ja«, sagte Jessie, »aber sie wird unter der Tür durch wieder reingeblasen.«

»Ich meine, man ist in London mit einigen Südafrikanern zusammen und beginnt sich zu fragen, wie man hier je wieder atmen kann, ohne daß es etwas Politisches bedeutet. Dafür bin ich nicht wieder hergekommen.«

»Du bist wegen deiner Arbeit hergekommen.« Tom erklärte das für ihn.

»Ich werde mich um nichts anderes kümmern«, sagte er entschieden. Und dann fügte er hinzu: »Aber ich bin froh, daß sie mich hierher zurückgebracht hat.« Sie lachten. »Na ja, natürlich. Ich bin gewissermaßen unbelastet zurückgekommen. Ich kann unter diese Leute gehen und nicht – zumindest ohne ...« er suchte nach der richtigen Definition.

»Ohne sie zu verletzen«, sagte Jessie vage und nickte mit dem Kopf, als habe sie plötzlich einen Satz laut abgelesen, den sie im Kopf hatte.

»Das meint er nicht«, sagte Tom.

»Ohne von ihnen verletzt zu werden.«

»Nein, nein.« Doch die wirkliche Identifizierung dessen, was nicht ausgedrückt worden war, lag irgendwo zwischen den beiden Aussagen. Tom und Jessie suchten weiter und vergaßen Boaz Davis dabei. »Ohne Verantwortung?« fragte Jessie.

»Nein, *mit* Verantwortung, das ist es ja gerade; nicht unverantwortlich, sondern mit Verantwortung gegenüber seiner Arbeit, die ihrem Wesen nach unparteiisch, objektiv ist.«

»Und darüber hinaus kann er sich als Mensch nach Belieben parteiisch oder unparteiisch verhalten.«

»Genau!« – »Ja, so ist es!« Die beiden Männer kamen laut und lachend an den Punkt, den Jessie getroffen hatte.

»Ich bin nicht sicher, ob es so einfach ist.« Sie sprach sachlich, obwohl ihr Mund vor Vergnügen zuckte. Sie sah zu Davis auf. »Jedenfalls nehme ich an, daß Tom weiß, wie du als Mensch empfindest.« Es war ihre erste Anspielung auf die Tatsache, daß Davis in das Haus der Stilwells einziehen wollte.

Der junge Mann grinste. »Er weiß alles über mich.«

»Du bist in Ordnung, du bist in Ordnung«, sagte Tom mit einer akzeptierenden Geste, die Boaz zugleich auf die Brandyflasche hinwies.

»Ich glaub, ich will gar keinen mehr?«, sagte er lächelnd.

»Doch, du willst noch einen«, sagte Tom und fügte, praktisch werdend, hinzu: »Übrigens, nach dem üblichen System – ich mein dasjenige, mit dem es, wie wir festgestellt haben, früher am besten klappte – bezahlst du den Satz für Unterkunft und Verpflegung, aber dann teilen wir jeden Monat die Getränkerechnung. Wahrscheinlich wirst du finden, daß du letztlich dabei schlecht wegkommst, denn wir trinken bestimmt mehr als du.« Es gab den üblichen Austausch von lachenden Protesten. Aber als der junge Mann sich etwas später entschuldigte und dann ins Zimmer zurückkam, sagte er einfach: »Ich glaube, wir haben großes Glück. Mir gefällt dieses Haus. Es hat etwas, aber was?«.

»Wir haben es davon überzeugt, daß es schließlich keine Schande ist, ein altes Haus zu sein.« Tom machte ein geziertes Gesicht.

»Es wird eine Überraschung für Ann sein. Nach meinen Beschreibungen von Johannesburg wird sie auf gelben Backstein oder ein Split-Level-Apartment mit Panoramafenster gefaßt sein.«

»Leider nicht zu machen. Kann ich mir nicht leisten.«

»Ann ist Engländerin, nicht wahr?« fragte Jessie und richtete sich auf, um interessiert zu wirken.

»Na ja, eigentlich ist sie in Rhodesien geboren. Aber sie ist in England aufgewachsen und nie wieder hier gewesen.«

»Und wie lange ist das her – dieses in Rhodesien Geborenwerden, meine ich?«

»Liebling, was für komplizierte Umschreibungen!« Davis lächelte. »Nicht sehr lange. Sie ist zweiundzwanzig.«

»Aah! Die reizende Kleine! Du wirst auf deinen Ehemann aufpassen müssen, Jessie, das sag ich dir!« lachte Tom heiser, lüstern.

Von Tag zu Tag wurde die Hitze drückender. Jessie kämpfte nach dem Mittagessen gegen den Schlaf an und wanderte dann wie betäubt von der Schlacht durchs Haus. Sie ging barfuß, und ihr einziger Bewußtseinspunkt war der Kontakt ihrer Sohlen mit dem kühlen Holzfußboden. Die Kinder ertrugen die Sonne wie widerstandsfähige Blumen, nahmen sie in sich auf und gaben sie in Form von Farbe und Energie wieder ab; ihre Arme und Beine blitzten im Hof auf. Jessie wässerte weiterhin das harsche Laub des starren und stummen Gartens. Aber die Hitze flaute an dem Tag ab, an dem das Mädchen kam. Jessie raste am frühen Nachmittag unter einer großen, zur Faust geballten Wolke in der Stadt herum. Die Gesichter der Leute auf den Straßen nahmen den ängstlichen Ausdruck an, den Tiere haben, wenn sie den bevorstehenden Ausbruch von Naturgewalten spüren. »Gleich wird's schütten«, sagte ein Fahrstuhlführer, und Jessie hörte seine Stimme leise durch ein elektrisches Vakuum in ihren Ohren hindurch. Vom Korridor im siebenten Stock eines Mietshauses aus, wo sie auf dem Nachhauseweg bei einer Freundin hereingeschaut hatte, sah sie die gewaltige Höhe des Himmels, eine schwefelige, wogende Aufblähung, hinter der eine Turbulenz zerfallender Welten vor sich zu gehen schien, ein Abschreiten und Schwenken von Elementen. Weiter unten begannen die scheußlichen Konturen der Stadt in der unheimlichen, auflösenden Beleuchtung zu verschwimmen.

Bisher hatte sie kaum an die Tatsache gedacht, daß die Davis' kommen würden. Es war weniger bewußtes Verdrängen als vielmehr Gleichgültigkeit. Das Paar würde plötzlich da sein, überraschend; so geschah es auch manchmal, daß sie irgendeinem Kind gegenüberstand, einer Schulfreundin ihrer ältesten Tochter Clem, die sie an eben dem Tag im Haus antraf, von dem Clem vor Wochen gesagt hatte, daß sie dann eine Freundin zum Mittagessen mitbringen würde. »Aber, Mammi, das ist Kathleen.« – »Ja, natürlich, das weiß ich. Guten Tag, Kathleen.«

Dennoch reagierte sie jetzt, als sei es ihr plötzlich eingefallen, auf die Dringlichkeit praktischer Dinge, die erledigt werden mußten. Sie warf ihr ganzes Zeug im Wohnzimmer ab. »Wozu diese Hetze?« Tom ging ihr in die Küche nach. »Kein Dinner. Agatha hat Ausgang. Ich hatte um vier zu Hause sein wollen.« – »Du weißt, daß Boaz kommt?« – »Natürlich, Idiot. Wo ist Clem? Bitte sag ihr, sie soll das Bad einlassen. Sie muß dafür sorgen, daß Madge badet, und sie muß Elisabeth waschen.« Sie fegte durch die Küche und brachte sie zum Leben. Während sie arbeitete, nahm ihr Gesicht die verbissene, hitzige Offenheit des Handarbeiters an; Tom fand, sie sehe aus, als heizte sie im zischenden Führerstand einer Lokomotive den Dampfkessel an. Sie kam ins Wohnzimmer gestürzt, wo er saß und in die lärmenden Dissonanzen der Musik, die er liebte, vertieft war. »Wo ist dieses Paket?« Sie riß das Papier auf und schüttelte die Handtücher heraus. Es ärgerte sie, wenn sie Geld für die unpersönlichen Bedürfnisse des Haushalts ausgeben mußte, und voller Widerwillen zog sie mit den billigen, bunten Handtüchern los. »Wir sind völlig abgerissen. Sie würden nichts als Löcher haben, um ihre Gesichter daran abzutrocknen.« Er machte ein kleines, tröstliches Zeichen der Zustimmung, aber sie war schon weg. Er blieb zurück, überflutet, begrenzt, überragt von den Blöcken und Spitzen und samtweichen Eklipsen der sich verlagernden Klänge. Er spürte, wie sie sich rings um ihn formten und er zwischen ihnen war, Klänge, die ganz und gar nicht den Stimmen von Feuer oder Wind oder Meer glichen oder den Schreien von Lebewesen; Stimmen, die überhaupt nichts glichen. Er hatte freien Zugang zu ihnen; und dann gerieten sie ins Wanken und wurden zu einem Zischen und Kratzen, als die Platte zu Ende war und der schadhafte Mechanismus die Nadel auf einer leeren Rille immer weiter kreisen ließ. Da wurde er sich des regelmäßigen, betonten Klopfens bewußt, das den Wunsch, hereingelassen zu werden, Silbe für Silbe verdeutlichte – ein Klopfen von der Art, das einige Minuten ungehört geblieben war. Er sprang auf und stürzte zur Tür, und da standen Boaz Davis und seine Frau in der kalten Atempause vor dem Regen. Als

sie begleitet von Toms freudigen Ausrufen mit Sack und Pack hereinkamen, fegte ein Schwall kalten Windes, der nach Regen roch und vor dem Regen herlief, herein und um ihre Kisten, ihre Kartons und ihre seltsam geformten Gegenstände in Zeitungspapier herum, die sich aneinanderlehnten wie eine an der Türschwelle zusammengekauerte Familie von Freaks. Die Tür schlug hinter ihnen mit wütender Wucht zu. Während Tom ihnen half, das Gepäck an der Wand neu anzuordnen und mit abgerissenen Sätzen darüber diskutiert wurde, ob sie gleich alles noch oben schleppen oder es bis später dort lassen sollten, wobei sie behindert wurden durch die Anwesenheit der Kinder, die sofort erschienen und nun im Weg waren – fiel Regen auf das Haus.
Die beiden Frauen begrüßten einander in seinem ohrenbetäubenden Prasseln. Sie hätten unter dem Überhang eines Wasserfalls stehen können. Jessie war direkt von irgendeinem Spiegel gekommen; sie hatte Zeit gefunden, die aus dem Knoten, den sie einmal am Tag aufsteckte, heraushängenden Haarsträhnen hinaufzuschieben; über der vor Anstrengung glänzenden Haut, der Hast, der Ausdünstung der Küche, der ganzen selbstvergessenen Zermürbung des Tages lag nun ein anderes Gesicht. Es überlagerte die Puderschicht, die geschminkten Lippen der Frau, deren wichtigstes Anliegen die Darbietung ihrer Schönheit ist; es war das Zeichen, getragen egal wie, daß sie noch auf der Höhe des Lebens war, noch zur konkurrierenden sexuellen Welt gehörte. Das Mädchen sah eine ungepflegte, gedankenverlorene Frau, deren Gesicht begann, die Form der Gedanken und Gefühle anzunehmen, die sie durchlebt hatte, an Stelle des ererbten Aussehens, mit dem es geboren worden war.

Ann Davis war ein fast schönes Mädchen, vor dem Hübschsein bewahrt und an den Rand von Schönheit gebracht durch einige Unregelmäßigkeiten – ihre Augenbrauen waren kräftig für ein eher blondes Mädchen, und sie hatte einen kleinen, spitzen Zahn, der die Regelmäßigkeit ihres Lächelns verwandelte. Jessie sah sie, so jung, daß das, was sie an der üblichsten Art von Schönheit besaß, alles war, was sie brauchte, um eine eigene Ausstrahlung zu haben; sogar ihre Kleidung, die sich nur durch besseren Schnitt und besseres Material von derjenigen der Kaugummi kauenden kleinen Mädchen, die in den Cafés herumsaßen, unterschied, hatte bei ihr diese Ausstrahlung. Ihr Hals, mit winzigen dunklen Muttermalen getüpfelt, schimmerte sehr weiß in dem aufgestellten Kragen ihrer schwarzen Bluse. Bei ihrer Begrüßung mußten sie schreien, um das Unwetter zu übertönen, und das Mädchen wurde sofort mit dem Haus bekannt gemacht, weil alle angestellt wurden, von Zimmer zu Zimmer zu flitzen, um die Fenster zu schließen. Dann ließen sie sich im Wohnzimmer nieder und tranken Sherry, um der Kühle entgegenzuwirken, die der Regen gebracht hatte.

»Auf Ann, die wie ein Löwe hereinkam«, trank Tom ihr zu.

»Aber ich verspreche, daß ich mich wie ein Lamm aufführen werde«, sagte sie.

Die drei Kinder standen herum, als wäre es der Schauplatz eines Unfalls. »Kümmert euch nicht um sie«, empfahl Jessie. »Sie werden euch ein oder zwei Tage nachlaufen und anstarren, und dann ist es in Ordnung. Glaubt bloß nicht, ihr müßtet höflich sein und ein Gespräch anfangen, das ist alles. Sonst werden sie euch nie in Frieden lassen.« Boaz Davis war etwas peinlich berührt von einer so gefühllosen Auffassung von Kindern, vielleicht erinnerte er sich in einem sentimentalen Zusammenhang an Kinder als Mittelpunkt des Haushalts. Er versuchte mit ihnen zu reden, sie zu necken, aber sie wandten sich ab und suchten Zuflucht vor seiner Aufmerksamkeit. Seine Frau redete ungezwungen drauflos, aber er selbst erschien ein anderer als der junge Mann, der ohne sie ins Haus gekommen war. Er wirkte leicht nervös und neigte zur Angeberei in seinem Eifer, eine sofortige Intimität zwischen den vieren herzustellen. »Annie, du brauchst keine Aprikosen zu essen, bloß weil du den ersten Abend hier bist. Da kannst ihnen gleich sagen, daß du Aprikosen haßt.« »Ich hasse sie nicht, aber ich krieg Ausschlag davon.« »Sie ist nicht immer so ein höfliches kleines Ding, sie nimmt sich euretwegen heute sehr zusammen.« Und er bestrich für sie ein Brötchen mit Butter und legte ein Stück Käse darauf: »Hier.« Jessie und Tom nahmen die kleine Schaustellung gelassen hin; sie wußten aus früheren Erfahrungen des Zusammenlebens mit Paaren, daß wirkliche Vertrautheit, wirkliche Intimität – wenn es dazu kommen sollte – mehr Zurückhaltung und ein unbefangeneres Verhalten mit sich bringen würde, so daß das persönliche Verhältnis des Ehepaares keine Rolle spielt, außer in Momenten der Krise.

Nach dem Dinner ging Jessie mit dem Mädchen nach oben. »Ich habe hier alle Spuren von Morgan getilgt«, sagte sie und fügte der Ehrlichkeit halber hinzu: »Es waren sowieso nicht viele.« Sie war überrascht gewesen, wie wenig es von ihrem Sohn dort im Zimmer gab, wie schwach seine Bindung an dieses Haus war. Ein Teil des

Schranks hatte ausgereicht, um den fleckigen Schulanzug, aus dem er halb herausgewachsen war, die zwei oder drei löcherigen Pullover, den Kricketschläger und das kaputte Tivolibrett aufzunehmen, die sein ganzes Hab und Gut waren.

Jessie war bemüht, es ihrem Gast behaglich zu machen. »Hier – schau – da ist zumindest noch ein Regal, auf das niemand Anspruch erhebt. Du könntest da Dinge unterbringen, die du nicht jeden Tag brauchst. Und oben auf den Wandschrank in Clems Zimmer kannst du die leeren Kisten verstauen.« Ann kam angelaufen, um es sich anzusehen. »Das ist ja wunderbar! Da ist haufenweise Platz. Danke vielmals.«

»Es ist schrecklich, wenn man nicht imstande ist, Ordnung zu halten«, sagte Jessie und ließ ihre Hände herunterhängen wie eine Frau, die, nachdem eine Arbeit fertig ist, sich auf die nächste einstellt. »Ich sehne mich nach Ordnung.«

»O ja!« Mit unbekümmerter, liebenswürdiger Begeisterung deutete das Mädchen an, daß sie es auch täte: aber wie wußte noch nicht einmal, was Chaos war.

Sie schleppte ihre Sachen fröhlich im Zimmer hin und her, während Jessie auf dem Bett saß und sich mit ihr unterhielt. Ihre Knöchel, fein wie die eines Rennpferds, hielten jeder Belastung stand, obwohl sie so hochhakkige Schuhe trug; sie war wirklich sehr munter und hübsch. Mit ihrer langfingerigen Hand schlug sie auf eine Trommel, die zu Boaz' Sammlung afrikanischer Instrumente gehörte, und befreite den Gürtel eines Kleides aus einem Paar Sandalen.

»Verstehst du etwas von alledem?« Jessie beugte sich vor und nahm einen Flaschenkürbis auf, der mit einem eingeritzten Muster verziert und auf ein Schilfrohr montiert war. »Schau mal, ich kann darauf spielen!« sagte das Mädchen. Sie ließ einen Armvoll Kleider wieder in den Koffer fallen, ergriff das komische Ding und blies lachend und angestrengt hinein. Sie brachte ein paar tiefe, unscharfe und erstaunlich melodische Töne hervor. »Das ist ein *Chigufe*, eine besondere Flöte mit Endmundstück.« Jessie versuchte es auch, aber nichts kam. »Ich kann gewöhnlich etwas aus diesen Dingern herausholen«, sagte das Mädchen lächelnd. »Arbeitest du mit Boaz – ich habe ihn nie gefragt, was du tust«, sagte Jessie. »Nicht viel.« Ann hängte wieder Kleider auf. »Was für eine Arbeit hast du, meine ich? Was willst du hier tun, solange du hier bist?« – »Oh, ich weiß es nicht. Ich werde wohl ziemlich viel mit Boaz herumwandern, nehme ich an. Und ich will herausbekommen, was in Johannesburg los ist. Wenn ich irgendwo hinkomme, wo ich noch nicht war, stürze ich mich bis zum Hals hinein. Du nicht auch?«

Die beiden Frauen kamen recht gut miteinander aus bei der femininen Aufgabe, einen Raum bewohnbar zu machen, aber jede war sich ihrer Vorbehalte gegenüber der anderen bewußt. In ihrer naiven Selbstversunkenheit und eifrig beschäftigt, es sich gemütlich zu machen, hätte Ann Davis sich nie darüber geäußert, aber als sie allein in ihrem Zimmer waren, sagte Boaz eifrig: »Wunderbare Leute. Ich hab's dir ja gesagt.« »Hat sie wirklich gewollt, daß wir herkommen, frage ich mich?« sagte Ann neugierig. »Ich meine, sie hätte nicht freundlicher sein können, aber ich hatte das Gefühl, sie war an mir nicht interessiert.«

»Sie arbeitet offenbar nicht«, sagte Jessie zu Tom. »Ich weiß nicht, was sie in England getan hat.«
»Nichts. Sie hat keine eigene Arbeit.«
»Das mag sein.« Jessies Gefühl, daß das ungewöhnlich war, teilte er nicht.
»Es erscheint mir so merkwürdig.«
Er lachte vernehmlich. »Warum merkwürdig?«
»Jeder arbeitet«, sagte sie eigensinnig.
»Ab und zu könnte es jemanden geben, der nicht das Bedürfnis hat.«
Arbeit war ein Glaubenssatz, nach dem sie – Tom, sie selbst und ihre Freunde – lebten. Wie konnte er durch das beiläufige Wort, durch die bloße Anwesenheit eines Mädchens eine leere Konvention werden? Dennoch war er es, konnte es sein. Und was nützte ein Glaubenssatz, der das leugnete? Es gab ein anderes Leben jenseits des Lebens, wie sie es für sich begriff. Es gab eine Freiheit jenseits der Freiheit, wie sie sie auffaßte. Sie fügte noch ein oder zwei Wörter dem fast zusammenhanglosen Bewußtseinszustand hinzu, der sich in ihrem Inneren seit einem Jahr oder noch länger in dem Entstehungsprozeß befand, der vielleicht erst am Ende ihres Lebens abgeschlossen sein würde, oder überhaupt nie. Wieviele der anderen Glaubenssätze, nach denen sie lebte, waren unentdeckte leere Konventionen? Lebt man eigentlich, solange sie unentdeckt bleiben? Sie fühlte sich müde, einsam und hart.
Sie machte das Fenster auf und lehnte sich hinaus. Der Regen, wie ein kurzer Streit, war vorbei. Die Erde atmete warm und feucht in ihrem Schlaf. Dicke Tropfen fielen von den alten Bäumen. Plötzlich sah sie ihr Leben wie einen Vogel, der nacheinander in Käfige gesetzt

wird, von denen jeder größer ist als der vorige; und jeder erscheint aufgrund seiner relativen Freiheit für eine Weile grenzenlos zu sein, ohne Gitter. Es ist Zeit, wieder hinauszukommen; sie wußte es, sagte es aber niemandem. Sie starrte hinunter in die Dunkelheit und vergaß sich. Unter der getränkten, gehämmerten Erde gab es eine fruchtbare Rührigkeit in dem alten Garten. Unter Steinen und aus Komposthaufen kamen klebrige Flügel, kauende Kiefer, schwaches Tausendfüßlerschlängeln hervor, sie kehrten alle zurück zu Hunger und Fortpflanzung, um zu krabbeln und zu schwärmen und um sich durch das Festmahl zu fressen.

2

Das Unbehagen, das Jessie Stilwell bei dem Gedanken an die Anwesenheit von zwei Beobachtern im Haus empfunden hatte, war vergessen. Deren Anwesenheit gehörte zu den atmosphärischen Störungen an der Oberfläche des täglichen Lebens; eine oder zwei weitere Stimmen, die etwas fragten, ein weiteres Lachen im Garten, weitere Schritte auf der Treppe. Das Mädchen zu unterhalten war nicht schwierig, und sie unterhielt sich auch selbst; sie freundete sich rasch mit den Freunden der Stilwells ebenso wie mit Boaz' Freunden an, und sie war mal im Haus und verschwand dann wieder mit einem Wort und einem telegraphischen Lächeln, zwischen einem Amüsement und dem anderen. Boaz war ganz benommen von seiner Arbeit, und wenn er im Haus war, ließ er sich stundenlang nicht blicken. Tom war beschäftigt und, manchmal grimmig und widerstrebend, von seinen Vorlesungen und dem Universitätsleben in Anspruch genommen. Jessie, die zur Zeit einen Job als Sekretärin eines Verbandes afrikanischer Musiker und Entertainer hatte, arbeitete jeden Vormittag im Büro der Agentur in der Stadt, manchmal auch nachmittags oder abends, und kümmerte sich um das Haus und die Kinder und die Anforderungen von Freunden in jenen unregelmäßigen Anwandlungen von Betriebsamkeit, die ausreichten, um alles in Gang zu halten. In dieser unmittelbaren Gegenwart – der fortwährenden Gegenwart des vor sich gehenden Lebens – nahm das

Ehepaar Davis unaufdringlich einen Platz ein; auf jeder anderen Ebene nahm Jessie sie überhaupt kaum wahr. Sie blieb unberührt, allein.

Wie viele Menschen hatte Jessie eine Reihe von unterschiedlichen, genau abgegrenzten unmittelbaren Gegenwarten erlebt, und da jede dieser Phasen ihres Lebens damit endete, daß sie durch eine andere ersetzt wurde, ging deren Realität für sie verloren; Jessie hatte sie nicht mehr bei sich. Das Band ihrer Identität war immer dasjenige, das sich zwischen ihren Fingern abspulte; es gab keine Rolle davon, die noch aus der Vergangenheit stammte. Ich war; ich bin: das waren nicht zwei verschiedene Zeitformen, sondern zwei verschiedene Menschen.

Die letzte und gegenwärtige Phase – ihre Verbindung mit Tom Stilwell, ihre Lebensweise, ihre Kinder – hielt sie unzweifelhaft für die entscheidende (das würde von ihrem Leben, was immer es wert gewesen sein mochte, erinnert werden). Während des größten Teils der acht Jahre hatte sie es ehrlich, aus ganzem Herzen und sogar leidenschaftlich gelebt. Aber jetzt war sie sich seit einiger Zeit darüber klargeworden, daß es zwar die Lebensweise war, die sie sich ausgesucht hatte und die deshalb allen Eifer, alle Zielstrebigkeit und Loyalität, die sie aufzubringen vermochte, verdiente, daß es aber nicht die Summe ihres Seins war. Auch der ganze Glanz des Bestrebens und die Gnade der Liebe konnten es nicht dazu machen. Sie tastete sich zu der Entdeckung durch, daß es keine Summe des Seins gibt; es fließt von dem, was gewesen ist, zu dem, was ist, und dann weiter zu dem, was wird. Sie hatte sich in acht Jahren neu erschaffen, wie sie es vorher schon mehrmals getan hatte; aber dieses Ich war eine menschliche Schöpfung; es gehörte nicht zum ständigen Strom der Schöpfung. Aus der Fülle des Lebens heraus hatte sie endlich Zeit sich zu fragen, warum sie lebte, und obwohl sie kaum zu verstehen begonnen hatte, wie die Frage zu formulieren sei, geschweige denn nach den möglichen Antworten zu suchen, war ihr plötzlich instinktiv klargeworden, daß es außerhalb dieses Stroms keine Möglichkeit für Frage oder Antworten gibt.

Was die Vergangenheit betraf, so glaubte Jessie, dem Wolf schon vor langer Zeit die Kleider der Großmutter abgerissen zu haben. Sie hatte ihm in sein schreckliches Auge geschaut mit Hilfe von jemandem, der sie liebte, ehe sie Tom kennenlernte, und obwohl sie als Erwachsene darüber staunte, daß sie ihre Kindheit überlebt hatte, lehnte sie es ab, sie als Ausrede für ihre Unzulänglichkeiten zu gebrauchen. Das Klischee von dem unglücklichen Kind, das sein Leben verpfuscht, wenn es älter wird, fand sie langweilig und ärgerlich. »Jedenfalls«, sagte sie einmal zu Tom, »glaube ich nicht, daß das auf mich zutrifft. Ich war überhaupt nicht unglücklich. Ich war erst unglücklich, als ich älter wurde und entdeckte, was mir angetan worden war. Erst jetzt werd ich wild und unglücklich, wenn ich daran denke.«

Sie war die Tochter eines kleinen Angestellten in einer Goldmine; ihr Vater war Leiter der Reduktionsanlage oder dergleichen gewesen – sie erinnerte sich nicht an ihn. Er starb, als sie achtzehn Monate alt war, und als sie drei war, heiratete ihre Mutter wieder, diesmal einen Schweizer Chemotechniker, der in demselben Bergwerk angestellt und ein guter Freund der Familie war, Bruno Fuecht. Die Fuechts hatten keine Kinder, und Jessica

Tibbett blieb ein zärtlich geliebtes einziges Kind. Sie war die ständige Gefährtin ihrer Mutter, und diese Vertrautheit zwischen Mutter und Tochter wurde noch inniger, als das Kind mit zehn oder zwölf Jahren ein Herzleiden bekam und nicht mehr in die Schule geschickt wurde. Jessie wurde zu Hause von einer Freundin ihrer Mutter unterrichtet, und als sie heranwuchs, während des Krieges, verließ sie das Haus ihrer Mutter erst, als sie heiratete. Ein Sohn ging aus dieser Kriegsehe hervor, und ihr junger Ehemann fiel. Sie lebte nun zum erstenmal in ihrem Leben allein – mit dem Kind natürlich –, und arbeitete und reiste einige Jahre, ehe sie Tom Stilwell kennenlernte und ihn schließlich heiratete.
Das waren die Tatsachen mit ihrem scheinbar einfachen Diagramm der für die Entwicklung wichtigen Geschehnisse; da waren alle offensichtlichen Höhepunkte bezeichnet. Aber das wahre Diagramm ihrer Erlebnisse lag anderswo und verlief entgegengesetzt zum Auf und Ab der Tatsachen. Schrecken und Trauer waren zum Beispiel in dem Zärtlich-geliebt-Werden enthalten, und der Tod, irgendwo hinter den Kulissen und nicht bewußt geworden, war nicht mehr als der Verlust des Kontakts mit dem Gefährten eines Sommers, dem sie sowieso entwachsen wäre. Jessie kannte die Wahrheit – sie zu erkennen war die wichtigste Erfahrung ihres bisherigen Lebens gewesen, und eine Zeitlang hatte sie geglaubt, weil sie sie wisse und akzeptiere, sei sie damit fertig. Sie hatte den Stachel herausgezogen; aber alles übrige der Vergangenheit war zugleich damit weggeworfen worden. Es gab Anzeichen dafür, daß alles noch da war; es lag unter einem Schutthaufen, aus dem oft ein Bruchstück zutage gefördert wurde. Ihr genau festgelegtes tägliches

Leben war auf dem Haufen erbaut, doch gab es keine Beziehung zur Vergangenheit, es war wie eine Stadt, die auf dem Gelände einer Reihe von Ruinenstädten erbaut worden war, von deren Geschichte die jetzigen Bewohner nichts wissen.

Ehe sie überhaupt angefangen hatte, die beiden zu beachten, gehörte das Ehepaar Davis schon seit drei Monaten zu diesem täglichen Leben. Morgan, Kind der Kriegsehe, kam aus dem Internat nach Hause; er wurde in der verglasten Veranda untergebracht, die Toms Arbeitszimmer war, und Tom übersiedelte mit seinem Schreibtisch ins Schlafzimmer. Das Haus war voll und nachts aufgeladen mit schlafenden Menschen. Jessie wurde einmal durch das Wimmern eines Kindes geweckt, das aufhörte, ehe sie bei dem Kind war, und sie kam sich hinterhältig vor, als sie da im Flur stand mit all den Schläfern ringsum, die in Träumen überwinterten. Wie lebendig waren sie dennoch durch das bloße Atmen; das geheimnisvolle Fluten des Atmens dehnte sich bis zu ihr aus und wich zurück, dehnte sich aus und wich zurück in der Dunkelheit. Das Haus roch auch nach ihnen; der warme Geruch von Urin und billigen Bonbons im Zimmer der kleinen Mädchen, der Geruch von Pfefferminz und nassen Handtüchern aus dem Badezimmer, der Geruch nach Krümeln und Kunstleder von den Koffern, die unter Staub in der Abstellkammer lagen, der Geruch – wie aus einer Zedernholztruhe durch die geschlossene Tür dringend – von Nagellack, getrockneten Flaschenkürbissen und Zigaretten aus dem Zimmer der Davis'.
Jessie stahl sich leise und tastend wieder ins Bett. Sie war

fast sofort wieder eingeschlafen, aber kurz bevor sie es den anderen gleichtat, erlebte sie – genau wie den stillen Blitz eines Wetterleuchtens, der die Dunkelheit aufhebt – ein anderes Aufwachen in einer anderen Nacht. Sie stand hinter ihrer Schlafzimmertür zu Hause in der Helgasdrift Mine und lauschte über den hämmernden Schlag ihres Herzens hinweg den kleinen, klirrenden Geräuschen im Badezimmer. Ihr zunehmendes Herzklopfen hatte sie geweckt wie eine Faust, die an ihr Bewußtsein schlug; sie wußte, ehe sie richtig wach war, warum sie an dieser Tür stand. Ein Hahn wurde auf- und zugedreht – der Warmwasserhahn, der quietschte. Weiteres leises Klirren, als Dinge aufgenommen und wieder hingestellt wurden. Stille. Dann das Geräusch der sich öffnenden Badezimmertür, das *Knack*! des ausgeschalteten Lichts. Sie machte die Schlafzimmertür auf und stand ihrer Mutter gegenüber. Sie streckte die Hand aus und knipste die Lampe im Flur an, damit ihrer Mutter nichts erspart bleiben sollte. Da stand die Frau, das Fett der Crème, die sie vor dem Schlafengehen auf ihr Gesicht auftrug, schimmerte wie Schweiß, das kunstseidene Nachthemd ließ ihre hängenden, nicht mehr jugendlichen Brüste erkennen, den dreieckigen Schatten ihrer Schamhaare.

»Was ist los?« fragte das Mädchen heiser.

Die Frau war ertappt; das Licht erwischte ihr Gesicht in einem Augenblick privaten Ekels, der Müdigkeit, der geheimen Scham unerwünschter Lust. »Geh ins Bett; los.«

Sie starrten einander an, empfanden Angst voreinander. Das Mädchen war kein Kind mehr, sondern neunzehn Jahre alt; ihr Körper hätte sich aus dem Liebesakt erhoben haben können. Aber sie kannte ihn nur aus Büchern; sie kannte ihn nur durch den Abscheu, den ihre Mutter gegen Männer bekundete; durch das, was ihre Mutter nicht sagte; die Zusammengehörigkeit von ihrer Mutter und ihr im Gegensatz zum Ausschluß ihres Stiefvaters. Die Gefühle des Mädchens waren heftig: zitterte sie vor Mitleid und Scham im Einklang mit der Empörung ihrer Mutter? Ein entsetzlicher Impuls kämpfte in ihr – wollte sie ihre Mutter auch beschämen, sie bloßstellen, sie zu dem Geständnis zwingen, daß sie empört war?

»Was ist denn los? Bist du krank? Ich hörte dich im Badezimmer.« Sie wollte sie nicht entkommen lassen.

»Nichts ist los. Geh ins Bett.« Die Stimme der Frau war vor Verlegenheit hysterisch, streng, fast lächerlich.

»Aber warum warst du so lange im Badezimmer?« fragte das Mädchen grausam, kläglich. Sie hatte sie erwischt. Sie hatte sie beschämt. Sie hatte das Unausgesprochene in greifbare Existenz gezwungen.

»*Nichts.* Geh wieder ins Bett.« Ihre Mutter gab nach und appellierte nun nackt an sie, als Frau.

Bruno Fuecht. Er war namenlos. Ein Geschöpf, das hinter einer Tür im Bett lag wie ein Tier auf seinem Lager. Liebe. Ihre Mutter, Bruno Fuecht und ... Eine nur einmal mitten in der Nacht erreichte Schlußfolgerung. Die in ihrem Tages-Ich für immer unerledigt blieb. Liebe. Mrs. Fuecht hat ein so enges Verhältnis zu ihrer Tochter. »Meine Tochter ist mein Leben.«

Schließlich schlief sie neben Tom Stilwell ein.

Am nächsten Tag erhielt Jessie einen Brief von Mrs. Fuecht. Jessie füllte Makkaroni und Käseauflauf auf die

Teller und öffnete zwischendurch ihre Post. »Das ist seltsam – ich habe letzte Nacht von ihnen geträumt«, sagte sie, als sie den Brief ihrer Mutter aufnahm. Aber es stimmte nicht, daß sie geträumt hatte. Sie schüttelte den Kopf, als sie las: »Der Alte ist wieder im Sanatorium. Was für eine merkwürdige Frau sie ist. Sie schreibt geradezu mit einem Triumphgefühl darüber.« – »Erleichtert, ihn nicht mehr auf dem Hals zu haben, nehme ich an«, sagte Tom; die Fuechts hatten sich an der Küste zur Ruhe gesetzt, kurz nachdem er Jessie geheiratet hatte: er hatte den alten Fuecht nicht mehr als dreimal in seinem Leben gesehen, obwohl Mrs. Fuecht bei jeder Geburt eines Kindes für ein paar verlegene, steife Tage hergekommen war. Er war zufrieden, daß sie keinen Anteil an Jessie hatten, und schloß sich ihrem symbolischen Interesse an. Seit Fuecht alt geworden war, war er krank, verschroben und schwierig. »Er macht ihr das Leben zur Hölle. Sie schreibt, er hat seine Schonkost aus dem Fenster geworfen, sich angezogen, ist aus dem Haus geschlichen und in ein Restaurant in der Stadt gegangen.«

Ann Davis, die den ganzen Vormittag mit einem befreundeten Photographen herumgefahren war, der die Häuser und Gärten von reichen Leuten aufnahm, fragte Boaz nach irgendwelchen Verabredungen für Sonntag, die zu treffen er versprochen hatte.

»Ann möchte die Tänze der Grubenarbeiter sehen – weißt du, ob die jeden Sonntag aufgeführt werden?« fragte Boaz. Tom schüttelte ratlos den Kopf. »Glaub ich nicht. Nicht jede Woche. Oder, Jessie?«

»Bestimmt nicht.« Jessie aß langsam, denn sie las Buchhandelskataloge, Rundschreiben und Werbeprospekte,

obwohl sie an den Kindern wegen ihrer Langsamkeit bei Tisch herumnörgelte oder sie wegschickte, wenn sie Spielsachen mitgebracht hatten.
»Wie können wir das rausfinden?«.
»Ruf die Bergwerkskammer an.«
Morgan war gerade in dem Alter, in dem er, sobald ein Erwachsener ihn bemerkte, aufgefordert wurde, etwas zu tun; in der übrigen Zeit nahm man überhaupt keine Notiz von ihm. »Morgan kann für dich anrufen«, sagte Tom. »Hol mal das Telephonbuch, altes Haus. Bergwerkskammer. Öffentlichkeitsarbeit – oder sowas.«
Morgan war für seine bald fünfzehn Jahre ziemlich klein; nur seine Hände, starkknochig und lang, waren ihm vorausgeeilt und fast Männerhände. Er ging bereitwillig; wann immer Jessie merkte, daß jemandes Blick auf ihm ruhte, hatte sie den Impuls, irgendeine Bemerkung zu machen, um der Aufmerksamkeit ein Ende zu bereiten – es war eine unbewußte Reaktion. In den ersten Tagen zu Hause trug er aus irgendeinem Grund seine Schulkleidung – ein sauberes Hemd mit Tintenflecken und plumpe graue Flanellhosen, die bis zum Knie reichten und hochgehalten wurden durch einen Gürtel in den Schulfarben. Angesichts seiner anstaltsmäßigen Aufmachung erzeugte Jessie sofort eine Ablenkung wie eine Hündin, die vor den Menschen, die sich ihren Wurf ansehen wollen, sinnlos hin- und herrennt. Ihre Bemerkung lenkte zwar die Aufmerksamkeit auf ihn, verlagerte aber geschickt den Schwerpunkt. »Er sieht ja wie ein Landstreicher aus! Tom, du mußt ihn nächste Woche in die Stadt mitnehmen und ihm ein paar anständige Sachen kaufen.« Aber das Kind trug die Schuluniform, als sei es darin zur Welt gekommen.

»Es meldet sich niemand«, sagte Morgan, als er ins Eßzimmer zurückkam.
»Natürlich nicht«, fiel Tom ein. »Nach dem Mittagessen ist da niemand am Samstag.«
Herausgefordert, begannen sie jeden anzurufen, von dem sie sich vorstellten, daß er ihnen die gewünschte Information geben könnte, und alle standen vom Mittagstisch auf mit Ausnahme von Jessie und den drei kleinen Mädchen, die Vanillepudding aßen. Ann stand herum auf die wache Weise von jemandem, der seinen Kopf durchsetzt. Morgan stand herum, bereit Befehle entgegenzunehmen.
»Leeuwvlei Deep, morgen um halb zehn«, verkündete Tom, als er hereinkam.
»Na also, bist du nun glücklich?« sagte Boaz zu Ann.
»Prima!« sagte Ann, und die kleinen Mädchen griffen es auf. Prima, prima! »Wir gehen alle zusammen«, sagte sie zu Jessie. »Wollen wir?«
»Ach, die kleinen Mädchen sind schon dagewesen. Ich bin nicht scharf darauf, noch mal hinzugehen, du Tom?« Sie sah Morgan an, der Junge sagte nichts. Sie fuhr rasch fort: »Aber ich nehme an, Morgan würde gern hingehen. Ja, ich glaube, er ist noch nie dagewesen – oder als du ganz klein warst, erinnerst du dich?«
Ann nahm dem Mädchen Agatha das Kaffeetablett ab und brachte es hinaus auf die Veranda. »Ich schenk ein.«
»Gib mir bitte meinen zuerst, Ann. Ich muß los.« Die Agentur veranstaltete an dem Nachmittag einen Jazzband-Wettbewerb, und Jessie sollte Kassiererin in der Halle sein. Kaum hatte Ann das gehört, da drehte sie sich um. »Oh, darf ich mitkommen? Darf ich?«

»Wenn du willst, natürlich. Es wird schrecklich heiß und laut sein. Ich weiß nicht, was du von Jazzbands am Nachmittag hältst. Mich würden keine zehn Pferde da hinbringen, wenn ich nicht müßte.«

Aber das Mädchen war schon nach oben gerannt. Zog sich in ihrem Zimmer um. Jessie konnte nicht umhin, sie sympathisch zu finden; alles verlockte sie, immer erwartete sie etwas Interessantes, statt vor der Gefahr von Langerweile zurückzuschrecken. War das Jugend? Jessie hatte es vergessen. Sie wußte nur, daß sie sich immer mehr der Notwendigkeit bewußt wurde, sich vor dem zu hüten, was sie für Vergeudung hielt. Unten im Garten stürzten Clem, Madge und Elisabeth mit vorgestreckten Händen aus dem Haus auf der Jagd nach Libellen. Jessie und Ann fuhren zusammen los und sahen einander in ihren dünnen, hellen Kleidern und den Sandalen ausnahmsweise seltsam ähnlich, wie gläubige Anhänger, die irgendwann einmal beide denselben Göttern gedient hatten.

Ann sprach von den Stammestänzen, die sie am nächsten Tag sehen würden. »Ich erinner mich an jemanden – es muß unser Hausangestellter gewesen sein –, der herumhopste und sprang mit einem Schild, bespannt mit braun-weißem Fell. Ich nehme an, er war betrunken. Es hing bestimmt mit irgendeinem Streit im Haus zusammen.«

»Aber ich dachte, du hättest Rhodesien verlassen, als du noch ein Baby warst?« fragte Jessie. Das hatte Boaz gesagt.

»Nein . . . nein«, erwiderte das Mädchen gelassen und rauchte weiter. »Ich erinnere mich an diesen Boy, er hieß Justin. Er brüllte auch eine Art Lied.«

Sie erinnerte sich an mehr von Afrika, als sie Boaz gesagt hatte; vielleicht hatte sie Boaz nur erzählt, was sie erzählen wollte. Sie war nicht verlegen wegen der Lüge und unternahm keinen Versuch, sie zu bestreiten. Zum erstenmal empfand Jessie etwas Neugier über sie; aber sie spürte, daß ihre Neugier sie nicht weit bringen würde: Ann konnte sich mit ausgestreckten Händen auf etwas stürzen, wie die kleinen Mädchen auf der Jagd nach Libellen; aber daraus folgte wahrscheinlich auch, daß sie sich wie die kleinen Mädchen ihrer eigenen Motive nicht bewußt wäre.
Sie machte sich nützlich in der Halle und gab keinem jener Anzeichen von autoritärem Verhalten nach, die sich gewöhnlich bei denjenigen bemerkbar machen, die in Situationen der Desorganisation freiwillig ihre Dienste anbieten. Die Nachmittagsveranstaltung des Jazz-Wettbewerbs war nur für Leute verschiedener Farbschattierungen bestimmt, und eine große, freundliche und lässige Menge, größtenteils Afrikaner, wanderte herein und wieder hinaus. Eine Sitzreihe, die auf dem Vorverkaufsplan eingetragen gewesen war, fehlte in der Halle, und das sowie die Tatsache, daß sowieso niemand lange auf dem ihm zugewiesenen Platz zu bleiben schien, brachte Jessies Kasse durcheinander. Jemand, der versprochen hatte, da zu sein, um ihr zu helfen, war nicht erschienen, und so übernahm Ann bereitwillig dessen Aufgaben. Als die Pause kam, hatte Jessie Ann ganz aus den Augen verloren; sie ging die Gänge auf und ab und fand sie dann in der dritten Reihe von vorn; sie saß zwischen zwei afrikanischen Mädchen, die Programme verkauft hatten, und trank eine grüne Limonade aus der Flasche. Jessie hatte inzwischen den

jungen Mann bei sich, der früher hätte hier sein sollen, als sich die Reihe leerte. »Hier ist der Schuldige – Len Mafalo – Ann Davis.« Der junge Mann mit dem verschlafenen, verschleierten Blick, den viele städtische Afrikaner haben, murmelte irgendeine Entschuldigung, setzte sich still hin und ließ den Rauch aus seinem Mund in Ringen vor seinem Gesicht aufsteigen. Ann hatte bereits leidenschaftlich Partei ergriffen, wie Zuschauer das bei jeder Art von Wettbewerb tun. »Na, wenn die dritte Gruppe nicht gewinnt, dann freß ich 'nen Besen. Ich meine, da gibt es keinen Vergleich, niemand sonst in derselben Klasse ...« – »... wie ein Haufen müder Heuschrecken, finden Sie nicht?«

»Ich bin zu spät gekommen; ich hab sie nicht gehört«, sagte der junge Mann.

Eine Schar Jugendlicher in der ersten Reihe pfiff durchdringend und warf mit Papierschwalben nach den Mädchen in den Gängen; die meisten trugen die Teddyboy-Kluft voll Ungezwungenheit, Ausgelassenheit und Ungezogenheit im Gegensatz zu der bleiernen toten Kälte, mit der ihre weißen Gegenstücke diese Kleidung ausfüllten. Auf mißmutige Klänge von einem Trompeter, der sich hinter der Bühne vorbereitete, folgte ein langer, dudelnder Seufzer eines Saxophons.

»Glaubst du, ich könnte jetzt gehen, Len?« fragte Jessie, es war eine Bitte, ihr einen Gefallen zu tun.

»Ja, warum nicht. Ich werd die Abrechnung machen. Es ist völlig in Ordnung, Jessie. Es tut mir leid ...«, er deutete eine Entschuldigung für seine Verspätung an.

»Gut. Danke vielmals – Ann, wenn du Bands hören willst, können wir das jederzeit arrangieren. Du wirst eine Menge Gelegenheiten haben.«

»Natürlich, wenn du gehen willst.« Ann erhob keine Einwände, obwohl sie sich gut unterhielt. Sie drängelte sich lächelnd durch die Reihe; die Menge hatte sie angeregt, wie das bei manchen Menschen ist. Sie genoß es, unter diesen gutmütigen Fremden zu sein. Als sie an Jessies Freund vorbeiging, der schlaksig aufgestanden war, um die beiden vorbeizulassen, sagte sie in ihrer benommenen Begeisterung: »Morgen werd ich die Tänze im Bergwerk sehen.«

»O ja?« sagte er kalt; und dann, verwirrt durch seine Schroffheit, schien er zu vergessen, daß die beiden da waren. »Wiedersehen, Len«, rief Jessie vom Gang aus, und er faßte sich, stand wieder halb auf und winkte ihnen zu.

Tom Stilwell traf Ann auf der Treppe, als sie und Jessie zurückkamen. Er hatte den ganzen Nachmittag gearbeitet und kam herunter, als er Jessies Stimme und die der Kinder im Garten hörte. »Trommelfelle noch intakt?« Ann unterbrach ihren leichtfüßigen Lauf die Treppe hinauf. »O ja!« rief sie und fügte auf ihre englische Weise hinzu: »Es war herrlich. Einfach herrlich.« Er zuckte ein wenig zurück, als wäre er zu schnell aus der Düsternis seines Arbeitsplatzes in die Sonne gekommen.

Wie so oft war Jessie durch irgendein Bedürfnis des Gartens aufgehalten worden und noch gar nicht bis zum Haus gekommen. Sie hatte ihre Sandalen weggeschleudert, um sie nicht schmutzig zu machen, und bahnte sich behutsam einen Weg zwischen dem sich neigenden Aprikosenbaum und der Palmengruppe. Die Palmen waren von einer Art, die nichts von der tropischen Schönheit an sich hatte, auf die der Name schließen läßt; sie breiteten sich aus wie ein Taschenmesser, das mehrere Klingen besitzt; einmal im Jahr wuchs aus der Mitte ein hoher Stengel heraus und trug einen Blütenstand von crèmefarbenen Glöckchen, der sich gewöhnlich als zu schwer für die Pflanze erwies: er kippte um, wie er es auch jetzt getan hatte. Jessie versuchte ihn aufzurichten. Die kleinen Mädchen schichteten einen Haufen von vorzeitig abgefallenen Aprikosen auf, die von Wespen angestochen waren und stark nach Fäulnis dufteten. Tom lag auf dem rauhen Gras und beobachtete diese verschiedenen Tätigkeiten. Plötzlich rief er: »Dieser Pfefferbaum müßte weg. Und das Stück von der Hecke.« Jessie antwortete nicht und stützte verbissen einen Ast der Palme hinter einem anderen ab, der weniger herabhing. Er stand auf und schlenderte zu ihr hinüber. »Müßte weg.« Er schlug mit der Faust auf den knorrigen Stamm des alten Baums. Alle paar Monate kam er »wie das Schicksal« in den Garten, sagte Jessie, und gab Erklärungen dieser Art ab. Sie waren richtig; notwendig, vernünftig. Kurzum, er zeigte ihr den Garten, wie er war; sie sah die löchrige Zypressenhecke, die krummen Pfefferbäume, das Gewirr von holzigen Trieben, die unten kahl waren und sich dem Licht entgegenreckten. »Ach nein«, sagte sie. »Vielleicht ein bißchen zurückschneiden.« Sie zog sich sofort ruhig und ziellos wieder von dem Garten, wie er ihn darstellte, zurück; sie nahm ihre Sandalen und verschwand im Haus.

Die Davis' waren wieder ausgegangen, und die Leere des Hauses wurde unterstrichen durch das Summen einiger verschlafener Fliegen; plötzlich fiel ihr ein, daß es nicht leer war – Morgan mußte irgendwo sein. Sie ging in ihr Zimmer und vergaß ihn zehn Minuten lang, während sie damit beschäftigt war, die sauberen Hemden und Socken wegzuräumen, die Agatha auf das Bett gelegt hatte. Dann, als sie wieder auf dem Weg nach unten war, schaute sie in sein Zimmer. Sie glaubte nicht, daß er da sein würde, und deshalb klopfte sie nicht an, sondern machte einfach die Tür auf. Er lächelte ihr zu, vom Bett aus. Er lag auf dem Rücken, und das kleine Nachttischradio spielte auf dem Fensterbrett neben ihm. Die Vorhänge der umgebauten Veranda waren gegen die Nachmittagssonne zugezogen. »Hallo. Da bist du also.« Er bewegte sich ein wenig als Erwiderung ihrer Begrüßung. »Was hast du getrieben?« fragte sie freundlich. Das Geräusch aus dem kleinen Plastikkasten wogte zwischen ihnen, ansteigend, abschwellend, besänftigend, flehend. »Radio gehört.« Das Kreischen, Weinen, Drängeln ging weiter. »Es ist das Nicky Doone-Programm«, erklärte er. Sie nickte. »Du hättest mit mir kommen sollen«, sagte sie in dem scherzhaft vorwurfsvollen Ton, der andeutete, daß es zumindest so etwas wie eine Alternative gebe. Sie vergaß, daß sie ihn nicht aufgefordert hatte. Seine langen, halberwachsenen Hände spielten mit einer Streichholzschachtel. Er lächelte sie freundlich, schüchtern, ohne Verlegenheit an, während ihre eigene zunahm, bis sie ihr so laut in den Ohren klang wie das Radio. Sie ging nicht weg, aber sie und ihr Sohn fanden nichts, das sie einander sagen konnten. Nur das Radio plärrte plaudernd. Schließlich, in einer Pause, sagte Jessie: »Ich müßte mal nachsehen, ob Agatha ans Fleisch gedacht hat.« Ihr Herz klopfte, als sie die Hand auf die Klinke legte; sie sah ihn an – sie war sicher, sie würde etwas sagen –, aber sie tat es nicht.

Die Davis' hatten mehrere Freiwillige für den Ausflug zu den Bergwerkstänzen um sich geschart, und während man im Stilwell-Haus noch an einem späten Sonntagsfrühstück saß, begannen verschiedene junge Leute aufzukreuzen. Schließlich machten sich alle in einer Kollektion von Autos auf den Weg; die kleinen Mädchen hatten schon seit einer Stunde fix und fertig im alten Peugeot der Stilwells gewartet, aber Morgan, der sich Gruppen leicht anschloß, fuhr mit Fremden los.
Sie fuhren nach Westen aus der Stadt heraus und durch die Siedlungen von stilliegenden oder fast erschöpften Gruben, die sich so ausgebreitet hatten, daß sie jetzt mit der Stadt verbunden waren: Reihen von Geschäften an der Straße, Autowerkstätten, Rasthäuser, die nirgends hinzuzugehören und eins zu sein schienen mit dem Wust von Orangenschalen und Zigarettenschachteln, die aus vorbeifahrenden Autos geworfen worden waren. An einem der Zechengelände sammelten sich die Wagen, wie es vorher verabredet worden war, und Leute sprangen heraus, um über die endgültige Richtung zu beraten. Morgan kam zum Wagen seiner Eltern herüber. »Hat nicht Großmama in einem dieser Häuser oder irgendwo gewohnt?« – »Nein, nicht irgendwo«, sagte Jessie und stellte die Worte auf, als wären sie ein umgeworfener Gegenstand. »Auf Helgasdrift, am East Rand.«
»Warum ist er immer so vage? Es scheint ihm Freude zu machen, nie etwas ganz genau zu wissen«, sagte sie gereizt zu Tom.
»Er hat Angst, sich zu irren, würd ich sagen.«
»Jessie, hast du wirklich an einem Ort genau wie diesem gewohnt?« Ann streckte ihren Kopf heraus.

»Ja.« Als sie weiterfuhren, fügte sie an Tom gewandt hinzu: »Bruno nahm mich manchmal an einem Sonntag mit, um die Jungs tanzen zu sehen. Wir gingen einfach von unserem Haus über das Veld zu den Arbeiterunterkünften.«

»Ich kann mir Bruno bei etwas so normal Väterlichem gar nicht vorstellen.«

Während sie durch das Grubengelände fuhren, betrachtete Jessie die hohen Eukalyptusbäume, die Ziegelbungalows hinter ihren Hecken, die Verkehrskreisel, in deren Mitte Ringelblumen wuchsen. Es war, als trüge sie eine Kerze in die Vergangenheit; sie warf kurz ein wenig Licht über die Umrisse dessen, was dort lag; dann ging es weiter, und das Tageslicht löschte die Kerze.

Die Wagen fuhren um die Unterkünfte herum – eine rechtwinklige Kaserne, die der Außenwelt kahle Mauern zeigte und ihr ganzes Leben nach innen gewandt hatte zu dem Viereck, das sie umschloß – und stießen auf eine recht jahrmarktsähnliche Szene. Ein Schwarzer, der in einer Art Uniform steckte und etwas Beamtenhaftes an sich hatte, winkte sie auf eine ebene Grasfläche, wo schon viele Wagen in säuberlichen Reihen geparkt waren. Zwei Fahnen wehten dort; die Unruhe einer nahen Menschenansammlung lag in der Luft. Sie schlenderten über das Gras und gekalkte Stufen hinauf zu einem Amphitheater, das teilweise mit einem Strohdach versehen war. Gruppen von Weißen waren da, in der bunten Feiertagskleidung der städtischen Bevölkerung – enge Leinenhosen, dunkle Brillen und grelle Hemden –, andere pirschten mit Kameras herum und beobachteten. Hinter einer Seilabsperrung saß eine weniger einheitlich gekleidete Menge aller Arten und Farben – indische Familien mit ihren zahlreichen Töchtern, alle in rosa und gelbem Nylon, das ölige schwarze Haar zu Zöpfen geflochten, städtische Afrikaner mit Fahrradklammern an den Hosen und Bermuda-Strohhüten mit bunt bedruckten Bändern am Hinterkopf, Grubenarbeiter, die aus dem Lager herübergekommen waren – aber von viel weiter her die Gesichter, Frisuren und Decken oder Ornamente anderer afrikanischer Länder mitgebracht hatten. Gleich hinter der elliptischen Krümmung des Amphitheaters auf der linken Seite wedelten Federn; die Rücken einer anderen Menschenmenge verdeckten Gruppen von Tänzern, die sich für ihren Auftritt bereitmachten. Da war auch ein kleines rustikales Gebäude mit der Aufschrift *Erfrischungen – alle Gewinne gehen an Wohlfahrtseinrichtungen der Eingeborenen*, und ein Weißer verteilte an einem Tisch unter einem Sonnenschirm Programme.

Es war alles tadellos gepflegt und sauber und ordentlich. Die amerikanischen und deutschen Touristen, die mit ihrem Reiseführer gehorsam einen besonderen Block von Sitzen einnahmen, brauchten keine Ansteckung, Peinlichkeit oder die Hitze der Sonne zu fürchten. Die Stilwells und ihre Freunde suchten sich Plätze, wo sie sie fanden; der Schatten des Strohdaches fiel auf sie und machte sie zu einem Teil der unterdrückten Helligkeit, des bläulich-gedämpften Weiß in den Reihen, wo die Weißen saßen. Ein hängender Garten von Gesichtern – schwarz und glänzend auf der anderen Seite des kleinen Amphitheaters – blickte auf eine geteerte Bühne, die schwarz war, wo der Schatten auf sie fiel; in dem von der Sonne beschienenen Teil lag eine heruntergeworfene gelbe Zitronenscheibe, verblüffend klar.

Sie schauten sich um und unterhielten sich lebhaft; Ann studierte die Angaben im Programm, und ihre Fragen und Kommentare flitzten herum wie Schwalben. Boaz sagte immer wieder zu ihr oder erklärte anderen, daß er zu ihr gesagt habe: »Du mußt dir klar sein, daß das, was du hier siehst, gar nicht echt ist.« – »Oh, ich weiß, ich weiß. Ich erwarte das auch nicht«, sagte sie, die gehorsame Schülerin. Aber jedenfalls schämte sie sich nicht, daß sie so begierig war, die Tänze zu sehen.
»Wenn sie tanzen und es ihnen Freude macht, warum ist es dann nicht echt?« fragte mürrisch ein dunkelhaariges Mädchen mit einem plumpen Gesicht.
»Was Boaz meint«, sagte Tom, »ist, daß diese Tänze gewöhnlich Teil einer komplizierten Zeremonie sind. Hier sieht man sie bloß als Bruchstücke, aus dem Zusammenhang gerissen.«
»Und verändert«, fügte jemand anderes hinzu. »Aufgedonnert, damit es den Zuschauern gefällt. Sie haben gelernt, sich in Szene zu setzen.«
»Der beste ist der Gummistiefeltanz. Der wird euch gefallen.«
Die Leute berichteten, wie Leute das so tun, von einmaligen und wundervollen Gelegenheiten, bei denen sie das »Echte« gesehen hatten.
»Aber das hat nichts mit der Bergwerkskammer zu tun«, protestierte Boaz. »Die Schwarzen haben immer getanzt. Der einzige Unterschied ist, daß es früher nicht organisiert wurde, damit Weiße kommen und es sich ansehen. Jessie, stimmt das nicht?« Die Streitfrage wurde ihr vorgelegt. »Als du als Kind diese Tänze gesehen hast«, fragte Boaz, »erinnerst du dich, was für einen Eindruck sie dir gemacht haben?« – »Sehr wenig«, sagte

Jessie lachend. Sie dachte einen Augenblick nach. »Ich weiß es nicht. Die Jungen aus den Minen erschienen mir gar nicht menschlich – wie ein Käfig voll bunter Papageien, die im Zoo krächzten. Ich sah mir an, wie sie tanzten, und ich ging nach Hause und vergaß sie.« Das schwarzhaarige Mädchen zog die Augenbrauen hoch und sah nach der anderen Seite; sie hatte kürzlich entdeckt, daß es schick war, keine Rassenvorurteile zu haben; sie war erstaunt, daß solche Dinge in einer Clique gesagt wurden, zu der sie gern gehören wollte – tatsächlich hatte sie ihre jetzigen Ansichten angenommen, weil sie sich ihr anschließen wollte.

Jessie überließ sich der vergnügten, sonntäglichen Stimmung der Menge; das Gespräch und die Diskussion ihrer Freunde gingen halb gehört um sie herum weiter, und sie büßte ihr Ichbewußtsein ein, wie es manchmal vorkam, wenn sie von dem gewöhnlichen Geheimnis menschlicher Gesichter umgeben war. Die Nacken von Männern, Nase und Mund einer Frau, die unter der Krempe ihres Hutes zu sehen waren, ein junges Mädchen, das eitel sein blondes Haar zurückwarf, Jessies Bewußtsein verwandelte sich flüchtig in diese Leute, so wie der Schatten einer Wolke, die über eine Landschaft zieht, mal zur Form eines Hügels und mal zur Farbe eines Sees wird. Als die Tänze begannen, sagte sie zwar zu Clem und Elisabeth, die kicherten und sich balgten: »Setzt euch gerade hin und schaut zu«, aber sie selbst konnte sich nicht konzentrieren. Ein stattlicher Afrikaner in weißer Jacke und mit Brille stellte auf eine Staffelei eine Tafel, auf die der Stammesname der Tänzergruppe aufgemalt war; wenn sie in der ihnen zugestandenen Zeit herumgetanzt, geschrien und gestampft hatten, gebot ein schriller Pfiff aus seiner Pfeife ihnen Einhalt, und sie verließen die Bühne, und die nächste Tänzergruppe kam herein. So lief das Programm ab – manchmal begannen die Tänzer schleppend, zögernd, und steigerten sich gerade rechtzeitig zu einem kräftigen, anhaltenden Rhythmus, um durch den Pfiff wie mit einem Schuß zur Strecke gebracht zu werden, manchmal stürmten sie mit voller Kraft von Lungen und Füßen herein und stürzten mit unverminderter Wucht wieder hinaus. Da waren Männer auf Stelzen mit den durch Nachbildung in Pappe und Plakatfarbe harmlos gemachten, entsetzlichen Fetischgesichtern der Masken von Medizinmännern. Da waren Komödianten, heiser, laut, Purzelbäume schlagend und mit häßlichen Gesichtern wie alle Clowns auf der ganzen Welt, die für die schwarze Galerie spielten, wo ihre Witze verstanden wurden und spöttische Rufe und Gelächter hervorriefen. Da war ein Chor in weißen Drillichhosen und Cowboyhemden aus Satin, der sang, während ihr Dirigent, der eine Cowboyhose mit Fransen und Stiefel trug, verängstigte weiße Ratten aus einem kleinen Käfig freiließ und wieder einfing. Die Parodie der Stimme des weißen Mannes rief, wenn er im Jargon der Bergwerke einen Befehl brüllte, dann und wann ein erfreutes Murmeln des Erkennens unter den weißen Zuschauern hervor, die nicht wußten, in welchem Licht sie dargestellt wurden, aber froh waren, überhaupt erwähnt zu werden. Viele der Tänze waren Kriegstänze, und sie gefielen den Zuschauern und den Tänzern am besten. Mit Fetzen von bunten Lappen, die an alten Badehosen befestigt waren, mit Verschlüssen von Limonadenflaschen als Ersatz für die Knöchelspangen um die Beine derjenigen, die keine Ketten aus klappernden Samenhülsen mehr hatten, und mit Schilden aus Rindshaut und Assagais in den Händen deuteten die schwarzen Männer die grausame Kriegführung an. Sie sprangen und schrien und schlurften drohend; sie fanden, als der Tanz sie mitriß, in ihrer Brust und ihrer Kehle dieses schreckliche seufzende Knurren, das zu der Ekstase des Tötens gehört. Sie stampften so, daß sich eine Druckwelle auf dem Boden fortpflanzte bis unter die Sitze der Zuschauer.

Jessie registrierte die Abfolge der Tänze mechanisch, mit halber Aufmerksamkeit; sie hatte sie früher schon oft gesehen, nicht nur als Kind, sondern auch, wenn Gästen etwas »geboten« werden sollte. Morgan saß nicht weit hinter ihr, aber sie dachte an ihn, als ob er nicht da wäre; sie ging die fünf Minuten noch einmal durch, die sie am gestrigen Nachmittag mit ihm in seinem Zimmer verbracht hatte. Der Vorfall stieg auf und ab wie ein Ballon; einmal erschien er klein und nicht bemerkenswert; dann ließ eine andere Interpretation ihn rings um sie aufsteigen. Doch während sie noch an andere Dinge dachte, begann sich ihre Aufmerksamkeit hin und wieder auf das zu konzentrieren, was vor ihren Augen vorging. Da war ein Mann, dessen Muskeln sich selbständig bewegten wie ein elektrischer Strom unter der Oberfläche seiner Haut; wunderbares Leben erfüllte seine lächerliche Gestalt und schüttelte die Federn und Lumpen ab, die ihn schmückten. Andere tauchten aus der wilden Gruppe von Tänzern auf und vereinigten sich dann mit ihr. Sie stolzierten herum, sprangen, krochen am Boden und schüttelten sich, nahmen ihre eigenen, persönlichen Charakteristika an – groß, klein; ein glattes Knabengesicht oder das massige, grobe eines

Mannes; komisch, wild oder begeistert – und schlossen sich dann wieder der Gruppe an und gingen in ihr auf. Ihre Füße hallten in Jessies Rippen wider; sie spürte den hohlen Rhythmus in ihrem Inneren. Die chinesisch klingende Musik der Chopi-Pianos, hölzerne Xylophone, große und kleine, tiefe und helle, mit Resonanzkörpern aus Marmeladenbüchsen, stiegen und fielen hinter dem unaufhörlichen schrillen Lärm der Pfeifen. Dann und wann machte ein Mann den Mund auf, und ein Schrei kam heraus, wie man ihn nirgends mehr hört, wo es Städte gibt; eine über große Flüsse brüllende Stimme, eine Stimme, die wortlos durch die Luft dringt wie das Trompeten eines Elefanten oder das Keuchen, das auf das Brüllen des Löwens folgt.

Und es war alles Spaß. All das bedeutete nichts. Es war kein Tod dabei; kein Jubel. Kein Krieg und keine Ernte. Die Erregung stieg wie ein Atemholen zwischen Tänzern und Zuschauern, und sie hatte keine Bedeutung. Die Zuschauer hatten nie getanzt, die Tänzer hatten vergessen, warum sie tanzten. Sie mimten eine häßliche, großartige Wildheit, ein zerrüttetes, völlig verlorenes Ethos; eine unsägliche Traurigkeit überkam Jessie, ihr Körper zitterte vor Schmerz. Sie sangen und tanzten und zertrampelten die Vergangenheit unter ihren Füßen. Vorbei, und man darf sie sich nicht zurückwünschen. Nur vorbei ... Der verrückte Lear des alten Afrika raste hin und her auf der geteerten Bühne, und die Leute klatschten. Sie klatschte auch – ihre Hände brannten –, und hinter der Sonnenbrille standen ihre Augen voll schwerer, kalter Tränen. Hier war nicht der Ort zu weinen, das wußte sie. Es war nicht der Ort, solche Tränen zu vergießen. Es waren nicht Tränen der

Rührung. Sie kamen aus dem Schrecken und der Leere.
Sie hielt in Gedanken einen Augenblick alles fest, was zu Schrecken und Leere gehörte, und alles, was es, wie eine Fledermaus durch die letzten Tage flatternd, angekündigt zu haben schien: die Nacht, in der sie zweimal aufgewacht war, einmal in ihrem eigenen schlafenden Haus und einmal in jener anderen Zeit im Haus ihrer Mutter; Morgan, der am hellichten Nachmittag dalag, isoliert mit seinem Radio. Sie streckte die Hand aus und ergriff eine andere; sie stellte sich als die Hand ihrer Tochter Madge heraus, die den Blick nie von den Tänzern abwandte und deren Hand so kalt war wie die ihre. Doch langsam brachte die Hand sie wieder auf den Boden der Tatsachen zurück, und in der Pause war sie imstande, mit den anderen loszuziehen, das verwirrte Lächeln von Leuten auszutauschen, die gerade unterhalten worden sind, und den Weg zu der rustikalen Hütte hinter sich zu bringen, wo die Damen des Bergwerks Tee und Kuchen verkauften.
Nach der Vorstellung wollte sich Boaz einige der Musikinstrumente genauer ansehen. Er wollte herausfinden, was sich die Bergleute als Ersatz für die traditionellen Materialien, aus denen solche Instrumente bestanden, hatten einfallen lassen. Die Afrikaner grinsten ihn ermutigend an, als er ihre Xylophone umdrehte, und sie lachten laut auf, als er auf einem ganz anerkennenswert spielte. Er war ganz gefesselt; sein blasses Gesicht verschlossen in totalem und ausschließlichem Interesse. Er sprach ununterbrochen, ohne sich an jemand Bestimmten zu richten. »Diese Büchsen erzeugen in einer Beziehung einen ganz lebendigen Ton. Aber diese leichte

Bum!-Qualität geht dabei verloren, der runde, verhallende Klang, den man von einem richtigen Flaschenkürbisresonator bekommt. Es ist wichtig, Flaschenkürbisse von genau der richtigen Form und Größe als Resonatoren für Xylophone zu finden.« Ann machte Aufnahmen von den Kriegern mit den Federstaubwedelschwänzen. Sie stellten sich für die Photographen in einer Reihe auf wie Kinder in einer Schulklasse. »Na kommt schon!« redete Ann ihnen gut zu. »Ein bißchen lebendig.« Aber sie standen nur noch strammer.

»Die Kunst, einige dieser Dinger herzustellen, stirbt aus, selbst in den Kraals«, sagte Boaz. »Die meisten waren ursprünglich nicht in dem Sinne selbstgemacht, als jeder sein eigenes herstellte. Es gab Männer, die Instrumentenbauer waren, und man bestellte seine *timbila* oder *mbira* oder was auch immer bei ihnen. Jetzt verschwinden die Alten, und die Jungen sind eifrig dabei, in den Städten ganz andere Sachen zu lernen. Mit der Zeit wird sich niemand mehr erinnern, wie bestimmte Instrumente hergestellt werden.«

»Na, diese hier scheinen es noch zu wissen«, sagte jemand.

»Ja, aber sie werden aus dem Stammesleben hergeholt – aus Reservaten und so weiter. Sie sind nicht in den Arbeitersiedlungen geboren. Und seht mal, wie die Instrumente, die sie herstellen, sich geändert haben! Sie mußten sie dem Material anpassen, das sie hier finden. Blechbüchsen. Zeug aus Läden. Bald werden es fast völlig neue Instrumente sein.«

»Ach, das ist doch in Ordnung«, sagte Jessie, die plötzlich sprach. »Findest du nicht, daß das am besten ist, Boaz?«

Er sah sie an und sprach fast zärtlich. »Ich weiß es nicht«, sagte er lächelnd. »In meinem Beruf finde ich gern Instrumente in ihrer wahren Form ... Aber natürlich, ja, es muß wohl sein.«
»Es war herrlich!« Ann kam zu ihnen gelaufen. »Wirklich! Ich hab dich klatschen sehen, Jessie!«
»Madge war entzückt«, sagte Jessie. »Die beiden anderen haben herumgezappelt und nach einer Weile das Interesse verloren, aber Madge hat sich nicht gerührt.«
»Boaz«, sagte Ann, biß auf ihren rosa glänzenden Daumennagel und kniff die Augen zusammen, »ich möchte das *Echte* sehen. Verstehst du? Ich möchte in die Wildnis gehen und sehen ...«
»Oh, natürlich«, sagte er. Er wich ihr immer geschickt aus, wurde lustig und scherzte. »Bongo-bongo, primitive Riten, geheime Zeremonien.«
»Was möchtest du denn wirklich gern tun?« fragte Jessie neugierig.
Und unerwarteterweise maß das Mädchen der Frage Gewicht bei. Sie zögerte, sah Jessie dann ehrlich an und sagte lachend: »Oh, ich möchte gern neue Dinge finden. Dinge, die ich nicht kenne. Leute, die nicht wie die Leute sind, die ich kenne.«
»Erfahrungen außerhalb dessen, wofür du, wie du glaubst, bestimmt bist.«
Das Mädchen lachte.
»Genau das haben meine Mutter und mein Vater gemeint, als ich ihnen sagte, daß ich Boaz heiraten würde und er Jude ist.«
Als sie weggingen, stimmten die alten Instrumente Afrikas den Colonel Bogey-Marsch an.

3

Ein Geschöpf, das es nicht mehr gab, die siebzehnjährige Jessica Tibbett, hatte vor langer Zeit mit ihrer Mutter und ihrem Stiefvater das Weihnachtswochenende in einem Ferienort verbracht.

Bruno Fuecht mit seiner europäischen Kultiviertheit und Mrs. Fuecht mit der Vorstellung davon, die sie von ihm übernommen hatte, fanden nicht viel Geschmack an der saturnalischen Seite des Festes; als Rationalist, dessen einzige Glaubenserfahrung der Glaube an die in seiner Jugend gängigen politischen Überzeugungen gewesen war, rührte der wahre Anlaß Fuecht nicht, und obwohl Mrs. Fuecht einst eine fromme Anglikanerin gewesen war, schien sie der Meinung zu sein, durch die Ehe mit ihm habe sie das Anrecht auf die Bedeutung von Christi Geburt verloren. Jessie erinnerte sich nicht, daß sie je zu Weihnachten mit in die Kirche genommen worden war (vielleicht einmal, als sie noch sehr klein war und ihr Vater noch lebte?), und abgesehen von der in der Luft liegenden Erregung, den bunten Lichtern auf den Straßen und den Geschenkartikeln in den Läden war das Fest einfach ein öffentlicher Feiertag wie jeder andere.

In jenem Jahr kamen sie in letzter Minute zu dem Schluß, daß sie allem entkommen wollten – diesen Ausdruck hatte Mrs. Fuecht gebraucht, und er ließ auf einen Andrang von Gästen und Lustbarkeiten schließen. Aber der wahre Grund war, daß der unausgesprochene Mangel an Harmonie im Haus, der tödliche Frieden zwischen drei Menschen, die nicht einmal annähernd einer des anderen Gedanken erraten konnten, unerträglich waren beim Zusammentreffen von dieser Zeit des Jahres mit dieser Zeit in Jessies Leben. Selbst die vulgärste Seite von Weihnachten – das Familienbesäufnis und die Läden, die den Leuten das Geld aus der Tasche ziehen wollten – erschien ihnen wie eine Anklage, weil es ihnen an menschlicher Schwäche mangelte, weil sie außerstande waren, sich in der breiten Masse wohlzufühlen. Und daß das Kind jetzt erwachsen war, nicht länger nur Opfer, sondern auch Zeuge des unerklärten Zustands, war etwas, vor dem alle drei Schutz suchen mußten in der anonymen Geborgenheit unter vielen Menschen an einem Ort, zu dem sie nicht gehörten, etwa in einem Hotel.

Nichts von alledem wurde zwischen ihnen zugegeben, aber es brachte sie alle drei in Gang: Mrs. Fuecht sagte, sie sollten dem allem entkommen; Fuecht deutete an, er sei einverstanden, wenn auch nicht sehr interessiert, und das junge Mädchen machte sich eifrig daran, verschiedene Ferienorte anzurufen. Schließlich wurde einer gefunden, der ihnen Unterkunft gewähren konnte.

Als sie dort ankamen, war sofort klar, warum das Hotel Platz für sie hatte. Es war ein hingepfuschtes Haus, vielleicht vor zwei oder drei Jahren gebaut, das aber schon wieder verfiel, ehe es ganz fertig war. Der rosa Putz der Außenwände war stark verfleckt durch die rote Erde, die sich ringsum meilenweit erstreckte. Die Fenster und Türen waren nicht maßgerecht eingesetzt, und Ameisen wanderten über die Risse in einer Reihe gemauerter Pfeiler, die eine nie gebaute Veranda im ersten Stock tragen sollten; aus jeder Säule ragte ein Gewirr von Armierungseisen wie ein Docht empor. Der Speisesaal stank nach Desinfektionsmittel, die Halle war mit chintzbezogenen Sesseln, deren Sprungfedern sich abzeichneten, und einem schwarzen Pianola möbliert. Das Hotel war voll von Leuten, denen es wie ihnen nicht gelungen war, woanders unterzukommen, und als die Fuechts eintrafen, wurde ihnen erklärt, es sei für die drei Personen nur noch ein Zimmer verfügbar – für Jessie wurde ein altes, schmales Bett hineingestellt.

Die Häßlichkeit des Hotels hätte dem Mädchen nichts ausgemacht, hätte sie dort eine Möglichkeit gefunden zu spielen, sich zu amüsieren, ein eigenes Leben zu beginnen mit den Erwachsenenspielen der jungen Leute auf der Suche nach Amüsement. Hätte sie dort getanzt, hätten junge Männer sie angesprochen, hätte sie gelernt, sich des modischen Slangs der Mädchen zu bedienen und herumzustürmen im Glück des allzu unbändigen Lachens und des allzu langen Aufbleibens, dann hätte sie es in Erinnerung behalten als einen wundervollen Ort, als den bloß äußeren Rahmen der Freude. Sie zog eines der Strandkleider an, die sie selbst genäht hatte, aber obwohl sie wie irgendeine aus der Gruppe der jungen Leute aussah, die schon am ersten Nachmittag zusammengehockt hatten, wußte sie nicht, wie man sich mit einem Jungen unterhält oder mit einem Mädchen eines jener Bündnisse schließt, das die Jungen als eine unwiderstehliche Herausforderung anzusehen schienen – ihre einzige Ausrüstung war das Kleid.

Einige der jungen Leute kamen sogar aus der Bergwerksstadt, zu der die Bergarbeitergemeinde Helgasdrift gehörte, und ein oder zwei kannte Jessie dem Namen nach. Eins der Mädchen, Rose Price, war sogar in derselben Klasse gewesen wie sie, ehe ihre Mutter sie aus der Schule nahm und sie zu Hause unterrichten ließ. Rose Price war da in einer Vierergruppe, zu der offenbar auch ihr spezieller Freund gehörte; sie erkannte Jessie und winkte freundlich herüber von der Verandamauer, auf der sie saß und die Beine baumeln ließ, aber der Gruß kam nicht aus dem Abstand von ein paar Metern Beton zwischen den jungen Leuten und den Fuechts, die zum Mittagessen gingen; er kam aus dem Abstand der Unabhängigkeit und des Selbstvertrauens von Rose Price.

Am nächsten Morgen waren Getreidekäfer im Porridge, und Fuecht schob seinen Teller weg und zündete sich eine Zigarre an, ohne den Blick von der Zeitung zu wenden; seine Gleichgültigkeit gegenüber Unannehmlichkeiten war nicht stoisch oder gutmütig, sondern auf die Tatsache zurückzuführen, daß er nichts Besseres von Vorbereitungen erwartete, die seine Frau traf. Sie war sich der verletzenden Art seiner nicht geäußerten Klagen sehr bewußt. Jessie hatte die Fröhlichkeit und das automatische Gefühl der Erwartung, die einfach für sie da waren, wenn sie jeden Tag aufwachte, und sie ging mit ihrer Mutter zwischen den unfertigen Säulen hinaus in den Dunst eines wolkenlosen, strahlenden Morgens. Die Ufer des Stausees waren flach. Steiniges Veld, auf dem die kahle rote Erde zwischen zu stark abgeweidetem Gras hindurchschaute, erstreckte sich bis zum Horizont. Einige schwarze Kinder kletterten auf dem räderlosen Wrack eines alten Autos herum, das hier seinen Ruheplatz gefunden hatte; es war bis auf den Rost ausgeschlachtet worden, wie der hornige Panzer eines Käfers, der von Ameisen leergefressen worden war. Ein einzelner Raubvogel schwebte in der Leere eines Trokkenheitshimmels. Als Mutter und Tochter da standen, brachen die jungen Leute in einem gemieteten Boot auf, Ruder wurden geschwenkt und man hörte die Schreie, mit denen sie einander ermahnten, sich hinzusetzen. Bald glich die Entfernung ihren unsteten Kurs aus, und sie wurden zu einem Fleck, nicht größer als der Vogel.

Jessie und ihre Mutter hatten schlichte Abendkleider für den Heiligen Abend mitgebracht, und Fuecht, der die Weinkarte mit einem Ausdruck gebührender Rücksichtnahme auf ihre Begrenztheit studierte, bestellte zum Abendessen eine Flasche. Sie erwies sich als eine Flasche, von der die Stammgäste dieses Hotels wohl nichts verstanden und die, da sie wahrscheinlich sowieso irrtümlich angeschafft worden war, seit Eröffnung des Hotels vergessen im Keller gelegen hatte. Eine Flasche Wein wie diese war eine der Freuden, die für die Erwachsenen ungetrübt blieben und die sie jetzt nicht, wie andere Freuden, weniger schätzten. Ihre gemurmelten Bemerkungen über die Qualität des Weins schufen eine ungewohnte Vertrautheit zwischen ihnen; im Gegensatz zu dem Mädchen waren sie nicht bereit, sich von der Tanzkapelle beflügeln zu lassen – drei Mann mit angeklatschten Haaren und roten Kummerbundwesten, die zu blasen und zu hämmern begannen, wobei jeder nach dem Rhythmus suchte wie ein Mann, der ein verlorenes Schlüsselbund sucht.

Als die Musik einsetzte, empfand Jessie eine nervöse, beglückende Verwirrung, obwohl sie wußte, daß niemand da war, mit dem sie tanzen konnte. Das junge

Volk begann auf dem mit Kreide bestreuten Fußboden herumzugleiten mit den eleganten, schlitternden Schritten, die damals modern waren. Verheiratete Männer packten ihre Ehefrauen ungeschickt hinten am Kleid, und während sie langsam ihre Runden drehten, schossen die Jungen und Mädchen wie Libellen zwischen ihnen hindurch und wieder hinaus. Jessie lächelte, im Bündnis mit ihrer Mutter, über die tanzenden Ehepaare; und während sie das Glas Wein trank, das sie zur Feier des Tages bekam, begann sie die einsame Überheblichkeit anzunehmen, die ihren Eltern Zuflucht gewährte.

Aber als die drei sich schlafen legten, ging eine geheime, schwarze Traurigkeit von ihr aus und verschleierte ihre Ursache, so wie ein Krake seinen Feind durch einen Tintenschwall vor sich selbst verbirgt. Sie hatte sich als erste hingelegt, damit ihre Mutter und Fuecht ungestört ihre Vorbereitungen für die Nacht treffen konnten. Aber von weit weg, von ihrem Platz weit weg von dem schleppenden Rhythmus und dem fröhlichen Schlurfen der Tänzer, weit weg von dem unvertrauten Raum mit Weberknechten an der Decke, in dem sie lag, beobachtete sie ihre Mutter und ihren Stiefvater, die schweigend einer des anderen Weg im Zimmer kreuzten und wieder kreuzten. Er legte seinen Zigarrenabschneider und Kleingeld und Schlüssel auf den Tisch; sie hängte ihr Kleid auf und zog eine quietschende Schublade heraus. Der Duft einer bestimmten Gesichtscrème, die sie benutzte, brachte einen persönlichen, teuren Geruch in die Billigkeit und Durchgangsverkehr-Armut des Zimmers. Sie war nicht zu sehen, als sie die Crème auftrug, aber deren Geruch war, wo auch immer, für Jessie ihre Mutter; in dem Augenblick, in dem das Töpfchen geöffnet wurde, war sie da. Bruno Fuecht, im Hemd, erschien auf der beleuchteten Fläche. Seine Beine, kurz und bemerkenswert männlich wie die krummen, kräftigen Beine von japanischen Ringern, die sie auf Drucken gesehen hatte, fesselten ihre Aufmerksamkeit kühl und intensiv. Sie hatte ihn noch nie so gesehen, aber das war nicht der Grund. Sie hatte *ihn* noch nie gesehen – er war vor ihr verborgen hinter einem äußerlichen Selbst, einem Etikett »Stiefvater«. Sie war sich bewußt, daß es eigentlich nicht zulässig war, wie sie still dalag und diese Beine ansah; so hatte sie früher als kleines Kind heimlich Krüppel angestarrt. Sie fragte sich – ein Aufflackern an den Grenzen ihres Bewußtseins –, ob sie ihn, wäre er ihr leiblicher Vater, so sehen würde?

Am nächsten Morgen regnete es, und es regnete die ganze Zeit, die sie noch dort verbrachten. Das junge Volk war nach dem Weihnachtsessen nicht mehr gesehen worden; offenbar hatten sie beschlossen, in die Stadt und zur Möglichkeit verlockenderer Amüsements zurückzukehren. Die Fuechts saßen die Zeit in der Hotelhalle ab. Der See draußen war rot vor Schlamm, und die Straße war eine schaumige Mischung von demselben roten Schlamm und Wasser. Ab und zu stand Jessie auf und starrte eine Minute lang hinaus, dann kehrte sie zu ihrem Buch zurück. All die Leute, die nicht gepackt hatten und abgereist waren, hatten uneingestanden eines gemeinsam: sie konnten es aus irgendeinem Grund nicht ertragen zu Hause zu sein. Vier Männer spielten in einer Ecke Karten. Ihre Frauen strickten. In der Nähe der Fuechts nähte eine Frau, während ihr Mann hinter einer Zeitung schlief und ihr Kind, ein Junge von schweifender, affenartiger Wachheit, im Raum herumkletterte und ihn erforschte, bis er sich am Pianola niederließ. Da stimmte etwas mit dem Mechanismus nicht, und sein Pedaltreten brachte immer wieder »Du bist mein Sonnenschein« hervor mit Pausen von stotternder Aphasie. Unverdrossen spielte das Kind weiter; die Intensität, mit der sich seine Mutter auf ihre Näherei konzentrierte, begann Jessie mehr abzulenken als das Pianola: sie sah zu, während sie den letzten Satz, den sie gelesen hatte, noch im Sinn hatte. Plötzlich merkte sie, daß die Frau ohne einen Faden in der Nadel nähte. Sie schoß hinein und hinaus aus dem Stoff, leer, und verband nichts mit nichts.

Mehr als zwanzig Jahre später sah Jessie die verrückte Frau gelegentlich in Johannesburg irgendwo in der Stadt. Sie war unverändert, denn vielleicht hatte die Verrücktheit sie vorzeitig alt gemacht, als sie noch recht jung war, und ihr Haar mit den hennaroten und grauen Strähnen war mit derselben Art von schmalem Samtband im Nacken zusammengebunden, das sie getragen hatte, als Jessie siebzehn war.

Das Wochenende selbst hatte für Jessie mehrmals seine Bedeutung geändert, ehe es in jenen harmlosen Zustand überging, der als Vergessen bekannt ist. Kurz nach dem Tod ihres jungen Mannes, als ihr klar wurde, daß ein großer Teil ihres Lebens fehlte, daß sie von der Mutter an den Ehemann weitergereicht worden war, um selbst Mutter zu sein, ohne je die Freiheit gehabt zu haben, die zu keiner anderen Lebenszeit gehört außer der extremen Jugend – erst da, als sie erkannte, daß sie betrogen worden war, erinnerte sie sich wieder mit Ekel und Widerwillen dieses Weihnachtswochenendes. Dort, in diesem billigen, häßlichen Hotel, war ihre Jugend endgültig gefesselt und hinaus in den Schlamm geworfen worden, um zu sterben, während die Alten auf ihren Sesseln saßen. Verkrüppelt, aber lebendig saßen sie da und hielten das Mädchen für ihresgleichen, dem nichts anderes übrig blieb, als teilzunehmen an ihren Verlusten. Enttäuschung oder Gewohnheit hatten ihr Auge der Liebe blind gemacht, und ihr Ehrgeiz war an ihrer Selbstbeschränkung zerbrochen. Ihre Mutter saß da mit ihrem Komplizen Bruno, während ihre gedungenen Mörder das Werk vollbrachten.

Jessie weinte dann um sich selbst, gefangen in einem Glockenturm des Selbstmitleids und Zorns, in dem die Qual ohrenbetäubend die Stunde schlug. Sie lag im Bett in dem kleinen Zimmer, in dem auch das Baby Morgan schlief, und sie schlug des Nachts mit der Faust aufs Kissen. Der Tod des jungen Mannes, ihres Mannes, war letztlich nichts gegen die Entdeckung der Leiche ihrer Jugend draußen im Schlamm. Ihr Mann war tot, aber sie war lebendig und sich dessen bewußt geworden, daß ihre Mutter im Namen der Liebe ihr den köstlichen Nektar ausgesaugt hatte, von dem sie gar nicht gewußt hatte, daß sie ihn besaß – die halbgeformten Jahre, die spurenlose Inkonsequenz der Zeit von fünfzehn bis zwanzig.

Später, als sich der Impuls der Beschuldigung erschöpft hatte, sah Jessie jenes Wochenende im kritischen Licht der Notwendigkeit der Weiterentwicklung und hielt es sich fern aus Abscheu vor sich selbst, wie sie damals gewesen war. Da sie jetzt Mut hatte und sich leidenschaftlich selbst bejahte, warf sie sich ihre damalige

Feigheit vor. Warum hatte sie mit ihrer Mutter nicht um das Überleben gekämpft? Sie bezog Kraft aus diesen Vorwürfen gegen sich selbst, ohne daß sie versuchte, die Gründe für die Willenslähmung zu verstehen, die durch eine lange, langsame Vorbereitung in der Kindheit herbeigeführt worden war.

Noch später sah sie, daß das Wochenende wahnsinnig komisch gewesen war. Als sie mit Tom zusammenlebte und ihm die Geschichte erzählte, lachten sie immer wieder darüber – Bruno, der hochmütig von den Käfern im Porridge keine Notiz nahm, die Frau, die wie wild nichts nähte, das Pianola, das »Du bist mein Sonnenschein« ächzte. Und dann war die Geschichte zu oft wiederholt worden, um noch komisch zu sein. Sie lag unschädlich da, eine Mine, deren Zünder schon lange ausgebaut war.

In Jessies eigenem Haus, dem Stilwell-Haus, waren die Weihnachtsvorbereitungen wohldurchdacht und begannen Anfang Dezember an dem Tag, an dem sich Jessie und Tom zum Mittagessen in der Stadt trafen und dann die Geschenke für die Kinder einkauften. In dem Jahr, als die Davis' im Haus wohnten, brachte Tom Boaz mit. Er war zwischen zwei Feldstudienfahrten für einen Tag zurückgekommen, hatte bei seiner Ankunft niemanden im Haus angetroffen und war zu Tom in der Universität gegangen.

Zu dritt wanderten sie von dem Café, wo Jessie gewartet hatte, in ein Restaurant, in dem sie zum Essen einen Drink bekommen konnten. Boaz, in Khakihosen und Veldschoen, hatte das fröhliche Gebaren des zurückgekehrten Reisenden unter Leuten, die die Stadt nicht verlassen hatten. »Laßt uns eine Flasche Wein trinken. Ich hab die ganze Zeit nichts als Maisbier getrunken und fühle mich sehr gesund.«

»So siehst du auch aus«, sagte Jessie. Tatsächlich sah er sehr attraktiv aus, seine blasse, matte Haut hatte unter der Sonne eine olivfarbene Tönung angenommen. Obwohl die Anwesenheit der Davis' das Haus wenig veränderte, wirkte Boaz' Rückkehr von einer Exkursion jedesmal wie eine Abrundung der Familie; außerdem empfanden beide Stilwells eine spontane Zuneigung zu ihm, sobald sie ihn sahen, während Ann, obwohl sie sie recht gern mochten, niemals das in ihnen erweckte, was Boaz gegenüber fast ein Familiengefühl war.

»Ann ißt heute wahrscheinlich mit Len Mafolo«, sagte Jessie.

»Das hatte ich vermutet«, sagte Tom, »aber als wir im Lucky Star anriefen, waren sie nicht da. Sie ist sehr beschäftigt mit Kultur und guten Werken, deine kleine Frau. Vorige Woche hat sie bei *Jazz of the Year* sehr brav Programme verkauft, und diese Woche ist es eine Wander-Kunstausstellung in einem Caravan, den sie einem Freund abgebettelt hat.«

»Das hat sie geschrieben. Ist was Gutes darunter?«

»Zwei gute Gideon Shibalos – dieselben, die beiden frühen, die er immer ausstellt; ich glaube, jetzt malt er überhaupt nicht mehr. Und ein paar Holzschnitzereien – nicht übel. Der Rest . . .« Er biß von einem Brötchen ab, kaute heftig und tat damit die Bilder ab.

»Was würdest du einem fünfzehnjährigen Jungen zu Weihnachten schenken?« Jessie hatte ihre Liste neben dem Teller und legte Boaz das Problem vor.

»Gibt es denn nichts, was er sich wünscht? Er hat sich doch sicherlich das ganze Jahr über nach etwas gesehnt?«

»Nein«, sagte Jessie, »Morgan nicht. Er sehnt sich nach nichts.«
»Nicht, daß wir wüßten«, sagte Tom.
Boaz schenkte sich das Glas voll. Er faßte Jessies Frage nicht als Plauderei auf. Er dachte oft noch über etwas nach, wenn die Leute, die davon gesprochen hatten, schon zu etwas anderem übergegangen waren. »Sollten wir nicht mehr mit Morgan reden?« sagte er und übernahm damit eine Verantwortung, die niemand von ihm erwartet hatte, die aber auch niemand in Frage stellte.
Jessie nahm keine Notiz von der Richtung, in die diese Bemerkung zielte, sondern brachte Boaz gleich wieder zurück auf das Unmittelbare und Bestimmte. »Das Geschenk soll sowieso eine Überraschung sein. Was habt *ihr* bekommen, als ihr fünfzehn wart?«
»Ich weiß, was ich bekommen habe«, sagte Tom. »Ein Fahrrad mit Rennlenker. Ich ließ immer jedermann wissen, was ich mir wünschte, das könnt ihr glauben. Frag meinen Vater. Er hatte immer nur Sorge, er könnte etwas kaufen, das nicht genau meinen Angaben entsprach.«
»Und ich hab natürlich keine Weihnachtsgeschenke bekommen«, erklärte Boaz. »Aber ich finde, ihr solltet ihm etwas Erwachsenes, etwas wirklich Tolles kaufen.«
»Ach, du armer Kerl«, sagte Tom grinsend. »Daran hab ich gar nicht gedacht.«
Der Kellner kam mit Tabletts und Schüsseln, die er auf den Armen balancierte, und als alles richtig verteilt war, beharrte Boaz: »Etwas wirklich Tolles. Wie wär's mit einer Filmkamera oder einem Faltboot?«

Jessie und Tom brachen in Gelächter aus. »Ja, warum nicht?« sagte Tom großartig. »Oder ein Sportwagen? Wahrscheinlich braucht Morgan einen Sportwagen.«
Sie kauften für Morgan ein neues Uhrarmband aus Edelstahl und kamen auf ein Spiel zurück, das Jessie sich angesehen hatte, ohne sich darauf festzulegen, weil sie ihm offenbar immer derlei Dinge schenkten. Es war ein Spiel mit Ball und Schläger, das eine gute Vorbereitung auf Tennis oder Squash bot, ohne daß man einen Partner brauchte – eines dieser Spiele, die man gegen sich selbst spielt.
Die Stilwells und die Davis' legten zusammen und hatten eine sehr erfolgreiche Party, bei der drei verschiedene Gruppen von Bekannten an einem Abend abgefertigt wurden: die Leute von der Universität kamen am frühen Abend zu Drinks und Appetithäppchen, die von den kleinen Mädchen herumgereicht wurden; die Freunde blieben, bis sie betrunken waren und aus zwei großen Töpfen eine warme Mahlzeit zu sich genommen hatten; und die Freunde von Freunden – Leute, die den Stilwells oder Davis' bei den Parties anderer Leute gefallen hatten, die irgendwann mal eingeladen und dann vergessen worden waren – kamen zwischen Mitternacht und vier Uhr morgens. Wie üblich war der eine oder andere Schwarze gestrandet ohne eine Möglichkeit – es sei denn, auf den mittlerweile unzuverlässigen Beinen –, für den Rest der Nacht in ihre Townships zu kommen, und so wurden Behelfsbetten für sie aufgeschlagen.
Am Weihnachtsmorgen ging Jessie gern mit den kleinen Mädchen in die Kirche, und in diesem Jahr wurde beschlossen, weil Boaz den Chor dort hören wollte, in eine große Kirche in einer der Townships zu gehen und nicht

in die Kirche im Vorort der Stilwells. Die Kirche hatte nicht die Gute-Stube-Ordentlichkeit der Kirche im weißen Vorort. Von den Füßen der Gemeinde getretene Pfade führten hinauf zu ihrem staubigen Hügel oberhalb des Township; drinnen war die Kirche hoch, fast so groß wie eine Kathedrale, und sie roch nach dem Rauch von offenen Kochstellen, der immer in den Kleidern der Leute hing. Aber die Kleider der kleinen Stilwell-Mädchen stachen in ihrer auffälligen Schlichtheit ab von den Rüschen und übertrieben kecken Hüten der kleinen schwarzen Mädchen. Und der Gottesdienst der anglikanischen Hochkirche mit Weihrauch aus den schwingenden Weihrauchfässern, den Gewändern der Priester in Weiß, Gold und Blau und den Blumen, die den Altar wie ein Wall umgaben – all das war gegenüber der Eintönigkeit und dem Gestank, der Kahlheit und Düsterkeit der Straßen draußen wie das Königreich Gottes selbst. Diese Christen brauchten nur durch die Tür zu gehen, um hineinzugelangen.

Für uns ist es schwieriger, dachte Jessie. In diesem Augenblick merkte sie, daß Boaz sie anschaute, und sie spürte, daß er wußte, was ihr gerade durch den Sinn gegangen war. Er kniete nicht nieder, als die anderen es taten, sondern saß die ganze Zeit ruhig da und lauschte dem Gesang der Gemeinde, der sich rings um ihn hoch emporschwang, oder dem tiefen Klang des Gebets. Während des ganzen Weihnachtsgottesdienstes, des seltsamen Schwärmens des menschlichen Geistes, teils bedeutungslos, teils bedeutungsvoll, hatte er sich mitreißen lassen und voll Begeisterung und Freude Anteil genommen. Doch von Zeit zu Zeit, so wie jetzt, merkte sie, obwohl sie kniete und er ein ehrfürchtiger Zuschauer war, daß etwas sie beide zusammen absonderte. Sie, eine Christin, unterzog sich mit ihrem Mann und anderen einem gemeinsamen Erlebnis des Weihnachtsgottesdienstes, zusammen mit anderen gemeinsamen Erlebnissen. Aber in Wirklichkeit war es für sie kein gemeinsames Erlebnis. Ihre Teilnahme war nicht in dem Sinn selbstverständlich für sie, daß sie zu einer Kontinuität in ihrem Leben gehörte; für sie war sie nur angenommen, genau wie für Boaz, wenn auch aus anderen Gründen. Hinter den Küssen und dem Gelächter und dem Austausch von Geschenken lagen sein Judentum und ihr vergessenes Wochenende in dem Jahr, als sie siebzehn war.

4

Nach Weihnachten sah das Haus wie ein zertrampelter Garten aus und begann sich dann im Neuen Jahr wieder aufzurichten, als jedermann in ihm wieder eine weniger konzentrierte Lebensweise aufnahm. Es war das erste Haus, in dem Jessie je gewohnt hatte, das zugleich mit den Menschen abzusterben und wieder zu treiben schien; das, vermutete sie, war die organische Eigenschaft, von der Menschen sprachen, wenn sie ein Haus »Heim« nannten. Sie hatte in Wohnungen und Häusern gelebt, die, nachdem der Grund weggefallen war, warum sie dort überhaupt eingezogen war – um einer Arbeitsstelle nahe zu sein, um einem Geliebten einen Treffpunkt zu bieten –, aufgegeben werden mußten wie eine leere Kiste. Dieses Haus würde alles ertragen.

Das letzte und kleinste der kleinen Mädchen, Elisabeth, sollte demnächst in die Schule kommen, Tom versuchte, sich einen ganzen Monat lang auf sein Buch zu konzentrieren, ehe das Semester an der Universität begann, und Jessie war im Begriff, ihren Job einem schwarzen Nachfolger zu übergeben. Es war vereinbart gewesen, daß das geschehen sollte, wenn ein Afrikaner gefunden werden konnte, der die Aufgabe befriedigend erledigen würde. Sie arbeitete besonders angestrengt, um alles gut in Schuß zu hinterlassen und den neuen Sekretär mit allen Schwierigkeiten vertraut zu machen, die ihn vielleicht erwarten würden, und gleichzeitig war sie sich der Leere, die ihr bevorstand, bewußt. Tom schlug einen

Job an der Universität vor, den sie haben konnte, wenn sie wollte; einer der Professoren brauchte eine Sekretärin. Er bot den Vorteil, daß sie beide zur gleichen Zeit Urlaub hätten und sich an den meisten Tagen mittags zum Essen treffen könnten; er sah den Plan in dem freundlichen, kameradschaftlichen Licht eines Menschen, der einen anderen in die vertrauten Befriedigungen und Frustrationen seiner eigenen Arbeit hineinziehen möchte. Jessie suchte den Professor auf – sie kannte ihn natürlich von verschiedenen offiziellen gesellschaftlichen Veranstaltungen –, aber während sie über den Posten sprachen, als setzten beide Seiten voraus, daß sie ihn annehmen würde, wurde sie sich darüber klar, daß sie es nicht tun würde. Wie viele Entscheidungen brachte diese vorübergehende Befriedigung. »Ich werde nicht für De Kock arbeiten«, sagte sie heiter. »Ist es nicht gut gelaufen?« Tom war sofort mißtrauisch gegen den Professor. »Doch, er ist ein netter Mann. Ich bin überzeugt, wir würden gut miteinander auskommen. Nur will ich da nicht arbeiten. Es war gut, daß ich hingegangen bin; ich wußte es sofort.«

Sie empfand Erleichterung bei dem Gedanken an die Straßen der Innenstadt zur Mittagszeit, an die Arm in Arm vorüberdrängelnden Verkäuferinnen, die weißen Hausfrauen aus den Vororten und die schwarzen Fabrikarbeiterinnen, die an Verkaufstischen für Sonderangebote Hüte kauften, die Gruppen von geschniegelten leitenden Angestellten, die in teure Restaurants strömten, die Schwarzen im Blaumann der Großhandelsfirmen, die aus dem Trottoir einen Erholungspark machten und in der Sonne um Geld spielten. Dort war sie, was immer sie in den Augen derjenigen, deren Augen sie begegnete, zu sein schien: hatte sie nicht von den alten Invaliden, die Fahrstuhlführer waren, und den untersetzten Griechen mit den ungeduldigen Augen hinter den Ladentheken, die plötzlich aufgehört hatten, sie »Miss« zu nennen, in den letzten drei Monaten etwas gelernt? In der Universität würde die Transparenz der Anonymität auf Dauer verschleiert werden; die Augen würden ihr ein Bild der Frau des Dozenten zurückwerfen, liberal, aber natürlich nicht radikal; sexuell attraktiv, aber natürlich nicht unmoralisch; im Bilde über die Annehmlichkeiten des Lebens, aber natürlich ohne Mißmut bereit sich damit abzufinden, daß sie sie sich nicht leisten kann.

Sie spielte mit dem Gedanken, sich diesmal einen hochbezahlten Job in der Wirtschaft zu suchen, einen Job, bei dem sie für Geld und sonst nichts arbeiten würde; die Idee hatte die Schlagkraft einer gewissen Ehrlichkeit. Aber sie hatte schon früher einmal als Privatsekretärin des Direktors der überseeischen Niederlassung einer bekannten Rasierklingenfirma gearbeitet und nie die außerordentliche Unwirklichkeit dieses Lebens vergessen, wenn sie an Vorstandssitzungen teilnahm, bei denen Begriffe wie »Glauben an die Zukunft«, »kontinentweite Expansion« und »die Wohltaten der modernen Zivilisation« sämtliche Rasierklingen meinten und nichts als Rasierklingen.

Schließlich nahm sie eine Stellung an, die ihr ausreichen würde, bis sich etwas Besseres ergab – Halbtagssekretärin in einer Firma, die ein Privatsanatorium betrieb. Das Büro lag nur ein oder zwei Querstraßen vom Haus entfernt, so daß sie nicht dauernd den Wagen brauchen würde, was ein Vorteil war. Nachdem sie ihn angenommen hatte, dachte sie kaum noch über den Job nach; in der Agentur war noch so viel zu erledigen – ihr schien es unmöglich, das alles jemals zu schaffen. Sie nahm jeden Tag Arbeit mit nach Hause und saß daran während der zunehmenden Störungen des Nachmittags, von dem heißen Frieden nach dem Mittagessen, wenn alle anderen entweder weggegangen waren oder schliefen, bis zu der Stunde vor dem Abendessen, als alle einzeln wieder hereingebummelt waren, die Erwachsenen plaudern oder laut etwas aus der Abendzeitung vorlesen wollten, die Kinder etwas von ihr vorgelesen haben wollten und das Mädchen um Anweisungen für die Mahlzeit bat. Sie behauptete sich eines Abend, so gut sie konnte, gegen die Teilung und Unterteilung ihrer Aufmerksamkeit, und als das Telephon läutete, kümmerte sie sich nicht darum; das war zu dieser Tageszeit sowieso üblich – alle waren zu Hause, und alle erwarteten, daß ein anderer es abnehmen würde. Tom war gerade von der Veranda nach drinnen gegangen, um eine Lampe zu holen, und er hätte es tun können; aber er kam mit der Lampe zurück und stellte sie auf den Boden, weil es schließlich doch noch nicht dunkel genug war, um Licht anzumachen, und das Läuten ging weiter. Plötzlich hörte es auf und fing dann wieder an, und Madge wurde hingeschickt, den Hörer abzunehmen – Clem war abrupt dem Unschuldsalter entwachsen, in dem solche Aufträge ein Privileg sind, und Elisabeth liebte es, den Hörer abzunehmen und der daraus ertönenden Stimme zu lauschen, konnte es aber nie über sich bringen, sich zu melden.

»Es ist für euch«, sagte Madge an der Tür.

»Für wen von uns?«

Sie sah von ihrer Mutter zu ihrem Vater. Es war klar, daß sie es nicht wußte.

»Ach, verdammt!« Tom rappelte sich auf, erhob sich und ging ins Haus, den Arm um den Hals des Kindes gelegt. Sie achtete angestrengt auf seine Füße und paßte ihren Schritt dem seinen an.

Jessie begann von neuem eine lange Tantiemenliste von einer Plattenfirma zu überprüfen, und als Tom zurückkam, ehe sie damit fertig war, wehrte sie ihn mit erhobener Hand ab.

»Wo ist Morgan, Jessie?«

Die Hand fiel herab, und sie schaute auf. »Oben. In seinem Zimmer, nehm ich an.«

Aber in dem Augenblick, als sie das sagte, wurde ihr klar, daß sie nicht wußte, wo der Junge war: in dem nachfolgenden Zögern bemerkten sie und Tom beide, daß das Radio, das jeden Abend zu dieser Zeit Crescendos von prasselndem Beifall von der oberen Veranda über den Garten schallen ließ, nicht lief.

»Irgendwo.« Sie hatte das unregelmäßige plack!plack! des Jokari-Balls gehört – wann? Heute morgen – oder war es gestern nachmittag gewesen? Schrecken überkam sie. Sie fürchtete sich fast vor Morgan. Sie wollte Tom nicht fragen müssen, was los sei. In drei Tagen wird er wieder im Internat sein, dachte sie.

»Kennst du eine Mrs. Wiley?« fragte Tom.

Sie schüttelte den Kopf – dann: »Ja, das muß die Mutter von diesem Jungen, Graham, sein.«

»Mrs. Wiley ist am Apparat. Ihr Mann hat Morgan und ihren Sohn gerade in einem Tanzlokal in Hillbrow gefunden. Ein Lokal mit Animiermädchen. Halbseidener Laden.«

Jessie sah ihn an. Ihr Kugelschreiber rollte über die Papiere und fiel auf den Verandaboden, klappernd wie ein billiges Spielzeug. Langsam begann sie zu lachen, aber er lachte nicht, als habe sie ihn nicht überzeugt, daß dies die Art sei, es aufzunehmen.

»Unser Morgan ...!« Die kleinen Mädchen hatten aufgehört zu spielen, und sie sagte sofort: »Geht und wascht euch die Hände zum Abendessen. Los.« Clem und Madge machten sich auf den Weg, aber Elisabeth rannte in den dunkel werdenden Garten.

»Wo war er gestern abend?«

»Warum fragst du? Du weißt doch, daß er ins Kino gegangen ist. Du hast ihm selbst fünf Shilling gegeben.«

»Da ist er aber auch dort gewesen.« Diesmal lächelte er mit ihr, aus Nervosität. »Jemand hat Frau Wiley einen Tip gegeben, und daraufhin hat ihr Mann die beiden heute erwischt.«

Ein weißer Umriß stolperte die Stufen herauf. Elisabeth sprach mit einem Stofftier das einen geblümten Badeanzug trug, und ignorierte sie. »Ich sag, es ist Zeit, die Hände zum Abendessen zu waschen.« – »Aber wie spät ist es?« – »Zeit zum Händewaschen.« – »Aber was ist die Zahl von dieser Zeit?«

»Der Teufel soll Morgan holen«, sagte Jessie, nachdem der Bademantel durch die Tür verschwunden war. »Ich wünschte ...« Es stieg in ihr auf mit dem gewölbten Strahl eines Springbrunnens, zerlegte die Wörter, stieß sie um, riß sie mit: wünschte, es hätte ihn nie gegeben, es wäre nie geschehen, oh, wie kann ich an ihm vorbeikommen, über ihn hinweg, um ihn herum. »In drei Tagen wird er wieder im Internat sein. Schade, daß es nicht morgen ist.«

»Ich hab überhaupt nicht gewußt«, sagte Tom, »daß er tanzen kann. Du?«
Ihre Lippen zitterten, und sie begann wieder zu kichern.
»Tanzen! Tanzen!«
Während sie sich unterhielten, waren die Scheinwerfer eines Autos in die Auffahrt gestoßen und erloschen, als Ann anhielt und ausstieg, dann leicht und rasch zum Haus kam und fast an ihnen vorbeigegangen wäre, ohne sie zu sehen. Sie sang leise, flüsternd vor sich hin. »Ihr habt doch nicht schon zu Abend gegessen? Ich glaubte schon, ich käme viel zu spät ...« Sie sahen ihre Augen schimmern und ihre Zähne im Dunkeln. »Habt ihr zufällig meine Uhr im Badezimmer gefunden?« Der Rhythmus einer anderen Art Daseins schien von ihrer Gestalt auszugehen; sie spürten ihn im Dunkeln wie das Schlagen der Flügel eines Vogels oder das wunderbare Atmen der Kiemen eines Fischs.
»Kannst du dir das vorstellen? Morgan geht in ein Tanzlokal«, verkündete Jessie sofort.
»Ach, alle Kinder tanzen Rock'n'Roll. Sie bringen es sich in der Schule bei«, sagte Ann.
»Nein, das ist es nicht. Er ist in ein Lokal gegangen, wo man eine Nutte bezahlt, damit sie mit einem tanzt.« Jessie bestand darauf, die Tatsachen vor ihr auszubreiten; wäre gerade jetzt ein Fremder zur Tür hereingekommen, hätte sie es genauso gemacht. Sie saß im Dunkeln an dem wackeligen Tisch, gespannt aufgerichtet.
Sie konnten gerade noch erkennen, daß Ann sich gebückt hatte und etwas aus ihrem Schuh schüttelte. »Du lieber Himmel, das ist ja ein wahres Abenteuer. Ich nehme an, keiner von den anderen Jungen wird *das*

überbieten können.« Sie lachte unterdrückt, richtete sich auf und ging weiter ins Haus. An der Tür drehte sie sich um und fügte mit einem höflichen Lächeln hinzu: »Seid ihr besorgt?«
»Wir sind uns noch nicht klar«, sagte Tom, »was wir sein sollen.« Und sie lachte wieder.
Er knipste die Lampe an. Jessies Gesicht war ihm verschlossen in einem Ausdruck der Komplizität, amüsiertes Entsetzen. »Laß ihn ins Internat zurückgehen. Nimm keine Notiz davon.« Sie sprach in einem Ton, als messe sie ohne Bedauern eine Strafe zu.
Er schüttelte den Kopf und sah sie an.
»Was sonst, um Himmels willen?«
»Wenn wir wüßten, was wir ihm sagen sollen«, gab Tom zu bedenken.
»Das wird kommen«, sagte sie mit Widerwillen.
»Woher?«
»Ich möchte mir dieses Lokal ansehen.« Sie wollte ihn konfrontieren, den Jungen, das Kind – wo die unbekannte Identität ihres Sohns hätte sein sollen, war eine leere Hülle.
»Demütige ihn nicht.« Sie würden auf die Rezepte von Erziehungsbüchern zurückgreifen müssen, die Lehrbuchregeln.
Sie begann darauf zu bestehen, sie wolle hinfahren und ihn nach Hause holen, aber plötzlich fielen ihr der dünne kleine Hals und die seltsam großen Hände ein – sie schreckte davor zurück, sie dort in diesem Lokal zu sehen. »Na schön. Du hast wahrscheinlich recht. Laß ihn nach Hause kommen, als wäre nichts geschehen.«
Die Zahlenreihen auf dem Papier, vor dem sie immer

noch saß, schienen mit nichts in Verbindung zu stehen; in der kurzen Zeit, seit sie von ihnen aufgeblickt hatte, hatte die ganze Dringlichkeit der Agenturgeschäfte die Lebendigkeit verloren. Sie lag um elf Uhr halb eingeschlafen im Bett, als sie Morgan nach Hause kommen hörte. Eine leise, prickelnde Neugier ließ sie ganz wach werden, wie ein Mädchen, das sich der Anwesenheit eines fremden Mannes im Nebenzimmer bewußt ist.

Morgan, der immer an der Peripherie des Lebens im Haus gewesen war, fand sich in dessen Zentrum wieder. Er mußte mit Furcht im Herzen am vorigen Abend nach Hause gekommen sein, denn er wußte, daß Graham Wileys Eltern ihn sicherlich verraten hatten, aber beim Frühstück stellte er wie üblich unsichere Munterkeit zur Schau – an seinem Verhalten war nichts unnatürlich, denn er war nie natürlich, sondern schien sich immer so zu verhalten, wie er es in seiner Schüchternheit und Ungeschicklichkeit für angemessen hielt. Gleichzeitig machte ihn diese Art von Befangenheit außerordentlich unempfänglich für die Stimmung der Erwachsenen, bei denen er den Eindruck von Ungezwungenheit erwecken wollte. So fragte er etwa (nicht aus Interesse, das war klar, sondern weil er Tom durch ein Interesse an seiner Arbeit schmeicheln wollte) an einem Morgen nach irgend etwas Geschichtlichem, nachdem Tom die halbe Nacht Geschichtsarbeiten korrigiert hatte und der ganzen Lehrtätigkeit überdrüssig war. Als Jessie verärgert nach Hause kam, weil sie eine gebührenpflichtige Verwarnung wegen Falschparkens bekommen hatte, berichtete er lang und breit von einer Auseinandersetzung zwischen einem Verkehrspolizisten und einer Frau, die er in der Stadt mitangehört hatte. Wenn jemand sagte: »Ach, Morgan, laß uns jetzt ein bißchen in Ruhe«, hörte er sofort ohne Groll auf, als ob die Fragen oder sein Bericht ihn ebensowenig interessierten wie seine Zuhörer. Wenn er nicht gerade versuchte, unterhaltsam zu sein, wurde seine Anwesenheit gar nicht bemerkt, obwohl sein Gesicht immer in Bewegung war wie das Gesicht eines Statisten in einer Massenszene, das, wenn man zufällig einen Blick darauf wirft, überraschenderweise die ganze Zeit geschauspielert hat, während das Publikum ganz von den Hauptdarstellern gefangen war. Er hätte es nie gewagt, sich in Gesellschaft anderer in sich selbst zurückzuziehen.

Elisabeth wollte sich an jenem Morgen nicht von ihrer neu erworbenen kleinen Schultasche trennen, die ständig im Weg war zwischen dem Frühstücksgeschirr. »Wir sollten sie dir irgendwie anbinden«, sagte Jessie zu ihr, und Morgan griff den Vorschlag sehr gründlich auf: »Weißt du, was du tun solltest, Mum, du solltest eine Schnur nehmen und sie ihr um den Hals hängen wie bei diesen Hunden. Diese Hunde, die in den Schnee gehen mit kleinen Schnapsfässern um den Hals. Nein, ich weiß! Kauf ihr einen Ranzen, wie ich ihn früher hatte. Das ist eine gute Idee – dann hat sie ihn auf dem Rücken. Warum nicht, Mum ...« Das kleine Mädchen hatte das Essen vergessen und lächelte stolz über die Aufmerksamkeit in die Runde. »Laß sie in Frieden, damit sie mit ihrem Frühstück fertig wird, Morgan, bitte.« – »Na gut.« Er aß selbst schnell auf und verschwand vom Tisch.

In seinem Schlafzimmer sahen sie, daß er sie erwartet hatte. Er hatte sich still, ohne Hoffnung, in die Höhle verkrochen. Das Radio war an und heulte leise; es war nicht wirklich seine Höhle – in ein paar Tagen würde er wieder im Internat sein, und das Bett, das kleine Radio, die Socken, die auf einem Stuhl lagen, und der krause Haufen von Science Fiction-Magazinen und Comics würden verschwunden sein. Toms Aktenschränke und seine Kartons mit Papieren hielten die Stellung. Tom ging hinüber und schaltete behutsam das Radio aus, aber ehe er sich wieder umdrehen konnte, hatte Jessie gesprochen: »Wieso gehst du in dieses Lokal?«

Wenn sie nur mit der erwarteten Einleitung angefangen und ihnen allen eine Chance gegeben hätte! Gebraucht wurde eine Erklärung, nicht die Wahrheit. Tom versuchte, sie mit einem Blick zu bremsen, aber sie sah sich in der kleinen, umbauten Veranda um, als ob die verstreuten Spuren von Morgans Aufenthalt geheimnisvoll beredt wären, wie zerbrochenes Glas und umgeworfene Stühle Zeugnisse einer Schlägerei sind.

Morgan war totenstill. Hätten sie ihm in diesem Augenblick einen Revolver auf die Rippen gesetzt, er hätte nicht gesprochen. Und dann griff er nach einigen Stükken Draht, die auf seinem Bett lagen, und begann ein Stück Isolierband herumzuwickeln. Er sah seine Mutter und Tom an, gutmütig, hilflos, blind.

»Nun?« Jessie konnte nicht aufhören, ihn anzustarren, ihr Blick wanderte neugierig über den kleinen, dünnen Hals in dem offenen Hemd, die Lippen nervös und leicht über dem ein wenig vorstehenden Kiefer geschlossen (er hatte hübsche Zähne, was für ein Glück das war), die schäbigen grauen Hosen waren unter dem Kreis des Gürtels um seine dünne Taille übereinandergeschlagen wie ein Lendentuch; die unfertigen und weichen Hände.

Sie waren wie die Hände, die sie manchmal bei jungen Automechanikern in der Werkstatt sah, rauh und traurig, noch nicht gehärtet gegen die Quetschungen schweren Metalls und unter der tief in der Haut sitzenden Schmiere rosa schimmernd.
»Jessie und ich hatten nicht gedacht, daß du schon auf Tanzereien und dergleichen scharf bist, Morgan«, sagte Tom zu ihm. »Wenn du es bist, gibt es Klubs und Lokale für Jungen deines Alters, und Mädchen natürlich. Ich könnte mir vorstellen, daß du da mehr Spaß hättest.«
Armer kleiner Teufel! Gesunde Entspannung boten sie ihm an; wer wußte, was er wirklich brauchte? Wir können ihm nur anbieten, was wir haben, dachte Tom.
»Du brauchst dich nicht in irgendeine Kaschemme zu schleichen.« Jessie bemühte sich, freundlich zu sein. »Du hättest schließlich Leute hierher einladen können, wenn du es mir gesagt hättest. Jetzt ist es zu spät – du gehst zurück ins Internat.«
Wie von ihrer Stimme fasziniert, sagte er: »Ja, ich weiß. Nur noch zwei Tage.«
Sie sprachen über jemand anderen. Morgan würde niemals nette Jungen mit krächzenden Stimmen und Mädchen in Petticoats einladen, um nach Grammophonmusik zu tanzen. Er hatte auch nichts von der animalischen Kraft der Halbstarken an sich; die Kehrseite der in regelmäßigen Raten erlernten Anstandsregeln eines gemütlichen Heims. Das Gespräch hatte zu nichts geführt; da war nur Erleichterung, daß es vorüber war.
»Er wird das vielleicht wieder machen«, sagte Tom. »Ich weiß nicht, was ihn daran hindern soll. Wir werden einige Pläne machen müssen, ehe er nächstes Mal nach Hause kommt.«

»Er wird es vergessen haben. Du weißt doch, wie Kinder etwas hinter sich lassen.«

»Ja«, sagte Tom. »Aber das wird er nicht mehr hinter sich lassen.«

Jessie wurde wieder von der unbehaglichen, unbeherrschbaren Belustigung befallen, die sie am Abend zuvor enerviert hatte. »Tom, Tom, wirklich, Tom, kannst du glauben, daß er's überhaupt getan hat? Ist das real für dich? Dieser kleine Junge? Diese kleine Nervensäge mit den langweiligen Geschichten?«

Es war vorbei, und in weniger als zwei Tagen würde er wieder im Internat sein, und sie nahm an, damit sei die ganze lächerliche, komische Angelegenheit erledigt. Sie empfand eine kalte Gereiztheit gegenüber dem Jungen und wollte mit niemanden über ihn reden, vor allem nicht mit Tom. Ihr schien, daß Tom bei dem Gespräch mit dem Kind besonders schlecht abgeschnitten hatte mit seinem absolut unspontanen »Verständnis« – zu dem sie sich auch hatte verführen lassen –, und seinem Vorschlag, man sollte für Morgan Pläne machen. Pläne – da fiel ihr sofort ein Bild ein, das auf sie als Kind eine besondere Anziehungskraft ausgeübt hatte. Es war in einem Buch mit Bleistiftzeichnungen von Kindern, Hunden, Pferden, Eltern und englischen Kindermädchen, das sie zugleich exotisch und tröstlich fand, und es zeigte eine junge Frau, die an einem Strand auf der Seite lag; mit der Hand beschattete sie die Augen, während sie zärtlich den kleinen Jungen anblickte, der sich an ihre große, weiche Hüfte lehnte, die sich sanft hinter ihm erhob: »Was wird aus ihm werden? – Eine mütterliche Träumerei.«

Sie hatte darum gekämpft, Morgan in einer anständigen Schule unterzubringen (man mußte sich eigentlich schon bei der Geburt anmelden, wenn man in eine wirklich gute Schule aufgenommen werden wollte, aber sein Vater war gestorben, sie war mit ihm von Ort zu Ort gezogen und hatte es nicht der Mühe wert gefunden, etwas vorzubereiten, bis er fast so weit war, auf die Schule zu gehen). Sie rechnete auf ihre Mutter und Bruno, beim Universitätsstudium behilflich zu sein. Sie würde nicht zu schockieren sein – das nahm sie rein theoretisch in Anspruch, sie dachte dabei an Homosexualität, ein schwangeres Mädchen, politische Schwierigkeiten, Buddhismus oder Konversion zur römisch-katholischen Kirche. All das zu seiner Zeit. Aber die Zeit war noch fern, sie selbst befand sich noch in der Periode des Liebens und des Zeugens, sie hatte drei kleine Kinder, die kaum aus den Windeln heraus waren, sie füllte die immer hungrigen Münder . . . was würde *sie* werden, das war die Frage, von der sie besessen war. Sie wirbelte ihren eigenen Staub auf.
Morgan war da irgendwo in diesem kosmischen Wirbel, ein Teilchen, das um sie herumflog. Wenn es zur Ruhe kam – ah, wenn es zur Ruhe kam, würden die Atome in einem anderen Muster kombiniert sein, nicht in ihrem eigenen.
Sie dachte nicht an Morgan, der sowieso wieder ins Internat zurückging, aber sein Erscheinen als Heimsuchung in der gespenstischen Erwachsenenwelt war wie ein nicht erinnerter Traum, der dem folgenden Tag Geschmack und Farbe entzieht. Alles war in ihrem täglichen Leben wie gehabt, und doch war es für sie nicht wie bisher; sie machte mechanisch weiter.

Als sie eines Nachmittags das Büro der Agentur verließ, rief sie zu Hause an und sagte dem Mädchen, sie möge ausrichten, daß sie länger zu arbeiten habe und wahrscheinlich zum Abendessen nicht zu Haus sein werde. Sie fuhr langsam durch den starken Berufsverkehr nach Hillbrow, ging in ein Café und blieb lange dort sitzen. Es war ein großes Lokal, das mit schlechten abstrakten Wandgemälden und afrikanischen Masken dekoriert war und dessen Lampen mit den geflochtenen Sieben verkleidet waren, die Afrikaner für Maisbier verwenden, aber es gab funktionelle Geräusche von sich, die ihm trotz allem eine gewisse Verwandtschaft mit den tröstlichen Eigenschaften einer Küche verliehen. Ein Strom von hellem Orangensaft stieg ständig im Inneren eines gläsernen Behälters auf und kam zischend wieder herunter, was annähernd so erfreulich klang wie ein kochender Wasserkessel; die Espressomaschine tat ihr Werk mit heiseren, kurzen Zischlauten, fast wie das Brutzeln eines Bratens, wenn er mit heißem Fett begossen wird. Das Café war leer, und diese Geräte waren gesellig. Dann begannen Leute hereinzukommen. Die Mädchen warteten mit der Miene nachdenklicher Weltmüdigkeit, die sie, wie sie sich gut erinnerte, früher selbst aufgesetzt hatte, wenn sie in wilder Aufregung auf irgendeinen Mann wartete. Die älteren Männer mit Geld und Aplomb lasen die gerade erschienene Abendzeitung. Die jungen Männer saßen lässig zurückgelehnt da und beobachteten die Tür oder beugten sich, angespannt und nachdenklich, mit aufgestütztem Kinn über den Tisch. Die Einwanderer kamen herein: deutsche Juden aus den dreißiger Jahren, Doktoren in diesem oder jenem Fach, in schäbigen Regenmänteln; junge Italiener aus den fünfziger Jahren, die von der Armutszivilisation geschädigten – kleine Puppenmänner mit erhöhten Absätzen an spitzen Schuhen und kühne, gut Aussehende mit lokkigen Haaren, die mit gespreizten Beinen saßen, um mit der feinen Kurve ihres Gliedes in engen Hosen anzugeben.

Jessie begann auch so zu tun, als wartete sie auf jemanden. Nur war das ein Warten ohne Qual, ohne die Möglichkeit, versetzt zu werden, ohne eine Spur des schlimmsten Risikos von allen – daß die Verabredung ohne jeden ersichtlichen Grund schiefgehen könnte. Als sich das Lokal allmählich füllte, brach sie mit gutem Gefühl für den richtigen Zeitpunkt auf. Sie machte eine Stunde lang einen Schaufensterbummel, sah sich alles interessiert an, von Harken und Plastikeimern im Eisenwarengeschäft und den lila und silbernen Perücken beim Friseur bis zu den Musterstücken von Puten-, Enten- und Hühnerleichen in dem koscheren Delikatessengeschäft und zu dem ständigen Festival des indischen Obst- und Gemüsehändlers mit dem Duft von zertrampelten Früchten und welkenden Blumen, umgeben vom Purpur der Auberginen und dem Scharlachrot der Tomaten, gefiedert mit Karottengrün und Frisésalat und dem glühenden Licht, das durch die Limonadenflaschen auf den obersten Regalen hindurchschien. Es wurde dunkel, und sie ging noch eine Tasse Kaffee trinken. Diesmal trank sie ihn gleich aus und ging sofort wieder hinaus auf die Straße. Sie wußte nicht, wo das Tanzlokal war, aber als sie irgendwann mit dem Wagen vorbeigefahren war, mußte sie den Namen hoch oben gesehen haben, und jetzt ging sie dorthin, ohne an jeder Querstraße kaum mehr als nur einen Moment zu zögern.

In einem schmalen Durchgang, der von der Straße abging, war eine Betontreppe. Als sie hinaufstieg, dachte sie mit der Kritik einer Generation an einer anderen, daß das, was sie einst aufgesucht hatte, gewöhnlich in Kellern zu finden war.

Eine Frau ihres Alters saß an einem Schalter, der wie eine Kinokasse aussah. »Ja, meine Liebe?«

Das Benehmen war das einer Verkäuferin: das steht Ihnen wirklich sehr gut ... Durch die Verschönerungen, die die Frau zur Vertuschung benutzte, bot sie Jessie ein ehrliches Eingeständnis von Anzeichen, die Jessie manchmal auf ihrem eigenen Gesicht ertappte. Das Haar war unternehmungslustig gefärbt und bestätigte als eine beständige Realität die paar weißen Haare, die manchmal erschienen und manchmal nicht zu sehen waren. Eine dicke Make-up-Schicht ließ in zwei langen Ritzen die Falten als endgültig erscheinen, die beiderseits von der Nase zum Kinn verliefen und abends bei den Vorbereitungen zum Schlafengehen herauskamen. Das Gesicht war realistisch, resigniert und hart in seinem Anspruch auf Farbe und Locken; eine städtische, nach-industrielle Revolution-Version des Vertrauens der Bäuerin auf die Gepflogenheit unterschiedlicher Kleidungs- und Verhaltensweisen, die ihr durch die Zeit als Mädchen, reife Frau und Witwe Sicherheit gaben.

Jessie bezahlte fünf Shilling und murmelte etwas, daß sie mit jemandem verabredet sei, aber der Vorwand war unnötig. Niemand mißtraute ihr. Hinter ledernen Falttüren befand sich ein großer Raum, fluoreszierend rosa beleuchtet und mit silbernen Kugelsesseln an den Tischen. An den Wänden hingen riesige Photographien von jungen Männern mit den Gesichtern schmollender Mädchen, die singend die Zähne fletschten, aber die Band, die grob den Rhythmus einer angeblich südamerikanischen Melodie bearbeitete, war nicht eine fanatische Gruppe jazzbesessener Jugendlicher, sondern gewöhnliche Berufsmusiker mit der stumpfen Müdigkeit einer endlosen Nacht auf den Gesichtern. Das Publikum war jung, hing aber nicht merklich dem Teenager-Kult an. Die meisten Mädchen mußten unter Zwanzig sein und sahen wie die gelangweilten oder die Haare zurückwerfenden Verkäuferinnen aus, die tagsüber in den Kaufhäusern arbeiten. Sie wiesen keine Spur von Raffinesse auf und entstammten einer Schicht, der die billigen, bunten Stoffe noch zu neu waren, als daß sie deren modische, symbolische Ablehnung, selbst ohne sie zu verstehen, durch blasse Mädchen in schwarzen Strümpfen nachäffen wollten.

Ein Jüngling mit schwammigem Gesicht und einer schmutzigen weißen Feldmütze brachte Jessie eine Coca-Cola und eine Untertasse mit Chips. Ein paar Leute tanzten, aber die meisten lungerten herum, die Männer in lauten Gruppen in der Nähe der Mädchen. Sie sahen wie junge Männer aus, die zu zweit und zu dritt aus irgendwelchen Goldgrubengemeinden am Witwatersrand hergekommen waren, wo es die Freuden der Großstadt nicht gab; es hatte etwas Solidarisches an sich, wie sie zu ihren Gefährten zurückkehrten, sobald ein Tanz beendet war, und in das wiehernde Gelächter über die Bemerkungen, die einer über den anderen machte, einstimmten. Am Rand der Gruppen der Jungen und Mädchen saßen einige von jenen Männern, die rasiert in ihrem einzigen Nadelstreifenanzug und mit

einer glänzenden Kappe aus schwarzem Haar offenbar aus den Rattenlöchern jeder Stadt zum Vorschein kommen. Hin und wieder holte einer von ihnen eines der Animiermädchen auf die Tanzfläche und hielt sie mit der ganzen greulichen Geziertheit eines über dem Henkel der Teetasse abgespreizten kleinen Fingers. Die Favoritin war ein schwarzhaariges Mädchen mit einem majestätisch spöttischen Ausdruck und einem weißen Hals, an dem ein Kruzifix hing. Sie war nicht dick, aber sie schien schwer zu sein, denn ihre Füße in den spitzen Schuhen kamen mit außerordentlicher Wucht herunter, sie setzte sie gewaltsam auf, als ob sie alles aufspießen, zermalmen und plattwalzen wollten, was unter sie geriet. Sie kicherte und nickte, während sie tanzte.
Einer der Männer ging zweimal an Jessie vorbei. Dann war er da, beugte sich über den Tisch; ein Zickzack von orchideerosa Licht schimmerte auf dem Haar wie auf einem dunklen Teich. »Möchten Sie tanzen, Madam?« Die ausgesuchte Höflichkeit, der servile männliche Stolz darauf, zu wissen, wie eine Frau gern behandelt werden möchte, lag in einem pathetischen Glanz über unterwürfiger Wildheit dieser Kreatur. Seine bösartigen Augen hatten einen Ausdruck von objektiver Einsamkeit wie die Augen eines Tiers, das nicht weiß, daß es hinter Gittern geboren wurde.

Sie fand nicht heraus, warum Morgan dort hingegangen war. Dazu, das begriff sie schließlich, mußte man erst wissen, von wo er ausgegangen war.

5

Adam, der Eva ganz flügge aus seiner Seite entsprungen sah, hätte nicht seltsamer berührt gewesen sein können. Es war immer noch Zeit, sich ernstlich mit Morgan zu beschäftigen; er würde dableiben, er war da, ob es ihr gefiel oder nicht, und eines Tages würde sie imstande sein, eine Kehrtwendung zu machen und wieder da anzufangen, wo sie ihn beiseite geschoben hatte. Sie wußte nicht mehr genau, wann sie ihn beiseite geschoben hatte, und ihr schien, daß dies zur Zeit ihrer Heirat mit Tom gewesen sein mußte, aber in Wirklichkeit war es viel früher gewesen, als sie nachts in dem Zimmer im Bett lag, in dem das Baby schlief, und sie voll Selbstmitleid und Zorn um die Jahre weinte, um die ihre Mutter sie betrogen hatte. Damals schien das Baby in seiner beneidenswerten Blütezeit des Lebens, die noch von niemandem angetastet wurde, etwas zu sein, das sehr gut sich selbst überlassen bleiben konnte bei allen außer den offenbar körperlichen Bedürfnissen. Es würde so eine Zeitlang ungefährdet sein, ebenso wie seine natürliche Immunität gegen bestimmte Krankheiten, eine Erbschaft aus der Zeit von der Geburt, noch ein oder zwei Jahre anhalten würde. Fünfzehn Jahre waren vergangen, und jetzt war sie mit einem unbekannten Wesen konfrontiert: halb Mann, nicht mehr Kind. Wo war das Kind, das immer in ihrer Nähe gewesen war, wartend?

In der psychiatrischen Fachsprache kann ein Mensch als

geistig »völlig unzugänglich« bezeichnet werden; um ohne die Beschädigungen der Vergangenheit, ohne Jammern, ohne Schuldzuweisung zu überleben, hatte Jessie den größten Teil ihres vergangenen Lebens ziemlich auf diese Weise für sich unzugänglich gemacht; natürlich war sie auf dem nicht beherrschbaren, dem unterbewußten Niveau dafür zugänglich geblieben. Sie wollte sich hier und jetzt mit Morgan befassen, in bezug auf die Gegenwart und in der Gegenwart. War das unvernünftig? Sie versuchte, wie man es mit einem neuen Bekannten tun mochte, ihn aus den Bildern der letzten fünf oder sechs Wochen zusammenzusetzen. Natürlich war er weg, wieder aus dem Haus, aber er war dagewesen, und aus einer alten Anmaßung ihrer Verantwortlichkeit für ihn, die sie als Gewalt über ihn betrachtete, machte sie sich daran, sich eine einfache Spur auszusuchen. Er langweilte sich; er fühlte sich ausgeschlossen zwischen den Erwachsenen und den kleinen Mädchen; er war aus Schwäche in die ganze Geschichte hineingezogen worden, hatte sich dem jungen Wiley angeschlossen, statt selbst nachzudenken. Oder war es die alte Geschichte von dem Kind, das bewußt auf das Privileg verzichtet, sich im Rahmen der von seinen Eltern errungenen Befreiung zu entwickeln, und das Strenge und Vulgäre wählt? Doch als Morgan in ihrem Bewußtsein deutlicher Gestalt anzunehmen begann, wie er war – wie sie ihn gesehen und bisher nicht gesehen hatte –, ließ er nicht erkennen, daß irgendeiner dieser Hinweise auf ihn zutraf. Er hatte mit ihnen nichts zu tun; das konnte sie erkennen. Er langweilte sich nicht – an dem Tag, als sie in sein Zimmer gegangen war und er dagelegen und seinem endlosen Radio gelauscht hatte, welche Stille war da um ihn gewesen, Einsamkeit, ja, vielleicht, aber in der weichen Hülle der Zufriedenheit. Und ausgeschlossen – das war er seit Jahren und hatte sich dabei sehr wohl gefühlt. Und ebensowenig, wie er zum Aufbegehren neigte (sie empfand Scham und eine Spur Verachtung, als sie das zugab), hätte seine Schwäche ausgereicht, ihn dem jungen Wiley so weit folgen zu lassen: etwas Wirksameres als Schwäche, eine eigene Initiative, hatte ihn die Betontreppe zu den rosa Lampen hinaufsteigen lassen. Was *ihre* Werte betraf – ihre eigenen und Toms und die des Hauses –, so mußte sie mit einem Gefühl dumpfen Schmerzes zugeben, daß sie nicht wußte, ob sie bei Morgan »angekommen« waren oder nicht, einfach dadurch, daß er da war: das war die einzige Art, von der zu erwarten war, daß sie es bewirken könnten.

Der Junge wurde in ihrer Vorstellung zu einer Reihe von Umrissen, die gegeneinander verschwammen und in einer zunehmenden Beklemmung verschwanden. Der Anblick eines der kleinen Mädchen, das mit einem Splitter im Finger kam, der herausgezogen werden sollte, von Clem, die plaudern wollte, oder Madge, die sich kummervoll danach sehnte, geküßt zu werden, führte dazu, daß sie sich instinktiv zurückzog. Jessie kam sich wie ein Hund vor, der einen erhobenen Stock sieht. Liebe erschreckte sie mit ihren hämmernden Forderungen, Liebe verlangte und bedrängte, Liebe würde ihren Gegenstand niederwerfen und in Stücke reißen. Das war Liebe, ohne die wenige Menschen leben konnten und die zu bekommen die meisten die eine große Anstrengung ihres Lebens unternahmen. Und Morgan, Morgan lag schwer auf ihr – immer kam sie in ihrer Verbitterung schließlich darauf zurück. Aber sie liebte Morgan nicht, und Morgan – dessen war sie sicher – liebte sie nicht. Sie schienen sich in diesem Eingeständnis zu treffen, betrachteten einander ohne Erwartung oder Groll, und der Raum zwischen ihr im Haus und ihm in der Schule war vorübergehend klar, als wären die Wolken weggeblasen.

Der Strom ihrer Sorge und Nachdenklichkeit zog sich durch das ganze Haus. Die Kinder stolperten hinein, zuckten zusammen und gingen wieder weiter, vergeßlich und glücklich. Tom geriet immer wieder in den Stromkreis, und jedesmal mit einem Gefühl der Bestürzung und Überraschung – Jessie dachte also immer noch an diese Morgan-Geschichte! Er konnte um alles in der Welt nicht einsehen, warum; wenn Morgan nächstes Mal in den Ferien nach Hause käme, würden sie dafür sorgen müssen, daß er die ganze Zeit beschäftigt wäre, das war alles. Das war alles, was sie tun konnten. Sie brauchten bloß ein paar einigermaßen erwachsene Beschäftigungen für ihn zu finden. Tom war entschlossen, dafür zu sorgen, wenn es so weit war, und Jessie wußte das. Weiter gab es nichts zu tun. Vielleicht würde es nicht klappen, aber sonst konnten sie nichts tun. Akzeptierte Jessie das nicht mehr? Warum richtete sie jetzt das ganze Licht ihres Daseins auf Morgan, da er doch schon vor langer Zeit, kurz nachdem er begonnen hatte, mit ihr zu leben (und mit dem Jungen; die beiden gehörten zusammen) begriffen hatte, daß er den Versuch aufgeben mußte, sie dazu zu bringen, dieses lebenspendende Licht dem Kind zuzuwenden, sei es auch nur gelegentlich. Sie hatte es nie gekonnt. Nicht einmal damals, als es notwendig war und Sinn hatte. Diese Geschichte mit

dem Tanzlokal war die geringste der Bedrohungen, die über Morgan geschwebt hatten.
Tom selbst stand gerade unter dem Druck eigener Schwierigkeiten. Über das Gesetz, das in Zukunft die Universität allen außer den weißen Studenten verschließen würde, sollte demnächst im Parlament debattiert werden; und es war die Rede davon, daß in die Vorbedingungen für die Anstellung von Personal eine »Loyalitäts«-Klausel aufgenommen werden sollte. Der Studentenrat demonstrierte und verbreitete Protestflugblätter, und Tom hätte es gern gesehen, wenn sie, unterstützt vom Lehrkörper, einen richtigen Aufruhr gemacht hätten. Zuerst hatte er das Problem noch ganz klar im Kopf, aber als die Tage vergingen, bekam es durch die ständige Beschäftigung damit alle möglichen Flecke und Kratzer und begann fast unkenntlich zu werden. Eines Morgens hatte ein Verwaltungsangestellter der Universität einige Studenten-Plakate abgerissen und in eine Mülltonne gestopft. Es hieß, das sei auf Anweisung von ganz oben geschehen; selbst wenn es ohne Anweisung geschehen und nur ein Ausdruck persönlicher Gereiztheit gewesen wäre, hätte es zweideutig gewirkt. Tom bekam allmählich das abscheuliche Gefühl, daß die ganze Angelegenheit – die diamanthart zwischen jenen wenigen kristallinischen Formationen moralischen Urgesteins existiert hatte – in Zonen des Zweifels geriet, wo sie nicht hingehörte. Er sprach kaum beim Abendessen an jenem Tag und stand vom Tisch auf, während die anderen noch aßen – er mußte zu einem privaten Treffen mit einigen Angehörigen des Lehrkörpers und Studenten. »Wo sind meine Zigaretten? Ich glaub, ich geh' jetzt besser.«

Dem folgte die Pause, die immer entsteht, wenn ein Thema aufkommt, das jeder zu gut kannte, um darüber reden zu wollen.

Ann war ausnahmsweise zum Abendessen zu Hause und fragte mit dem neutralen Interesse, das sie den meisten Dingen entgegenbrachte: »War das eine große Versammlung heute mittag?«

»Nicht übel. Nur sollte es einigen Krach und blutige Köpfe geben, damit die Leute erkennen, daß die akademische Freiheit etwas ist, um das auf den Straßen gekämpft werden muß! Die Leute halten das für ein Schlagwort, das die Mehrzahl von ihnen ebensowenig betrifft, wie ›höhere Einkommenssteuerklasse‹. Sie sollen begreifen, daß das auf derselben Ebene liegt wie ihr Recht auf die wöchentliche Lohntüte, die Verteidigung des guten Namens ihrer Frau und andere Dinge, die das Blut in Wallung bringen.«

Jessie ging unruhig im Zimmer hin und her, als ob sie vorhatte, ein bißchen aufzuräumen. »Ich bleib auf«, sagte sie, ein Hinweis, daß er keinen Schlüssel mitzunehmen brauchte.

Bei dem Treffen am Abend wies ein Student darauf hin, daß die Universität schon immer nur für Weiße wirklich offen gewesen war; die schwarzen und indischen Studenten durften nie am Sport und an gesellschaftlichen Veranstaltungen teilnehmen. Wenn man von ihr als einer »offenen« Universität sprach, dann akzeptierte man bereits einige der niederen und häßlicheren Vernebelungen, mit denen die Rassendiskriminierung sich selbst schützte. Nachher ging Tom noch auf eine Tasse Kaffee bei einem Freund vorbei und kam mit einem Schwarzen ins Gespräch, den er schon ein paarmal dort getroffen hatte. Sie brachen zusammen auf, und als sie die Straße entlanggingen, berichtete Tom von dem Meinungsaustausch zwischen denjenigen Angehörigen des Lehrkörpers und der Universitätsverwaltung, die wie er selbst rückhaltlos gegen das Gesetz kämpfen, die Studenten unterstützen und ihnen keine Steine in den Weg legen wollten, und anderen, die beteuerten, sie verabscheuten das Gesetz, aber es sei töricht, sich die Regierung zum Feind zu machen, wenn das Gesetz sowieso durchkomme und die Universität auf Regierungszuschüsse so angewiesen sei. Um die Idee der akademischen Freiheit lebendig zu erhalten, behaupteten diese Leute, müsse die Universität um jeden Preis weiterbestehen, selbst um den der akademischen Freiheit . . .

Das braune, pockennarbige Gesicht neben ihm tauchte auf und verschwand, während sie gemeinsam unter Straßenlaternen dahingingen. Der Mann drehte sich um, um Gute Nacht zu sagen: »Bekämpft sie in dieser Angelegenheit, wenn ihr wollt, Mann, aber glaubt nicht, daß es auf irgend etwas, was ihr tut, wirklich ankommt. Einige von euch machen Gesetze, und einige von euch versuchen sie zu ändern. Und uns fragt ihr nicht.«

Als Tom mit Jessie darüber sprach, hatte sie immer noch das deutliche Bild der ganzen Sache, das er zu Anfang auch gehabt hatte. Sie hatte sich nie sehr für die Akademiker interessiert – wäre sie mit einem Kaufmann verheiratet gewesen, hätte sie sich ebensowenig für die Kollegen interessiert, die auf die Zwillingsgötter Angebot und Nachfrage schworen, denn sie hegte die aufrichtige, wenn auch leicht eifersüchtige Abneigung des Einzelgängers gegen Berufsvereinigungen, Berufswitze und die beruhigende Annahme eines gemeinsamen Geschicks –, und es überraschte sie nicht, daß einige der Universitätsleute sich jetzt als unfähig erwiesen, ihr offenes Karrieredenken und ihren Mangel an Zivilcourage zu überspielen.

»Ich sehe da kein Problem. Nur Leute, die damit beschäftigt sind, Dinge in ›Betracht‹ zu ziehen – ob sie rausgeworfen werden oder ob irgendein vertrottelter Professor es gern hätte, wenn sie den Mund aufmachen oder nicht –, können da überhaupt zweifeln.« Sie kommentierte eine Befriedigung in ihm, die sie für selbstverständlich hielt. Doch diese Wahrheit erschien ihm jetzt oberflächlich und unüberlegt. Er dachte mit einem Anflug von Groll, sie sitzt zusammengesackt da (sie war seinetwegen aufgeblieben) und hat mir nicht zugehört. Sie ist ganz bei der Sache, aber sie hat nicht zugehört. Es stimmte, er war ebenso gewiß dagegen, einen Menschen wegen seiner Hautfarbe von einer Universität fernzuhalten, wie er wußte, daß es Unrecht war, zu morden. Aber sie wußte nichts von der Zerrüttung der Arbeitsatmosphäre durch Konflikte, sie wußte nichts von diesem seltsamen Gemenge von Nützlichkeit, Vergeudung, Inspiration und Disziplin, das eine Institution ausmacht, und von dem Gefühl, all das verschiebe sich und schwanke unter den Füßen.

Er lag in der Nacht wach, und sie merkte es. Sie spürte, daß er auf seiner Seite vorsichtig aus dem Bett glitt. »Was ist los?« – »Ich weiß es nicht«, log er. »Ich will mir eine Zigarette holen.« Er legte sich mit dem Rücken zu ihr wieder hin, um sie nicht zu stören, aber sie konnte das regelmäßige Einziehen des Rauchs spüren und das Ausstrecken seines Arms, als er die Zigarette ausdrückte. Er fuhr ihr mit dem Fuß, zum Streicheln gekrümmt, beruhigend über die Wade, aber es war eine Stunde, in der sie sich vorstellen konnte, wie es wäre, wenn sie ihn nie kennengelernt hätte. Sie empfand sich tatsächlich als frei, allein, Ehemann tot, der Mutter entronnen, allein mit Morgan. Es begann ihr durch den Kopf zu gehen in Licht und Farbe, ein Leben mit Morgan, das sich zugetragen zu haben schien. Morgan war ungefähr fünf Jahre alt und saß auf einer Schaukel, die sie anstieß. Dann saß sie auf der Schaukel, und er stieß sie an. Sie kam seinem lachenden Gesicht entgegen und wieder weg davon, entgegen und weg. Dann waren sie und Morgan zusammen auf einem Schiff, sie lasen nebeneinander auf Deck, und Leute, mit denen sie nie zu sprechen brauchten, gingen auf und ab. (Sie waren tatsächlich zusammen auf einem Schiff gewesen, aber er war noch sehr klein, und sie hatte ihn die meiste Zeit in den Kindergarten gesteckt, und hinter einem Drahtgitter starrte er von oben auf sie auf dem Deck herab, schweigend.) Dann war er älter, zwölf oder vierzehn, sie lebten zusammen in einer Etagenwohnung, sehr ordentlich, mit Lampenschirmen; er schenkte die Drinks für sie ein, und sie gingen zusammen ins Theater. Sie aßen Abendbrot, kochten und deckten den Tisch und unterhielten sich. Sie hatte ihn bei sich in von Menschen wimmelnden Räumen, er sah erwachsen aus in einem hellen Anzug, seine große, junge, zarte Männerhand ergriff sie plötzlich ... An einem Punkt wurden diese Möglichkeiten ein Traum, und im Traum sah sie sich gerade mit Tom einen alten Film an, dessen Vorhandensein unbekannt gewesen war und der ein vergessenes Leben festhielt.

Ohne daß sie es eigentlich wollte, begann sie zu versuchen, ob sie nicht dadurch an den fünfzehnjährigen Jungen herankommen könnte, daß sie sich vergegenwärtigte, wie sie in dem Alter gewesen war. Aus einem Instinkt heraus, der sie ergriff, nahm sie sich das Mädchen vor, das so lange beiseite gelassen worden war als nicht mehr als eine Krankengeschichte. Es war einfach, sie zu sehen, wie sie auf dem Bergwerksgelände und in der Stadt mit ihrer Mutter herumlief. Sie ging nicht in die Schule, sondern wurde zu Hause unterrichtet, und nachmittags machten sie und ihre Mutter sich zum Einkaufen auf. Da waren die Ladentische, drapiert mit Seidenballen, vor denen sie Stunden zubrachten, und ihre Blicke trafen sich in betrachtender Unschlüssigkeit. Das letzte Wort stand bevor, unvermeidlich wie die Umarmung, wenn der Vorhang fällt. »Die blaue, oder die schwarz-weiße?« – »Die blaue ist sehr schön, die schwarz-weiße ist eleganter. . .« Ihre Mutter sah sie wieder an. Dann die Entscheidung: »Ich brauche irgendein gemustertes Kleid, es gibt Zeiten, da . . .« Nun konnten sie weggehen und Kaffee trinken, sie unterbrachen die Ruhe nach der Gespanntheit, indem sie ab und zu Bemerkungen darüber austauschten, welche Accessoires die richtigen wären. »Geh die Treppe langsam hinauf.« Die behandschuhte Hand ihrer Mutter legte sich ihr auf die Schulter. Manchmal glaubte Jessie tatsächlich das angestrengte Flattern ihres Herzens zu spüren, wenn sie oben ankamen: sie keuchte ein wenig und lächelte dabei, um es zu zeigen. Wenn sie nach Hause kamen, ruhten sie zusammen im Zimmer ihrer Mutter.

Sie durfte natürlich nicht Tennis spielen wegen ihres Herzens – kein organisches Leiden, und bei entsprechender Vorsicht werde es sich auswachsen, erklärte ihre Mutter anderen Leuten. Darum lasse sie das Mädchen nicht in die Schule gehen. Kein Tennis oder Schwimmen, aber abends ging sie weit öfter aus als andere Kinder ihres Alters. Ihre Mutter und Bruno nahmen sie mit ins Theater und in Konzerte in Johannesburg, und wenn sie in den Bergwerkshäusern Bridge spielten, ging sie mit und langweilte sich nicht, lauschte den Gesprächen der Erwachsenen und half der Gastgeberin geschickt beim Tee. Sie las auch Romane, was immer sie wollte. »Ich finde, Mädchen sollten nicht in Unkenntnis des Lebens erzogen werden«, sagte Mrs. Fuecht. Das Mädchen betrachtete mit kritischer Schüchternheit die großen Mädchen in staubigen Turnanzügen, die einst ihre Klassenkameradinnen gewesen waren. Sie wäre entsetzt gewesen, hätte man sie je für genügend gesund erklärt, um wieder in die Schule zu gehen.

Unkenntnis des Lebens! Jessie empfand kein Mitleid mit diesem kleinen Geschöpf, der Busenfreundin ihrer Mutter. Sie schämte sich, verabscheute ihre vorgetäuschte Erwachsenenpose, ihren Stolz im Sinne von Privileg, der ihr eingeredet worden war, das Sichabfinden eines affektierten Wunderkindes mit dem Zwergenstatus in der Welt von Männern und Frauen. Gott sei Dank war dieses Kind nicht am Leben geblieben – umgebracht durch die Gewalttätigkeit der Wahrheit, als sie ihr aufging.

Aber war das alles, was sie gewesen war?

Nachdem Jessie begonnen hatte, in die Vergangenheit zurückzugehen, nachdem sie sich dazu gezwungen hatte, vermochte sie wie eine Katze im Dunkeln zu sehen. Massen zerfielen in ihre Bestandteile, die Einzelheiten der feinen Strukturen traten hervor. Alles war da, alles, alles, für immer. Mit großer Lebendigkeit fiel ihr die außerordentliche Bedeutung ein, die damals einer ihrer Mutter abgebettelten kolorierten Photographie ihres Vaters zukam. Sie besaß sie noch, und seit Jahren hatte das Bild sie nicht mehr aufzurütteln vermocht; es war einfach etwas, das sie aufhob als eine Geste der Anerkennung für den Mann, der ihr Vater war und von dem sie sich nicht erinnern konnte, ihn je gekannt zu haben. Aber *damals* schimmerte es lebendig, erfüllt von einer Kraft, die sie fesselte wie das kleine Heiligenbild in seiner dunklen Nische das Kind fesselt, das eine intensiv religiöse Phase durchmacht. Das Bild hatte zusammen mit alten wertlosen Schmuckstücken in einer Pralinenschachtel gelegen, in der sie gern stöberte. Es war eine Photographie, die koloriert worden war, um wie eine Miniatur auszusehen, in einem abgeschrägten, vergoldeten Etui mit Schnappverschluß, das dazu gedacht war, in einer Handtasche mitgenommen zu werden – das Gegenstück der zwanziger Jahre zum Bildermedaillon. Nach Art von Mädchen war sie mehr von dem schicken Etui als von allem anderen entzückt. Es stand auf ihrem Bücherregal zwischen ausgeschnittenen Bildern von Beverley Nichols und Evelyn Waugh in Kaufhausrahmen. Dann war bei einem der heftigen Unwetter, die im Sommer über dem Bergwerk niedergingen, ihre Schlafzimmerlampe durchgeschmort, und Bruno kam herein, um sie zu reparieren. Er arbeitete bei Kerzenlicht, schnell und gut, wie er alles machte, und als die Lampe wieder brannte und er sein Werkzeug vom Regal nahm, bemerkte er die Bilder.

»Deine Lieblingsschauspieler, wie?« Sein Leben lang

war er ein Frauenkenner gewesen, und er erinnerte sich seiner bescheidenen Anfänge als ein Junge, der Bilder von Schauspielerinnen mit Reißnägeln über seinem Bett angeheftet hatte.
»Es sind Schriftsteller. Und das ist ...« Ihre Stimme verklang, denn er wußte natürlich, wer der dritte war.
Er nahm das Bild in die Hand. »Ich kenne die Namen dieser großen Liebhaber nicht. Du bist in dem Alter, in dem man das weiß. Der sieht gut aus, wie?«
»Siehst du nicht, wer das ist?«
Er lächelte. »Oh, es ist Charles.« Es war das seltsame Lächeln, mit dem er jemanden zu begrüßen pflegte, der Grund hatte, ihm aus dem Weg zu gehen. Er stellte das Bild zurück; richtete es gerade aus. Und dann war es sofort aus seinen Gedanken verbannt; er ging hinaus und rief seiner Frau zu: »Ich wünschte, du könntest dem Boy klarmachen, daß er meine Zange nicht benutzen darf, um Marmeladenbüchsen aufzumachen oder was immer es ist, womit er sie ruiniert ...«
Das Bild zeigte einen sehr jungen Mann. Seine grauen Augen waren leicht schräg auf etwas gerichtet, das auf dem Bild nicht zu sehen war, und obwohl er nicht lächelte, konnte man unter der »natürlichen« Hauttönung des Photographen die schwachen Klammerzeichen zu beiden Seiten des Mundes erkennen, die zeigten, daß er unmittelbar vor dem Auslösen der Kamera gelächelt oder gesprochen hatte. Die gerade beendete Bewegung ergab einen Ausgangspunkt für sie. Mit ihrem Willen zwang sie ihn zum Leben und zum Reden mit ihrer Mutter. Er sprach liebevoll mit ihr. Und dann, ganz glatt und einfach, war sie es, mit der der fremde junge Mann sprach, war sie es, die er innig liebte.

An regnerischen Nachmittagen starrte sie das Gesicht an, von seltsamen und aufwühlenden Gefühlen bewegt. Der Gesichtsschnitt, die Ohren, die Augen; lange ruhte ihr erregter Blick auf ihnen. Ihre eigenen Augen füllten sich genüßlich mit Tränen. Ich liebe dich, ich liebe dich, beschwor sie leidenschaftlich. Er hatte den Platz von Beverley Nichols eingenommen oder den des jungen Evelyn Waugh, wie ihn Augustus John gemalt hatte. Sie führten nachts lange Gespräche im Bett, und sie küßten sich immer wieder im Dunkeln und legten in diese Küsse all die ungestüm zärtlichen, schrecklichen Sehnsüchte, die durch ihren Körper stürmten und sich in ihrem Kopf überschlugen. Sie war verliebt, gejagt und gehetzt durch eine fürchterliche Bürde des Fleisches, obwohl sie noch nicht den Körper einer Frau hatte, um dem Genüge zu tun, sie sonderte Hingabe ab, obwohl sie niemanden hatte, für den sie sie verwirklichen konnte.

Gestand sie je ein, daß das Phantasiegebilde, dem sie all das zuteil werden ließ, ihr Vater war? Hier stieß Jessie auf die entsetzliche Unschuld eines nur inneren Lebens, des geträumten und nicht gelebten Lebens, das den Kopf erfüllt, aber auch auf immer in ihm eingeschlossen ist. Sie wußte, und wußte es auch nicht, daß der Mann, mit dem sie die häuslichen Intimitäten probte, die sie in Filmen gesehen hatte, und auch die erotischen Intimitäten, die in Büchern geheimnisvoll angedeutet und irgendwo in ihrem Körper merkwürdig verstanden wurden – daß dieser Mann das Etikett »Vater« trug. Tatsächlich war er ein Gesicht, ein junges Gesicht, und sie hatte daraus das Gesicht der Liebe gemacht. Wenn etwas Dunkles war an diesem Phantasieren, dann war es verborgen im dunklen Charakter des Phantasierens

selbst. Denn nichts von dieser ganzen Leidenschaft existierte im Licht ihres Kontakts mit der »realen« Welt, in der sie mit ihrer Mutter einkaufen ging und sich mit ihr unterhielt.
Es gab noch anderes hinter dem beherrschten Gesicht des Kindes, das sich unter Erwachsenen bewegte wie ihresgleichen, wie ein kleiner Affe, dem beigebracht worden war, sich die Nase mit einem Taschentuch zu putzen und mit Messer und Gabel zu essen. Nach so langer Zeit mit diesen Dingen konfrontiert, griff Jessie sie auf, verlegen, verwirrt – und dann kam plötzlich der stechende Schmerz von Identität und Erkennen. Der Eindruck kalten Entsetzens, den sie oft im Nacken spürte, wenn sie nachts dem dunklen Flur hinter der Badezimmertür den Rücken wandte und sich niederbeugte, um sich das Gesicht zu waschen. Hatte sie in den ungefähr zwanzig Jahren seitdem je herausgefunden, wer es war, der hinter ihr heranzukommen drohte? Dann gab es diese – selbst in diesem Stadium tauchte eine alte Hemmung wieder auf, und sie wußte nicht, wie sie es nennen sollte – diese Sache mit den elektrischen Steckern. Sie hatte Angst, allein in einem Raum zu sein, in dem es elektrische Stecker gab, denn sie könnte sich gezwungen sehen, den Finger in einen zu stecken und den Strom anzuschalten. Der Anblick von einem, braun schimmernd und ganz alltäglich, faszinierte sie schrecklich, und zugleich mit der Faszination stieg eine ebenso große Furcht in ihr auf – beide wirkten auf sie ein und hatten sie in ihrer Gewalt, aber nach wem konnte sie rufen? Derlei Dinge gab es nicht in der klar erkennbaren Welt. Bruno und ihre Mutter kamen herein und sagten in bezug auf die Dunkelheit: »Da ist doch nichts.« Die

Erwachsenen hatten »wirkliche Probleme«, wie Jessie demütig anerkannte – etwa das Steigen und Fallen von Wertpapieren und Aktien, worüber sie mit der von Geld bewirkten tiefen, verträumten Konzentration sprachen und bei der ihre Differenzen überspielt wurden; und dann gab es die anderen Probleme der Erwachsenen, über die nichts gesagt wurde, die aber jeder, selbst ein Kind, spüren konnte, und die das Leben des Hauses in zwei Ströme teilten, so daß sogar die Katze, wenn sie zur Tür hereinkam, wie elektrisiert stehenblieb.

Liebe und Zerstörung, Leben und Tod waren bereits im Besitz des Schlachtfelds von Körper und Geist des Kindes, das höflich dasaß, seinen neuen Rock glattzog oder die Mutter untergehakt hatte und mit wichtigtuerischer Hingabe dem Gespräch über Kleider lauschte. Der Mut, den das Kind aus sich heraus aufgebracht haben mußte, um dieses Gleichgewicht aufrechtzuerhalten, erschreckte Jessie; wie war es möglich, daß ein Wesen so heimlich, so allein lebte? Unwissenheit natürlich, die entsetzliche, hoffnungslos akzeptierte Gewißheit, daß es niemanden gab, nirgends auf der Welt, der einem gleich war.

War es möglich, daß Morgan auf diese Weise litt?

Doch Jessie war jetzt selbst eine Erwachsene, sie neigte wie jeder andere dazu, sich von der Alltäglichkeit des Kindes einlullen zu lassen. Morgan mit seinem ewigen Schläger und Ball, Morgan, der mit so prompter Bereitwilligkeit aufsprang, sobald man ihn wegschickte, irgendeinen albernen Auftrag zu erledigen. Morgan mit so etwas wie einem Auftreten, das ebenso höflich war wie das ihre als geliebte und liebevolle Tochter einst gewesen war.

»Ich sollte Morgan sagen, wie es kommt, daß er hier bei uns wohnt«, sagte sie zu Tom.

Er war dabei, einen schwierigen Brief zu schreiben, und wandte sich ihr nur zögernd zu, als er die langsame, tote Stimme hörte, mit der sie immer sprach, wenn sie sich entschlossen hatte, etwas Verwegenes zu tun. Er hörte auf zu schreiben, stützte die Ellbogen auf den Tisch und preßte einen Augenblick seine beiden Daumen gegen die scharfen Kanten seiner oberen Zähne. »Ich weiß nicht, was du meinst«, sagte er schließlich.

»Ihm mehr sagen. Mehr über uns. Ihm die Wahrheit sagen. Warum nicht? Warum sollte ich nicht zugeben, daß meine Ehe mit seinem Vater keineswegs wie diese war? Ihm sagen, daß, wenn sein Vater nicht gefallen wäre, die Ehe sowieso beendet worden wäre. Er sollte wissen, daß er nichts versäumt hat.«

»Wovon redest du?« Er sah sie an, als erwarte er, ein Verbrechen zu erfahren.

»Warum schützt man die Kinder immer, indem man sie an der Oberfläche hält? Das ist absolut nicht die richtige Methode. Man sollte sie in alles einweihen und sie stark machen.«

Auf sein Schweigen hin fügte sie hinzu: »Wir sollten mehr mit ihm reden – Boaz hat das mal gesagt.«

Er gab ein kleines, müdes Schnaufen von sich, tat das als etwas anderes ab.

In einer Anstrengung vernünftig zu sein, begann er: »Wie, glaubst du, kannst du das bewerkstelligen?«

»Einen-Weg-finden-um-an-ihn-heranzukommen«, sagte sie. Sie sah mit aufgeregter Enttäuschung, daß Tom insgeheim erschrocken war. »Na, was habe ich denn gesagt?«

Er zuckte die Schultern. »Ich glaube, wir sollten an praktischen Plänen festhalten, Morgan zu beschäftigen. Es ihm zu erleichtern, auf eigenen Füßen zu stehen ... das ist alles.«
Sie spürte, daß das Gespräch in die Schablonen ihrer beiden Persönlichkeiten fiel, und versuchte spontan, das zu durchbrechen. »Das mag für dich richtig sein, aber nicht für mich.« Bisher hatte sie nie auf ihre Beziehung als Mutter des Jungen gepocht im Gegensatz zu seiner als einem Fremden und Stiefvater. Morgan war etwas, das sie beide gemeinsam ertragen hatten, so gut sie konnten.
Aber für Tom hatte die plötzliche Veränderung wenig mit ihrer gegenwärtigen Einstellung zu Morgan zu tun; er sah darin ein wohlbekanntes Zeichen dessen, was er für das Dilettantische ihres Wesens hielt. Sie wollte immer etwas versuchen; allein das Tun selbst war ihr wichtig, und wie alle Dilettanten ließ sie außer acht, was in Form zweckmäßiger Vorbereitung hätte vorausgehen sollen oder was als Ergebnis zu erwarten sein könnte. Sie war oft ein brillanter Dilettant – es war dieser Aspekt von ihr, in den er sich verliebt hatte, wobei er über die Freuden ihres Liebesverhältnisses hinaus mit sicherem Instinkt die heiße Flamme ihrer enormen Entschlossenheit spürte, immer wieder eine Neuorientierung ihres eigenen Lebens zu vollbringen. Wieviele Menschen hatten diese ruhige und unbekümmerte Gewißheit, daß sie ihr Leben selbst in der Hand hatten? Diese Eigenschaft, die ihn tief erregt und für immer in ihren Kreis gezogen hatte, erwies sich in der Ehe schließlich als diejenige, die ihm am meisten zu schaffen machte, fast als hätte er eine Frau nur wegen ihres Gesichts geheiratet, dessen Schön-

heit die unvermeidliche Qual mit sich gebracht hatte, daß es auch andere Männer anzog. Was er am meisten an ihr geliebt hatte, mochte er mit der Zeit am wenigsten. Wenn sie manchmal in ihrer Gleichgültigkeit gegenüber Regeln brillant war, so hatte er auch die Erfahrung gemacht, daß sie öfter gefährlich war.

Darauf zielte er unbarmherzig: »Jessie, versuch nicht, Morgan jetzt in einer wilden Umarmung an dich zu reißen.«

»Du glaubst, ich lüge.«

»Ich glaube nicht, daß du lügst. Ich bin überzeugt, daß du in diesen Tagen in einer Weise über Morgan nachdenkst wie noch nie. Ich warne dich nur, daß du ihm jetzt keine Nähe aufdrängen kannst. Um Himmels willen! Er wüßte nicht, was er damit anfangen sollte.«

Sie spürte immer wieder Tränen bis an den Rand ihrer Stimme aufsteigen, schreckliche, leichte Tränen, und sie sagte trocken, vollkommen beherrscht: »Nein, laß uns ihn statt dessen zum Angeln schicken. Laß uns wie eine Schullehrerin denken, womit du schon angefangen hast . . .«

6

Ein alter Mann saß an dem Abend in einem Hotelzimmer in der Stadt. Der Raum war geladen mit einer wachsamen Reizbarkeit, die von ihm und seinen Bewegungen ausging und dann elektrisch mit dem hellen gelben Licht von den Wänden zu ihm zurückkam. Das Zimmer war zu klein für das Licht und zu klein für ihn. Unausgepacktes Gepäck stand um ihn herum, an dem Anhänger einer Luftverkehrsgesellschaft bammelten mit einer darauf gekritzelten Flugnummer, dem Namen »Bruno Fuecht« und dem Reiseziel »Zürich«. Er stand mitten im Zimmer mit der Konzentration eines Menschen, der von dem besessen ist, was in seinem Kopf vorgeht und unaufhörlich an die Wände prallt und wieder zu ihm zurückkommt. Er ging zum Telephon neben dem Bett und bellte eine Erkundigung hinein, nachdem er sich zuerst in den Zustand der Kommunikation mit der Welt versetzt hatte durch einen scharfen Husten und ein Zittern vor Anstrengung, das seinen Kopf in unsichere Bewegung brachte. Er wartete, den Hörer in der Hand, während der Mittelfinger seiner anderen Hand ruckartig auf sein Knie trommelte. Er bekam die Auskunft, die er haben wollte, und äußerte eine weitere Bitte; schließlich hörte er in einem Haus, das er nie gesehen hatte, das Telephon läuten.

Die Stilwells waren in der Flaute, die auf einen Streit folgt, als das Telephon läutete. Der Streit über Morgan hatte sich in eine tödliche Überprüfung der Unzufriedenheiten und Lasten ihres täglichen Lebens hineingeschleppt, die beide als einen unausgesprochenen Vorwurf gegen den anderen auffaßten. Jeder glaubte den anderen von Grund auf zu kennen; es war unmöglich, daß ein plötzlicher Anfall von Mut oder sogar Leichtfertigkeit bei einem von ihnen auftreten und so dem Leben selbst etwas Rätselhaftes wiedergeben könnte.

Tom ging langsam zum Telephon. »Hier ist Fuecht. Fuecht. Wer ist am Apparat?« Die Stimme ging in einem Knacken unter.

Tom hatte den Namen nicht richtig verstanden. »Hier ist Tom Stilwell. Wen möchten Sie sprechen?«

»Hier ist Fuecht.« Die Stimme kam jetzt unerbittlich zurück. »Ich bin im Queen's Hotel. Ich war auf dem Weg nach Europa, und der Abflug verzögert sich. Man hat mich in die Stadt gebracht und mir ein Zimmer gegeben. Mein Flugzeug fliegt erst um zwei Uhr.« – »Mr. Fuecht! Das ist unerwartet!« Tom hatte den verlegenen, ungläubigen Ton von jemandem, der unfairerweise von einem Mann angesprochen worden ist, der ihm früher nie Aufmerksamkeit geschenkt hatte. »Können wir uns treffen?« insistierte die Stimme. »Könnten Sie nicht in die Stadt kommen? Ich bin im Queen's Hotel und werde nur ein paar Stunden hier sein, ich bin auf dem Weg nach Europa. Sie haben doch wohl einen Wagen, Stilwell?«

»Na ja, es ist nur leider reichlich spät.«

Da war ein seltsam erregtes Schweigen am anderen Ende der Leitung.

Warum sollte ein Mann, der ihn kaum kannte, ihn so unter Druck setzen? »Bleiben Sie bitte einen Moment am Apparat«, sagte Tom, »ich werde mit Jessie sprechen. Oder?« Da war eine Art von zustimmendem Geräusch.

Er ging zurück ins Wohnzimmer, wo sie mit dem Gesicht nach unten auf dem Sofa lag. »Hast du etwas von deiner Mutter gehört? Etwas, was du mir nicht erzählt hast? Da ist Fuecht am Apparat.«

Jessie blieb einen Augenblick ganz still liegen, dann drehte sie sich um und setzte sich auf, alles in einer Bewegung. »Es ist Fuecht?« Die Haut unter ihren Augen schien sich zu spannen, wie es vorkam, wenn sie Angst hatte. »Ich sollte aufhören, das Telephon überhaupt abzunehmen«, sagte er in einem schwachen Versuch zu scherzen.

»Fuecht?«

»Ja, im Queen's. Er ruft von dort aus an. Er sagt, er sei auf dem Weg nach Europa, und der Abflug verzögert sich.«

Sie nickte. »Nun ist es also soweit. Er hat meiner Mutter seit Wochen gedroht, er werde weggehen.« Sie saß steif da.

»Was soll ich ihm sagen? Er möchte, daß wir ins Hotel kommen. Die Maschine fliegt erst um zwei.«

Es trat einen Moment Stille ein. »Ich fahr nicht«, sagte sie. »Meint er mich?«

Die Kälte des Streits regte sich wieder ein wenig. »Ich nehme an. Warum sollte er mich sehen wollen? Ich kenne ihn kaum. Ich glaube, ich habe ihn nicht mehr als dreimal gesehen.«

Jessie warf ihm kurz einen seltsamen, gefaßten, schmerzlichen Blick zu, wie das Zusammenzucken einer alten Frau. Tom war unbehaglich zumute, er war ein

Außenseiter zwischen dem Schweigen des Mannes am Telephon und dem der kerzengerade auf dem Sofa sitzenden Frau. Er versuchte, sich nützlich zu machen: »Möchtest du, daß ich hinfahre?«
»Ich fahre nicht«, sagte sie und fuhr mit dem Nagel des Zeigefingers rasch unter den Nägeln der anderen Hand entlang.
Er ging zum Telephon zurück. »Hallo? Mr. Fuecht, ich bin in etwa einer halben Stunde da. Jessie ist schon im Bett. Wo finde ich Sie?« – »In meinem Zimmer.« Die Stimme klang plötzlich kräftig. Tom wußte nicht, ob es am Telephon lag, aber die Stimme schien zeitweilig stärker und wieder schwächer zu werden. »Nummer hundertsechsundneunzig, im zweiten Stock. Ich werde das Zimmer nicht verlassen.«

Tom fuhr in die Stadt, fügsam, aber auch nicht allzu unwillig. Es ist besser, einen Streit befriedigend abzuschließen als ihn als Miasma in der Luft hängen zu lassen. Er tat jetzt etwas, das er nicht tun würde, wenn er nicht Jessies Mann wäre; die Beziehung wurde dadurch, daß er es als eine Familienangelegenheit behandelte, in aller Stille bestätigt. Natürlich war das alles nur symbolisch, genau wie Bruno Fuecht nur symbolisch ein Verwandter war.
Tom hatte immer gefunden, daß Jessies Mutter mit Fuecht eine merkwürdige, entlegene Wahl getroffen hatte; die Erklärung, er sei der beste Freund von Jessies Vater gewesen, der starb, als sie jünger als Elisabeth war, schien bestimmt die einzig mögliche Rechtfertigung zu sein. Mrs. Fuecht hatte das zynische Gehabe einer Frau, die stolz darauf ist, daß sie sich vorgenommen hat, eine

unglückliche Ehe bis zum Ende durchzustehen. Während Jessie nachlässig in ihrem Äußeren und mit Ende Dreißig schon nicht mehr schön war, kleidete sich Mrs. Fuecht mit fast Siebzig hinsichtlich Schnitt und zueinander passenden Farben mit einer Perfektion, die unermüdliche Konzentration auf die eigene Person erfordert. Tom hatte sie nie ohne Hut gesehen. Selbst in ihrem eigenen Haus sah sie ständig wie eine Besucherin aus, zurechtgemacht für einen Empfang, zu dem niemand sonst eingeladen war.

»Warum ist sie so kalt?« hatte er Jessie einmal gefragt, als er die Frau wiedergesehen hatte und ihm diese Eigenschaft an ihr aufgefallen war. »Sie verabscheut Fuecht«, sagte Jessie einfach. »Sie ist eingefroren in dem Zustand, mit ihm im selben Haus zu leben.«

Mrs. Fuecht war mit dem Mann nie glücklich gewesen, aber im Alter war er ein Dämon geworden. Von der Küste, wo sie im Ruhestand lebten, kamen Jahr für Jahr Berichte über seine Launen, seine Halsstarrigkeit, seine ausgesprochene Bösartigkeit. Er war krank und stritt sich mit seinen Ärzten. Er machte es unmöglich, Dienstboten länger als ein paar Tage hintereinander zu behalten. Er grübelte und drohte, seine ausgezeichneten Wertpapiere zu verkaufen. Und wenn er, sagte Jessie, ihre Mutter in einen Zustand stummer, verzweifelter Bestürzung über seine Rücksichtslosigkeit gebracht hatte, dann lachte er ihr plötzlich ins Gesicht, als ob alles, angefangen von der Weigerung, seine Medizin zu nehmen, bis zur Gefährdung ihrer finanziellen Sicherheit nur einen einzigen Zweck gehabt habe: sie lächerlich zu machen.

Tom fragte sich von Zeit zu Zeit – mit der Ungeduld, die

man gegenüber den Schwierigkeiten anderer Leute verspürt –, warum die alte Dame Fuecht nicht schon vor langer Zeit verlassen habe. Er wollte sie danach fragen, einfach aus Neugier; aber sobald er mit ihr zusammen war, fühlte er sich irgendwie nicht genügend beachtet, um sich eine solche Frage erlauben zu können.
Er fand Jessies Verhältnis zu ihrer Mutter, gelinde gesagt, merkwürdig. Offenbar hatte sie als Kind und junges Mädchen sich leidenschaftlich abhängig von ihrer Mutter gefühlt; als Frau begriff sie, daß in Wirklichkeit ihre Mutter leidenschaftlich und skrupellos von ihr abhängig gewesen war. Kein Wunder, daß die Mutter ihr die Flügel gestutzt und sie einer Gehirnwäsche unterzogen hatte, um sie bei sich zu behalten – die Geschichte von dem Herzleiden war ziemlich scheußlich, wenn man es sich richtig überlegte. Vor Morgans Geburt war Jessie zu einem Herzspezialisten gegangen, um zu erfahren, ob das alte Leiden eine Schwäche zurückgelassen habe, die eine normale Geburt für sie gefährlich machen könnte, und ihr wurde in nachdrücklicher Ruhe versichert, ihr Herz sei nicht nur völlig normal, sondern es sei tatsächlich unmöglich, daß ein Herzleiden, das ernst genug war, um ein Kind jahrelang nicht in die Schule zu schicken, kein Anzeichen einer früheren Schädigung zurücklasse . . .Nein, es war besser, das überhaupt nicht zu ergründen. Jessie hatte ihm gesagt, als Kind habe sie geglaubt, daß ihre Mutter sie mehr liebte als andere Mütter ihre Kinder. Und als sie dann durch ihre Gefühle für ihren Mann und ihre eigenen Kinder das freie Wesen der Liebe allmählich verstand, war ihr fasziniertes Ressentiment ihrer Mutter gegenüber proportional gewachsen; dennoch unterstützte sie die Frau auf eine Entfer-

nung von fünf- oder sechshundert Meilen gegen Fuecht.

Die Situation – lange vertraut und zum Glück weit weg – war für Tom doppelt fremd, weil er erstens seinen alten Vater gern hatte (einen Arzt im Ruhestand, der in seinem Garten arbeitete und auf der Veranda eine Pfeife rauchte, während er friedlich das Ergebnis seiner Mühen betrachtete), und zweitens, weil tatsächlich im nationalen Sinn etwas Fremdes dabei mitspielte. Als Bruno Fuecht älter und schwieriger geworden war, schien er immer deutlicher ein Fremder in Südafrika geworden zu sein; seine dreißig oder vierzig Jahre als Chemiker bei südafrikanischen Bergwerken waren weggewischt, und seine ausländische Identität – ein Deutschschweizer, ein Europäer – brach wieder durch. Ja, Fuecht war unverkennbar ein Ausländer, und die Emotionalität der Situation, die er um sich schuf, war ausländisch – das theatralische Verhalten, der zur Schau getragene Altersstarrsinn, das Melodrama zum Beispiel seiner plötzlichen Ankunft in Johannesburg. Vorige Woche ein Brief von Mrs. Fuecht, in dem es hieß, er sei zur Beobachtung in ein Sanatorium gegangen, diese Woche ist er auf dem Weg in die Schweiz. Was für einen Sinn hatte es, so um sich zu schlagen, wenn man alt war?

Tom näherte sich dem Queen's Hotel in einer gefestigten Stimmung von fast professioneller Geduld – wie ein bezahlter Trauernder bei einer Beerdigung, die ihn selbst nicht berührte. Am Montagabend waren die Straßen der Stadt gähnend leer; nur einige Schwarze betrachteten lange und beharrlich die Schaufenster der Herrenausstatter. Das Queen's hatte den kalten, sauren

Geruch einer Trinkstube – es war kein Hotel, in das Leute gingen, um dort zu essen oder länger zu wohnen. An zwei oder drei Tischen in der Bar saßen mit aufgestützten Ellbogen Männer in gestreiften Blazers – vielleicht eine durchreisende Bowling-Mannschaft –, und in einer schäbigen Ecke diskutierte eine ältliche Nutte zwischen zwei Männern in tiefer betrunkener Ernsthaftigkeit.

Wenn man in einer Stadt sein Heim hat, ist es immer ein Schock, die brutale Heimatlosigkeit eines solchen Hotels zu betreten; Tom hatte seit Jahren vergessen, daß es solche Häuser gab, Teil des wahren Charakters aller Städte waren. Er ging zum Empfang, wo ein Nachtportier mit dem zutiefst mißtrauischen Gesicht seiner Gattung ohne ein Wort zum Telephon griff, als Fuechts Name genannt worden war. Während er darauf wartete, daß der Hörer abgenommen wurde, strich der Mann mit seiner linken Hand kräftig über sein Gesicht, schob seine Augenbrauen ganz hoch und dann wieder nach unten, rieb sich seitlich die Nase, fuhr sich über Mund und Kinn wie die rauhe Zunge irgendeines Tieres, das seine Jungen abschleckt.

»Zweiter Stock. Hundertsechsundneunzig.«

Tom fuhr mit dem Lift hinauf, und mit dem Gefühl, immer tiefer in Bereiche zu geraten, wo es weder Dunkelheit noch Tageslicht gab, sondern nur das Licht einzelner Birnen, die wie Schweißperlen an der Decke hingen, kam er hinaus auf einen Korridor. An Türen und immer mehr Türen vorbei; es schien, als ob sich die Tür schon vor dem Klopfen öffnete, und da war ein grell erleuchtetes Zimmer mit gelben Wänden, und das Gepäck lag auf einem Haufen, wie es abgestellt worden

war, in der Mitte, und davor die Gestalt eines alten Mannes, aufgebaut wie ein Ausrufungszeichen.
Mann und Gepäck sahen aus, als seien sie bereit aufzubrechen, wohin auch immer. Der Besucher war bereit, vor ihnen zurückzuweichen.
»So warte ich«, sagte Fuecht ohne eine Begrüßung. »Sie werden mich bald holen.«
Tom hätte ihn nicht erkannt, wenn er ihn auf der Straße gesehen hätte. War er wirklich unerkennbar? Er ging ins Zimmer und setzte sich aufs Bett unter den Wandleuchter, der Grandeur bedeuten sollte und wie eine unbarmherzige Inquisition aus weißem Licht strahlte. Nein, Fuecht mußte sich verändert haben. Er konnte unmöglich so ausgesehen haben; sein jetziges Aussehen war nicht etwas, das sich jahrelang halten konnte.
Sicher, er war krank. Aber das war es nicht. Es waren nicht bloß die üblichen Symptome alter Männer mit dem zu weit gewordenen Kragen, die Höhlung vor jedem blutlosen Ohr, die empfindlich wirkte wie die Haut über der Fontanelle eines Kleinkindes. Er glühte hinter dem Umriß des verkniffenen Mundes, hinter seinen dunklen Augen, die seine vergrößernden Gläser in dem schmal gewordenen Gesicht dominierend machten; er glühte wie der Wandleuchter. Etwas – ein Puls, ein zwanghaftes Schlucken – bewegte die ganze Zeit die schlaffe Haut zwischen Kinn und Adamsapfel.
»Mir wurde eine Wartezeit von fünfundvierzig Minuten angekündigt«, sagte er ohne Pause. Er setzte das kleine unangenehme Lächeln eines Mannes auf, der nicht so dumm ist, Effizienz zu erwarten bei Angelegenheiten, auf die er keinen Einfluß hat. »Ich sollte aus dem Flugzeug von Port Elizabeth aussteigen, gleich durch den

Zoll gehen und dann weiter zum Flugzeug nach Europa. Sie hätten nichts von mir gehört, verstehen Sie? Ich wäre«, er hob die zitternden Hände wie ein Ertrinkender, aber triumphierend, »dann jetzt schon meilenweit weg.«

»So ein Aufenthalt ist sehr ärgerlich«, sagte Tom, aber sein Blick war auf das Gepäck gerichtet. »Wann haben Sie beschlossen, in die Schweiz zu fliegen?«

»Ja! Ich sollte längst weg sein!« Der alte Mann begann rasch im Zimmer herumzugehen. Er hielt abrupt inne; er bewegte sich mit der unberechenbaren Sprunghaftigkeit eines schadhaften Spielzeugs zum Aufziehen, das sich mit einem Ruck in Gang setzt, sich mit ungestümer Flinkheit bewegt, dann abläuft und schwach mitten in einer unvollendeten Bewegung stehenbleibt. Er lachte: »Die Schweiz! Ja, zuerst Zürich. Da war ich ein Junge, ein junger Mann, und lebte, wie junge Männer leben. Zuerst Zürich, aber da werde ich nicht bleiben. Glauben Sie ja nicht, daß ich da bleibe! Ich krieche nicht nach Zürich zurück, um ...« Er hielt inne. Sein Gesicht nahm einen angestrengten Ausdruck an, es war nicht so sehr, als habe er den Faden verloren, sondern vielmehr, als habe er bemerkt, daß er etwas Unerwartetes sagte, etwas, das er gewußt, aber nicht beachtet hatte. Er fuhr fort: »Es gibt viele Orte in Europa, wo man immer noch leben kann. Nun ja, ich hätte schon weg sein sollen, ich hätte schon unterwegs sein sollen.« Er setzte sich plötzlich, triumphierend und zugleich erschüttert, auf den Sessel.

Ein Kellner kam mit Whisky und Soda herein, Fuecht mußte angeordnet haben, daß das gebracht würde, wenn sein Gast kam. Solange der Mann im Zimmer war, sprach er nicht, und seine Miene drückte eine seltsame Art mißmutiger Ungeduld aus. Als der Kellner sich zurückgezogen hatte, vergewisserte er sich, daß die Tür hinter dem Mann richtig geschlossen war, und dann gab er Tom einen Drink: »Whisky ist in Ordnung, wie?«

»Und Mrs. Fuecht ...?« fragte Tom.

Der alte Mann behielt den Whisky einen Augenblick im Mund, dann schob er das Glas von sich weg. »Ich werde Ihnen was sagen«, erklärte er. »Wenn sie aufwacht, wird sie feststellen, daß kein Pfennig mehr da ist. Ich hab mein ganzes Geld rausgebracht. Hier, in meiner Tasche – hier ist ein Scheckbuch der Zürcher Bank. Ich habe alles hinausgebracht. Es gibt Möglichkeiten, verstehen Sie. Ich kenne Leute. Ich hab es gedeichselt – na gut. Es ist alles dort. Ich brauchte nichts zu tun, als einen Scheck auszuschreiben.«

»Klingt gut für Sie.« Es war unmöglich, diese Unterhaltung in Ordnung zu bringen, bei der beide von verschiedenen Dingen sprachen, obwohl ihre Bemerkungen bei dieser Parodie von Verständigung einander zu folgen schienen. Seltsamerweise wurde Tom an Zeiten erinnert, zu denen er, wenn er mit Jessie sprach, merkte, daß sie nicht über dasselbe sprachen; manchmal tat sie nur mit den Lippen so, als ob sie sich mitteilte, während sie in Wirklichkeit das, was sie mitzuteilen hatte, immer tiefer in sich selbst verschloß.

»Es tut mir leid mit Jessie. Sie wollte kommen, sie wäre auch ...«

Plötzlich schien sich der alte Mann über Toms Anwesenheit klarzuwerden; sein bedächtiges Lächeln war eine widerwillige Anerkennung der Situation, und die Lüge lag offen zwischen ihnen.

Fuecht griff nach seinem Whiskyglas und leerte es mit einem Schluck, er brachte es hinter sich wie eine Medizin, und seine andere Hand war erhoben, Aufmerksamkeit fordernd, verheißungsvoll. »*Sie* weiß nicht, daß ich weg bin, und wenn sie es herausfindet – nun ja, zu spät! Das ist alles.«
»Jessie hat vorige Woche einen Brief von ihr bekommen. Sie schrieb, Sie seien in einem Sanatorium.«
»Das ist völlig richtig«, sagte Fuecht großspurig, grimmig, schulterzuckend. »Das stimmt! Sie wollten mich ins Altersheim stecken. Aber ich sage Ihnen . . .« er hielt inne und beugte sich vor, wie er es vielleicht getan hätte, wenn er denjenigen hätte mit Namen anreden wollen, mit dem er in einer Bar ins Gespräch gekommen war, und ihm dann einfiel, daß der Mann ein namenloser Fremder für ihn war – »ich sage Ihnen, sie werden trotzdem keinen Pfennig von mir kriegen. Ich werde alles ausgeben. Können Sie mir folgen? Ich mag nicht mehr jung sein, aber ich habe Geld, und ein Mann mit Geld ist nie einsam. Da wird es Frauen geben – verstehen Sie? Ich bin noch nicht fertig mit alldem!«
Seine Stimme war kräftig geworden wie vorhin am Telephon und schlug von den vier Wänden des Zimmers unheimlich zurück, so daß sie sogar ihn selbst zum Schweigen brachte.
Er lehnte sich in seinem Sessel zurück und richtete den Blick wütend auf Stilwell. Er sah sich ein- oder zweimal im Zimmer um wie ein verwirrter und unruhiger Zirkuslöwe auf seinem bunten Faß. Und dann sprach er wieder: »Frauen. Es gibt Frauen, die werden zu meinem Geld nicht nein sagen.«
Der Mittelfinger seiner linken Hand trommelte unauf-

hörlich auf die Armlehne. Tom sah, daß er den Finger aus dem Augenwinkel beobachtete wie ein Tier, das hilflos mitansieht, wie sein Rumpf unter den Belästigungen einer Fliege zuckt.

»Ich frage mich«, sagte Tom, »ob es Ihnen für eine Reise gut genug geht.«

Der alte Mann erfaßte sofort die wahre Bedeutung dieser Bemerkung. »Was hat das für einen Zweck, mich zurückzuhalten? Ich habe Ihnen gesagt, hier ist kein Pfennig. Und sie kann das Geld ohne meine Unterschrift nie wieder ins Land bekommen. Ich werde noch nicht so bald beerdigt.«

Eine Feindseligkeit erwachte zwischen ihnen. »Jessie hätte herkommen sollen«, sagte Tom fast mürrisch.

»Sie werden nichts bekommen, beide nicht.«

»Mr. Fuecht, Sie müssen wissen, daß Jessie sich nie Hoffnungen auf Ihr Geld gemacht hat.«

»Ich hatte nicht erwartet, daß sie herkommt. Sie war nie wie eine Tochter. Na ja, das ist eine alte Geschichte. Macht nichts.«

Tom lächelte. »Sie ist doch bloß eine Stieftochter.«

»Ja, ihre Mutter erhielt das aufrecht. Um des Andenkens an den armen Charles willen, sagte sie. Wir beide liebten den armen Charles. Nur kann sie ihn nicht so sehr geliebt haben, nicht wahr?«

Tom verwirrte das bittere Lächeln des alten Mannes, die düstere, heimliche Selbstverachtung, die in seiner Stimme anklang.

»Charles?«

»Charles!«

»Jessies Vater?«

Fuecht nickte mit übertriebener Nachdrücklichkeit wie

jemand, der ein Kind mit einer unbedachten Lüge abspeist. »Schon gut, Jessies Vater. Mein Freund Charles. Nur konnte ich schließlich kein so guter Freund gewesen sein, nicht wahr? Sie macht ein großes Theater, sie bricht in Tränen aus, wenn ich Charles' Namen erwähne. Weil wir beide Charles liebten, sagt sie. Was macht es schon aus; das Mädchen und ich hatten uns sowieso nie viel zu sagen.« Seine Gedanken kehrten rasch zu seiner besessenen Beschäftigung mit der Gegenwart zurück; er sah auf die Armbanduhr, zum viertenmal, seit Tom gekommen war, und sagte mit grimmiger Befriedigung darüber, daß die Zeit verging: »Sagen Sie den beiden, was Sie wollen. *Ihr* sagen Sie, was ich darüber gesagt habe, daß ich nach Zürich gehe und was ich tun werde. Sie wird morgen anrufen. Sie werden sehen. Ja, Sie können ihr sagen, daß ich weg bin – was Sie wollen, verstehen Sie? Sagen Sie ihr, ich bin noch nicht am Ende.«

Tom schlug vor, die Luftverkehrsgesellschaft anzurufen und herauszufinden, wann mit dem Start der Maschine zu rechnen sei; in Wirklichkeit hatte er das Gefühl, er könne das Warten, mit dem alten Mann im Hotel eingesperrt, nicht unbegrenzt ertragen, und eine Fahrt zum Flughafen würde einen Teil der Zeit ausfüllen. Als Tom mit Anstand sagen konnte, sie sollten sich besser auf den Weg machen, sah Fuecht mit glitzernden Augen zu, wie das Gepäck aus dem Zimmer getragen wurde. Dann blickte er sich einmal um, es war ein seltsamer Blick voll blinden Muts, knipste das grelle Licht aus und ging hinaus.

Im Wagen auf dem Weg zum Flughafen sprach er nicht. Er schien erschöpft zu sein oder sich während der Fahrt im Dunkeln auszuruhen oder sich zu schonen. Im Flughafen wurde er wieder gesprächig; sein starker Wunsch, weg zu sein, die verzweifelte Freude der Abreise zitterten ekstatisch durch seinen Körper. Ab und zu sagte er: »Sollen sie beide nach mir suchen. Keinen Pfennig. Keinen Pfennig. Ich werde das ganze Geld ausgeben, verstehen Sie.«

Endlich wurde er aufgerufen. Die Ansage seines Fluges füllte mit doppeltem Echo die Flughafenhallen, und Tom sah ihn über die hell erleuchtete Rampe zur dunklen Startbahn gehen. Er sah sich nicht um und winkte auch nicht. Er ging langsam, aber die außerordentliche Leichtigkeit seines Körpers, der in dem Anzug kaum vorhanden war, wurde dem jungen Mann plötzlich bewußt, als er ihm nachblickte. Zum erstenmal bemerkte Tom, daß er makellos gekleidet war, wie eine Leiche, die für ihre lange Reise in neuer Kleidung aufgebahrt wurde. Für einen kurzen Augenblick tauchte noch das Gesicht auf; der Mund war straff, ein wenig geöffnet, die Augen blickten unverwandt nach vorn in die Dunkelheit. Dann kam die Gestalt in den Lichtkreis des Flugzeugs, und man sah sie durch die Lichtkegel einzelner Scheinwerfer hindurch die Einstiegtreppe hinaufsteigen.

Jessie wachte sofort auf, als Tom ins Zimmer kam. Sie streckte die Hand aus und knipste das Licht an. Es schien ihm direkt in die Augen. Er runzelte die Stirn und verschob den Lampenarm.

Er begann zu beschreiben, wie der alte Mann da mit seinem Gepäck aufbruchbereit in dem Hotelzimmer gestanden hatte. Er wußte nicht, wie er ihr das Absonderliche, Grauenhafte, Krankhafte, den Trotz – vielleicht den Wahnsinn – in diesem Zimmer verständlich machen sollte. Aber sie schien sofort genau zu wissen, was er dort vorgefunden hatte. Sie preßte ihre Faust an die Wange und rief, es kam aus etwas Tiefem in ihr heraus: »Er will immer noch leben! Ist das nicht schrecklich? Er will immer noch leben!«

Wie die Magnetnadel eines Kompasses, die sich nach Norden ausrichtet, kreisten Toms Gedanken um eine einzige Äußerung unter all dem alptraumhaften Gemurmel jener Nacht. »Sie war nie wie eine Tochter.« Das war es; er kam davon nicht los. Es erhob sich aus dem Wirrwarr von irrem Gerede, Prahlereien und Verwünschungen.

Andere Sätze schlossen sich an. »Nur kann sie ihn nicht so sehr geliebt haben, nicht wahr?«

Was hatte Fuecht noch gesagt? Plötzlich, weil es für Tom wichtig wurde, sich an diesen Teil des Abends zu erinnern, konnte er es nicht; es war alles vermengt mit den anderen Dingen, die ihm mit der Stimme des alten Mannes noch durch den Kopf gingen. »Jessie ist doch bloß eine Stieftochter« – hörte er sich selbst, klischeehaft, beruhigend; er war so damit beschäftigt gewesen, Fuecht als Invaliden oder Geisteskranken zu behandeln, daß er nicht richtig zugehört hatte. Was hatte der alte Mann gesagt? »Darauf bestand sie« oder »ihre Mutter bestand darauf« – etwas Derartiges. Immer wieder horchte Tom denselben Ton ab wie ein Klavierstimmer auf der Suche nach dem reinen Klang: »Das Andenken des armen Charles ... nur kann sie ihn nicht so sehr geliebt haben, nicht wahr?«

Er beobachtete Jessie, wenn sie es nicht merkte. Was würde das Wissen, Brunos Tochter zu sein, für sie bedeuten? War sie Brunos Tochter? Und manchmal schien es ihm so: sie weiß, daß sie tatsächlich seine Tochter ist. Es würde ihrer Mutter ähnlich sehen, wenn sie es ihr gesagt hätte, als sie ein junges Mädchen war, oder vielleicht halb Kind, halb Mädchen, und wenn sie ihr gleichzeitig die Notwendigkeit eines Komplotts klargemacht hätte, damit um ihrer Mutter willen die Tatsache geheim blieb.

Er hatte das dunkle Gefühl, es könnte gefährlich sein, sie zu fragen. Angenommen, sie wußte es nicht? Angenommen, es stimmte und sie hatte es nie erfahren?

Die Tage vergingen, und bald wußte er, daß er sie nie fragen würde. Er würde ihr nie erzählen, was Fuecht gesagt hatte; oder anscheinend gesagt hatte. Dennoch dachte er weiter über all das nach und war sich bewußt, daß es diesen zwielichtigen Tunnel im Leben seiner Frau gab, zugemauert, vergessen und überwachsen, ein Teil ihrer selbst, versteckt oder ihr vielleicht unbekannt.

Eine Woche später erfuhren sie, daß Bruno Fuecht tot war. Er war in einem Krankenhaus in Rom gestorben. Sie erfuhren nie, warum er Zürich verlassen hatte. Natürlich hatte er doch nicht »jeden Pfennig« mitgenommen; er hatte beträchtliche Summen in die Schweiz transferiert, aber in Südafrika befanden sich noch eine Reihe Investitionen und namhafte Geldbeträge. Sein Geisteszustand mußte derart gewesen sein, daß er glaubte, getan zu haben, was er sagte; oder war diese Entdeckung nach seinem Tod vielleicht auch nur ein boshafter Streich, einer wie jene, die er zu Lebzeiten manchmal seiner Frau gespielt hatte?

Mrs. Fuecht war im Haus der Stilwells, und man traf sie merkwürdigerweise zu allen Stunden des Tages mit dem Hut auf dem Kopf auf der Veranda oder in einer Ecke des leeren Wohnzimmers sitzend. Sie war zwei Tage nach Fuechts Abreise aus Port Elizabeth gekommen. Jessie behandelte sie mit ruhiger Rücksichtnahme; es war klar, daß sie, obwohl man von ihr nicht sagen konnte, sie sei eine trauernde Hinterbliebene, einsamer geworden war. Sie hatte zwei Ehemänner überlebt und war alt. Die beiden Frauen sprachen von Bruno Fuecht wie von einem praktischen Problem, einer Lebenslage, die es gegeben hatte und die, nachdem sie nicht mehr bestand, manches auf eine bestimmte Weise hinterlassen hatte; es gab Dinge, die erledigt werden mußten.

»Ich frage mich, ob es am besten wäre, seinen Wagen in Port Elizabeth zu verkaufen, oder ob man ihn lieber mit der Bahn herbringen läßt.«

»Er hatte ihn gerade im vorletzten Monat überholen lassen. Der Himmel weiß, warum, wenn er weggehen wollte. Neue Sitze, alle echt Leder. Ich nehme nicht an, daß man viel dafür bekommt.«

Aber wenn Tom Mutter und Tochter bei solchen Gesprächen antraf, was in diesen Tagen häufig vorkam, war er erfüllt von Zärtlichkeit für Jessie. Er war voller Mitleid angesichts des totalen Fehlens von Trauer. Abend für Abend saß er mit den beiden Frauen auf der Veranda, und ihre ruhigen Wörter fielen auf ihn wie Steine. Plötzlich brachte er es eines Abends über sich zu fragen – eine plötzliche Regung von Neugier, beiläufig erinnert: »Bruno Fuecht – es hat mich oft verwundert, warum Sie ihn nie verlassen haben?«

Ohne zu zögern antwortete Mrs. Fuecht: »Ich habe ihm

mein ganzes Leben gegeben; ich fand, ich sollte nicht auch noch um sein Geld kommen.«
Es trat Schweigen ein. Hätte das Schrillen der Essensglocke, die Elisabeth für Agatha läutete, es nicht unterbrochen, hätte es vielleicht ewig angehalten – es schien keine Worte zu geben, die es hätten beenden können. Tom berührte seine Frau, und sie wandte sich, wach, mit einem leichten Lächeln um. Sie standen auf wie ein Liebespaar; denn in letzter Zeit war das Gefühl von Fremdheit, das ein Mensch für einen anderen empfindet, zwischen ihnen wieder aufgetaucht.

Mrs. Fuecht fuhr nach Hause an die Küste, um ihre Angelegenheiten zu regeln. Jessie hatte das Gefühl, daß eine unermeßlich lange Zeitspanne sie von dem freundlichen Kommen und Gehen, den unregelmäßigen Stunden und langen Plaudereien ihrer Tage im Agenturbüro trennte. Ihr Job in den Vororten und die Anwesenheit ihrer Mutter im Haus hatten sie von vertrauten Aufenthaltsorten ferngehalten. Die Ankunft von Fuecht an jenem Abend war etwas, das sie selbst durch ihr Hinabsteigen in die Vergangenheit im Zusammenhang mit Morgan heraufbeschworen zu haben schien. Der Mann war gekommen und gegangen, und sie hatte ihn nicht gesehen; würde ihn nie wiedersehen. Doch der Schock seines Kommens, *als er kam*, hatte eine Verbindung hergestellt. Diese Verbindung existierte in ihrer Vorstellung neben der Antwort, die ihre Mutter auf Toms sonderbare Frage gegeben hatte: »Ich habe ihm mein ganzes Leben gegeben; ich fand, ich sollte nicht auch noch um sein Geld kommen.« Die Vergangenheit stieg an die Oberfläche der Gegenwart, frei von den Zweideutigkeiten und besänftigenden Ausflüchten, mit denen sie damals nur zu ertragen war. Ihre Mutter sprach wie jemand, der sein Leben erfüllt hatte, wenn auch bitter. Nichts konnte für Jessie ungewöhnlicher sein als die Entdeckung, daß, wie unterschiedlich auch immer, dieses ihr eigenes Bedürfnis bei ihrer Mutter vorhanden gewesen war.

Ein oder zwei Tage nach Mrs. Fuechts Abreise verließ Jessie um ein Uhr das Sanatoriumsbüro und fuhr ins Westend der Stadt in ihr altes Lunchlokal, das Lucky Star. Sie war seit sechs Wochen oder länger nicht dort gewesen; es roch immer noch nach Curry und Chips, und auf der Tafel am Eingang stand immer noch: »Versuchen Sie unsere berühmten orientalischen Delikatessen, Fleisch vom Grill und Boerewors.« Onkel Jack, der Wirt, sagte: »Wie geht's – schön«, wie er es immer tat, und sein trauriges Levantinergesicht, geboren aus irgendeiner Alchimie von weißem, indischem, malaiischem und wahrscheinlich afrikanischem Blut, schien von dem kleinen Notizbuch, in das er seine Wetten eintrug, aufzusehen, ohne seine Kalkulationen zu unterbrechen, und sie wandte sich mit dem Behagen einer Genesenen den Tischen zu, bereit, mit wem auch immer, den sie kannte, friedlich beim Lunch zu sitzen. Da bemerkte sie Ann, ihr gegenüber an einem Tisch in einer der Nischen, während Len Mafolo mit dem Rücken zum Raum saß. Sie ging zu ihnen hinüber und sah dann, daß der Mann nicht Len war. »Schmeiß meine Sachen einfach auf den Fußboden.« Ann sah zu ihr auf, strahlend. »Willst du eine köstliche Coca haben, das trinken wir gerade.« – »Ziemlich hartes Zeug. Warten Sie, ich bestell noch was«, sagte der Mann, und als er sich auf seinem

Stuhl umdrehte, um einen der indischen Kellner herbeizuwinken, erkannte Jessie Gideon Shibalo, den Lehrer, den Maler. Sie hatten sich vor Jahren irgendwo kennengelernt.
Sie bezweifelte, ob Shibalo sich an sie erinnern konnte; doch Ann sprach mit ihnen beiden, als ob sie sich seit langer Zeit gut kannten. »Du wirst erleichtert sein, wenn du hörst, daß wir auf unserer nächsten Ausstellung nicht wieder dieselben alten Bilder von ihm auftischen müssen – sie ist eine der Treuesten unter denen, die um dich klagen«, fügte sie zu Shibalo hinzu. Jetzt tranken sie Cola, aber vorher hatten sie bestimmt Brandy getrunken. Sie hatten ein erhöhtes Tempo an sich, das Jessie klarmachte, daß sie zu nüchtern war.
»Solang sie treu ist, darauf kommt's an.« Shibalo leitete solche Bemerkungen mit einem leisen, glucksenden, kichernden Lachen ein; es galt nur ihm selbst. Sein gelbbraunes Gesicht, älter als er war, wies kleine Wirbel von ungleichmäßiger schwarzer Wolle auf, die hier und da zwischen Kinn und Ohr klebten – vielleicht kein Bart, aber Faulheit beim Rasieren in den letzten Tagen. Er war schäbig angezogen, was ihm gut stand, mit einem rot und schwarz karierten Flanellhemd, und das Ende seines Hosenbunds war einfach nach innen gesteckt.
»Was machen Sie zur Zeit?« fragte Jessie.
»Kommen und sehen Sie!« Ihm fiel der volle Teller vor ihm ein, und er begann Reis und Fleisch mit der Gabel zu quetschen und herumzurühren, als wäre es Knete und nicht etwas zum Essen.
»Immer noch die knorrigen Strichmännchen und der Himmel und die Luft voll Staub?«

Er lächelte bekennend. »Ach, das ist vorbei.« Er legte die Gabel nach ein oder zwei Bissen hin und griff nach einer Zigarette. »Ich bin jetzt in einer anderen Stimmung. Ich hatte so lange nicht gemalt, daß meine Finger knirschten.« Er ließ die Fingergelenke knacken.
»Geschieht dir recht«, sagte Ann, nahm eine Zigarette von ihm und winkte nach den Streichhölzern: »*Bitte*!« – »Oh, Entschuldigung!« Sie lächelten einander an. Während Ann redete und aß, sah sie sich dauernd im Raum um, den Hals hoch gereckt, erregt und selbstbewußt. »Len glaubt, wir können einen größeren Caravan bekommen. Nicht geliehen, sondern gemietet. Wir werden ihn nur einen Teil der Zeit brauchen und ihn dann an den Boys' Club und dergleichen vermieten, um die Kosten zu decken.«
»Schade, daß ihr keinen kaufen könnt. Wir würden ihn für die Urlaubszeit von euch mieten – Tom will im Juli nach Pondoland fahren.«
Sie redeten ungezwungen über Trivialitäten, aber von dem Augenblick an, da Jessie Gideon Shibalos Gesicht gesehen hatte, empfand sie sich selbst so sehr als Eindringling, daß sie es körperlich spürte – ihre Hände waren unbeholfen beim Hantieren mit Messer und Gabel. Sie redete, zog sich aber hinter jedes Wort zurück, als wollte sie sich unsichtbar machen.
Sie wartete den Kaffee nicht ab. »Ach, Jessie«, Ann war lebhaft, »würdest du bitte Agatha fragen, ob mein blaues Kleid von der Reinigung zurück ist? Und wenn nicht, würdest du so lieb sein, dort anzurufen?« Die plötzliche Bitte klang so sehr aus den Fingern gesogen wie die kleinen Aufgaben, die Jessie selbst manchmal erfand, um eins ihrer Kinder abzulenken.

»Gern. – Ich freu mich darauf, den neuen Shibalo zu sehen«, sagte sie zu dem Mann.
»Er wird Ihnen nicht gefallen.« In der überlegenen Art, in der Maler von einer neuen Richtung in ihrer Arbeit reden.
Die offene Straße brach mit den harten Gegensätzen von Licht und kleinen Schatten eines heißen Tages über sie herein. Sie sind ein Liebespaar; sie sind ein Liebespaar, dachte sie und fühlte sich plötzlich dem Leben um sie herum zurückgegeben, dem Leben, das die ganze Zeit weitergegangen war.

Teil Zwei

7

Ann Davis hatte, als sie England verließ, nicht geglaubt, daß sie so viel Zeit in Johannesburg verbringen würde. Sie genoß das Gefühl, dem Risiko einer Wohnung in Chelsea oder eines Hauses in Hampstead oder Kensington entkommen zu sein, Häuser, hinter deren Fenstern so viele ihrer Freundinnen saßen, gefangen, der Welt fern. Durch ihre Heirat mit Boaz war sie in die erlesene Gruppe aufgenommen worden, die nur ab und zu zurückkehrte von Lehraufträgen in Ghana, Studienaufenthalten in Amerika oder von einer Tätigkeit für eine der von den Vereinten Nationen ins Leben gerufenen Weltorganisationen, die danach trachten, hier Wüsten zum Blühen zu bringen und dort in der fatalistischen Wildnis das Wuchern der Bevölkerung einzudämmen. Sie selbst fand, daß sie Glück gehabt habe; niemand konnte auch nur andeutungsweise unterstellen, Boaz' Rückkehr nach Südafrika sei eine Billigung der Lebensweise der Weißen dort, denn er war ja nur zurückgekommen, um dort etwas zu tun, was nirgends sonst getan werden konnte – die Musik der Schwarzen zu studieren, ein Teil der Erbschaft, die ebensosehr ein Kult wurde, wie man sie früher kulturell unterschätzt hatte. Das war für sie wichtig – gesellschaftlich; sie akzeptierte es, wie sie, hätte sie einer anderen Gruppe und einer anderen Welt angehört, es akzeptiert hätte, daß es nicht anging, Kaufmann zu sein. Für Politik interessierte sie sich eigentlich nicht. Der impulsive Protest gegen die Rassenschranken war das Ethos des Jahrzehnts, in dem sie aufgewachsen war; ihre Teilnahme daran war eher ein Ersatz für Patriotismus als eine Revolte. Sie hatte keine anhaltende Sensibilität für die Abstraktionen der Ungerechtigkeit; wie viele gesunde oder mehr oder weniger hübsche Frauen erregte nur das, was sie mit eigenen Augen sah, ihr Mitleid oder ihre Entrüstung.

Die Feldstudien mit Boaz waren keine Enttäuschung für sie gewesen. Sie war sowieso selten enttäuscht, aber die Frische, die alle Dinge für sie besaßen, verführte sie, leicht von einem zum anderen überzugehen. Sie spielte fröhlich mit den Pedi-Kindern, baute kleine Boote aus Stöcken und ließ sie auf dem schlammigen Fluß schwimmen, und trotz der Sprachschwierigkeit kam sie mit den Frauen gut aus. Sie hatte einen ausgesprochenen Scharfblick für das Grundmuster des Stammeslebens, das die Leute vor den Augen von Fremden – durch Geheimnistuerei, Schüchternheit oder einen unangebrachten Wunsch zu gefallen – zu verwirren versuchten, und ihr gutes Gedächtnis war für Boaz oft hilfreich. Wenn sie im Zelt saß unter der kreisenden Insektengalaxie der Lampe und saubere Kopien seiner flüchtigen Aufzeichnungen über Musikinstrumente anfertigte, merkte er keinen Unterschied zwischen ihrem absorbierten Interesse und seinem eigenen. Aber in Wirklichkeit genügte ihr die Aufgabe des Tages, während sie sich für ihn bis an das ferne Ende seines Lebens erstreckte, wenn ihn Alter oder Tod unterbrechen würden ...

Sie begann immer öfter in Johannesburg zurückzubleiben, einfach weil es dort viele Dinge gab, die zu tun sie gebeten wurde, und alles war für sie neu, genau wie es die Feldexkursionen gewesen waren. Die Idee, im Busch zu leben, wurde irgendwie nie ausgepackt, wie eines jener scheinbar wichtigen Kleidungsstücke, von denen sich dann herausstellt, daß sie in diesem Klima doch nicht gebraucht werden. Wenn Boaz zum Wochenende nach Hause kam, gab es so viel zu erzählen – stundenlang lagen sie wach und rauchten im Bett. Er lächelte im Dunkeln und streichelte ihren glatten, kühlen Arm, während sie redete.

Ihr Freund Patrick, der Photograph, und seine Frau Dodo waren ein Paar, deren Enthusiasmus ständig in Blüte stand. Kaum eine Woche verging, ohne daß Ann an ihren Aktivitäten beteiligt war, bei denen es sich stets um irgendeine Neugestaltung der sie umgebenden physischen Welt handelte. Sie gruben einen Swimming-pool oder rissen eine Wand ein, schleppten Steine für den Garten heran und tauschten einen Zweisitzer gegen einen alten Caravan; das Haus, in dem sie wohnten, die Anordnung von Wänden und Stühlen, Auto, Bäume und sogar die Landschaft – all das stand um sie herum wie Steine aus einem Baukasten, die in den Händen von Kindern ständig zu anderen Formen zusammengesetzt werden. Ann machte begeistert bei diesem Haus-Spiel mit und genoß den Schmutz, das Durcheinander und die improvisierten Mahlzeiten, Begleiterscheinungen von dilettantischen Unterfangen. Oft dachte sie, es wäre lustig gewesen, wenn sie und Boaz bei Patrick und Dodo hätten wohnen können statt bei den Stilwells, aber natürlich hielt Boaz große Stücke auf die Stilwells. Es spielte sowieso keine Rolle. Sie konnte tun, was sie wollte, und die Stilwells, die auf ihre Weise recht nett waren, störten sie nicht. Obwohl sie mit Jessie in der Agentur sehr gut ausgekommen war – tatsächlich hatte sie Len ja durch Jessie kennengelernt und danach durch Len die städtische Welt der jungen Schwarzen, Männer und Mädchen, in der sie so freundlich aufgenommen worden war –, dennoch war Jessie zu Hause für sie oft sozusagen außer Sicht. Ebenso wie es in einem musikalischen Werk ganze Phrasierungen geben kann, die für einen zumindest in einem Lebensstadium, wenn nicht gar für immer, unverständlich bleiben, gibt es Menschen, denen man nicht folgen kann, weil eine Phase des eigenen Lebens oder die Konzentration auf die eigene Entwicklung das verhindert. Ann sah das Leben der Stilwells als Folge einer Reihe von Umständen – Kinder, der merkwürdige ältere Junge aus einer anderen Ehe, häßliches altes Haus, nicht genug Geld. Das war es, ihr so fern wie hohes Alter. Sie stellte es sich nicht als etwas vor, das irgendwo anders begonnen hatte und etwas anderes werden könnte. Die Gegenwart war die einzige zeitliche Dimension, die sie kannte; sie erwachte jeden Tag in dem Gefühl von Freiheit und Verfügbarkeit.

Es war schrecklich, wie Jessie manchmal aussah, wie eine Ruine. Sie konnte immer noch attraktiv aussehen, wenn sie sich Mühe gab. Sie schien es nicht zu wissen oder es war ihr gleichgültig, daß ihr Gesicht manchmal brutaler entblößt war, als das allmähliche Altern es schließlich bewerkstelligen würde. Es gab immer viel Aufregung um alles, was im Haus geschah, im nachhinein allerdings, gedämpft gewissermaßen – tatsächlich schienen den Stilwells merkwürdige Dinge zuzustoßen, etwa die Ankunft des alten Mannes an jenem Abend und dann sein Tod irgendwo in Europa, aber auch ganz gewöhnliche Vorfälle ereigneten sich nicht auf die übliche Weise, die man vergessen konnte. Meist wußte Ann überhaupt nicht, um was es ging. Irgendein Vorfall, der damals nicht besonders wichtig erschien und an den sie, wenn sie ihn überhaupt bemerkt hatte, am nächsten Tag schon nicht mehr dachte, ruhte offenbar in irgendeiner staubigen Ecke des alten Hauses und sammelte langsam Kräfte, bis Ann eines Tages, wenn sie aus der sonnigen Welt draußen hereinkam, eine gewaltige polternde Störung bemerkte, die das menschliche Leitungssystem des Hauses durchlief – Gesprächsfetzen, ausgetauschte Blicke –, und erstaunt war, das winzige Motiv des vergessenen und jetzt voll orchestrierten Vorfalls zu erkennen. Wer verursachte das? Jessie, nahm sie an. Wer sonst? Wenn die ganze Geschichte sie auch nicht sehr interessierte, so war Anns unkritische Schlußfolgerung doch nicht ohne feminine Bissigkeit. Sobald Jessies Aufmerksamkeit sich etwas ganz Gewöhnlichem zuwandte, schien es aufzuleuchten. Da waren Schatten, die dichter waren als Gegenstände, und der Gazevorhang des äußeren Scheins schmolz dahin ... Hätte Jessie es nicht angeschaut, hätte man es nie so gesehen. Der Abend, an dem Ann in die Aufregung über den jungen Morgan hineingeriet – wie Jessie mit dieser durchdringenden, schallenden Stimme gleich berichtete, was geschehen war: sie erweckte bei einem das Gefühl, etwas zu erwarten, eine Antwort, die man nicht geben konnte. Ehrlich, man wußte nicht, was man zu ihr sagen sollte. Ihr war es einfach nicht so schrecklich vorgekommen, daß der arme Junge sich davongestohlen hatte, um tanzen zu gehen; nur deshalb komisch, weil Morgan so nichtssagend war. Und natürlich war nach ein oder zwei Tagen Gras darüber gewachsen.

Die Freunde der Stilwells und diejenigen von Boaz' alten Freunden, deren Zuneigung zu ihm eine zehnjährige Abwesenheit überlebt hatte, verschafften ihr die Art von Gesellschaft, an die sie in England gewöhnt gewesen war, aber es war Len Mafolo, der sie in eine Gesellschaft einführte, in der sie glänzen konnte. Wenn sie zu seinen weißen und schwarzen unverheirateten Freunden und deren Freundinnen hereinkam, war es, als wäre sie erwartet worden. Mit ihrem Aussehen, ihrer Munterkeit, ihrer Abneigung gegen eine bis in alle Einzelheiten geplante Lebensweise und mit Boaz im Hintergrund hätte sie nicht in die Nachtclubs und Gesellschaftsklubs der reichen weißen Vororte gepaßt; und unter dem Büro-Grau von Leuten, die auf philanthropischer, religiöser oder politischer Basis mit Schwarzen verkehrten, hätte sie einen Stich ins Scharlachrote gehabt. Aber unter den Showleuten, deren verschwenderische Vitalität der ihren gleichkam, und in der kleinen Gruppe schwarzer Männer, die meinten, daß man spät nachts am leichtesten Zugang zum Leben fand durch Gespräche, durch Musik, durch Trinken und in Gesellschaft von gleichgesinnten Weißen, da war sie zu Hause.

Denn sie war jenes neue Wesen – das hier und dort zu erscheinen begann –, auf das der schwarze Mann in einer weißen Stadt wartete. In ihr trafen sich die Fußtritte und Beleidigungen und die Rachsucht und der Haß, ergänzten sich und verschmolzen miteinander, die zwei schrecklichen Hälften des Teufelskreises wurden ganz und heil. Sie war weiß, eine ausgesprochene Schönheit, jung; jung und schön genug für den reichsten und privilegiertesten weißen Mann. Sie war nicht eine Frau, die keinen weißen Mann finden konnte, und auch nicht eine von den Verrückten, die einen schwarzen Mann als eine

beschämende sexuelle Verirrung begehrten. Ebensowenig bot sie bloß Freundschaft, Verständnis und Zusammengehörigkeitsgefühl an. In Wirklichkeit sah sie aus wie die Sorte Mädchen, die einen verächtlich »Jim Fish« nennen würden, aber wenn man mit ihr tanzte oder sich mit ihr unterhielt, dann war man ein Mann und sie eine Frau. Die Gesetze waren nicht geändert worden, den Paß hatte man noch in der Tasche; dieses einfache Wunder geschah trotz alledem und weit darüber hinaus in einem Bereich, in dem die Aufhebung der Gesetze einen sowieso nicht zu befreien vermocht hätte. Es hatte nicht viel Wert – dennoch war es unschätzbar.
Ihr Erfolg bereitete Ann ein unschuldiges Vergnügen. Wenn sie sich den Weg in einen überfüllten Raum in einer Township bahnte, schlugen ihr Bewunderung und Aufmerksamkeit entgegen, herzlich, vertraut, mit allen Scherzen und Freiheiten, die die Zugehörigkeit mit sich bringt. Da waren noch ein oder zwei andere weiße Mädchen wie sie; keine Slumbesucher aus Neugier, sondern aus reinem Vergnügen, und sie konnten fast so gut tanzen wie die schwarzen Mädchen. Aber Ann wurde bald ebenso gut wie die besten schwarzen Mädchen; wie sie konnte sie mit dem ganzen Körper tanzen und Muskeln gebrauchen, von denen die meisten weißen Frauen gar nicht wissen, daß sie ihnen zur Verfügung stehen. Manchmal wichen die anderen Tänzer rings um sie und den jungen Mann zurück, der die Ausstrahlung ihrer Gestalt in der Luft spürte, während sie einander umkreisten und verfolgten. Ein erregendes Bewußtsein von Bewegung ergriff die Zuschauer, als ob sie plötzlich fühlen konnten, daß die Erde sie im Weltraum drehte. »Toll! Phantastisch, dies Mädchen«, sagten sie von ihr, gönner-

haft, lobend. Die sich wiederholende Musik, das Kommen und Gehen von Leuten, die Belebung der Bewegung und die Passivität des Verfügbarseins für wen auch immer, der sie zum Tanzen zog, machten sie unermüdlich. Sie hätte tanzen können, bis sie umfiel. Einmal, an einem Sonntagnachmittag, als sie mit Boaz und Len zum Tee zu dessen Schwester in ihrem respektablen Haus in Orlando gegangen war, zog sie Boaz mit in eine Gruppe hinein, die um ein paar Blechflöte spielende schwarze Kinder herum auf dem Hof tanzte. Das Fest breitete sich bis auf die Township-Straße aus, und ein Journalist von einer schwarzen Zeitung machte eine Aufnahme von ihr, ein wirbelndes weißes Gesicht, und von Boaz mit gespreizten Knien in der Menge.
Len Mafolo war kein großer Tänzer, aber er unterhielt sich gern, behaglich abgekapselt durch Musik und Geräusch. Er konnte von neun oder zehn Uhr abends bis ein Uhr morgens in ein und derselben Ecke sitzen, trinken, aber nicht zu viel, und auf eine bedächtige, hochfliegende Weise diskutieren, als ob die Suche nach Wahrheit für ihn eine atemberaubende Gratwanderung wäre, Schritt für Schritt von einem schwindelerregenden Gipfel herab, auf dem man gestrandet war. Er hatte Ann fast sofort verziehen, daß sie zu den Bergwerkstänzen gegangen war; es war jetzt ein Scherz zwischen ihnen. Er verstand ihre anspruchslose Begeisterung für alles, was ihr neu war, und sie verstand seinen Abscheu vor Stammestraditionen. Er bezeichnete sie als »Prachtmädchen«: mit einer Pause und einem schulterzuckenden Schnauben als Ausdruck der Unmöglichkeit, sie zu beschreiben. Er mochte weiße Mädchen, weil diejenigen, die er kannte, hübsch waren und man sich gut mit ihnen

unterhalten konnte; mit *ihr* ließ sich außerordentlich leicht arbeiten, sie war nie entmutigt durch die Langsamkeit und Schwierigkeit, Leute über das Planungsstadium hinauszubringen, und sie packte alles ohne Furcht vor Mißerfolgen an, weil es ihr Spaß machte. »Sei nicht so lahm, Len«, pflegte sie zu sagen, wenn sie sich über seine pessimistischen Einwände ärgerte.

Der Gedanke einer Wanderausstellung afrikanischer Gemälde und Skulpturen war etwas, wovon er seit Jahren gesprochen hatte, schon seit er Sekretär im Institut für Rassenbeziehungen gewesen war und alljährlich beauftragt wurde, Bestellungen auf ihre besonderen Weihnachtskarten versandfertig zu machen. Aber kaum hatte er mit Ann darüber gesprochen, begann die Sache Gestalt anzunehmen, so unmöglich sie vorher auch erschienen war. Es gab nicht genug Säle, vor allem nicht im Witwatersrand, wo Weiße ebenso wie Schwarze die Ausstellung sehen könnten. »Ich werde dir was sagen«, erklärte sie. »Du brauchst einen Caravan! Wir werden den von Patrick ausleihen – das ist es! Sie haben gerade einen Kombi gegen einen Caravan getauscht.« Und als er einwandte: »Wer soll das Ding herumfahren?«, sagte sie: »Wir. Du und ich natürlich.«

Und so wurde eine Unmöglichkeit nach der anderen beiseitegeräumt. Sie war auch phantastisch mit den Leuten, die sie als Aussteller vorgesehen hatten; wenn jemand etwas Enttäuschendes einschickte, sah sie es sich mit Len an, und wenn er drauf und dran war zu sagen, er nehme an, das sei in Ordnung, trat ein eigensinniger Ausdruck in ihre Mundpartie: »Laß uns zu ihm fahren und ihn dazu bringen, etwas Besseres auszugraben. Wo wohnt er? Fahren wir doch gleich hin ...«

Sie nannte Mafolo »alter Len«: das Epitheton für Kindheitsspielgefährten, Familienfreunde ... Er gewöhnte sich an sie, aber manchmal, wenn er sie ansah und fand, sie sei wie ein schönes Geschöpf in einem glänzenden Fell, seiner Umgebung perfekt angepaßt, wurde er von Angst und Hoffnung ergriffen. Es war fast, als machte er sich schon Vorwürfe, etwas versäumt zu haben, wovon er gleichzeitig wußte, daß es ihm in Wirklichkeit nie angeboten werden würde.

Die Caravan-Ausstellung war genau ein Abenteuer der Art, die Ann beglückte und beschäftigte. Sie verstand ein bißchen davon, wie man Kunstwerke ausstellte – auf die modische Weise von Sackleinwand und viel Licht und Raum, denn obwohl sie ihre Versuche in verschiedenen Berufen nicht ernst nahm, hatte sie tatsächlich eine Zeitlang in einer kleinen Londoner Galerie gearbeitet. Sie stürmte ins Haus und wieder hinaus mit Nägeln, Kartons, Bindfaden – allen möglichen Dingen –, als die Ausstellung vorbereitet wurde. Immer stieß sie auf Mrs. Fuecht, Jessies Mutter (die zu der Zeit im Haus war), und hatte irgendeinen Gegenstand in den Händen, der eine Erklärung zu erfordern schien – einmal war es der Badezimmerspiegel, ein andermal ein Kochtopf, in dem ein altes Laken in einem purpurähnlichen Farbbad blubberte. Mrs. Fuecht ließ indes keine Überraschung erkennen – sie selbst war eine ziemliche Überraschung, wenn man sie unvermutet traf: eine recht eindrucksvolle alte Dame, ein bißchen übergeschnappt, mit der Ausstrahlung einer Tragödienkönigin, die, wie Ann fand, betagte Frauen oft an sich hatten, die in ihrer Jugend wahrscheinlich sehr attraktiv gewesen waren und den größeren Teil ihrer Energien auf die Liebe verwandt hatten.

»Deine Mutter ist eine Schönheit gewesen; sie muß eine Menge Liebhaber gehabt haben, nehme ich an«, sagte Ann zu Jessie. Aber Jessie lachte und erwiderte in diesem bedrohlichen Ton, den sie manchmal an sich hatte: »Nein, sie liebte mich.« Vielleicht war Jessie eifersüchtig auf ihre Mutter; sie hatte gewiß nichts von dem Auftreten der alten Dame. Ann hielt im Vorbeigehen immer an, um ein paar Worte mit ihr zu wechseln; zumindest schien es so zu sein; in Wirklichkeit wurde ein kurzes Erstrahlen von Schönheit ausgetauscht, ein Aufflackern des Erkennens über fünfzig Jahre hinweg. Einmal schien die alte Dame dicht dran zu sein, mit ihr zu reden – aber an dem Tag war es nicht möglich. Und dann war ihr Besuch vorüber, und sie war abgereist.

Ann lernte Gideon Shibalo kennen, als sie und Len aufgefordert wurden, ihre Wander-Kunstausstellung in afrikanischen, indischen und Mischlingsschulen zu zeigen. Sie hatte natürlich vorher schon alles über ihn gehört; er war der Mann, dessen Malerei in Übersee Aufmerksamkeit erregt und ihm ein Stipendium eingetragen hatte, in Italien zu arbeiten, doch hatte er es nicht in Anspruch nehmen können, weil die südafrikanische Regierung ihm einen Reisepaß verweigerte – er hatte sich in der African National Congress-Bewegung politisch engagiert. Er kam während der Schulpause herein und sah sich seine beiden Bilder mit der distanzierten und doch faszinierten Miene an, mit der jemand ein altes Photoalbum durchblättert. »Begabter Kerl«, sagte Len neben ihm.

»Kann man sagen.« Sie brachen in Gelächter aus und schubsten einander ein bißchen herum.

»Mein Komplize.« Len deutete auf Ann.

»Ich wollte so gern versuchen, mehr von Ihnen zu bekommen«, sagte sie zu Shibalo, »aber er sagte, es sei hoffnungslos, Sie malen nicht mehr.«
Shibalo lachte leise, wie in Selbstbetrachtung. »Hoffnungslos. Ganz richtig.« Er und Len wechselten, unterbrochen von Gelächter, einige Worte auf Sesuto. »Sie hätten mich trotzdem besuchen sollen.« Shibalo wandte sich an Ann.
»Warum?« fragte sie fröhlich. »Gibt es Hoffnung? Wir werden jederzeit kommen, wenn Sie etwas für uns haben.«
»Ich habe kindische Dinge aufgegeben«, sagte er.
»Keine Sorge, er kann immer noch ein Bild zusammenpinseln, wenn er will.« Len ermutigte und tadelte zugleich, widerwillig.
»Mißfällt es Ihnen, über das Nicht-Malen ausgehorcht zu werden, oder genießen Sie es?«
Alle drei lachten. »Du lieber Himmel, ich lebe davon. Wo ist meine Inspiration geblieben? Hab ich kein Gefühl mehr für Licht, Form, Farbe, Dicke, Dünne, was nicht alles? Will ich nicht die Seele Afrikas sprechen lassen? Will ich keine Linien mehr lebendig werden lassen? Spür ich nicht etwas tief in mir, das neue Formen in meine Fingerspitzen treibt? Dieser Gauguin hat mit vierzig angefangen, ich hab lange davor aufgehört.«
Er sah die anderen Bilder und Skulpturen kaum an, auf die Len und Ann maßvoll stolz waren, und als er sich mit ihnen zum Kaffeetrinken hinsetzte, bemerkte er, die Ausstellung sei wirklich »eine Zeitverschwendung«. »Den Schock der modernen Kunst – den brauchen wir hier nicht, Mann. Meine Kinder da drinnen kann man nicht schockieren, in meiner Klasse haben wir drei, die

Dagga rauchen, und zwei Schwangere. Nicht schlecht, wie? Und sie sind noch nicht mal in der letzten Klasse.«

»Klingt wie eine sehr fortgeschrittene Klasse«, sagte Len zu Ann.

Sie wiegte den Kopf: »Er hat Wunder mit ihnen vollbracht.«

Aber Shibalos Ton änderte sich plötzlich, endgültig; er stand jetzt auf, offenbar gelangweilt, und entschuldigte sich, er müsse gehen. »Der – hm – Direktor will mit mir reden. Ich hab versprochen, bei ihm vorbeizugehen. Wegen des Sporttages.« Ihm schien es nichts auszumachen, daß sie die Lüge durchschauten; er sah aus wie der letzte, auf den ein Direktor verfallen würde, um einen Sporttag zu organisieren.

Als er ging, sagte er: »Vielleicht überleg ich's mir.«

»Was?«

»Etwas zu malen.«

»Ach, wirklich?« sagte Ann.

»Unter bestimmten Umständen.«

Sie war trotz ihrer Wachheit unsicher, ob er scherzte; seine Stimme klang ernst, unpersönlich, feilschend.

»Ich könnte Sie malen«, sagte er. Und zog den Kopf unter der Tür ein und war weg.

Ann war an die Bewunderung und das Interesse von Männern gewöhnt; erst wenn diese ausblieben, wurde sie aufmerksam. Zehn Tage später, als die Ausstellung in einer indischen Schule gezeigt wurde, lud der Direktor Len und sie zum Tee ins Lehrerzimmer ein und stellte unter den anderen Lehrern Shibalo vor. Shibalo sagte nicht, daß sie sich schon kannten.

»Was machen Sie denn hier?«

»Gemeinsamer Schulsport. Wir müssen was arrangieren.«
Zur Lunchzeit war er immer noch da, und sie sahen ihn langsam über den Sportplatz kommen, rauchend und zwinkernd, als ob die Sonne seinen Augen weh täte. Len ging ihm entgegen und erwartete ihn an der Tür. Er setzte sich zu ihnen, knabberte an den Schinkenbrötchen, die sie auf der Fahrt zur Schule gekauft hatten, und trank den Kaffee, den Ann kochte. Er hatte das Selbstvertrauen von jemandem, der überall erwünscht ist, die mürrische Ungezwungenheit eines Mannes, der allen gefällt außer sich selbst. Im Lauf der Woche tauchte er noch einmal auf; er hatte Len zufällig am Vorabend in einer Kneipe getroffen und ihn in das Gemeinschaftszentrum für schwarze Männer mitgenommen, um Zuschauer für sein Lochbillardspiel zu haben. Len bekam dann eine Unterrichtsstunde von ihm – Lens erste. Die beiläufigen Zufälle des städtischen Lebens hatten den jüngeren Mann in Shibalos Gesellschaft geführt, und Len war ziemlich stolz, wie ruhige, arbeitsame Leute es stets sind, wenn sich jemand mit ihnen abgibt, der unternehmungslustig und amüsant ist. Er beschrieb seine Bemühungen am Billardtisch, kicherte entschuldigend und genoß den neuen Anlaß, sich über sich selbst lustig zu machen. »Aber wenn der eigene weiße Ball im Loch landet, ist man dann alle Punkte los? Oder was?«
»Nein, nein, Junge, erinnerst du dich nicht, als Robert Duze gestern abend seinen in die Tasche schob, verlor er bloß die Punkte, die er mit diesem Stoß gemacht hätte ... Ein Glück, daß ich ein geborener Lehrer bin«, beklagte sich Shibalo bei Ann.

»Du lieber Himmel, wenn man sich vorstellt, daß ich in die Townships gekommen bin, um in die Gesellschaft von Saloontypen zu geraten. Len, weißt du, ich glaub, irgendwo im Haus der Stilwells liegt ein Billardtisch herum. Zumindest sieht er wie ein Billardtisch aus, nur sehr klein.«
»Ja, ja, es gibt welche in halber Größe.« Wenn Ann sprach, beobachtete Gideon Shibalo sie eher, als daß er zuhörte.
»Wo hast du den gesehen?« Len war tief interessiert und skeptisch.
»In dieser Art Verschlag oder Schuhschrank unter der Treppe. Ich bin sicher, sie brauchen ihn nicht. Du weißt ja, wie dieses Haus ist. Vielleicht könntest du ihn ihnen abkaufen?«
Len und Shibalo lachten. Shibalo war entzückt. »Könnt ihr euch das vorstellen? Ein Eselskarren kommt in die 16. Straße der Alexandra Township entlang und liefert in seinem Haus einen Billardtisch ab. Zuerst nehmen sie die Tür heraus, um hineinzukommen. Dann reißen sie die Innenwände ein ... Dann kommt seine Wirtin nach Hause ...«
»Dann nehmen sie den Billardtisch als Fußboden und bauen das Haus darüber wieder auf. Aber immerhin könnten wir mal hingehen und ihn uns ansehen?« sagte Len.
»Ich werde Jessie fragen, was sie mit dem Ding vorhaben, wenn sie überhaupt etwas damit vorhaben.«
»Willst du heute abend kommen und spielen?« fragte Shibalo Len.
»Danke, aber ich geh mit Ann und Boaz in ein Konzert.«

Gideon wanderte in dem Caravan herum, jetzt ganz darin zu Hause; er nahm zwei Bilder ab und hängte sie anders auf. »Ich bin vielleicht auch da. Ich soll da sein. Wer ist dieser Kerl aus der Bibel?«

»Anns Mann.«

»Ich würde Ihren Mann gern kennenlernen.«

Sie lächelte ihn an. »Er würde Sie gern kennenlernen.«

Er hatte sich schon wieder anderen Dingen zugewandt, nach Art von Leuten, die sich nicht wirklich anstrengen wollen, eine Unterhaltung zustande zu bringen, sondern eine Bemerkung wie eine kleine Münze als Zeichen einer vorübergehenden Aufmerksamkeit einwerfen.

Beim Konzert in der Universität sahen sie ihn auf der anderen Seite des Saals, groß und sorgfältig gekleidet, mit einer weißen Frau, deren kurzes, flatterndes graues Haar und hohe, rosa Stirn ihren Kopf gebieterisch aussehen ließen. Er beugte sich mit ihr über das Programm und schien in dieser Gesellschaft ein anderer zu sein.

Ann wies Boaz auf ihn hin: »*Das* ist Shibalo da drüben.«

Boaz drehte sich um und sah hinüber; er war im Bild über die Geschichte von Gideon Shibalos Stipendium und daß er es aus politischen Gründen nicht hatte annehmen können. Es waren ziemlich viele Leute da, die Ann kannte, und ihre Aufmerksamkeit wurde hierhin und dorthin gelenkt, sobald jemand durch die Gänge kam. »Callie Stow ist das bei ihm«, sagte Len. In der Pause sahen sie die Rücken von Gideon Shibalo und der Frau in einer Gruppe, die eine Art Mittelpunkt bildete. Er drehte sich nicht um.

Am nächsten Tag kam er zur Mittagszeit in die Ausstellung, die in eine andere Schule weitergewandert war, und brachte eine große Flasche Bier mit. »Wie wär's mit etwas Käse zur Abwechslung?« sagte er mit einem Blick auf die Schinkenbrötchen.

»Wie hat dir die Musik gefallen?« Len wollte einen Anlaß haben, seine eigene Ansicht zu verkünden.

»War nicht da.«

»Wir haben Sie gesehen«, lachte Ann.

Aber er war ungerührt. »Man kann in ein Konzert gehen und nicht da sein. Manchmal hört man die Musik einfach nicht.« Er zuckte die Schultern.

»Na, Sie haben was Gutes versäumt.«

»Zweifellos, zweifellos.« Er wurde überwältigt von Müdigkeit durch den Hinweis auf den Abend, er ließ sich fallen und streckte seine Beine quer durch den schmalen Raum des Caravan aus. Ann mußte über sie hinwegsteigen, um vorbeizukommen.

Irgendwann begann er fast jeden Tag zu kommen. Len kaufte Käsebrötchen, und wenn er um eins nicht da war, saßen die beiden da, rauchten und unterhielten sich, ohne den Lunch zu erwähnen. War er um Viertel vor zwei noch nicht gekommen, sagte schließlich einer von ihnen: »Ich hab Hunger«, und dann aßen sie rasch, als hätten sie die Mahlzeit vergessen.

Eines Abends gingen sie alle drei zusammen zu einem Boxkampf. Ann hatte noch nie beim Boxen zugeschaut. »Ziehen Sie Ihr bestes Kleid an«, befahl Shibalo. »Das ist mein Ernst. Eine Frau muß so aussehen am Ring.« Sie saßen vorn zwischen den schwarzen Veranstaltern und Gangstern und ihren Mädchen. Die Mädchen in ihren hautengen Kleidern, mit den hohen Absätzen, die ihre

Gesäße in diese und jene Richtung drängten, den schaukelnden Ohrringen neben braunen Wangen und vollen, roten Lippen, waren prächtig anzusehen und sehr laut; Ann schlug sich vor Aufregung wie ein Schulkind auf die Knie. Shibalo nahm sie am Ellbogen, als wollte er sie zurückhalten, und erklärte in einem schnellen und eindringlichen Kommentar alles, was zwischen den beiden Boxern im Ring vor sich ging.

Shibalo hatte bald darauf noch einmal Karten für einen Kampf in einer nahe gelegenen Stadt, und sie fuhren in Anns Wagen hin. Ann war entzückt von den übertriebenen Darstellungen der Kämpfer auf den Handzetteln und Plakaten. Die Brutalität schweißtriefender schwarzer Körper, die aufeinanderprallen und wieder zurückfedern, die blutenden Augenbrauen und das schmerzerfüllte Grunzen hatten für sie das Ausschweifende eines Schauspiels an sich; sie genoß es, vom Lärm und dem angeberischen Glanz der Menge mitgerissen zu werden, als schwimme sie in ihr. Sie gingen ein drittes und ein viertes Mal und folgten den afrikanischen Boxveranstaltungen von einer Stadt zur anderen. Dann sagte Len: »Ich habe genug von dem Trip – danke bestens.« Ann und Gideon gingen allein weiter hin. »Sie werden mich doch nicht mitten in der Nacht in einer Germiston-Township, oder wo immer ich strande, sitzen lassen?« fragte sie und lächelte ihn an. »Kommen Sie schon. Es wird nichts passieren.« Er gab keine persönlichen Versicherungen ab.

Den Scherz, sich fein zu machen, hatte sie mittlerweile fallengelassen, und sie wirkte jetzt in Jeans und einer Lederjacke in der schwarzen Menge noch auffälliger. Es gab einen schmutzigen Kampf und einen sehr ausgeglichenen, und die Zuschauer murrten und grölten zuerst wilde Beleidigungen und waren dann ungezügelt begeistert. Gideon Shibalo bekam Freikarten, weil er einige der Promoter kannte, aber offenbar hielt er das für eine ausreichende Ehre für sie und sprach nie mit ihnen. Er bahnte sich seinen Weg durch die Menge, als wisse er, daß man ihm Platz machen würde; aber wenn er und Ann vorbeigingen, wurde seine Gleichgültigkeit mit Blicken und Bemerkungen des Erkennens beantwortet: alle, die regelmäßig kamen, hatten sie jetzt schon gesehen; das weiße Mädchen und der Lehrer waren Teil des Zirkus. Eine freche kleine Karikatur mit steifem, geglättetem Haar streckte lange rote Fingernägel aus, um Anns Mantel zu befühlen; jemand lächelte ihr ins Gesicht.

Die Blicke, die gelegentlichen Bemerkungen aus der Menge brachten sie zusammen; es war ein von außen aufgedrängtes Bild wie ein Spiel, das Fremde zu Partnern macht. Shibalo fuhr an jenem Abend den Wagen nach Hause. Sie lachten und unterhielten sich den ganzen Heimweg; keiner von ihnen war jemals so amüsant gewesen, wenn Len dabei war.

Am nächsten Morgen rief Shibalo sie im Haus der Stilwells an. Merkwürdigerweise war sie höchst überrascht, als sie seine Stimme hörte; bei Schwarzen erwartete sie immer noch, daß die Initiative von ihr ausgehen müsse bei dem Versuch, eine Freundschaft aufrechtzuerhalten: sie taten es selten, vielleicht um einem zu zeigen, daß sie einen nicht brauchten.

»Wo essen Sie heute mittag?«

Sie sollte draußen bei der Ausstellung sein, wie er wissen

mußte. »Ich weiß nicht, Gid, ich muß heute vormittag in die Stadt, einige Besorgungen machen.« – »Wie wär's dann mit dem Lucky Star oder Tommie's?« Das waren die beiden Lokale, wo Weiße und Nicht-Weiße verkehrten. »Ach, Lucky Star, glaub ich.« Sie entschied sich sofort für dasjenige, wo sie oft hinging, wo jeder, den sie kannte, hinging und gesehen wurde.
Sie erschien einfach nicht im Agenturbüro, wo Len sie gewöhnlich abholte. Um halb zwei, ziemlich spät, kam Shibalo ins Lucky Star; sie verließ die Leute, mit denen sie geredet hatte, und ging zu ihm: »Kommen Sie ...« Sie hatten so Wichtiges zu besprechen, daß Begrüßungsscherze nicht nötig waren. Er ging rasch zu einem Tisch an der Wand. »Ich hab mich heute in der Schule entsetzlich gelangweilt. Mann, der Geruch da macht mich fertig, die Tinte, die muffigen alten Bücher.« –
»Dann laß uns Curryreis essen, Gid, das riecht gut.« Er sah sie bedächtig, widerwillig an mit einem Lächeln, das eine offene, eklatante Erklärung war, absolut überzeugt, nicht abgewiesen zu werden, voller Hinterlist. »Du bist es, die gut riecht. Alles, was du im Caravan berührst, riecht nach dir. Selbst die Kaffeetassen. Du gibst jemandem eine Tasse Kaffee, und wenn er sie an den Mund setzt, riecht sie nach Lilien.«
Sie lachte das Lachen, das so weiblich ist wie der besondere Ton, den Vögel finden, wenn sie ihre Jungen rufen. »Vergiß nicht, wenn Lilien verfaulen, riechen sie noch schlechter als alte Bücher.«
»Oh, das vergeß ich nicht. Ich achte immer darauf, sie nicht zu lange zu behalten.«
Sie begannen zusammen auszugehen. Es war ebenso ein Trip wie damals das Boxen. Jeden Tag aßen sie im

Lucky Star; es gab keine große Auswahl an Lokalen, in die sie gehen konnten, und das Essen war mäßig, aber das störte sie nicht: Tag für Tag saßen sie am selben Tisch, und der Kellner wußte im voraus, was sie haben wollten, wie es unter anderen Umständen im besten Restaurant der Stadt hätte sein können. Und die Habitués bemerkten, daß sich innerhalb ihrer Gruppierung etwas Neues anbahnte; hätte Ann mit einem weißen Mann im Carlton Hotel gegessen, wäre das tägliche Auftauchen eines Sektkübels an ihrem Tisch ein entsprechender Hinweis gewesen. Es gibt bestimmte menschliche Bindungen, die mehr der Welt angehören als den beiden Menschen, denen es Vergnügen macht, sie herzustellen; dieser Zeitvertreib, auf den sich Shibalo und Ann verlegt hatten, war eine solche. Sie war nicht die erste weiße Frau, die sich für ihn interessiert hatte, aber sie war vielleicht die am besten aussehende und bestimmt die am wenigsten vorsichtige. Der unverhüllte Flirt, um des Spaßes willen, bedeutete mehr, als mit einer weißen Frau ins Bett zu gehen, die Angst hatte, mit einem auf der Straße gesehen zu werden.

Ann fühlte sich eigentlich kaum zu ihm hingezogen auf die starke und plötzliche Weise, in der sie widerspruchslos die Sache zwischen sich und anderen Männern für geregelt gehalten hatte. Doch wenn sie sah, wie er sie wahrnahm, deutlich, aber zwanglos, ihr die Macht ihres Geschlechts und ihrer Schönheit zubilligte, sie aber in keiner Weise überbewertete, war sie wie jemand, der eigentlich nicht die Absicht hatte, mitzuspielen, aber feststellt, daß sich seine Hand unwiderstehlich anschickt, den Ball zurückzuschlagen, der ihm entgegenfliegt. Ihr Geschlecht und ihre Schönheit waren ihre Begabung, ihr Lebenswerk, die Anmut ihres Wesens, die andere in ihr spürten; was immer sie sonst beschäftigte, war in aller Unschuld bloßer Zeitvertreib. Das starke Gefühl der Lebendigkeit, das sie empfand, wenn Leute sie mit Shibalo hereinkommen, über persönliche Scherze mit ihm lachen und mit ihm in ihrem kleinen Wagen wegfahren sahen, kam ebensosehr aus dem subtilen Gebrauch ihrer Begabungen wie aus seiner Gesellschaft. Es war eine neue und amüsante Variation im Einsatz ihrer Mittel, anderen Männern einfach durch ein kameradschaftliches Schweigen mit Shibalo bei einer Tasse Kaffee zu zeigen, daß sie, wenn sie wollte, sie um eines schwarzen Mannes willen ignorieren konnte. Dies trat zu den anderen Unberechenbarkeiten, die das Wagnis, sie zu begehren, enthielt, hinzu. Selbst in der begrenzten, verborgenen Randzone des städtischen Lebens, die Shibalo und ihr offenstand, war dies eine Haltung, die eine untergründige Kraft und Kühnheit einschloß, eine Haltung, die vor dem Hintergrund der weißen Stadt gesehen wurde, zu der sie letztlich doch gehörte und in die sie zurückkehren konnte, wann immer sie es wünschte.

Eines Nachmittags fiel Shibalo der Billardtisch ein. »Was habt ihr da unternommen?«
Len deutete mit einer Handbewegung an, daß diese Idee nie ernst gemeint gewesen war.
»Ann, wie? Was ist geschehen?« Len schien jetzt immer in einer gedämpfteren Stimmung zu sein als die beiden anderen, und Shibalo versuchte instinktiv, dem durch eine ungeduldige Steigerung seiner eigenen Vitalität entgegenzuwirken.

»Ich hab das ganz vergessen – du doch auch«, sagte Ann zu Shibalo.
»Ich möchte ihn mir mal ansehen. Kommt schon, laßt uns hinfahren.«
Sie waren dabei, die Ausstellung zu beenden; Patrick wollte seinen Caravan zurückhaben. Alles war abgenommen worden und lag herum und sollte in die Transportkisten gepackt werden. Die Sonne machte aus dem Zigarettenrauch ein Gebilde von verschwommenen blauen Gitterstäben.
Ann war vertieft in die Betrachtung ihrer schmutzigen Hände. Sie blickte auf die aufgestapelten Bilder und die Unordnung und dann von Len zu Shibalo.
»Kommt schon.« Shibalo war aufgestanden.
In ihrer Antwort lag eine Mischung von Widerstand und Nachgiebigkeit: »Ich habe den Stilwells kein Wort gesagt, weißt du.«
Aber obwohl Shibalo es als selbstverständlich ansah, daß sie sich überhaupt nur für den Billardtisch interessierten, weil Len ihn haben sollte, und Len feststellte, daß von ihm plötzlich angenommen wurde, er werde sich wieder damit befassen, wollte er nicht mitfahren.
»Schaut euch das hier an« – sein Wunsch, die Arbeit zu erledigen, war hartnäckig.
Auf der Fahrt fragte Ann: »Du kennst Jessie Stilwell, nicht wahr?« – »Ich glaub schon.« Als sie zum Haus kamen, war sowieso alles still. Nicht einmal die Kinder waren da, und das Dienstmädchen war in ihrem Zimmer. Anns Stimme hallte durch die Räume und die Treppe hinauf und hinunter; die von Shibalo war ein Murmeln dahinter. Sie zerrte kaputte Spielzeugwagen, zerfranste Körbe, dreckverklebte Gartenschuhe und ei-

nen alten Kronleuchter beiseite, und da war der Billardtisch, hochkant an die Wand gedrückt. »Turniermaße. Das dachte ich mir. Das Tuch ist größtenteils hinüber.« Sie versuchten, ihn aufzustellen, aber der Platz reichte nicht, ihn umzudrehen. »Ich bin sicher, sie würden ihn gern loswerden. Würdest du ihn wirklich nehmen?« Sie wußte, daß er in der Township Alexandra wohnte, hatte sich aber nie gefragt, wie, in was für einem Haus, obwohl sie die Hütten, Schuppen, Hinterhofzimmer und gelegentlichen ordentlichen Häuser von Alexandra kannte. Seine Schultern krümmten sich, als er innerlich leise lachte. »Könnte sein.«
»Wo kannst du ihn denn unterbringen?« Sie hatte sich hingehockt und lächelte in dem Zwielicht zu ihm auf. »Ich habe eine Möglichkeit – vielleicht. Eine Wohnung in Hillbrow.« »Hillbrow?« Das war ein weißer Vorort. So oft hatte sie das Gefühl, er gebe ihr einfach eine Antwort, irgendeine Antwort, während er an etwas anderes dachte. »Ja«, sagte er, mit einer Spur Zurückhaltung. »Ein paar Leute, die ich kenne. Ich bin da manchmal.« Er lachte wieder leise: »Wär vielleicht 'ne gute Idee, ihnen einen Billardtisch zu schenken.« – »Er soll doch für Len sein.« – »Ach, natürlich. Ich kann da mitbringen, wen ich will. *Sie* spielen nicht.«
Lachend und stöhnend schoben sie den Tisch wieder an seinen Platz zurück; Ann war in ihrem Element bei dieser Art von unbekümmerter Betriebsamkeit. Ein Splitter aus dem Tischbein drang Shibalo in den Daumen, und obwohl er außer dem ersten Aufschrei nichts sagte, sah sie, als sie aus dem Lagerraum herauskamen, daß seine Hand vor Schmerz zitterte. »Oh, sieh mal, das ist ja ein übles Ding.«

Er hielt die Hand hoch; der Splitter war wie ein Keil in die glatte dunkle Haut neben dem zweiten Daumengelenk hineingetrieben. Sie versuchte, ihn herauszuziehen, und während sie es tat und sich auf das abgebrochene Stück Holz konzentrierte, das scharf, tot und hart zu fühlen war gegen den lebenden, kalten Daumen, wurde seine Hand für sie lebendig. Das war er, diese große, schlanke Hand, halb geschlossen und schlaff, in sich wie ein lebendes Wesen. Die Fingerspitzen pulsierten schwach, ihre Haut zeigte ihre einmalige Gravur von Wirbeln. Da war ein Ausdruck in der Form der Finger, wie es einen Ausdruck in den Zügen eines Gesichts gibt.

Plötzlich änderte sich die Art, in der sie die Realität erlebte. Es war, als erwachte sie aus einer leeren Tagträumerei und merkte, daß sie irgendeinen unerklärlichen Gegenstand aus ihrer Traumwelt in der Hand hielt.

Als der Splitter heraus war, gingen sie ins Wohnzimmer und nahmen einen Drink. Sie konnte sich nicht erinnern, jemals das Haus für sich allein gehabt zu haben, und jetzt hatte sie das Gefühl, es auf eine besondere Weise zu besitzen, wie ein Kind, das durch ein zerbrochenes Fenster in ein verlassenes Haus klettert. Sie ging mit ihm nach oben, um ihm einen Holzschnitt in Jessies Zimmer und einige geschnitzte Figuren zu zeigen, die Boaz von seinen Streifzügen mitgebracht hatte. Ihr Weitergehen von Zimmer zu Zimmer, Pausen in ihrem Geplauder, hatten den Rhythmus eines Tanzes durch das Haus.

Als sie wegfahren wollten, merkte sie, daß sie die Autoschlüssel vergessen hatte, und lief nochmal ins Haus zurück. Als sie wieder nach unten rannte, sah sie plötzlich durch die offene Eßzimmertür das Profil von Mrs. Fuecht, die dort saß. Sie blieb stehen; in dem Moment wandte die alte Frau den Kopf. Das Mädchen fühlte sich durch die Halle und die Tür zu ihr ans Fenster gezogen.

»Hallo! Ganz allein?« Anns Gesicht hatte den blinden Eifer eines Gesichts in starkem Wind; die Nervenenden angeregt, Reaktionen an der Oberfläche wie das Aufblitzen von Sonne oder der Schauer von Wind auf einem Gewässer.

Mrs. Fuecht existierte in diesem Moment kaum; ihr sorgfältig gepudertes Gesicht war eine Mumifizierung des Aussehens des Mädchens in diesem Moment; Schicht auf Schicht, wie in Pech getränkte Bandagen, bewahrte sie die verblichene Form von Leidenschaft und Vitalität in der Fläche dicken weißen Fleisches, die vom Backenknochen zum Kiefer herabfiel, in den fahlen Augen, den unregelmäßigen, aber noch schwarzen Brauen, die die leblose Haut ringsum hochhielten, und im Einschnitt des Mundes. Die Lippen waren nur zu sehen, wenn sie sprach, blaß schimmernd unter einer Spur Speichel.

»Es schien, als würde ich es nie sein.«

Die Atmosphäre zwischen ihnen war gespannt. »Kann ich Ihnen etwas bringen?« fragte Ann.

Die alte Frau lächelte. »Was?«

»Ich dachte bloß . . .«

»Oh, ich weiß. Ab und zu bemerkt man andere Leute und ist verwirrt.«

Das Mädchen lachte, und Mrs. Fuecht nahm das auf wie ein Geständnis. Aber es war ein Austausch von Vertraulichkeiten. Sie sagte: »Im Lauf der Zeit scheint es immer mehr von ihnen zu geben – von anderen Leuten. Und dann, plötzlich, ist man selbst eine von ihnen.«

Ann setzte sich auf die Kante eines kleinen Tisches. »Wollten Sie nicht wegfahren?«

Ihre Blicke trafen sich, leer und vertraut. Ann stand auf. »Dann geh ich mal.« Sie hielt inne, ein Vogel, der einen Augenblick auf einer Telephonleitung balanciert. »Auf Wiedersehen.«

Die alte Frau wandte die Augen nicht von ihrem Buch ab, als die Haustür zuschlug und das Klappern der Absätze auf dem Gartenweg leiser wurde, aber als das Haus wieder still war, wurden ihre aufmerksam geblähten Nasenflügel schlaff. Die Stille, die die Stimmen des Mädchens und des unbekannten Mannes unterbrochen hatten, war die Stille in ihr, in der viele Stimmen nicht mehr zu hören waren.

An dem Tag, als Jessie sie beim Mittagessen traf, hatten sie Shibalos Malsachen aus dem Hinterzimmer eines Ladens in die Wohnung in dem weißen Vorort gebracht, wo er kommen und gehen konnte, wie er wollte. Ann war noch nicht dort gewesen; die Mieter, zwei junge Männer, die in der Werbung arbeiteten, waren in der Agentur, aber Shibalo hatte einen Schlüssel, und alles in der Wohnung war in dem natürlichen Zustand, in dem die Eigentümer es hinterlassen hatten – er stellte keine Unterbrechung dar. Es mußten vorher einige Abmachungen getroffen worden sein, denn er verstaute einige Ölgemälde im Wandschrank im Badezimmer und schob zwei Staffeleien neben das Bügelbrett in der schmudde-

ligen Küche, ehe er den Rest im Wohnzimmer ablud. Ann war tief neugierig auf die Gemälde und Stöße von Zeichnungen, die in Zeitungspapier eingeschlagen waren – »alles altes Zeug«, sagte er; wann immer eines enthüllt wurde, blieb sie schlagartig stehen, um es eingehend und schweigend zu betrachten. Sie zeigte auch die Neigung zum Besitzergreifen, die viele gewöhnliche Menschen befällt, sobald sie einen kreativen Menschen kennenlernen; sie begann verschiedene Gegenstände aus dem Weg zu räumen, um Platz für die Bilder zu schaffen, und ärgerte sich über eine Leinwand, die dem Projektor gegenüber hing. »Warum kann das Ding nicht irgendwo aufgerollt stehen? Sie können es doch nicht dauernd brauchen.«
Eitelkeit ließ ihn diese Parteilichkeit aus Verlegenheit ignorieren; wie die meisten Künstler jeder Art hielt er sich für weit erhaben über das Maß an Privileg, das für ihn zu fordern gewöhnliche Leute als notwendig betrachten konnten. Er legte eine Platte auf und setzte sich zurück, um zuzuhören; er beobachtete Ann, als verfolgte er träge das Herumfliegen einer Biene oder einer Motte im Zimmer.
Sie stellt ein Ölbild ab, das sie zwischen anderen herausgezogen hatte. In ihrer Geschäftigkeit war etwas Nervöses. Sie sah ihre Hand an, nahm das Bild wieder auf und stellte es zurück.
»Sieh mal«, sagte sie und ging zu ihm hinüber.
Auf ihrem Zeigefinger, dessen schlanke Kuppe sich geschmeidig zurückbog, als sie ihn streckte, war ein Streifen frischer, nasser Farbe.
Er machte ein besorgtes Gesicht und beugte sich lächelnd vor, um nach der Terpentinflasche zu greifen. Er

zog sein Taschentuch heraus und säuberte ihren Finger damit; dann beugte er sich wieder vor, nahm einen Bogen Papier, legte ihn auf die Sessellehne und ihre Hand flach darauf, wobei er ihren Arm unbequem verdrehte, denn sie saß halb. Er zog den Umriß ihrer Hand mit einem Kohlestift nach. Ihre triumphierende, herausfordernde Miene wurde weicher; sie hielt den Blick auf ihre Hand gesenkt. Er nahm die Hand auf und gab sie ihr zurück.

Er sprang vom Sessel auf und begann mit spontaner Energie herumzurennen. »Ich muß die Honneurs machen. Verzeih die Formlosigkeit in dieser dürftigen Unterkunft. Das Mädchen hat Ausgang. Es sind keine Snacks vorbereitet. Der Champagner ist nicht kalt gestellt. Aber in der Küche findest du Gläser, und irgendwo ...« sein Kopf verschwand in einem der unidentifizierbaren, raumsparenden Schränke, die alles mögliche enthalten konnten, »... werden wir den Brandy finden.«

Sie zog die Schuhe aus, trank ihren Schluck Brandy mit Ginger Ale und streckte sich auf einem Liegestuhl auf dem Balkon aus. Er hatte einen großen, rauhen, weißen Bogen Papier herausgeholt, setzte sich in den Schatten der Zimmertür und zeichnete. »Laß sehen.« Er nahm keine Notiz davon, also stand sie auf, um einen Blick darauf zu werfen. Es war ihr Profil, das über einen nackten Rücken blickte.

»Woher weißt du, daß ich so aussehe?«

»Du bist überall gleich«, sagte er, »das ist das Schöne daran.«

Sie ging wieder in die Sonne und setzte sich auf das Balkongeländer, die Sonne zog ihr die Haut auf dem

Rücken zusammen, ihre bloßen Fußsohlen berührten gerade noch die geriffelten Bodenfliesen.
»Ein Schubs«, sagte er und sah sie unverwandt an.
Sie verschränkte die Arme über dem Bauch und schaukelte sorglos. »Warum nicht?« Eine rötliche Wärme von den Fliesen teilte sich ihrer Haut mit. Der Tod kam ihr nie in den Sinn außer als Nervenkitzel im Leben. Der Abgrund hinter ihr brachte ein besonderes Lächeln auf ihr Gesicht.
Als Jessie sie nach dem Lunch im Lucky Star verlassen hatte, gingen sie wieder in die Wohnung. Es gab plötzlich keinen anderen Ort, wo sie hingehen konnten, nichts anderes zu tun; die ganze Stadt schien sie unbemerkt vorbeigehen zu lassen, als ob sie bis zur Unsichtbarkeit ineinander vertieft wären. Sie saßen einander im Zimmer gegenüber, die Vorhänge gegen die Sonne geschlossen. Ann dachte nicht an Shibalo, sondern war von Betrachtungen über Jessie erfüllt. Sie sah sie in den gebrochenen Bildern ihres Zusammenlebens vor sich, einer Verbindung, die für Ann unwichtig und belanglos vorübergegangen war. Dieses starke Bewußtsein der anderen Frau machte sie innerlich erregt und unsicher, so wie man sich nach einem Streit fühlt, bei dem man sich gerade in dem Augenblick, als man sprechen wollte, gereizt allein wiederfindet.
Sie ging ins Badezimmer und machte ihr Haar und Gesicht mit tranceartiger Sicherheit zurecht; ihr Geruch zog durch den Raum. Es war genau fünf Wochen her, daß er in den Caravan gekommen war. Die Zeit verging so rasch für sie; sie hatte sie jetzt hierher gebracht, ganz plötzlich. Es hatte keinen Zweck, an irgend etwas anderes zu denken.

Sie begannen sich zu küssen und mit einiger Rivalität Zärtlichkeiten auszutauschen, wie zwei Pfauen, die ihr eitles Rad schlagen. Wenn es Lachen gab, so doch auch Faszination, schließlich gab es auch eine Feierlichkeit, aber es war die hektische Feierlichkeit einer überraschenden Leidenschaft.

8

Weil er an ihr nicht sehr interessiert war, bemühte sich Tom Stilwell, mit Ann zu reden, wenn sie da war. Es gab Lücken in seiner Beachtung und seiner Kenntnis, wie sie ihre Tage verbrachte, und seine Bemühungen waren gewöhnlich eine Variante von nun-wie-kommst-du-voran-mit-dem-und-dem. Eines Abends, als sie zufällig zum Essen da war, fragte er sie nach der Wanderausstellung und erfuhr, daß sie gerade zu Ende sei. »Ach du lieber Gott, alles ist immer schon vorbei, ehe ich dazu komme, es mir anzusehen. Ich nehme an, dieser japanische Film ist jetzt auch schon abgesetzt, Liebling?« fügte er, an Jessie gewandt, hinzu.

»Natürlich«, sagte sie heiter. »Aber es gibt ein neues Eßlokal, wo früher das alte Bella Napoli war. Wir könnten das vielleicht ausprobieren, ehe es Pleite macht.«

Sie begannen dann eine Diskussion darüber, ob im allgemeinen Gruppenausstellungen besser oder schlechter seien als Ausstellungen eines einzelnen Künstlers. »Jedenfalls denke ich, daß von der Gruppe, die ihr gezeigt habt, es keiner wagen könnte, allein auszustellen – außer Shibalo vielleicht.«

»Ja, natürlich. Und er kann jederzeit eine Galerie in der Stadt bekommen, wenn er will«, sagte Ann.

»Wie wär's, wenn wir jetzt mit Patrick Bold über den Caravan reden?« sagte Tom, halb zu Jessie.

»Das könnt ihr«, sagte Ann. »Sein Bruder nimmt ihn etwa für die nächsten sechs Wochen.«

»Wir würden ihn erst im Juli haben wollen – Jessie?« Sie hatte die Bestandteile einer kleinen Puppe neben sich, untersuchte sie und biß zwischendurch von einem Apfel ab. Ihre Augen zauderten bei der Verbindung von diesem Stück mit jenem, und sie fand ein hartnäckiges Gefallen an den Schwierigkeiten, die entstanden, weil sie die Konstruktionsprinzipien nicht verstand. »Ich bin nicht so sicher.« Sie bezog sich dabei nicht auf die Zeit, sondern auf die Tatsache, daß ein Haus, das zu Fuechts Nachlaß gehörte, für sie vielleicht bald verfügbar sein würde. Es war ein Haus am Meer, in dem sie als Kind gewesen war.

»Wie viele könnten im Caravan schlafen?« Die Möglichkeit des Hauses, so vage sie war, rief ein wenig Opposition bei Tom hervor, wie jeder Vorschlag, der etwas an die Oberfläche zu bringen scheint, das man am Wesen eines geliebten Menschen nicht mag. Er wußte, ohne es auszusprechen oder sich auf Tatsachen zu berufen, ohne aber auch Tatsachen zu benötigen, daß Jessie in dem Haus wohnen wollte, weil Fuecht tot war; vielleicht, um deutlich zu machen, *daß* er tot war.

»Er ist riesig. Ach, sechs können leicht darin schlafen«, versicherte ihm Ann sofort mit dem Selbstvertrauen eines Schmetterlings, der einem Vogel erklärt, wie man ein Nest baut.

»Die Kinder könnten sowieso zu zweit in einem Bett schlafen. Und einer könnte auch ein Zelt nehmen. Wie wär's, wenn ihr, du und Boaz, ein Zelt mitbringt?«

»Wunderbar. Aber es kommt darauf an, wann. Boaz muß im Winter nach Moçambique.« Ann war von dem Puppenproblem angezogen. »Wart mal, warum versuchst du nicht, zuerst den Kopf hineinzubringen, dann dies Stück« – sie bemächtigte sich des Torsos – »das hakt hier ein. Müßte es jedenfalls.«

Auch Tom nahm einen Arm auf wie ein Puzzleteil, von dem der Vorübergehende überzeugt ist, daß er es ohne weiteres an die richtige Stelle legen wird. Er befestigte die Feder an der verstümmelten Schulter und schob sie durch ein Loch in den rosa Plastikkörper. Jessie sah mit dem Schweigen dessen zu, der all das schon versucht hat. Die Feder war zu kurz, um über das Loch auf der anderen Seite hinauszuragen, wo der andere Arm daran befestigt werden sollte, und das Loch war zu klein, um mit dem Finger hineinzukommen und die Feder durchzuziehen. »Du brauchst ein Stück Draht. Oder eine Pinzette könnte gehen.«

»Eine Augenbrauen-Pinzette? Ich hole meine«, sagte Ann und verließ für eine Minute das Zimmer.

Jessie sagte, über die Puppe hinwegblickend, leise zu Tom: »Sie hat eine Affäre mit Shibalo.«

Ihr Ton war seltsam beruhigend und nicht überzeugend.

»Wie kommst du denn auf so was?«

»Ich weiß es. Ich war verrückt, daß ich es nicht früher gemerkt habe.«

»Hat Len das gesagt?«

»Ich hab neulich mit ihnen zusammen im Lucky Star Lunch gegessen.«

Zwischen ihnen herrschte die fast verträumte Ruhe eines Mannes und einer Frau, die über Jahre als sexuelle Partner eine ununterbrochene Gemeinschaft gehabt haben. Wie Regen und Sturm, die durch das Fenster eines warmen, hellen Raums beobachtet werden, erinnerten sie sich an die Nässe und die Wildheit draußen.

Während sie noch sprachen, legte sich Anns Stimme, eine Phrase aus einem Schlager trällernd, den sie mochte, über die ihren. Im nächsten Augenblick war sie wieder im Zimmer und rief: »Damit wird es gehen«, und die Aufmerksamkeit wandte sich wieder ungebrochen der Puppe zu, jeder ungeduldig über den Versuch des anderen, sie zusammenzusetzen.

Boaz kam an diesem Wochenende nach Hause, aber als er am Samstagabend eintraf, waren die Stilwells ausgegangen und sahen ihn erst am Sonntagvormittag, als er und Ann gegen elf Uhr aus dem Haus kamen und sich den anderen auf dem Rasen anschlossen. Sie waren beide noch im Pyjama. Ann trug einen kurzen Morgenrock über dem einteiligen Baumwollspielanzug, in dem sie schlief, und Boaz' braune Hand, die auf ihrer Schulter lag, fuhr ihr dann und wann durch das verwuschelte Haar.

Jessie, die auf dem Bauch gelegen und Zeitung gelesen hatte, drehte sich geistesabwesend auf die Seite, Hand und Kopf auf den Ellbogen gestützt, als sie herankamen. Der Rasensprenger kreiste, um einen Springbrunnen zu bieten, in dem die drei kleinen Mädchen spielten, Elisabeth nackt und die beiden anderen in ihren Höschen. Ein Ehepaar, dessen einziger Anspruch auf Freundschaft auf dem Austausch solcher Besuche beruhte, war bei den Stilwells auf einen Schluck Bier hereingeschneit. Boaz war einverstanden, Bier zum Frühstück zu trinken, und er und Ann ließen sich auf dem Rasen nieder. Boaz war unrasiert, sah aber gut aus, wie er sich da wie ein Araber hinhockte, die Flächen seines oliv-blassen Gesichts durch den Bart schattiert; die Grenzen des Bartwuchses waren scharf abgezeichnet wie die Markierung auf dem Gesicht eines Hirschs. Wie üblich, da er so oft der zurückgekehrte Reisende war, bezog das Gespräch eine Weile seine Impulse von ihm, obwohl er in der Unterhaltung in keiner Weise dominierte, sondern einfach in seiner freundlichen, ernsthaften Art mitteilte, was er zu sagen hatte. Er hatte eine Kamera eingebüßt, und einige andere Sachen waren ihm beim Durchqueren eines angeschwollenen Flußarms kräftig durchnäßt worden, und als er jetzt die Geschichte berichtete, war die Erwähnung des Distrikts, wo sich dieses Mißgeschick ereignete, das Stichwort für eine Frage von Redvers English, dem Besucher, nach Ölprobebohrungen, die, wie er gehört hatte, dort vorgenommen würden. Boaz hatte vor ein paar Tagen eine Gruppe von Ölprospektoren getroffen und erzählte eine amüsante Geschichte über sie. Das brachte das Gespräch aus Boaz' Bach in den allgemeinen Teich, wo jedermanns Meinungen, Fragen und abschweifende Kommentare einander überschneidende Ringe bildeten. Ann bemühte sich nicht, an der Unterhaltung teilzunehmen; nur ab und zu erklang ihr Lachen; sie hatte den Morgenrock in die Gummibänder ihrer kurzen Hosenbeine gesteckt, sich herumgewälzt und lag in katzenhafter Faulheit auf dem Rücken in der Sonne. Die glatte Haut ihrer Knie nahm bald einen gespannten Glanz an, und das Fleisch ihrer Oberschenkel schimmerte rosig. Sie war nicht nachdenklich, nicht »still«, vielleicht nicht zufrieden. Sie strahlte nichts aus. Jessie dachte: sie existiert.

Die Lebhaftigkeit der Gruppe stieg ein bißchen durch das Bier und die heiße Sonne. Olga English hatte eine Art, schluchzend zu lachen, irritierend wie der immer wiederholte Ruf gewisser Vögel; Jessie begann sich über sie zu ärgern, aber Tom, obwohl er sie nicht sehr gern mochte, war in einer Stimmung, in der man es genießt, zu trinken und nicht besonders geistreichen Unsinn zu reden mit Leuten, an denen einem nicht sehr liegt, statt mit Freunden, die einen persönlich stärker in Anspruch nehmen. Sie hatten die Kinder hineingeschickt, um Kekse und Käse zu holen, aber sie waren nicht zurückgekommen, obwohl der Sprenger immer noch an war. Vom Bier beschwingt, beugte sich Tom im Vorbeigehen über Jessie, legte den Arm um sie und fragte, halb flüsternd, halb angeberhaft: »Bist du mißgestimmt heute morgen, Liebste?« Es spielte keine Rolle, was er sagte – er wußte, daß es im Lauf des letzten Jahres immer öfter vorgekommen war, daß sie sich von der Stimmung der Gesellschaft nicht hatte mitziehen lassen; er wollte ein Zeichen geben, irgendein Zeichen, daß er mit ihr in Kontakt war. Sie hatte eigentlich bloß ungeduldig darauf gewartet, daß die Englishs endlich weggingen, aber die Sanftheit seiner Geste machte sie plötzlich traurig; aus dem Augenwinkel – die vorsichtige Bewegung, die die Anwesenheit eines Feindes verrät – sah sie einen blauen Knoten, der aussah wie ein Knutschfleck auf ihrem linken Unterschenkel. In diesem vollen Licht war er offenkundig – sie beugte sich vor, um die Haut genau zu untersuchen, und sah, daß dünne, rot-blaue Linien sich von der Vene ausbreiteten und verzweigten, eine schwache Landkarte, die den Vormarsch eines Eindringlings markierte. Madge und Elisabeth erschienen in diesem Augenblick, sie hatten ihre Kleider an, aber nicht zugeknöpft und mit lose herabhängenden Gürteln. »Es wird aber auch Zeit, du lieber Himmel!« Jessie sprang rasch auf. Aber sie hatten den Käse nicht mitgebracht, sie hat-

ten den Käse ganz vergessen. Madge weinte. Sie hielt Elisabeth fest wie ein Forsthüter, der einen Wilddieb erwischt hat. »Schau, was sie gemacht hat!«
»Oh, wieder diese verflixte Puppe. Nein, ich kann nicht mehr, ich kann nicht mehr.« Jessie hielt sie theatralisch hoch, während die anderen lachten, obwohl nur Tom (da Ann die Augen geschlossen hatte) wußte, worüber.
»Jetzt sind die Augen in den Kopf gerutscht.«
»Gib sie her«, sagte Boaz. »Mach dir keine Sorgen, Madge, wir bringen das für dich in Ordnung«, und Madge ging sofort zu ihrem neuen Opfer.
»Wenn du wüßtest, wie wir neulich abends mit dem Ding gekämpft haben; Tom, Ann und ich – wir haben alle daran gearbeitet.«
Toms und Jessies Erinnerung an etwas anderes traf sich plötzlich über den gebeugten Köpfen von Boaz und dem Kind. Ann stand in den Augenblick hinein auf, reckte sich, lächelte und gähnte. »Ich sollte mir wohl lieber was anziehen.« Träge die Hüften wiegend ging sie, wurde auf ihrem Weg zum Haus durch irgendeine Bemerkung angehalten und blieb stehen, um sich mit Olga English zu unterhalten.

»Boaz weiß es jedenfalls nicht«, sagte Tom. Seit dem Abend, an dem Jessie zum erstenmal die Geschichte von Ann und Gideon Shibalo erwähnt hatte, waren sie mehrmals darauf zurückgekommen. Sie sprachen nie lange darüber, auch nicht sehr ausgiebig; was Ann tat, ging sie nichts an, nicht in dem abgedroschenen Sinn, man solle sich nur um die eigenen Dinge kümmern, sondern in dem realen Sinn, daß sie, obwohl Ann im Haus

wohnte, an ihr nicht interessiert oder um sie nicht besorgt waren, was der wahre Grund ist, wenn ein Mensch eines anderen Hüter ist.
»Sie hat ihm nichts gesagt.« Es war eine Schlußfolgerung; das hier war ein Seitensprung (vielleicht nicht einmal der erste?) und sollte die Ehe nicht zerstören.
»Es wird alles gut gehen, wenn sie nur der Versuchung widersteht, es ihm zu erzählen«, sagte Tom.
»Genau.«
Tom war schläfrig nach dem sonntäglichen Mittagessen und lag angezogen auf dem Bett. »Sie nimmt das alles sehr ruhig«, sagte er mit einem leichten Zögern.
Jessie machte die Fenster auf und zog die Vorhänge zu; sie wandte sich zu ihm um und lachte.
»Glaubst du, sie schläft mit beiden?« Er war schüchtern neugierig mit einem Anflug männlicher Furcht vor dem Weiblichen.
»Bestimmt. Jedenfalls zu Anfang, nehme ich an. Der eine ist ihr vielleicht schrecklich vertraut geworden – es erscheint vielleicht nicht wie dasselbe, völlig harmlos. – Du hast sie nie sehr gemocht, nicht wahr?« sagte sie und griff seinen neugierigen Tonfall auf.
»Ich weiß nicht. Mich hat es gefreut, daß *er* so begeistert von ihr war . . .«
Als er gerade fest eingeschlafen war, weckte ihn Jessies Stimme. »Sie hatte heute aber etwas Wundervolles an sich.« Die ruhige, normale Stimme erschreckte ihn krampfartig, und als seine Hand hervorzuckte, kam sie in Berührung mit der knochigen, doch gepolsterten Erhebung von Jessies Becken. In der Dunkelheit hinter seinen Lidern war es ein Totenschädel, den ein Stiefel zutage gefördert hatte, und ein grasbedecktes Ufer.

In der folgenden Woche gingen sie mit Ann zu einer Party. Es war eine jener gestaltlosen Parties, die Leute geben, um ausländische Besucher mit einer Reihe von Gesichtern bekanntzumachen, die sie nie wiedersehen werden. Tom wurde in einer Ecke von einem Langweiler festgehalten, der ihm bei solchen Parties immer auflauerte, und Jessie wanderte skrupellos von einer Gruppe zur anderen und sprach mit Leuten, die sie eigentlich hätte kennen müssen, denn die schienen sie zu kennen. Die einzige Lebhaftigkeit kam aus der kleinen Gruppe, in der Ann war. Sie selbst hielt den ganzen Abend ein und dasselbe Glas Gin und Tonic in der Hand, aber ihre Anwesenheit erregte in ihrer Umgebung ein Verlangen nach Genuß, so daß es ein ständiges Kommen und Gehen zwischen ihrer Ecke und der Bar gab. Gelächter, laute Stimmen und allgemeine Munterkeit umgaben sie, doch schienen sie nicht von ihr auszugehen; sie sah an diesem Abend nicht besonders vorteilhaft aus, ihr Haar hätte gewaschen werden müssen, die Farbe ihres Kleides stand ihr eigentlich nicht, aber sie hatte, wie Jessie erkannte, für Männer die Attraktion einer Frau, die durch eine geheime Liebesbeziehung erregt ist. Es war ein sowohl hilfloser als auch mächtiger Zustand. Sie legte es gar nicht darauf an, Aufmerksamkeit zu erregen, aber von ihr ging Kraft aus! Die Kraft beruhte auf der kurzen Zeit des Gleichgewichts zwischen zwei Männern, dem außerordentlichen Moment, ehe Schuldgefühl, Scham oder Reue einsetzen, wenn man beiden die gleiche Lust bereitete und von beiden die gleiche Lust bekam. Jessie erinnerte sich gleichsam mit einem Schaudern an die Entdeckung, daß man in einer Nacht mit einem Mann schlafen konnte und in der näch-

sten mit einem anderen: das Tabu, das man sich als einen feurigen Reifen vorgestellt hatte und das einfach zerriß, als man sprang – ein Ding aus Seidenpapier.
Als Tom eines Nachmittags nach Hause kam, sah er Anns Wagen vorfahren, Ann stieg aus, und ein bärtiger Mann, den er als Gideon Shibalo erkannte, fuhr dann weiter. Als sie ihn auf dem Gartenweg einholte, fragte er: »Was ist mit deinem Wagen?« Sie lachte und sah ihn mit einem überraschten Ausdruck an, der eine Zurechtweisung hätte sein können. »Ich hab ihn Gid Shibalo geliehen.« Die Initiative schien so schnell auf sie übergegangen zu sein, daß er fragte: »Was macht er denn jetzt?« Sie gingen zusammen die Stufen hinauf. »Er ist Lehrer.« Sie lächelte ihm zu, als er die Tür öffnete, damit sie vorgehen konnte; ihr Haar war naß an den Enden, sie mußte geschwommen sein, und der Puder war an den Backenknochen und auf der Nase abgerieben, so wie sich der Flaum auf den runden Wölbungen einer Frucht abreibt. Sie hatte nie den benommenen Ausdruck, der paradoxerweise das Gesicht eines Menschen stumpf macht, der geistig gearbeitet hat, sie hatte nie den dumpfen Geruch verräucherter Räume an sich, die Schalheit von Tinte, Papier oder Küche. Sie war auch nicht vom Äther kalten Parfums umgeben. Er empfand es fast als eine Beleidigung, daß ihn ihre lebendige Schönheit nicht berührte. Er ging nach oben und sagte zu Jessie: »Jetzt fährt er also in Boaz' Wagen herum.«
»Oh, mehrmals in letzter Zeit.« Sie antwortete mit der Ungeduld von jemandem, der etwas anderes zu sagen hat.
»Hat er nicht lange ein Verhältnis mit dieser Callie Stow gehabt?«

»Hm. Auch mit ein paar andern.«
Tom war irgendwie beruhigt; der Gedanke an Boaz, der ihn unbehaglich machte, ließ ihn los und verflüchtigte sich.
»Meine Mutter sagt, die Mieter werden bestimmt bis Ende Mai ausgezogen sein«, sagte Jessie und begann konzentriert Papiere und Photographien in die Schublade ihres Frisiertischs zurückzulegen, damit sie irgendeine Reaktion, die er vielleicht erkennen ließe, übersehen konnte. Sie sprach von Fuechts Haus.
Er war vorsichtig bei dem, was er sagte. »Aber wie ist es? Ich meine, hast du eine Ahnung, ob da genug Möbel sind und so weiter ...?«, und während sie sprachen, gingen Anns Absätze leicht, laut, über den alten Holzfußboden und klapperten von ihnen weg.

Obwohl Morgan direkt vom Internat auf eine Farm gefahren war – Tom hatte es für ihn arrangiert, daß er sich den drei Söhnen des Botanikprofessors anschloß –, waren die kleinen Mädchen zu Ostern zehn Tage zu Hause, und Jessie fühlte sich verpflichtet, jeden Tag zum Lunch nach Hause zu kommen. Sie brauchten sie eigentlich nicht, aber die Befreiung von der Verantwortung für Morgan brachte gewöhnlich ein ausgleichendes Pflichtgefühl gegenüber den anderen Kindern hervor. Am zweiten Tag fand sie Gideon Shibalo im Garten sitzend vor. Der Winkel der beiden Stühle (sie standen leicht schräg gegeneinander, als sei ihre ursprüngliche Intimität gestört worden durch die unruhige Bewegung der Sitzenden in einer gespannten Diskussion), die Reste von unansehnlichen Sandwiches, die zerrissenen Reste von Bierschaum, die ein Glas verunzierten, die herumliegenden Zigarettenstummel – all das vermittelte ihr eine plötzliche Hoffnung auf Anzeichen einer Krise. Aber als sie in den tiefen Schatten kam, wo sie sich vielleicht gegeneinander isoliert hatten, weil ihre Überlegungen auf einem toten Punkt angelangt waren, merkte sie sofort, daß ihre gespannte Erwartung falsch war: nichts entsprach ihr. Gideon begrüßte sie und rülpste, woraufhin er, über sich selbst entrüstet, die Augenbrauen hochzog. Er hatte dieses Aussehen, fehl am Platz zu sein, das sie bei Schwarzen in einem Garten manchmal bemerkte. Ann hatte ihre Schuhe weggeschleudert, saß da und kniff Grashalme mit den Zehen. Nicht zehn Meter entfernt spielten die Kinder Haushalt in den herunterhängenden Zweigen der Pfefferbäume.

»War denn etwas zu essen da?« fragte Jessie, auf Gastlichkeit zurückfallend. Ann versicherte ihr, es sei alles in Ordnung, sie hätten etwas gefunden. Eine Atmosphäre der Normalität, fast der Alltäglichkeit herrschte zwischen ihnen dreien; Jessie hatte das Gefühl, sie müßte das abschütteln, aber der Kodex persönlicher Freiheit hinderte sie daran, der Kodex, nach dem sie lebten und der ihr jetzt plötzlich unmöglich erschien. Wie könnte sie Ann zu verstehen geben, daß sie Gideon Shibalo nicht hier haben wollte? *Warum* sollte sie etwas dagegen haben, daß er herkam? War Ann im Haus nur ein Anhängsel von Boaz? Wenn – und alles andere war undenkbar bei der Auffassung von Individualität, die die Stilwells vertraten – Ann nichts Geringeres als sie selbst war, dann war dieses Selbst berechtigt, sein eigenes Handeln zu bestimmen, und dieses Handeln sollte *als solches* angesehen werden, und nicht unter dem Gesichtspunkt, was es für Boaz' Leben bedeutete. Warum sich für Boaz entscheiden und nicht für sie? Oh, es war ganz in Ordnung, wenn man sich für ihn entschied – aber man konnte nicht die Hand ausstrecken und sie in seine Richtung stoßen. Jessie verabscheute es, wenn ein Dritter versuchte, das Leben des einen zu ändern, um dem anderen zu helfen; ohne Gott war das unzweifelhafte Dasein dieses Abscheus jenseits der Kraft des Moralgefühls wie ein Fetzen Papier, herausgerissen aus der mühsamen Dokumentation, die Gottes Existenz zusammenzusetzen suchte. Jede Einflußnahme, die durch Rücksicht auf Boaz' Leben bestimmt war, durfte nur aus einem persönlichen Bund – und für Jessie bedeutete das nicht Ehe – zwischen Ann und Boaz hervorgehen.

Dennoch empfand sie in einem unveränderlichen, verborgenen Teil von sich Ärger über Shibalos Anwesenheit, genau wie wenn sie merkte, daß er es war, der anrief, und wenn sie sah, daß er dauernd den Wagen fuhr – Boaz' Wagen, wie sie und Tom ihn neuerdings bezeichneten, obwohl Boaz ihn für Ann gekauft hatte. Sie war voller Widerwillen, und trotzdem saß sie da und redete liebenswürdig mit den beiden, denn sie mochte Shibalo. Er war gutgelaunt und trocken ihr gegenüber, überzeugt, daß sie gut miteinander auskommen würden. Ann sprach nicht viel, aber sie war immer sehr lebhaft und angeregt. Wenn sie etwas sagte, dann war es immer eine Bestätigung dessen, was Shibalo gesagt hatte, oder ein Zusatz dazu: »Das hat er wirklich gemacht. Du hättest die Gesichter der anderen sehen sollen«, oder »Und das war, als du ihn allein getroffen hast und zu ihm sagtest . . .«

»Sieh dir deine Kinder an«, sagte Shibalo einmal und zog

unter seinem Stuhl einen Bogen Karton hervor. Es war eine Skizze von bewegten Winkeln, halb erkennbar als Arme und Beine.
»*Sehr* raffiniert.« Er mußte also den ganzen Vormittag dagewesen sein.
Er nahm das ohne Groll hin. »Ich werd eines Tages herkommen und eine Zeichnung für dich machen. Zur Zeit bin ich ganz versessen darauf, Kinder zu zeichnen.«
»Wie Zirkuszwerge«, sagte Ann mit der Vertrautheit einer wiederholten Neckerei.
Jessie war sich bewußt, daß sie in die Atmosphäre der beiden hineingezogen wurde, als wäre es ein Privileg, das anzunehmen sie nicht eingewilligt hatte. Nachdem sie einmal bei ihnen zugelassen worden war, konnten die beiden sie nicht gehen lassen, ohne versucht zu sein, sie auf ihre Seite zu ziehen; sie war der Außenseiter, der zufällig auf das Geheimnis stößt und dem als Belohnung die Erregung geboten wird, es teilen zu dürfen.
Es gibt ein Magnetfeld in der Polarität zweier Menschen, die ein rücksichtsloses Liebesverhältnis haben; die Unverschämtheit, die emotionale Anarchie, die Unberechenbarkeit haben die ziellose Anziehungskraft eines Feuerwerks selbst für diejenigen, die die ganze Geschichte als ein bißchen lächerlich ansehen. Etwas von dem prächtigen Aufflackern erwischte Jessie, und in einer Stimmung, die sich zu kräftigen Hänseleien und einigem Gelächter gesteigert hatte, fuhr sie mit den beiden los, um Shibalos beiläufige Einladung, die er damals im Lucky Star ausgesprochen hatte, sie solle sich doch seine neuen Arbeiten ansehen, wahrzunehmen.
Ann war vergnügt im Auto, beugte sich nach vorn, die

Ellbogen auf die Lehne der Vordersitze gestützt, so daß sie mit den beiden vorn plaudern konnte. Gideon fuhr. Zum erstenmal, seit sie im Haus lebte, behandelte Ann Jessie als ihresgleichen: gleich, was die Freiheit ihrer Jugend betraf, ihren Mangel an konditionierender Verantwortung, ihre unüberlegten Reaktionen, die ihr kategorisches »Ich liebe das«, »Ich hasse dies« zu einem Edikt machten.

»Halt mal an der Ecke, Gid.«

»Warum?«

»In dem Laden gibt's Nüsse. Ich brauch unbedingt Walnüsse.«

Sie stürzte aus dem Wagen und wieder zurück mit der Verlegenheit und Arroganz von jemandem, der das Gefühl hat, es werde in seiner Abwesenheit über ihn gesprochen. Jessie sah, daß sie sofort zum Ladentisch ging, um vor den anderen, die schon dagewesen waren und von denen sie keine Notiz nahm, bedient zu werden. Sie blieb am Wagenfenster stehen, auf Gideons Seite, ehe sie wieder einstieg. »Nimm eine« – ihr Gesicht war werbend, ein weites Lächeln, die Mundwinkel dabei fest nach unten gepreßt, die Stirn gerötet wie bei einem der Kinder, ehe es zu weinen begann.

Die Wohnung, zu der sie kamen, war wie viele, in denen Jessie gelebt hatte. Sie betrachtete den zugigen Hauseingang mit der Liste der Bewohner unter Glas, die Blumenbank mit bläßlichen Pflanzen, die eine kastanienbraune und die zwei gelben Wände, und lächelte wider Willen. Die Lehrjahre der Stadt: wenn es jemandem gelang, aus den Townships herauszukommen, dann landete er in einem Haus wie diesem.

»Wie gefällt es dir, hier zu arbeiten?« fragte sie.

»Es ist, als wär's meine eigene Wohnung«, womit er ihr großmütig freien Zutritt gewährte. »Den ganzen Tag über ist niemand da, und ich kann tun, was ich will. Ich treff euch oben . . .« Er ging über die Hintertreppe, statt mit dem Lift zu fahren; er mußte darauf achten, die Aufmerksamkeit der Hausmeisterin nicht auf sich zu lenken: sie durfte nicht Verdacht schöpfen, daß ihre Mieter einem Schwarzen erlaubten, sich in ihrer Wohnung aufzuhalten. Als die beiden Frauen zur Wohnungstür kamen, war er schon da und drinnen. »Kommt rein, steigt einfach über diesen Kram«, – er stieß mit dem Fuß ein Paket von der Reinigung und einen Wabenkarton mit leeren Flaschen beiseite. Er zog die Vorhänge auf, hob ein paar Briefe auf, legte eine laute griechische Platte aufs Grammophon und redete die ganze Zeit mit der entspannten Geschäftigkeit von jemandem, der gerade nach Haus gekommen ist. Ann riß das Streifband von der Zeitschrift ab, die zwischen den Briefen lag, und fing an sie durchzublättern. Der Zweck, zu dem sie hierhergekommen waren, schien vergessen. Jessie, die stehengeblieben war, umgeben von lauter Dingen, die bedeutsam waren für das Leben von ihr unbekannten Menschen, begann neugierig im Zimmer herumzuwandern und dieses anzufassen und jenes anzuschauen. Sie drehte Ölbilder um, ohne um Erlaubnis zu fragen, denn sie war ja zweimal aufgefordert worden, herzukommen und sie sich anzusehen. Das dritte stand auf dem Kopf; sie stellte es richtig hin. Es war ein Akt, Ann, lebend auf die Leinwand geworfen wie auf einen Teppich. Sie drehte noch eines um und noch eines. Alle waren Ann, nur war sie auf manchen schwarz.
Gideon Shibalo stellte sich neben sie, ganz professionell.

»Es ist das Sujet, das dir den Atem raubt, wie?« Er lachte. »Es ist bestimmt nicht meine neue Technik.« Eins nach dem anderen begann er für sie aufzustellen, ohne Kommentar, Kohlezeichnungen und Ölbilder von Kindern, Friese und Farbflecke von Kindern, alt vom Leben auf der Straße.

9

Manchmal stand Gideon Shibalo ein Wagen zur Verfügung und manchmal nicht. Ab und zu traf er verschiedene komplizierte Abmachungen mit Freunden und Verwandten. Wenn er sagte: »Ich habe meinen Wagen um die Ecke stehen«, dann konnte er damit seinen eigenen alten schwarzen Studebaker meinen, den er vor zwei oder drei Jahren seinem Schwager verkauft hatte, oder einen Citroën, den er bloß fuhr, bis er für den Eigentümer – einen Freund, der nach Nigeria gegangen war – einen Käufer finden konnte, oder auch den kleinen, klapprigen Zweitwagen von irgendwelchen weißen Freunden, die ihn über ein Wochenende nicht brauchten. Eine Zeitlang hatte er praktisch ständig Callie Stows Wagen gehabt; einen kleinen, beigen Austin mit einem Staubwedel auf der Ablage vor dem Rückfenster und gelbem Staubtuch, Straßenkarte und Schlangenserum im Handschuhfach. Wenn er keinen Wagen hatte, stellte er sich wieder an der Bushaltestelle an oder griff auf die Züge zurück, in die sich die Leute in den widerhallenden Höhlen der Stadtbahnhöfe stürzten oder auf den Gleisen im offenen Veld der Townships, gekennzeichnet durch eine einzige Lampe, die im Morgengrauen noch brannte.

Der schwarze Wagen war verkauft worden, als er damals das Stipendium wahrnehmen sollte; der Mann seiner Schwester hatte ihm damals hundert Pfund bar gegeben und in den drei Jahren seitdem nicht viel mehr abbezahlt. Die hundert Pfund waren für den Flugschein nach Rom draufgegangen. Natürlich hatte er den ganzen Fahrpreis zurückbekommen, aber nicht behalten; ein Teil war für politische Zwecke verwendet worden, aber der größte Teil wurde in den Monaten, in denen er nicht arbeitete und trank, ausgegeben oder verschenkt. Jetzt unterrichtete er und hätte sich wieder irgendeinen Wagen kaufen können, aber der Gedanke kam ihm nicht; es störte ihn nicht, auf zufällige Angebote von anderen angewiesen zu sein, tatsächlich nahm er sie alle als selbstverständlich an – in der Art eines Mannes, dem alles mögliche angedreht wird, was er nicht haben will.

In den letzten zwei Jahren – länger; seit dem Stipendium – hatte er Zugang zu einem Teil der weißen Welt erhalten und dort ebensoviel gelebt wie unter den Menschen, in deren Mitte er geboren war. Natürlich besaß er nicht die offenkundige Freizügigkeit auf Straßen und an öffentlichen Plätzen, aber er war ein Gast in jenen privaten Welten, wo die Vorschriften der Straße, die Verkündungen öffentlicher Meinung nur geisterhafte Stimmen sind, die aus Megaphonen brüllen – hier, in den vier Wänden, sind die Regeln ganz andere und die Meinungen unterschiedlich. Er hatte in der Schule nie neben weißen Kindern oder in einem Bus zwischen weißen Männern und Frauen gesessen oder mit ihnen andere Alltäglichkeiten des Lebens geteilt; er fand sich einfach direkt in ihr ganz persönliches Leben aufgenommen, wo alle Entscheidungen auf eigene Verantwortung getroffen werden und sogar die Strafen selbstauferlegt sind. Zum erstenmal schlief er im Haus eines Weißen nach einer Party im Atelier eines weißen Malers, dem seine Arbeiten gefallen hatten und der ihn kennenlernen wollte; irgendwann

gegen Morgen gab es einen lauten Streit zwischen dem Mann und seiner Frau, und die Frau kam ins Zimmer gestürzt und legte einen schlafenden kleinen Jungen auf Shibalos Couch, um ihn aus dem Weg zu haben.
In den Monaten, in denen er versuchte, einen Paß zu bekommen, kam er mit vielen liberalen und politisch denkenden Weißen zusammen, die seinen Fall aufgriffen und ihn in die moralisch zwielichtige Zone der Einflußreichen einführten. Als Angehöriger eines Volkes ohne Macht hatte er nicht gewußt, daß es selbst unter denjenigen, die die Gesetze erließen und billigten, die einen Mann wie ihn daran hinderten, hinzugehen wohin er wollte, Männer gab, die ihm helfen würden, nicht weil sie den Wunsch hatten, es zu tun, sondern weil sie reagierten, wenn Druck ausgeübt wurde auf eine verwundbare Stelle an ihrem Panzer der Machterhaltung. Man berührte die richtige geheime Stelle, und die Feder sprang woanders auf; wie es sich ergab, hatte es bei ihm nicht geklappt, wohl aber bei anderen.
Jeder Kontakt mit Weißen hatte einen Anflug von Vertraulichkeit, denn selbst der beiläufigste gehörte der Definition nach zu der Verschwörung gegen das Getrenntthalten. Es war immer leichter, betrunken als nüchtern zu sein, Geständnisse auszutauschen als zu plaudern; und sogar, wie er eher belustigt als überrascht feststellte, eine Liebesaffäre als eine Freundschaft zu haben. Er war auf eine mühelose und gegenseitige Attraktion zwischen sich und mehreren Frauen gestoßen. Die Affären waren von kurzer Dauer und kamen wie Träume nie ans Tageslicht. Das hieß nicht, daß es lediglich sexuelle Abenteuer waren – die waren sowieso immer weit mehr als das, denn selbst das gewöhnlichste sexuelle Abenteuer

war auch die Annäherung zweier Geheimnisse –, sondern daß sie nichts hinübertrugen in die Welt der Straßen und öffentlichen Plätze. Nichts, nichts; wenn die beiden sich am nächsten Tag auf der Straße trafen, war es, als hätten sie sich nie gesehen.
Mit Callie Stow war es wieder etwas ganz anderes. Das erste Mal, als er, wie er sich erinnerte, ihr Gesicht gesehen hatte, war es in der Verwirrung jenes Stadiums auf einer Party, als Gesichter, Möbel, Gegenstände begannen, auf wechselnde Ebenen zu geraten, auf die sich seine Augen nicht schnell genug einstellen konnten. Als befände er sich auf einem Trampolin, hoben sich die Leute vor ihm und sanken dann wieder herab. Er hatte Callie vorher schon ziemlich oft gesehen, aber erst als sie ein Teil des beginnenden Alptraums wurde, erinnerte er sich an sie. Sie war Schottin und hatte eine skandinavische Mutter, und mit ihrer sanften Stimme in leichtem Glasgower Akzent sprach sie mit ihm, als ob er völlig nüchtern wäre. Sie sagte, er habe eine Entdeckung gemacht, das war alles, eine Entdeckung, die ihm sowieso irgendwann hätte zukommen müssen. »Wir haben nicht die Zeit, uns um das zu bemühen, was wir für uns selbst wollen, man muß einer der vielen sein, wenn man will, daß das Leben Bedeutung hat«, sagte sie. Sie hatte kurzes, sehr reines Haar, das blond oder schon weiß gewesen sein konnte, und die zarte, helle Haut, die Engländerinnen dieser Art haben (er hatte nie begriffen, daß Schotten und Engländer nicht dasselbe sind). Sie hätte jedes Alter haben können; das seiner Großmutter, soviel er wußte; eine Engländerin mit einer solchen Haut und blauen Augen und ohne Lippenstift konnte sich als alles zwischen fünfundzwanzig und fünfzig herausstellen.

(Ein irgendwie geblümtes Kleid und eine kleine Perlenkette.) Er dachte über die sachliche Art nach, in der sie von der Mauer gesprochen hatte, die sich vor ihm erhob, obwohl er nicht sicher war, was sie genau gesagt hatte. Als er sie weniger als eine Woche später im Haus von jemand anderem wieder traf, fragte er sie sofort: »Was war das mit dem Herausfinden von etwas?«

Sie sagte präzise: »Ich hab gesagt, Sie haben irgendwann entdecken müssen, daß Sie nichts für sich selbst tun können, und jetzt sei es vielleicht an der Zeit – das ist alles.«

Er lachte sein leises Glucksen und sagte verdrossen: »Vielen Dank, aber ich kann das nicht philosophisch nehmen, daß ich nichts für mich tun kann. Ob es Zeit ist oder nicht.«

»Niemand würde das von Ihnen verlangen«, sagte sie. »Mir scheint nur, Ihnen ist jetzt deutlich gemacht worden, daß das einzige, das etwas bedeutet, wenn man Schwarzer ist, die Politik ist ... Sie haben die einzig mögliche Wahl getroffen. Sie brauchen keine Philosophie; sie haben die Notwendigkeit.«

»Sie sind kein Maler«, sagte er.

»Nein, ich bin kein Maler.« Der Ton ihrer Stimme erkannte einen Anspruch an, den sie respektierte, aber nicht teilen konnte. »Was für einen Zweck hat es zu sagen, es sei schrecklich, daß Sie keiner sein können? Es ist einfach so. Sie haben die Politik, das ist alles. Warum sich bis zur Blödheit besaufen und um das andere jammern? Sie sind ein Mann Ihrer Zeit. Es sind andere Zeiten, es gibt anderes zu tun, manches ist möglich, manches nicht. Sie sind ein Schwarzer, oder nicht?«

Er lachte, aber sie hob das Kinn entschlossen: »Eine

schwarze Haut zu haben bedeutet das nicht automatisch, wissen Sie.«
Als er diese Frau näher kennenlernte, machte er noch eine andere Entdeckung – eine, über die sie sich wohl nicht klar war, denn sie war sich ebensowenig ihrer selbst bewußt wie eitel. Obwohl ihre Lebensweise ihm vertraut war und sich eine äußerliche Übereinstimmung ihrer beider Anschauungen zeigte, daß sie im selben Raum zusammen waren und über dieselben Bemerkungen lächelten, zum Beispiel bei einer Party, oder wenn sie (wie es später der Fall sein sollte) in einem politischen Aktionskomitee am selben Konferenztisch saßen, so gab diese äußerliche Übereinstimmung keinen Hinweis darauf, daß Callie Stow von Einflüssen beherrscht und geleitet wurde, von denen er gar nicht ahnte, daß es sie geben konnte. Er hatte bisher niemanden gekannt, der aus Überzeugung und nach seiner Ausbildung Rationalist war. Verschwommen war er sich dessen bewußt, daß sein Handeln angetrieben wurde durch die großen Räder des Bedürfnisses, etwas zu erschaffen, frei zu sein, und, deutlich, durch die kleinen Räder des Verlangens und Nehmens. Aber bei ihr war nichts empirisch, kein Instinkt war ohne gut fundierte, objektive Rückendeckung, keine Handlung geriet außer Kontrolle und wandte sich gegen sie. Alles war schon vor langer Zeit festgeschrieben worden, und zwar schon seit sie als Kind Diskussionen mitanhörte zwischen ihrem freidenkerischen, viktorianischen, sozialistischen Großvater und ihrem Vater, der Missionar war. So wie es heißt, daß Kinder von sich aus die Nahrung auswählen, die ihr Körper braucht, verwarf sie den Glauben ihres Vaters, entschied sich für die Grundsätze ihres Großvaters und

ging dann auf die Universität, um Politologie zu studieren. Später hörte sie in England Vorlesungen über das Gewerkschaftswesen und studierte in Schweden Volkswirtschaft. Sie gehörte zu denjenigen, die wirklich Hand anlegen an den Aufbau einer Zivilisation; nach dem Krieg hatte sie in Flüchtlingslagern in Europa und später in Nordafrika gearbeitet und in Rhodesien ein Programm der Erwachsenenbildung für schwarze Farmarbeiter geleitet. In Südafrika hatte sie für eine Weltorganisation Gutachten über Dienstverpflichtete und Wanderarbeiter geschrieben und war eine vertraute Gestalt unter den Organisatoren verschiedener Kampagnen für Bürgerrechte, die immer wieder neu initiiert wurden, manchmal verhältnismäßig erfolgreich waren und manchmal nicht und schließlich sowieso verboten wurden. Anfang der fünfziger Jahre hatte sie die südafrikanische Staatsbürgerschaft angenommen und konnte daher nicht deportiert werden, aber natürlich hatte sie, als während der Schwarzenunruhen verschiedentlich der Ausnahmezustand verhängt worden war, einige Zeit im Gefängnis gesessen.

In ihrem Haus gab es Bücher über Schmetterlinge und Architektur, Höhlenmalereien und Vögel ebenso wie die über Soziologie und Geschichte und Politik, die man bei ihr erwartete. Shibalo kam es vor, als habe sie Bücher über alles; ihr genügte es nicht, daß die Vögel einfach da waren und herumflogen, und daß nach dem Regen auf dem Veld Pilze aus dem Boden wuchsen. Sie besaß die Welt doppelt: einmal als Naturerscheinung, ein zweitesmal als Archiv, in dem die ganze Schöpfung noch einmal als Namen und Beschreibung auftauchte, alles zusammenwirkend, alles im Erfahrungsbereich eines einzigen

Menschen. Er empfand diesen zweiten Besitz als eine Art Macht über das Leben; eine, die er nicht besaß, obwohl er vor Jahren sein Bakkalaureat in Fort Hare abgelegt hatte.
Callie Stow stopfte seine Socken und fand nichts dabei, an einer öffentlichen Straßenecke auf ihn zu warten; aber wer hätte sich träumen lassen, daß diese Frau mit ihrem Tweedrock und den vernünftigen Schuhen und ihrem ruhigen, weißen Kopf (sein Leben lang nannte er ihn in Gedanken »den Professorenkopf«) in den kleinen beigen Austin einsteigen würde, den ihr Liebhaber fuhr? Auch er war ihr gegenüber nicht gleichgültig; es war wiederum ein erstes Mal, zum erstenmal hatte er eine Frau geistig begehrt, ihr Denken zog ihn an. Zuletzt hatte dann gerade das, was ihre offene Beziehung ermöglicht hatte, sie für ihn beendet. Er empfand sich nicht als ihr Geliebter; sie kam aus dem Gefängnis und er aus dem »Untergrund«, wo er sich eine Weile versteckt hatte, und sie sagte: »Hallo, mein Lieber, wie schön, dich zu sehen« in dem schottischen Tonfall, an den er sich so genau erinnerte. Es war ganz in Ordnung, daß sie das sagte, aber er kam sich plötzlich betrogen vor und war unsagbar enttäuscht. Er wußte nicht, was er wollte; er hatte nicht gewußt, daß es das nicht war. Er zog sich von ihr zurück und nahm eine gewisse geistige Disziplin mit, eine Fähigkeit, zu sich selbst Abstand zu halten, die er von ihr hatte, die er aber nur ab und zu anwenden konnte, da sie erworben und nicht angeboren war; sie stand ihm weiterhin nur dann am mühelosesten zur Verfügung, wenn er mit ihr zusammen war oder in jener Clique innerhalb einer Clique, in der er mit ihr verkehrt hatte. Mit der Zeit sah er diese Fähigkeit wie

einen Auftritt an, den er darbieten konnte, um zu zeigen, wie einfach es tatsächlich war, zu diesen Leuten zu gehören.

Weiße Freunde wie die jungen Werbeleute in der Wohnung, die an Politik nicht sehr interessiert waren, sie nur als Diskussionsthema ansahen, genossen die Scherze eines Schwarzen auf ihre Kosten, und verschiedentlich hatte Shibalo großen Lacherfolg mit der Bemerkung, vertraulich, staunend, eine Naivität vortäuschend, die sofort als vorgetäuscht durchschaubar war: »Ich kannte mal eine weiße Frau, die hatte ein Schlangenbißserum in ihrem Wagen.« Pause: »Hatte es immer dabei, wenn sie durch die Stadt fuhr.« (Natürlich wußte er ganz genau, daß Callie Stow das Schlangenserum im Wagen hatte, weil sie sonntags mit einer Freundin auf den Magaliesbergen zu klettern pflegte.) Sie lachten dann, aber er sah sie an, ohne mit der Wimper zu zucken, und sagte: »Ich mein, ein Schlangenbiß-Besteck? Die Spritzen? Das Zeug in der kleinen Flasche? Das Messer zum Ausschneiden?« Er zuckte die Schultern und sah beeindruckt aus. Und sie lachten nachsichtig über die wohlgeplante Lebensweise der Weißen.

Er tauchte aus dem Menschengewirr auf einer Seite der Straße auf, schoß hinüber und wurde von der Schlange an der Bushaltestelle verschluckt. Er hatte zwei oder drei Nächte in der Wohnung verbracht und war jetzt außer Reichweite seiner Gastgeber mit ihrer zwanglosen Freundlichkeit und dem Übermaß an Ausstattung, auf das selbst die bescheidensten oder finanziell bedrängtesten Weißen offenbar nicht verzichten können. Vor ihm saß eine Frau auf dem Bordstein und wickelte ihr Baby aus den Tüchern aus, in die es auf ihrem Rücken eingehüllt gewesen war; es hatte einen scharfen, nassen, aber nicht üblen Geruch. Manche Leute aßen Bananen, die sie stückweise für einen Penny von einem Inder mit einem Schubkarren gekauft hatten. Die Kreuzung an der Ecke war eine der Hauptausfallstraßen aus der Stadt, und große Prozessionen von Wagen mit weißen Fahrern und von Bussen stoppten einander gegenüber. Als die Ampel auf Grün sprang und der Stau sich in Bewegung setzte, lief ein betrunkener brauner Junge fast in einen Bus. Er hatte geglättetes Haar im Bürstenschnitt, trug eine lose Jacke und am langen Arm ein mit imitiertem Krokodilleder bezogenes Transistorradio. Er schlängelte sich durch die langsam anfahrenden Wagen, wich vor einem zurück, prallte auf den Kühler eines anderen und schrie die ganze Zeit bescheiden vor sich hin: »Du Arschloch ...«

Der Bus senkte sich tief auf seine Räder, als er sich füllte, und fädelte sich dann in den Verkehr ein. Gideon Shibalos Körper fügte sich dem Druck und den Stößen anderer Körper, so wie sich die Muskeln einem Bett anpassen, dessen Unbequemlichkeiten so vertraut sind, daß sie eine gewisse eigene Bequemlichkeit bekommen. In dem Winkel zwischen dem Kinn von jemandem und einer staubigen Schulter las er eine Zeitungsspalte. Schrille Musik aus Blechflöten kam aus Lautsprechern auf die Köpfe der Stehenden herunter; er blickte von der Zeitung auf und an den leicht schaukelnden Köpfen vorbei und sah die bernsteinfarben fahle Sonne staubig auf die Wolle der Barhäuptigen scheinen; wie Schimmelpilze, dachte er. Wenn man uns aus genügender Höhe sähe, würden wir die Erde bevölkern wie der pelzige

Belag, der sich auf einem Stück Käse ausbreitet. Er lächelte, als er sich wieder der Zeitung zuwandte. Die Gerüche von billiger Seife, schmutzigen Füßen, Orangen, Kartoffelchips und der Moschusduft des Parfums von einem Mädchen, wie eine Spukgestalt mit ihrem Make-up weißer Frauen auf dem Gesicht, wurden bald überdeckt durch die warme, starke Säure von Maisbier, die aus den Poren der Männer drang und auf ihren Gesichtern schimmerte wie ein Trankopfer.

Auf dem Weg durch die Township rief er Leuten einen Gruß zu, die er kannte, blieb stehen, um sich zu unterhalten, und als sich die Heimkehrer auf den Straßen zerstreuten, ging er eine große Strecke an Häusern, mit Brettern verschalten Läden, einer Kirche mit ungleichmäßigen Fenstern, einer chemischen Reinigung, einem Sargschreiner, einem Herrenfriseur, dem Versicherungsagenten und dem Kräuterhändler vorbei, ohne zu sehen, woran er vorbeiging, obwohl er ganz sicher die plötzlichen Gräben vermied, die sich neben der Straße öffneten, den herumrennenden Kindern und Hunden und den gelegentlichen Mauleseln auswich. Er sah das alles nicht, aber er hätte in einem Zimmer irgendwo auf der Welt sitzen und es zeichnen können. Sollte alles niedergerissen, mit Planierraupen geräumt und für andere Bewohner eingeebnet werden, würde er es nicht weniger deutlich sehen oder einen einzigen Buchstaben der Schrift auf dem Friseurschild vergessen, die kleiner wurde, weil der Platz auf dem Brett nicht reichte. Jahrelang, bis zu der Zeit, als ihm der Reisepaß verweigert wurde, hatte er all diese Orte gehaßt, aber nachdem der Reisepaß abgelehnt war, nachdem er begonnen hatte, den größten Teil seiner Zeit unter Weißen zu verbringen, war diese Abneigung langsam vergangen. Der Reisepaß war ein Schlag ins Gesicht gewesen; Lethargie kann eine Wirkung hervorrufen, die Zufriedenheit äußerlich sehr ähnlich ist. Er trank damals viel, und die Township mit ihrer Misthaufen-Toleranz, wie er das genannt hatte, ihrer unerträglichen Geselligkeit, ihrer sentimentalen Brutalität beschützte ihn. An diesen Orten konnte man an Mitleid mit sich selbst sterben; niemand würde einen überreden, sich zu schämen, oder einen aufscheuchen mit albernem Gerede darüber, was man sich selbst schulde, wie es die Weißen untereinander tun.

Seine Beziehung zu Callie Stow war eine, bei der großer Nachdruck auf Selbstachtung gelegt wurde, doch für ihn kam der wirkliche Schub an Selbstachtung erst, als es mit ihr zu Ende war; es erschien möglich, wieder ganz einfach zu leben, ohne viel darüber zu reden. Er hatte seinen Lehrerjob wieder, seinen lausigen Job; die zusammengedrängten Gesichter hungriger Kinder tagtäglich ihm gegenüber; die Schüchternheit, Ernsthaftigkeit, Wichtigtuerei und Aufgeblasenheit der anderen Lehrer im Lehrerzimmer, die sich so bewußt waren, »gebildet« zu sein. Die auch nie vergaßen, daß er ein »Künstler« war, und Freunde darauf hinwiesen, daß er ihr Kollege sei. Hatte er nicht an einem Wettbewerb mit weißen Künstlern teilgenommen und ein Stipendium für Italien erhalten? Auch in der Stadt, in den weißen Häusern und Wohnungen, wo er willkommen war, wurde er immer als ein Maler akzeptiert – »der nach Rom hatte gehen sollen«. Er malte nicht mehr, aber er sah, daß das keine Rolle spielte. Es würde auch keine Rolle spielen, wenn er niemals wieder malte; in der Township konnte er für den Rest seines Lebens von der Tatsache zehren, daß er einmal etwas gemalt hatte, das sich gegen die Arbeiten weißer Maler durchgesetzt hatte, und in der Stadt von der Tatsache, daß er nicht nur ein Maler war, der in Übersee Beachtung gefunden hatte, sondern außerdem ein Schwarzer. Der Gedanke flößte ihm einen kalten Schrecken ein und faszinierte ihn. Es schien der wahre Grund zu sein, warum er nicht malen konnte. Er lachte leise darüber, und gleichzeitig war die Tatsache seiner Amüsiertheit die Bestätigung, die Vollendung – sie sollten ihn lachen lassen; er würde nie wieder etwas malen.

Nachdem er Callie Stow verlassen hatte wie ein Mann, der einen Abendspaziergang machen will und nie zurückkommt, hatte er eingesehen, daß seine alte Auffassung von seiner Heimat ebenso ungenau war wie ihre; sie hielt die Townships für Orte, die durch Kampf geadelt waren; wie ein Schatz, der in einer abgelegenen Höhle vor dem Rest der plündernden Welt gerettet wurde, glaubte sie, die Schwarzen hielten die Liebe lebendig. Er ging jetzt fast wieder so durch die Townships wie als Kind, als er den Staubmantel der Straßen dort getragen hatte, ohne irgendeine moralische oder geistige Vorstellung von ihnen. Er ging dort hinein aus der weißen Welt wie ein Forschungsreisender, der viele Male vom Fieber befallen worden war und viele Male darniedergelegen hatte, ohne nachzudenken in ein Gebiet zurückgehen mag, dessen Gefahren für ihn nicht mehr bedeuten als das Überqueren einer städtischen Straße.

Sein Zimmer war weit weg von der Endstation. Schuhe schurrten und schlurften auf dem unebenen Boden, so daß man, bis man hinkam, wieder den Staub und die

Schäbigkeit des Ortes an sich hatte, man hatte die Tarnfarbe erhalten. Das Zimmer selbst lag neben anderen in einem Anbau hinter einem Haus, das für eine Schwarzenvorstadt solide gebaut war, ein Backsteinhaus mit einer Veranda. Ein armseliges und nacktgekehrtes Stück Boden davor war mit Schrott eingezäunt – Eisenbahnschwellen, Stücke von Wellblechplatten und Maschendrahtreste von einem Hühnerauslauf –, und ein Hund, angekettet an einem Draht, der sich über die ganze Länge des Zauns erstreckte, bellte von einem Ende bis zum anderen seines Lebensbereichs. Die Eigentümer des Hauses, die alte Frau und ihr Mann, saßen auf der Veranda hinter diesem grimmigen Gehege und addierten Zahlen auf Fetzen von geglätteten Zuckertüten. Im Hof standen Blecheimer, in denen ein Kohlenfeuer brannte, und die kleinen Kinder riefen ihm einen Gruß zu, manche sogar auf englisch, während die größeren, die nicht mehr freundlich waren und den Ersatz für Höflichkeit noch nicht gelernt hatten, keine Notiz davon nahmen, wer kam oder ging.

Ida war im Zimmer; er hörte ihre sanfte, gehauchte Stimme mit dem zustimmenden Klang, als er den Fuß auf die hohe Schwelle setzte. Einige Hemden und Sokken lagen auf dem Bett; sie hatte einen Schlüssel und hatte wohl seine Wäsche gebracht. Auch Sol war da, ein Freund, der Lastwagenfahrer bei einer chemischen Reinigung war. Er stellte ihn vergnügt zur Rede: »Du bist nicht leicht zu erwischen, Mann! Ich war zweimal hier, alles zu. Ich traf den alten Mann, und er sagte, er hat dich seit zwei Tagen nicht gesehen.«

»Ja, ich weiß.« Shibalo grinste. Er sah sich im Zimmer um mit dem schweifenden Interesse von jemandem, der auf dem laufenden bleiben möchte mit allem, was immer in seiner Abwesenheit geschehen sein mochte. »Hat Bob was mit dem Plattenspieler unternommen?« fragte er die junge Frau.

»Weiß ich nicht. Ich hab nichts von ihm gehört. Vielleicht hat er versucht, dich zu erreichen.«

»Nachtdienst?«

Sie schüttelte den Kopf und bewegte ihre Füße, damit sie ihre Lackschuhe bewundern konnte. »Frei heute.«

»Wo eßt ihr, Leute?« fragte Sol.

»Ich hab schon bei meiner Schwester gegessen«, sagte Ida.

»Na, wie wär's denn?« Sol machte eine Handbewegung, als wollte er sie antreiben, eine Mahlzeit zu bereiten. Sie lachte. »Ich glaub, es ist nichts da.«

Das Zimmer hatte das gestörte Aussehen einer Behausung, die abwechselnd friedlicher Vernachlässigung und energischen Angriffen auf ihre Bestände ausgesetzt ist. Ein mit Papieren vollgestopfter Koffer hatte an einer Seite ein aufgesprengtes Schloß, mit Kerzentropfen verzierte Taschenbücher lagen neben dem Bett, vier oder fünf verschiedene Tabaksdosen, einige Tablettenröhrchen und eine kaputte Vorlegekette, die einmal an der Tür gewesen war. Sol saß auf einem modernen, mit gelbem Segeltuch bespannten Stuhl, der wie eine Schlinge geformt war; er gehörte zu der Art, die für »zeitgemäße Mußestunden« angepriesen wird. Das schwarze eiserne Bett, das unter dem Gewicht von Bildern und Büchern durchhängende Regal, der Schrank, in dem Ida eine Büchse Fisch ausfindig machte – alle enthielten Gegenstände, die auf der Suche nach etwas anderem zutage gefördert worden waren und nie den Weg dorthin zurückfanden, wo sie hingehörten. Das Fenster war überwachsen mit einem Gestrüpp aus Draht und Blechstreifen, das der Hauswirt als Einbruchssicherung angebracht hatte, und da es sowieso weder Licht noch Luft hereinließ, war es mit einem seltsamen kleinen Wollteppich verhängt. Ein Primuskocher, eine Schüssel voller Töpfe und Geschirr und eine große alte Schreibmaschine nahmen den Raum zwischen den Tischbeinen ein; auf der Tischplatte war ein freier Platz, auf dem der Plattenspieler gewöhnlich stand. Die Innenseite der Tür war mit einem riesigen Poster eines Reisebüros bedeckt, das eine romanische Madonna darstellte, und Zeitschriftenausschnitte von Klee, Picasso, Jackson Pollock, Sidney Nolan und den Ife-Bronzen hingen wellig an den Wänden. Wenn sie in ihrem ganz eigenen Herbst herunterfielen, wurden sie durch andere ersetzt, aber eine aus einer Zeitung ausgeschnittene Photographie aus der Zeit, als das italienische Stipendium angekündigt wurde, war immer wieder angeklebt und schon gelb und brüchig geworden.

Ida ging in den Laden an der Ecke, um Brot und Wurst zu kaufen, und Shibalo holte die Brandy-Flasche heraus. Sol sprach über Politik – es handelte sich um einen Punkt, der bei einer Versammlung zur Diskussion gestellt werden sollte, über die er Shibalos Meinung hatte hören wollen – und überflog gleichzeitig Shibalos Zeitung. »Da hast du's« – er schlug mit der Handkante auf eine Spalte. »Da hast du's«, er nahm das Brandyglas und begann wieder: »Sie wollen eine Konferenz. ›Liberale und Progressive drängen auf Gespräche mit allen Rassen.‹ Das ist es. Über was wollen wir denn reden, um

Himmels willen? Jabavu hat mit ihnen geredet, Luthuli hat mit ihnen geredet, reden, reden, wozu wollen wir reden, wenn wir den ganzen Kontinent hinter uns haben?«

»Der ist weit weg«, sagte Shibalo vorsichtig. »Rhodesien, Portugiesisch Ostafrika dazwischen ...« Sol starrte ihn an, um erkennen zu lassen, daß er es besser wisse, was immer Shibalo sagte. »Die sind doch am Ende, Mann.«

»Glaubst du, Nkrumah segelt nach Kapstadt und landet Truppen?«

»*Nein*, Mann. Das hab ich nicht gesagt. Du weißt, was ich glaube. Ich glaub, die Waffen werden über Betschuanaland und Basutoland hereinkommen, und die UN werden in Südwest übernehmen.« Er verhielt ungeduldig, weil all das noch nicht geschehen war.

»Und die Waffen werden von Süd-Rhodesien hereinkommen, und die Portugiesen werden diese Waffen durchlassen.«

»Also was willst du denn? Glaubst du, wir werden ein nettes Gespräch mit den Weißen haben, und sie werden die Regierung absetzen und sie uns übertragen?«

»Schau mal – auch wenn du so schlau daherredest, siehst du es nicht klar. Die meisten Weißen wollen nicht mit dir reden, sie wären erst bereit, mit dir zu reden, wenn du ihnen den Schädel mit einem Buschmesser gespalten hast. Du kannst dich darauf verlassen, sie werden keine Worte an die Schwarzen verschwenden. Sie wollen kein Palaver mit schwarzen Führern, weil es, was sie anbetrifft, keine schwarzen Führer gibt, verstehst du? *Sie* sind diejenigen, die bestimmen, was mit uns geschehen soll. Wo wir wohnen sollen. Wo wir arbeiten sollen. Auf welche verdammten Treppen wir unsere stinkenden schwarzen Füße setzen dürfen – reden! Mein Gott, es ist bloß eine jämmerliche Handvoll, von denen keiner in der Regierung was zu sagen hat, die *reden* wollen. Die anderen wollen alles über den Haufen schießen, sobald sie es mit ihrer Scheiße über die Homelands nicht länger deichseln können. Aber wenn es zum Schießen kommt, dann hört auf zu träumen, das ist es, was ich euch sage. Wir brauchen dann Stöcke und Steine und was immer wir in die Hand bekommen können ebenso wie die Versprechungen unserer Brüder draußen.«

Sol, der seine Abende mit solchen Gesprächen verbrachte, konnte sich nicht vorbeugen, um einzelne Punkte zu bestätigen, wie er es gern getan hätte, weil der gelbe Stuhl denjenigen, der auf ihm saß, zwang, sich steif zurückzulehnen, denn wenn man versuchte, sich lässiger hinzusetzen, kippte er um. Aber ab und zu zog sich Sols Gesicht, erleichtert, weil sie übereinstimmten, in die Breite, und jetzt hoben sich seine Lippen von den großen, ungleichmäßigen Zähnen, und sein Mund öffnete sich in einer Geste der Aufnahme, warm, ermutigend. Er und Shibalo sahen einander einige Momente in die Augen, tranken den Brandy und empfanden den Trost und die Beruhigung einer alten, sich ergänzenden Freundschaft. Als Ida mit Brot und Wurst zurückkam, waren sie wieder lauthals im Gespräch.

»Ich will kein Blut. Ich mag kein Blut!«

». . . nein, sei ehrlich, Mann – was ist der wahre Grund? Warum bist du im Kongreß geblieben, warum bin ich geblieben? Nein, nicht wegen Gewaltlosigkeit . . .«

»Ich will kein Blut! Ich mag kein Blut!« Sol stand vorsichtig von dem Stuhl auf und schenkte sich noch einen

Brandy ein; das war eine der Zwischenbemerkungen, die er immer murmelte.

»Wir wollen Waffen, wie jeder andere. Wir sind darauf vorbereitet, mit Waffen zu kämpfen. Wir warten hier auf Waffen wie auf Manna vom Himmel. Wir sind zu der Überzeugung gekommen, daß wir ohne Waffen nichts tun können, stimmt das nicht? Der einzige Unterschied ist, daß Congress das nicht laut sagt und die Afrikanisten es tun.«

»Warte mal, eine Sekunde ... wir wollen nicht, daß Waffen eingesetzt werden müssen, das ist der Unterschied, aber sie sehen keine andere Möglichkeit ...«

»Aber *wir* sehen auch keine andere Möglichkeit, oder? Ist es nicht genau das, worüber wir die ganze Zeit reden? Wir sind eine verbotene Organisation, Mann – du kannst morgen verhaftet werden, wenn du deine Hose mit einem Congress-Abzeichen zusammenhältst.«

Die junge Frau schnitt das Brot und die Wurst. Sie beteiligte sich nicht am Gespräch, hörte aber mit der Miene eines Menschen zu, der andere seine eigenen Meinungen aussprechen hört, und wenn sie mit anderen Leuten zusammen war, wiederholte sie immer, was Shibalo gesagt hatte. Sie war Krankenschwester, und das war ebenso wie Lehrerin oder Sozialarbeiterin bis vor wenigen Jahren das Berufsziel der meisten afrikanischen Mädchen gewesen, die intelligent und überdurchschnittlich energisch waren; jetzt wollten solche Mädchen Mannequins oder Schauspielerinnen werden. Von ihnen beeinflußt, zog sich Ida nach der neuesten, in die Massenproduktion heruntergefilterte Mode an, hatte aber ihr langes Haar nicht geglättet und trug es in einem hohen Knoten auf dem Kopf. Nichts in ihrem Gesicht ließ erkennen, wie alt sie war; es zeigte einfach eine erwachsene Fraulichkeit, die sich noch auf beruhigend lange Zeit frisch und fest erhalten würde. Auf einer Party hatte ihr Shibalo eines Abends viel Aufmerksamkeit geschenkt, und seitdem wurden sie immer zusammen zu Parties eingeladen, als Paar. Er war stets sehr liebevoll zu ihr auf Parties; sie hatte etwas an sich, das sich einer gelockerten Stimmung anpaßte, das verlangte, daß man sie mit ihrer vergoldeten Halskette neckte und nach zu vielen Drinks den Kopf an ihre Schulter legte. Sie wußte, daß diese Schaustellung irreführend war; sie waren nicht wirklich ein Paar, das wußte sie, obwohl sie ein Jahr lang hin und wieder mit ihm gelebt hatte und Dinge tat – zum Beispiel seine Wäsche für ihn wegbringen – die eine gelegentliche Bettgenossin nicht tut, aber eine Frau für ihren Mann.

»Ida – willst du dich hier hinsetzen?« Sol tat so, als wollte er aufstehen, als sie ihm einen Teller brachte. »Bleib nur da, bleib nur da . . .« Sie setzte sich neben Shibalo aufs Bett. Sie stand sehr freundschaftlich mit Sol, kam gut mit ihm aus und mochte ihn gern; das Zusammensein mit den beiden bewirkte in ihr ein volles Gefühl der Entspannung und Sicherheit. Wenn sie Witze machten, kam sie sich witzig vor und streckte sich genüßlich auf dem Bett aus; wenn sie sich kräftig in die Haare gerieten, war sie aufgeregt; wenn sie von dem sprachen, was Ida sich als »Übernahme« vorstellte, empfand sie eine berauschende Überlegenheit, die unbeugsame Haltung eines Menschen, der Zeuge einer Prophezeiung geworden ist.

Sol war etwas besorgt über eine gewisse Veränderung in Shibalos Denken, die er noch nicht nachvollzogen hatte;

als das erschien es ihm, aber es konnte auch bedeuten, daß Shibalo sich zurückzog, eine Position aufgab, die er, Sol, für sie beide als ebenso unwandelbar angesehen hatte wie die Erde, auf der sie standen. Er fragte deshalb ungläubig: »Es ist doch nicht dein Ernst, wenn du dir Gedanken machst, warum du im Congress geblieben bist? Wenn du bloß reden willst, dann ist es in Ordnung.«
Shibalo ging ruhig und geduldig darauf ein. »Ich bin an die Leute gewöhnt, mit denen ich arbeite. Wir haben zusammen eine Menge durchgemacht – es gibt auch so was wie Loyalität.«
»Gewiß, gewiß.« Sol wurde warm, war aber immer noch wachsam.
»Richtig. Aber ich hab nicht angefangen, aus Freundschaft für Congress zu arbeiten, wie? Ich wollte arbeiten, um die Dinge für uns in Gang zu bringen. Also warum sollte ich oder irgendein anderer, der das wahre Ziel im Auge hat, das einzige, was zählt, bei irgendeiner Gruppe bleiben, wenn ich sehe, daß eine andere Gruppe etwas zuwege bringt? Was bedeutet ein anderer Name und ein anderer Slogan für mich? Ich hab keinen Ehrgeiz, eine Parteileiter raufzuklettern, Sol. Ich möchte bloß erleben, daß sich die Schwarzen auf die Hinterbeine stellen, das ist alles. Mir ist es egal, ob sie das Siegeszeichen machen oder sich dreimal vor dem Mond verbeugen. Die Jungs auf der Straße haben die richtige Idee, Mann; früher war ich immer wütend, wenn ich sah, daß sie bei jeder Kampagne mitmachten, die den Weißen Angst zu machen schien. Wenn es eine Congress-Sache war, ja, dann waren sie eben Congress-Leute; wenn es eine PAC-Sache war, ja, dann waren sie

eben Afrikanisten. Aber warum nicht? Ich bin nicht sicher, ob ich es nicht genauso machen sollte.«

»O Mann, du bist verrückt«, sagte Sol angewidert; seine Stimme berührte die Idee noch einmal, eine Stiefelspitze, die einen fragwürdigen Gegenstand umdreht. »Wie nennst du das?«

»Guerillapolitik ist das.«

»Du redest wieder so, als gäb's keine Grundsätze. Muß ich sie dir auseinanderklauben?«

Shibalo gab ihm die Brandyflasche. »Ach du lieber Himmel, Sol, in hundert Jahren wird sich keiner einen Dreck um unsere Grundsätze in dieser Angelegenheit scheren. Sie werden es einfach hinschreiben – an dem und dem Tag übernahmen sie die Macht. Sie haben es hingekriegt, oder sie haben es verpfuscht.«

»Ich weiß nicht, was mit dir los ist. Früher hast du dauernd gesagt, der Zweck bestimmt die Mittel, jetzt schreist du bloß noch nach Ergebnissen. Was ist mit dem Unterschied zwischen den Grundsätzen der Afrikanisten und unseren?«

»Auf lange Sicht gibt es keinen. Es wird keinen geben. Sie wollen den weißen Mann loswerden wie auch immer; der Congress will ihn untertauchen lassen in einem nicht-rassistischen Staat, ohne ihm vorher die Kehle durchzuschneiden. Die Afrikanisten werden rausfinden, daß es notwendig ist, am weißen Mann festzuhalten und ihn und sein Geld für sie arbeiten zu lassen, Congress wird rausfinden, daß er es nicht friedlich tut. Klar?«

Sol begann genüßlich zu lachen, weil das so glatt war, und dann lachten sie beide. Er hatte das Gefühl, daß sie Seite an Seite auf dem festen Boden der Übereinstimmung gelandet waren, und während sie aßen, sagte er wieder: »Mein Gott, das *ist* schon was, wenn man bedenkt, daß der ganze Kontinent da oben von ihnen frei ist . . . jedesmal, wenn ich die Zeitung in die Hand nehmen, Mann. . .«

Aber der todessüchtige Verzicht auf seinen Wunsch zu malen hatte Shibalo, ohne daß er sich darum bemüht hätte, durch ein Gleichgewichtsgesetz eine feste Selbstsicherheit und Unvoreingenommenheit in seiner Einstellung zu anderen Dingen verliehen. Er hatte eine so endgültige Form der Unterwerfung durchgemacht, daß er sehr gut ohne irgendwelche Illusionen über die anderen Umstände seines Lebens auskam. Er sagte heiter: »Meine Brüder. Meine Brüder. Ich bin da nicht so sicher.«

Später gingen die beiden Männer zum Haus eines dritten Freundes. Er war nicht da, sondern im Haus eines vierten, und so gingen sie dann dort hin. Es war ein Abend wie andere vorher und nachher, der weder spät noch früh endete, denn niemand dachte in diesen Begriffen; schließlich, als niemand mehr kam oder ging, löste sich die letzte Gruppe von Gesprächspartnern in die Dunkelheit auf.

Einige Monate später, als Ida eines Abends Shibalos schmutzige Wäsche in eine Kaufhaus-Tragetasche, die sie für diesen Zweck sorgfältig aufhob, packte, fand sie Farbe auf einem Hemd. Sie sagte nichts; fragte sich nur, praktisch, wie sie war, wie sie sie wegkriegen würde.

10

In den Osterferien war Shibalo den ganzen Tag frei. In der Stadt konnten sie nirgends zusammen hingehen. Ann fuhr mit ihm hinaus aufs Veld, schleuderte eine Staubfahne ins Gesicht der Stadt, wo alle lustlos ihren Jobs nachgingen, ließ den Wagen auf den wochentags leeren Fernverkehrsstraßen rasen und brachte ihn auf unbefestigten Landstraßen und Feldwegen zum Schlingern. Wohin sie fuhren, wußten sie nie, nur was sie suchten, und wenn sie eine Schlucht sahen oder eine Baumgruppe an einem Abhang, die einen verborgenen Fluß andeutete, dann fand Ann einen Weg dahin. In der Woche waren sie sicher vor anderen Ausflüglern; nur einmal stand ein kleiner Trupp schwarzer Kinder am anderen Ufer eines Flusses und betrachtete mit stumpfem Erstaunen, was da zu sehen war: ein weißes Mädchen und ein schwarzer Mann, die zusammen aßen.

Ann war von dem Verlangen nach Wasser und Gras und Weiden, nach Sonne und Vögeln gepackt. Sie schwamm in den braunen Flüssen und winkte ihm, der am Ufer lag und Bier trank, zu; pitschnaß kam sie heraus und trocknete in dem warmen Geruch von Wasserpflanzen, der von ihrer Haut aufstieg. Sie pflückte voll Begeisterung die zarten und dünn gesäten Blumen des rauhen Veld und ließ sie dann verwelken, und sie brachte ein Buch mit, das sie nie las. Er beobachtete ihr Tun und Treiben amüsiert, weil es für ihn etwas Neues war. Er war in den Townships geboren und hatte weder das traditionelle afrikanische Leben mit Ackerbau und dem Hüten von Vieh kennengelernt, noch kannte er die Verbundenheit des städtischen weißen Kindes mit dem Lande, die von früher Jugend an gepflegt wurde durch die »Freuden« von Picknicks und Camping. Er gehörte dem Stadtleben an wie kein Weißer in einem Land, in dem es das Privileg jedes Weißen ist, genug Zeit und Geld zu haben, um hinaus aufs Veld oder hinunter an die Strände zu fahren. Er konnte nicht schwimmen und empfand ebensowenig Antrieb, ins Wasser zu gehen, wenn sie es tat, als ob sie eine besondere Ausstattung für dieses Element gehabt hätte – Kiemen oder Flossen –, die er von Natur aus nicht besaß.

Intensive physische Ruhe herrschte manchmal zwischen ihnen. Ihr Lächeln, seine träge Stimme erfüllten einen Raum, der nicht länger beeinträchtigt oder eingeengt wurde durch das Gedränge von anderen außerhalb der Wände der Wohnung. Das Bild, das einer vom anderen hatte, war nicht unterbrochen – wie ein in rascher Folge mit dem Daumen durchgeblätterter Stoß Bildkarten –, wie es in der Heimlichkeit der Straßen der Fall war. Und sie hatten etwas von dem Hochmut von Menschen an sich, die gegen die Vorschriften verstoßen aus keinem zwingenderen Grund, als daß ihnen der Sinn danach steht.

Doch selbst in der Unschuld eines dieser Gärten Eden blieb jeder von ihnen vor dem anderen ein wenig auf der Hut. Wenn in Anns Reden ganz selbstverständlich Boaz' Name vorkam, hielt keiner von ihnen inne; als er einmal etwas über seinen Sohn erwähnte, ließ sie keine Neugier über die Mutter des Kindes erkennen, sondern fragte nur mit herzlichem Interesse: »Wie sieht er aus?«

Nur bei einem Thema waren sie mehr als lediglich amüsierte und interessierte Zuhörer des anderen, und das war, wenn sie von seinen Möglichkeiten sprachen, zum Studieren und Malen nach Europa zu gehen. Die Grundlage einer erregenden Sympathie zwischen zwei Menschen ist oft ein schon lange im Leben des einen verborgenes Hindernis; er glaubt, er hätte sich damit abgefunden, bis das Wiedererwachen des Gefühls, die kraftvolle Selbstbestätigung, die mit einem Liebesverhältnis einhergeht, ihn eines besseren belehrt. Sie hörte von ihm immer wieder in der stückchenweisen Art solcher Enthüllungen Einzelheiten der Geschichte von dem Stipendium in Italien, das er nicht annehmen konnte, weil ihm wegen seiner politischen Aktivitäten der Reisepaß verweigert worden war. Damals hatte er die andere Möglichkeit abgelehnt, nämlich auf sein Recht auf Rückkehr zu verzichten, wie es die ihm angebotene Ausreisegenehmigung verlangte. Er war zu dem Schluß gekommen, er wolle nicht Maler sein um den Preis der Aufgabe seines Rechts, das System zu bekämpfen, das diesen Preis forderte. Er hatte diesen Entschluß schon vor langer Zeit gefaßt unter allen Gesichtspunkten, unter denen solche Entschlüsse gefaßt, ratifiziert, akzeptiert und vergessen werden – außer von dem einen, dessen Leben dadurch mit einem Ring versehen wird, wie ein Baum mit einem Ring umgeben wird, der dann, da die Zeit Wachstum mit sich bringt, ins Fleisch einschneidet. Im Feuer der Zustimmung, das die Gruppe wärmte, mit der er politisch arbeitete, hatte er ausgiebig darüber gesprochen. Durch sie wurde ihm die Solidarität derjenigen zuteil, denen Unrecht geschieht und die stolz sind auf ihre Kraft; er war die *cause célèbre* gewesen, gern gesehen auf Parties in den Häusern linker und liberaler Weißer; wenn alle längst genug von ihm hatten und die anderen im Shebeen gar nicht wußten, wovon er redete, hatte er noch, betrunken, mit seinem trotzigen Opfer geprahlt. Aber als sie in einer Eukalyptus-Schonung lagen, Ann den Kopf auf seinen Arm gebettet hatte und ein Leben beschrieb, das für ihn in Italien möglich sein könnte oder vielleicht in Frankreich oder Griechenland – er schenkte der Geographie nicht viel Aufmerksamkeit, und sie erklärte die fremden Ortsnamen nicht immer –, da schien das ganze Gewicht seines Daseins in diese Waagschale zu fallen, und das Gewicht eines Kampfes, der der Kampf anderer Leute und auch sein eigener war, zählte dagegen nicht. Er vergaß, daß er Schwarzer war, wie ein Jude belastet mit seiner Rolle des Erwählten, und empfand sich nur als einen Mann, der zu jenen gehörte, die, selbst wenn sie nur Pflastermaler sind, ihre eigene Wahl treffen.

Die Eukalyptusplantage war nicht mehr als zwanzig Minuten von der Stadt entfernt; sie gehörte einer der erschöpften Goldminen in der Nähe von Johannesburg. Ann war überzeugt, daß sie nicht gesehen werden könnten, obwohl sie, auf den Ellbogen gestützt, Männer aus dem nahen Schacht herauskommen und das Veld überqueren sah. Die kleinen alten Häuser der verheirateten weißen Angestellten in der Nähe waren unbewohnt. Sie stand auf und begann, die schmalen Blätter von ihrem Kleid abzulesen. »Das hier ist ein guter Platz, um eine Leiche abzuladen«, sagte sie lachend. »Du weißt schon. Die Photos, die man auf der ersten Seite sieht mit einem Pfeil neben einem Baum – da wurde sie nach dreitägiger Suche gefunden.«

Der trockene, saubere Geruch des Eukalyptus war stark; unter den Bäumen war er kühl wie Menthol, in der heißen Sonne hatte er den lebendigen Duft von brennendem Holz. Kein Lüftchen regte sich, aber die Blätter bewegten sich leise in der Verdunstung der Hitze, als kletterten unsichtbare Insekten zwischen ihnen herum. Eine Taube pochte regelmäßig im Herzen des von Menschen geschaffenen Waldes. Die Stadt war so nah, sie hätten die Hand ausstrecken und sie berühren können.

»Glaubst du, du bist von der Sorte, die ermordet wird?« fragte er stolz.

»Niemand glaubt, er sei von der Sorte. Wer wird überhaupt schon ermordet?« Sie appellierte an ihn, wenn sie sprach; er forderte sie heraus – das war ihr Spiel der Verständigung. Anns Augen folgten träge der in eine Decke eingehüllten Gestalt eines Mannes auf dem Veld-Weg; er bückte sich, um etwas aufzuheben, wahrscheinlich eine Sicherheitsnadel, die er verloren hatte, dann nahm er die Decke ab, warf sie wieder um sich und befestigte sie dicht unter dem Kinn. Sie beobachteten ihn jetzt beide und lachten. »Das wird ihn warmhalten.« – »Er kommt von der Schicht herauf«, sagte Shibalo, »Es ist dunkel und naß da unten, und jetzt geht er zurück ins Lager zu seinem *phuthu* und seinem *nyama*.«

»Ich frage mich, woher er kommt«, sagte sie. »Diese Minen sind erschöpft oder fast erschöpft. Wir sind hier einmal vorbeigekommen, kurz nach meiner Ankunft – mit den Stilwells und anderen Leuten. Wir haben sie in einer dieser Minen tanzen sehen.« Der Mann ging weiter und verschwand hinter der gelben Pyramide einer Abraumhalde.

»Leute werden wegen Geld ermordet«, sagte er und legte sich zurück. »Wo ich herkomm, da geht's um Geld. Und Frauen werden von Männern ermordet«, fügte er hinzu.
Sie sah ihn an, lächelte und warf kurz den Kopf zurück, um ihr Haar zu ordnen und die Neigung ihres Halses zu beleben.
Plötzlich kam sie herüber und hockte sich neben ihm hin, als machte sie es sich an einem Feuer bequem, und sagte: »Boaz kommt bald nach Hause.«
»War er letztes Wochenende nicht da?«
»Ich mein, er kommt nach Haus und bleibt. Für eine Weile.«
»Dein Mann ist deine Angelegenheit«, sagte er und streichelte ihren Knöchel.
Sie war gern frei, aber nicht so frei. Sie lächelte strahlend, und ihre Stirn rötete sich. »Ich weiß«, sagte sie mit einem Ausbruch von Zuversicht und Fröhlichkeit. Dann plötzlich: »Laß uns zu Baumann's Drift Hotel fahren und Lunch kaufen.«
»O ja«, sagte er, »das wär sicher schön.«
»Warum nicht? Ich meine, wirklich. Ich kann reingehen und sagen, ich will den Lunch eingepackt haben, um ihn unterwegs zu essen, und eine Flasche Wein.«
»Du kannst den Boy reinschicken, damit er ihn holt«, sagte er grinsend.
»Stimmt.«
Sie stiegen ins Auto und fuhren über das Veld zum Weg; der Mann, den sie gesehen hatten, oder ein anderer in einer ebensolchen Decke, saß auf einem alten Ölfaß und rauchte eine Pfeife. Er sprach mit einem anderen Mann, der noch den Schutzhelm und das gelbe Ölzeug von

unter Tag trug, und als die beiden gemächlich und gleichmütig zu dem herankommenden Wagen aufschauten, fuhr Shibalo langsamer und rief ihnen etwas zu. Sie waren mißtrauisch und verblüfft, und dann blühten ihre Gesichter auf. Was immer es war, das er gesagt hatte, es schien sie zu schockieren und zum Lachen zu bringen; sie riefen hinter ihm her, immer noch lachend. Ann fand die Leichtigkeit dieser Verständigung aufregend. »Woher wußtest du, daß sie dich verstehen würden?« – »Ich hab Shangaan mit ihnen gesprochen. Das ist die erste Sprache, die ich gesprochen habe, da oben bei meinem Großvater. Ich hab gesehen, daß sie Shangaans sind, sie kommen aus Moçambique. Sie waren sehr höflich.« – »Hast du gesehen, der eine hatte kleine Tonringe im Haar«, sagte sie mit blitzenden Augen. »Natürlich, das gehört sich so für einen jungen Mann.« Er stimmte in einer Art Stolz in ihr Lachen ein.
Sie hatten gleich neben der Hauptstraße angehalten, um den Lunch aus dem Hotel zu essen, und saßen unter einem Baum, wo jeder vorbeikommende Autofahrer, der genau hinschaute, sie sehen konnte. Keiner von ihnen erwähnte diese gefährliche Sorglosigkeit oder regte an, sie sollten vorsichtiger sein. Ann reagierte mit der Unverschämtheit der Nichtbeachtung auf die empörte Neugier einer Frau, die ihnen von einem Wagenfenster aus lange ihr Gesicht zuwandte; sie mußte die Aufmerksamkeit ihres Gefährten auf den Anblick gelenkt haben, denn der Wagen stockte, ehe er wieder so schnell weiterfuhr, wie er gekommen war.
An dem Abend versuchten einige weiße Freunde, mit denen sie zusammen waren, auf dem Nachhauseweg von einer Party Gideon mit in einen Nightclub zu neh-

men. Der Bruder eines von ihnen war Mitglied und hatte dort eine Flasche, und es gab eine schwarze Kabarettvorstellung: das waren die Begründungen, mit denen die ziemlich betrunkene Gesellschaft glaubte, sich hineinbluffen zu können. Sie behaupteten, Gideon sei auch Sänger und der Bruder des Hauptdarstellers. »Er wird für Sie singen, Sie werden es erleben« ... die liebenswürdige Beharrlichkeit eines der jungen Weißen rief bei dem Manager, der gerufen worden war, um sich der Krise anzunehmen, jene umsichtige Strenge hervor, den wahnsinnigen Takt eines Mannes mit zusammengebissenen Zähnen, der sein Leben lang dem Kunden ins Gesicht lächelt und das haßt und verachtet. Die Gesellschaft stand in dem dämmerigen Eingang zwischen vergoldeten Spiegeln, Zigarrenrauch und gedämpfter Musik um ihn herum; ihr Auftreten, die hübschen, lebhaften Frauen, das überlegene, unbeschwerte Gebaren der Männer waren wie eine bedrückende Karikatur der Szene drinnen, wo solche Leute unterwürfig bedient und trunkene Launen, täppischer Sex und Streitsucht respektvoll hingenommen wurden.

»Sie werden verstehen, Mr. Solvesen, Sir, ich kann es nicht tun. Ich würde meine Konzession verlieren. Ich wage es nicht einmal, den Künstlern zu erlauben, sich nach ihrem Auftritt an einen Tisch zu setzen.« Die Augen des Mannes waren starr vor Zorn auf diese arroganten jungen Narren, die so taten, als wüßten sie den gewaltigen Unterschied nicht zwischen Eingeborenen, die angestellt werden, um zu bedienen und zu unterhalten, und irgendeinem gebildeten schwarzen Mistkerl, der sich unter die Mitglieder setzt wie einer von ihnen. Er wollte sie hinauswerfen, aber die lange Disziplin der

Speichelleckerei hielt ihn zurück: er glaubte sich zu erinnern, daß der Bruder, obwohl er ein unbedeutendes Mitglied war, von einem wohlhabenden und wichtigen Financier eingeführt worden war und manchmal in dessen Gesellschaft gesehen wurde.

Ann, die freundlich lächelnd an der mit rotem Samt bespannten Wand lehnte und den Plastik-Lorbeerkranz eines angeblichen Caesars auf einer Pappsäule kniffte, sagte: »Oh, armer kleiner Mann, lassen wir ihn zufrieden.«

Die Gruppe ging ganz ruhig weg und tauschte nur ihnen verständliche Scherzworte aus. Das Mädchen, das gesprochen hatte, war hübsch, selbstsicher; konnte man die Leute verstehen? Plötzlich kam sich der Mann im Abendanzug ganz grundlos wie ein Lakai vor – aber *natürlich*, für sie war ein schwarzer Mann gut genug, um mit ihm zu lachen und ihm auf die Schulter zu klopfen.

Am Wochenende kam Boaz wieder nach Hause; er war in Ost- und Nord-Transvaal so viel herumgezogen, wie er nur konnte, aber der Sommer – die Regenzeit – war für Feldstudien nicht günstig, und Anfang April wollte er endgültig zurückkommen, um sich auf eine lange Expedition während der trockenen Wintermonate vorzubereiten. Er hatte eine Flasche Aquavit mitgebracht, und obwohl es noch warm genug war, um abends auf der alten Veranda zu sitzen, tranken er und Ann und die Stilwells sie statt ihres üblichen Gins oder Biers. Zwei kleine Gläservoll für jeden bewirkten jene gesteigerte Wärme der geselligen Unterhaltung, für die der klare

Alkohol aus den kalten Ländern berühmt ist, und als das Mädchen Agatha sie zum Dinner rief, waren sie bereit für eine große Flasche Chianti, die für eine besondere Gelegenheit aufgehoben worden war und nun den Eintopf zu einem Bankett machen sollte. Jessie war zu faul und hatte keine Lust, sich von den anderen zu trennen, um die kleinen Mädchen ins Bett zu bringen, und so rannten sie herein und wieder hinaus, wie es ihnen gefiel, nicht eingeschlossen in die Stimmung der Erwachsenen, aber dennoch von ihr angesteckt. Nur Morgan, der am Tag zuvor von seinen Ferien auf der Farm zurückgekommen war, blieb unbeeinflußt. »Gib ihm ein Glas Wein«, sagte Jessie. Aber er wollte nicht. »Um Gottes willen, du bist jetzt alt genug«, meinte sie. »Es wär schade drum«, sagte er lächelnd. »Mir schmeckt Wein nicht.« Er bemerkte den verächtlichen Blick nicht, den sie ihm zuwarf. Am Morgen würde er wieder ins Internat fahren. Sein Haar war am Haaransatz von der Sonne verbrannt und schimmerte dort phosphoreszierend; die gebräunte Haut gab seinem Gesicht schärfere Konturen, aber er war endlich im Stimmbruch, und die peinliche Unsicherheit der Tonhöhe schien grausam passend für ihn zu sein. Er machte sie nervös wie ein Möbelstück, das in keinem Zimmer richtig aussieht. Die Unterhaltung war lebhaft, Anekdoten und Nachahmung anderer und die ausladenden verbalen Gesten vitaler Menschen unter ihresgleichen. Die Atmosphäre war nicht gemütlich, betonte nicht eine enge Beziehung zwischen den vieren untereinander, sondern ungebunden: jeder von ihnen genoß die Freiheit eines Erwachsenseins, das keine Regeln kennt außer denen der persönlichen Neigung. Morgan saß still da, wie es die Ver-

wirrten tun; er meinte, ihm falle nichts ein, was er sagen könnte, aber tatsächlich hatte er zu einer Unterhaltung nichts beizutragen, die, wie unter Erwachsenen im eigenen Haus üblich, den Grundsätzen des Erwachsenseins, die sie *ihn* lehrten, zuwiderlief. Um sich als Erwachsener zu erweisen (sagten *sie*), müsse man freundlich und beherrscht sein und die menschliche Würde respektieren. Dennoch kritisierten sie ihre Freunde und Kollegen, lachten und brüllten sich gegenseitig nieder und sprachen mit verschleiertem anzüglichen Zynismus von der Liebe. Morgan hatte Angst, vor sich selbst einzugestehen, daß die Regeln, die sie ihm aufzwangen, nur eine Art Bequemlichkeit waren, eine Art Betrug durch Abwertung; und er hatte keine Möglichkeit, den Kodex innerer Disziplin, nach dem sie lebten, zu erkennen.
Er bewunderte seine Mutter; sie war sehr amüsant, wie sie zwischen dem Stew und dem Obstsalat barfuß und mit geröteten Gesicht mit Boaz einen Cha-cha-cha um den Tisch tanzte, oder wie sie mit zusammengekniffenen Augen und einer herausfordernden Grimasse zu essen vergaß und darauf wartete, ihre Meinung sagen zu können. Er scheute sich, sein Vergnügen zu zeigen; er wußte, daß es so schnell zu der aufdringlichen Aufmerksamkeit wurde, die alle ärgerte.
Jessies ganze Munterkeit an diesem Abend war für Morgan bestimmt. Sie war sich eines Bildes von sich selbst bewußt, wie sich eine Frau eines Bildes von sich selbst für die Augen eines Geliebten bewußt ist.
Als die Stilwells nach oben zu Bett gegangen waren, blieben Boaz und seine Frau noch eine Weile unten. Boaz hatte den Hang des echten Gelehrten, nach irgendeiner Unterbrechung verstohlen, wie zu einem gehei-

men Stelldichein, zu seiner Arbeit zurückzukehren, um sie »nochmal zu befingern«, wie Jessie es einmal ausgedrückt hatte. Für ihn war es ganz natürlich, daß der turbulente Abend mit einer ruhigen nächtlichen Stunde endete, in der er einige der neuen Tonbänder abspielen konnte, die er im Busch aufgenommen hatte. Er ging nach oben, um das Tonbandgerät zu holen. Jessie kam aus dem Badezimmer und sagte: »Ich hab das Alka-Seltzer draußen gelassen.« Beide dachten an etwas, worüber sie vorher gelacht hatten, und fingen wieder an zu lachen. Tom rief aus dem Schlafzimmer: »Gute Nacht«, und Boaz sagte: »Ich werd erst noch ein bißchen Musik hören.«

Im Wohnzimmer lag Ann auf der Couch, sah ihn hereinkommen und sagte automatisch: »Wir sollten nach oben gehen.« Aber sie stand nicht auf, drehte sich auf den Bauch und stützte sich auf die Ellbogen. Trommeln und nasales Summen erklangen aus dem Tonbandgerät, und sie wiegte sich und begann den Text eines Jazzliedes darauf abzustimmen. »Das ist es, das ist es«, grinste er, während er eine Schachtel Tonbänder durchging. Das laufende Band riß, und er machte sich gleich daran, es zu reparieren, verärgert und in Anspruch genommen. Als es wieder in Ordnung war und die Musik von neuem begann, fragte er: »Na weiter?«

Sie hatte angefangen, ihre Fingernägel zu untersuchen; immer wieder schob sie die Nagelhaut zurück und betrachtete ihre Hände. Ganz konzentriert runzelte sie die Stirn, es war eher die Konzentration, etwas fernzuhalten als heranzulassen, aber eine der vorletzten Wellen der Trunkenheit erreichte sie, und plötzlich stützte sie das vorgestreckte Kinn auf die Hände, warf den Kopf zu-

rück und lächelte strahlend, schläfrig, unkontrollierbar.
»Ist das nicht gut?«
»So zart! Was ist es?«
»*Makhweyana* Streicher-Begleitung. Zulu-Frau. Es sollte nicht auf diesem Band sein mit dem anderen Schlangenbeschwörer-Ding, aber ich hatte nicht genug.«
»Herrlich!« sagte sie, als eine bestimmte Phrase im Lied wiederholt wurde.
»Käsegesicht«, sagte er. Es war ein Liebesauftakt, um zu zeigen, daß er sie bemerkte. In der großzügigen Ausbreitung trivialer Intimitäten am Anfang ihrer Liebe hatte sie ihm erzählt, daß dies ihr verhaßter Spitzname in ihrer ersten Schule gewesen war. Er nannte sie so, wenn er ihr sagen wollte, daß er sie schön finde.
Sie versuchte nicht, die Anerkennung mit einer Handbewegung abzutun; wie immer überkam sie die Versuchung, sie zu akzeptieren; sie abzulehnen wäre unaufrichtig gewesen: sie hinzunehmen war unschuldig.
Die Stimmung zwischen ihnen war herzlich, und die Stimmung des Abends, der hinter ihnen lag, war eine, die darauf verwies, daß Männer und Frauen weder gut noch schlecht, weder glücklich noch unglücklich sind, sondern in ihrem Versuch zu leben hier genossen und dort litten; unbesonnen, gelegentlich voller Glück, oft komisch. Mensch zu sein bedeutete, bei alledem miteinander Nachsicht zu haben. Er suchte ein anderes Band heraus, das er ihr ganz besonders vorspielen und von dessen Aufnahme er berichten wollte, als sie dickköpfig und sogar ein wenig mit Humor sagte: »Weißt du, diese Sache mit Gideon Shibalo. Ich habe eine Art . . .« sie

hielt nicht inne, sondern unterbrach sich selbst mit einem raschen Seufzer, ». . . Liebesaffäre.«
Der zweite Satz war etwas, das zu sagen sie sich zwang, um ihretwillen. Er wußte es in dem Augenblick, in dem sie Shibalos Namen gesagt hatte; sie sah es sofort an dem Nachlassen der Muskelspannung in der Halslinie zwischen Ohr und Hemdkragen. Seine Ohren wurden scharlachrot wie die eines Mädchens. Sie beobachtete das, obwohl sie es nicht wollte. Boaz hatte eine wächserne, orientalische Haut, durch die man das Blut nie sah, es sei denn, er schnitt sich.
Sie sprach weiter, ehe er etwas sagen konnte. »Hast du dir das schon gedacht?« Beim Dinner hatte sie – sehr gut – die Geschichte von dem Zwischenfall im Nightclub erzählt. Jetzt versuchte sie vor sich selbst leicht davonzukommen, indem sie glaubte, sie habe es gewissermaßen da schon gestanden; so als gehöre Schuld in den Zusammenhang von Erfahrung.
Er runzelte die Stirn, um Zeit zu gewinnen; er hielt sie zurück. Er fragte, über den Tumult in sich hinweg: »Hast du mit Shibalo geschlafen?«
»Ich habe es dir ja gesagt.«
Es trat Schweigen ein; das erste wirkliche Schweigen ihres Zusammenlebens. Sie war nüchtern, aber noch einmal berührte sie eine letzte Welle der Trunkenheit. Ohne es zu wollen, setzte sie das komische, schmerzliche Lächeln auf, die Mundwinkel nach unten gezogen, die Augenbrauen gehoben, dessen sie sich bediente, wenn sie seine Aufmerksamkeit auf einen trivialen Fehler in einer Zeichnung, die sie für ihn machte, lenken wollte, ein Lächeln, mit dem sie sich zugleich halb im Scherz entschuldigte.

Er lächelte leicht, zögernd, fasziniert; es war, als hätte sie es absichtlich gemacht, um mit ihm zu spielen, um eine Macht über ihn zu beweisen, und von diesem Augenblick an begann sie die Macht tatsächlich zu fühlen.

Er kam und stand vor ihr. Er trat ihr waffenlos gegenüber und mit einer Aufrichtigkeit, die sich von der ihrer eigenen ebenso unterschied wie seine Arbeitsauffassung von der ihren. »Aber um was geht es dabei eigentlich?« fragte er.

»Ich weiß es nicht.«

Er nickte. Sie sprach die Wahrheit, ihre Wahrheit.

»So etwas passiert eben. Ehe man es richtig merkt ...«

Sie war jetzt bereit, auszuschmücken, zu erfinden, aber er hinderte sie daran, indem er sich neben der Couch auf den Boden hockte und ihr in einer Art Schweigen gebietender Liebkosung die Hand aufs Gesicht legte. »Armes Käsegesicht.«

Sie setzte sich auf, getroffen. »Glaubst du mir nicht?«

»Natürlich glaube ich dir.«

»Ich meine, glaubst du das über ihn und mich nicht?«

Sie hatte das Gefühl, daß es ihre Augen waren, die ihn veranlaßten, im Zimmer auf- und abzugehen; sie folgten ihm weniger, als daß sie ihn antrieben.

»Ja, aber du weißt nicht, um was es eigentlich geht. Du sagst mir nicht, der Grund ist, daß er mit dir redet oder du ihn bewunderst oder er großartig im Bett ist oder du es mal mit einem schwarzen Mann versuchen wolltest – ich meine, es ist, wie wenn ein Kind Gänseblümchen pflückt ...« Er war geduldig, aber bekümmert, und sie sah deutlich, daß der Kummer ein moralischer war, der an ihr vorüberging. Wie viele Menschen, die nicht verletzen, sondern nur die Aufmerksamkeit auf sich lenken wollen, fand sie, es könnte notwendig sein, ihn wirklich bis aufs Blut zu treffen.

»Warum sollte der Grund eine Rolle spielen?« sagte sie und lächelte ihn an. Das unausgesprochene »für dich« stoppte ihn, als ob sie selbst aufgestanden wäre und sich ihm direkt in den Weg gestellt hätte. Wie konnte sie ihn zwingen, in der entwerteten verbalen Münze einer Nahaufnahme im Film zu fragen: Liebst du mich noch? Liebst du mich nicht mehr? Das Katzengewimmer stieß ihn ab. Er versuchte in diesem Augenblick, das Schreckgespenst der Klischees durch Umformulierungen zu bannen, sie auf Sinn und Realität zurückzuführen: Bin ich es, den du noch liebst, oder ist es, weil du mich nicht mehr liebst – die abgenutzten Einheiten waren blödsinnig unbrauchbar.

Sie sprachen noch eine Weile miteinander, aber so als würden sie schonungsvoll über etwas nachsinnen, das unwillentlich über sie gekommen war – das unerklärliche Verhalten von Freunden, oder ein Unternehmen, das durch äußere Umstände schief gegangen war. »Ich hätte vermutlich öfter mit dir mitfahren sollen.« – »Unsinn. Man kann vor solchen Dingen nicht davonlaufen.«

»Hast du wirklich nie den Wunsch gehabt, mit einer anderen zu schlafen, seit wir zusammenleben?«

»Ich glaube nicht. Oh, vielleicht einmal ...«

»Viveca, damals bei Ellmans?«

»Ja, na ja, sie hatte sich kein bißchen verändert, war noch ebenso verrückt wie früher ...« Aber es war erst kurz nach Mitternacht; die Nacht zog sich lang vor ihnen hin, sobald ihre Stimmen den knarrenden Geräuschen über ihren Köpfen Raum gaben, als das Haus zur Ruhe kam.

Ihre Hände lagen lose ineinander, als sie nach oben gingen. Wie Schiffbrüchige, die sich zusammen auf einer unvertrauten Insel fanden, bewegten sie sich im Zimmer und taten so, als wären sie zu Hause, während sie einander heimlich beobachteten. Er hatte sie nicht gefragt, ob sie ihn noch liebe. Als sie im Bett lag, empfand sie ein Begehren wie plötzliche Großmut ihm gegenüber, und sie sehnte sich danach, ihn zu berühren.

Aber am Morgen, als die ganze Geschichte noch in der Luft hing wie der Geruch des abendlichen Trinkens im Haus, und er fragte: »Wirst du Shibalo diese Woche sehen?«, da wickelte sie das ausgekämmte Haar aus der Bürste um ihren Finger und sagte: »Ich glaub schon.«

Zehn Tage später kam Boaz nach Hause. Da lagen Bündel von Notizen, Zeichnungen und Photographien im Schlafzimmer, und Instrumente und verschiedene Küchengeräte der Schwarzen (die nichts mit seinen Studien zu tun hatten, die er aber trotzdem gesammelt hatte) waren auf dem oberen Treppenpodest verstreut. Er war den ganzen Tag im Haus, von diesen Dingen umgeben, und wäre vielleicht erst abends vom Essensgeruch angezogen, nach unten gekommen, wäre nicht von Zeit zu Zeit jemand bei ihm hereingeplatzt. Eines der Kinder stapfte langsam die Treppe hinauf, um auszurichten, der Lunch sei bereit, falls er mitessen wolle. Oder Agatha rief durchs Treppenhaus: »Telefon für Baas Davis!«

Jessie erschien mit einer Flasche Bier, das Glas über den Hals gestülpt. »Immer noch im Chaos. Wie lange wirst du noch brauchen, um dich da rauszukämpfen? Ich hätte fast vergessen, daß es dich gibt.« – »Oh, ich habe gerade erst angefangen, auszupacken. Warte nur, bis ich meine Tonbänder fertigmache; alle möglichen grauenvollen Geräusche – dann wirst du bestimmt wissen, daß ich da bin.« Er schob die Papiere beiseite, als wolle er mit ihnen nichts mehr zu tun haben. Er hatte einen alten Pullover an, er schien nicht zu wissen, daß es für April ein ungewöhnlich heißer Tag war. Das Bier erschien wie eine Gabe für einen Kranken. Er nahm es ihr ab, und während er mit einem Fuß nach seinen Sandalen unter einem Stuhl angelte, sagte er: »Du weißt es natürlich.«

»Ja.« Jessie zwinkerte langsam mit den Augen, wachsam.

»Wie ist er?«

»Ich mag ihn«, sagte sie.

Er lächelte. »Das ist in Ordnung, du brauchst dir darüber keine Sorgen zu machen.«

»Ich dachte, es sei alles bestens zwischen euch beiden. Natürlich kann es das immer noch sein, weißt du. Es mag vulgär klingen, es dir gegenüber so auszudrücken, aber diese Dinge gehen vorüber. Man vergißt sie, wenn man lange genug zusammenlebt.«

»Drei Jahre.«

Sie sagte ermutigend: »Keine schlechte Basis. Das Problem ist, daß man immer anfängt zu glauben, ein Mensch gehöre einem. Wenn man wirklich könnte, würde man ihn gar nicht mehr wollen. Ich glaube nicht, daß das boshaft oder neurotisch ist; es kommt von der

Zerstörung der Polarität und der Anziehungskraft, die dazu gehört. Nun ja, abgesehen von Sex – Liebe, was immer –, bleibt einem nichts anderes übrig, als den anderen leben zu lassen, wie er muß. Ich weiß nicht, warum wir immer von Macht reden, als wäre es etwas, das durch Politik hervorgebracht wird und nur dort wirkt. Es ist gräßlich, der Versuchung zu widerstehen, sie haben zu wollen, wo immer. Oh, ich habe Angst davor«, sie zuckte vor Abscheu die Schultern, »und ich hätschele sie immer wie eine schmutzige Gewohnheit.«

Sie lachten und gingen hinunter zum Lunch. Tom war auch zu Hause, und das Gespräch drehte sich um andere Dinge, nicht als ob Shibalo nicht existierte, sondern in Anerkennung der Tatsache, daß es ihn sehr wohl gab. Man konnte nicht erwarten, daß der ganze Haushalt durch sein Dasein erschüttert wurde; Tom, Jessie, Elisabeth, Madge, Clem – Boaz hatte das Glück, von anderen Menschen umgeben zu sein, und fühlte sich getröstet und einsam.

Das Leben des Hauses schien in den nächsten Wochen wie gewöhnlich weiterzugehen. Erstaunlicherweise wurde die Situation, wie es bei unmöglichen Situationen oft der Fall ist, zum Teil des Alltags von acht Menschen. Die groben, elastischen Fasern des Seins, die so viel aushielten, richteten sich auf die neue Spannung ein.

An drei oder vier Abenden in der Woche verließ Ann das Haus allein und war oft den ganzen Tag nicht da. Wenn sie da war, half sie Boaz fleißig bei seiner Arbeit und kam dann und wann voll Begeisterung rasch nach unten: »Seht euch das an! Boaz hat das selbst kopiert, hat das selbst aus Schilfrohr hergestellt. Seht nur, er mußte die richtigen Gräser zum Zusammenbinden finden und das alles!« Manchmal, wenn sie allein in einem Zimmer zusammen waren, schien sie sich von ihnen – Boaz, Tom, Jessie – abzusondern, sie verzichtete auf ihre übliche Art, sich auszustrecken oder hinzuhocken, wo sie gerade war, und wandte das Gesicht ab. Immer, wenn sie Jessie zufällig in irgendeinem Teil des Hauses traf, ergriff sie die Initiative mit einem breiten, strahlenden Lächeln – obwohl Jessie, wie sie Tom gegenüber bemerkte, »sie gar nichts fragen werde, um Himmels willen.«

Die Stilwells nahmen an, die Affäre laufe auf zivilisierte Weise aus. Es gab zwei Möglichkeiten, den Schlußstrich unter solche Abenteuer zu ziehen, sofern sie nicht zu einer Scheidung führten: die eine war die primitive Katharsis mit Tränen, Selbstmorddrohungen und einer hochemotionalen Versöhnung; die andere war die zivilisierte Weise mit Dreiecksgesprächen, einer Menge Drinks und übertriebener Höflichkeit. Eines Nachmittags hatten die Stilwells Shibalos Stimme oben gehört; ihm wurde Boaz' Sammlung neuer Instrumente gezeigt. Bald kamen sie alle drei, Boaz, Ann und Shibalo, herunter, und Shibalo blieb zum Dinner. Er war reizend, ungefähr wie eine durchreisende Berühmtheit, die entschlossen ist, natürlich zu sein.

II

Jeden Tag, wenn Ann losfuhr, um Gideon zu treffen, tat sie es in dem Bewußtsein, daß dies das letzte Mal sein könnte. Es brauchte nichts zu geschehen, es mußte kein Entschluß sein, bloß das Wort oder der Blick, der Stimmungswechsel, die dem Verhältnis seine Bedeutung und die Begründung für sein in dieser Bedeutung enthaltenes Ende verliehen. Sie fürchtete sich nicht davor und war auch nicht neugierig darauf, aber dadurch erhielten leblose Zeugen ihres Tuns Intensität – die Maserung der Tische, an denen sie mit den Fingernägeln herumkratzte, während sie mit Shibalo sprach, die Farbe und die in der Hitze klebrige Beschaffenheit des Plastikbezuges, auf dem sie saß, wenn sie mittags allein im Wagen auf ihn wartete. Die Gesichter der Leute sah sie kaum, denn nur im Haus wurde ihr bewußt, was sie von ihr denken könnten: ein Gekritzel von Ängsten und Impulsen strich sie aus wie die Gesichter in den Bilderbüchern der Kinder, die sie im oberen Stockwerk herumliegen sah.

Sie konnte nicht einfach deswegen aufhören, Gideon zu sehen, weil Boaz zu Hause war; sie war nie auf den Gedanken gekommen, daß sie damit nicht aufhören könnte, wann immer ihr der Sinn danach stand. Aber nachdem sie es Boaz an jenem Abend gesagt hatte, wußte sie, daß es nicht so einfach war: wenn sie aufhörte, Gideon zu sehen, weil Boaz nach Hause gekommen war, dann ließ das den Schluß zu, sie habe mit ihm

nur deshalb eine Liebesaffäre angefangen, weil Boaz weg war.
An dem Tag, nachdem sie mit Boaz gesprochen hatte, sah Gideon sie auf dem Balkon der Wohnung stehen und herunterschauen, als er die Straße entlangkam. Sie stand da mit ausgebreiteten Armen, die Hände auf das Geländer gestützt, und er spürte ihren Blick auf sich ruhen, schon lange ehe er ihr Gesicht klar erkennen konnte. Sie lächelte plötzlich, als er dicht genug herangekommen war, dann drehte sie sich um, ging in die Wohnung und hinterließ eine einzelne Fahne von Zigarettenrauch, die wie eine Wasserpflanze leicht in der Luft schwankte, wo sie gestanden hatte. Er beeilte sich instinktiv. In der Wohnung hatte sie Blumen, die sie mitgebracht hatte, in eine Vase gestellt: sie mußte schon einige Zeit dagewesen sein, aber sie hatte den Mantel an, als wollte sie nicht bleiben. Der Mantel zog sein Auge auf sich und erzeugte plötzlich den Status von Vergangenheit zwischen ihm und dieser Frau; wie oft hatte er den Mantel gesehen, auf den Rücksitz des Wagens geworfen, über ihre Schultern gehängt mit leeren Ärmeln! Unter den blauen Gummibäumen hatte er sogar auf ihm geschlafen, zusammengerollt unter seinem Kopf. Er hatte einmal zu ihr gesagt: »Dein Mantel wird schmutzig werden«, und sie hatte erwidert: »Das alte Ding – nichts schadet dem.« Er war in Norwegen, in der Türkei und in Italien gewesen, dieser Mantel, der schäbigschick und dazu bestimmt war, ein Mädchen wie sie aussehen zu lassen, als habe sie sich verirrt, brauche aber kein Zuhause.
»Wohin willst du denn?«
»Nirgends.« Sie stand mitten im Zimmer.

Er ging zu ihr, neckend, zärtlich, zögernd. »Ich müßte dich in diesem Mantel malen. Trenchcoat, Grabenkrieg.« Er berührte den Gürtel, spielte an den Knöpfen herum und ließ seine Hand in ihre gleiten. Sie begannen sich zu küssen; als sie das Gefühl hatte, er wolle sie loslassen, hielt sie ihn fest, und als er das Gefühl hatte, sie wolle sich abwenden, zog er sie fester an sich. »Du wirst ein anderes Modell finden«, sagte sie. »Wie wär's mit 'ner Picknick-Frau – wie nennt man das, Freizeit-Gefährtin.« – »Das auch, nehm ich an.«

Das Spiel des Verzichts begann. Dabei empfanden sie die verbindende Nähe zweier Menschen, die ein gemeinsames Erlebnis gehabt haben außerhalb der getrennten Einbindung eines jeden in sein eigenes Milieu. Das Stilwell-Haus, das jede Vibration von Anns Stimme und ihres Lachens bewahrte und jede ihrer Gesten gesehen hatte, kannte das Wesen nicht, das sie unter den Gegenständen und mit der Person in der Wohnung war. Wie zwei Männer, die zusammen in einer fremden Gegend stationiert gewesen waren, oder ein Kinderpaar, das zu den Familienmahlzeiten aus imaginären Ländern zurückkehrt, gab es für sie ein Dasein, in dem sie das Leben und einander kennenlernten wie keiner, der ihnen eigentlich näher stand. Es war auch ein Ort der Zuflucht; Zweifel und Entscheidungen wurden dort nicht wirksam, ebensowenig wie öffentliche Bekanntmachungen, die verwunschene Kreise bestimmten, die ein schwarzer Fuß nicht betreten durfte. Sobald Ann rauchend auf einem der Sessel saß, die den beiden jungen Werbeleuten gehörten, die sie nur zweimal gesehen hatte, und bald mit den Blicken, bald mit dem Gefühl einer intensiv erfahrenen Gegenwart Gideon folgte, wenn er durchs Zimmer ging, dann war Boaz' »Um was geht es bei alledem eigentlich?« entwurzelt und ungefährlich.

Sie sagte: »Ich möchte, daß du mit nach Hause kommst. Boaz kennenlernst.«

Sie saßen im Wagen und aßen Weintrauben. Er warf sich ein paar in den Mund, kaute bedächtig und spuckte die Kerne durchs Fenster. Sie hatte keine Ahnung, was er sagen würde. Ihre Beziehung war rein, ohne Fragen oder Aufdringlichkeit. »Wenn du glaubst, er möchte es.«

»Er ist nett«, sagte sie. »Es erscheint idiotisch. Ich meine, wir kennen die Leute immer beide ...« Sie sprach, als wäre die Affäre bereits zu Ende und eine Freundschaft geworden; während sie sprach, glaubte sie, *von diesem Augenblick an* sei sie es wirklich geworden.

Er wußte nicht, ob ihre Worte bedeuteten, ihr Mann sei es gewöhnt, daß sie mit anderen Männern schlief; er kam sich, was gelegentlich auch so war, in dieser besonderen Welt verloren vor, wie ein Ausländer, der die Sprache tadellos beherrscht, aber manchmal plötzlich an irgendeinem esoterischen Ausdruck der Umgangssprache scheitert. Er machte nicht viel Aufhebens: »Na, schön!«

Sie sagte nichts mehr darüber, obwohl sie mehrmals von Boaz sprach, wenn sie zusammen waren, ihn sich vom Leibe hielt und über ihn nachdachte. Ihr schien sehr daran zu liegen, daß Gideon Shibalo an Boaz Gefallen finden sollte. Die Hinweise, die Anekdoten waren nicht solche, die die persönliche Beziehung zwischen Boaz und ihr widerspiegelten, sondern ihn wie eine Gestalt am Horizont in einem unpersönlichen Licht zeigten. Einmal beschrieb Gideon einen Bekannten, der eine besondere Art von Wahrnehmungsvermögen besaß: »Er sieht einen zur Tür hereinkommen und weiß sofort, daß man heute noch nichts gegessen hat und sich nicht sehr gut fühlt. Oder er entnimmt aus einer Bemerkung, die man unwissentlich gemacht hat, daß man demnächst seinen Job verlieren wird. Er wittert, was los ist, und gebraucht es dann ... Nicht immer, um einem wirklich zu schaden ... aber um einem vor sich selbst Angst zu machen ...«

Sie stimmte zu, daß es solche Leute gebe, und bemerkte, eine Fußnote in dem flüchtigen Schweigen, ehe sie sich etwas anderem zuwandten: »Jemand wie Boaz ist genau das Gegenteil, weißt du.« Sie hielt inne. »Genau das Gegenteil. Er ist immer erstaunt, wenn man auf irgendeine Schwäche von jemandem hinweist. In einer Beziehung ist er sehr mit sich beschäftigt und behandelt alle anderen, als hätten sie dieselben Maßstäbe und so weiter wie er selbst. Man kann meilenweit sehen, daß jemand lügt oder ein ausgesprochener Angsthase ist, aber er behandelt ihn, als könnte man jederzeit wichtige Arbeit von ihm erwarten. Manchmal ist es natürlich bloß komisch, aber dann ist es manchmal auch wundervoll. Er stellt Leute niemals bloß.«

Eines Nachmittags, nachdem sie zusammen im Lucky Star gegessen hatten, begann sie durch die Stadt zu fahren in Richtung auf das Haus der Stilwells. »Wohin fährst du?« – »Nach Hause«, sagte sie. »Setzt du mich irgendwo ab?« – »Komm doch ein bißchen mit herein.« Sie hatte den geistesabwesenden Ausdruck, der bei ihr noch am ehesten Niedergeschlagenheit nahezukommen schien; im Lucky Star hatte sie still dagesessen, geraucht und ab und zu heimlich die Hand auf die seine gelegt, um ihn von der Zurückhaltung auszunehmen, die sie dem übrigen Lokal gegenüber bekundete. Kaum im Haus, war sie vergnügt und humorvoll ausgeglichen; wie hübsch sie aussah, wenn sie auf ihren hohen Hacken über den Fußboden klapperte, die schlanke, kräftige Sehne, zu der sich ihr Knöchel hinten verengte, auf beiden Seiten ausgehöhlt. Man kam nicht drum herum, kein schwarzes Mädchen hatte solche Knöchel.

Er hatte sich gar keine Gedanken darüber gemacht, daß der Ehemann da sein könnte, aber als sie, nachdem sie die unvermeidliche Tasse Tee getrunken und eine neue Platte angehört hatten, die Tom Stilwell im Wohnzimmer hatte liegen lassen, sagte: »Komm mit nach oben, wir wollen mal sehen, was Boaz macht«, empfand er keine Nervosität, sondern eine ruhige Liebenswürdigkeit, die der ihren entsprach. Plaudernd gingen sie nach oben. Sie sprach leise, gastlich: »Geh da vorsichtig. Jessies Kinder bauen mit Vorliebe Hindernisse auf der Treppe auf. Ach, sieh dir das mal eben an – das ist eine wundervolle *timbila*, die Boaz gefunden hat, wir versuchen, sie in Ordnung zu bringen ...« Sie standen auf dem Treppenpodest und schauten in ein halb ausgepacktes Paket mit Sackleinwand und Zeitungen, als Clem und eine schmuddelige Freundin an einer Tür erschienen und Boaz den Flur vom Badezimmer entlangkam. »Boaz, das ist Gid«, sagte Ann. »Bist du beschäftigt oder kann ich mit ihm hineingehen, damit er sich etwas ansehen kann?« Boaz hatte im Badezimmer eine Dunkelkammer eingerichtet und die Hände voll von nassen Abzügen, die an einer Schnur angeklammert wa-

ren. »Kommt herein; laßt mich bloß das hier loswerden ...«
Boaz hatte den großen Vorteil, auf vertrautem Boden zu sein; das Zimmer, das Gideon früher schon einmal kurz gesehen hatte, zeugte von der Bedeutung der Arbeit; das Bett, die persönlichen Besitztümer und Kleider, die herumlagen, waren nicht wichtiger als ein paar für Menschen unentbehrliche Dinge, die in der Ecke eines Laboratoriums untergebracht waren. Boaz wies auf verschiedene Instrumente hin, lenkte mit der schüchternen Bescheidenheit eines besonderen Stolzes die Aufmerksamkeit auf diejenigen, von denen er wußte, daß sie Kostbarkeiten waren. »Dies hier ist recht interessant. Das einzige, das ich überhaupt je von dieser Art gesehen habe, kommt aus Bangui, dem früheren Französisch-Äquatorial-Afrika ... und dies hier ist vielleicht das einzige Exemplar, das es noch gibt – schön, nicht wahr? Es gibt einen miauenden Ton von sich, ziemlich enttäuschend, nachdem man es betrachtet hat.« Er hielt inne und sagte dann halb fragend, halb vorwegnehmend: »Ich weiß nicht, ob diese Dinge überhaupt etwas für Sie bedeuten.« – »Ach, das kenn ich alles überhaupt nicht«, versicherte ihm Gideon und lachte. »Ich erinnere mich an ein Stück Seidenpapier über einem Kamm in der Schule. Damals hatten die Kinder noch nicht mal mit dem Blechflötenfimmel angefangen.« – »Hatten Sie keine Großmutter, die Ihnen manchmal ein afrikanisches Lied vorsang?« Boaz konnte ein Aufflackern von beruflichem Interesse nicht unterdrücken. »Nein, nein, leider nicht. Ich bin bei einer Tante aufgewachsen, die war ganz groß in Kirchenliedern.« Ann gab ihre übliche Vorstellung. »Wart mal, ich kann darauf spielen«, und

entschlossen erzeugte sie einen Ton, der so langsam herauskam wie die dicke Blase eines Glasbläsers. Sie brachte die beiden zusammen, die sie amüsiert beobachteten. Boaz sagte: »Aber im Ernst, es ist ganz erstaunlich. Sie ist außerordentlich musikalisch. Sie kann fast alles singen. Ich meine, in der afrikanischen Musik sind die melodischen Muster von Gebiet zu Gebiet unterschiedlich, entsprechend dem Tonmuster der Sprache jedes Stammes – aber sie kann ein in irgendeinem melodischen Muster komponiertes Lied ganz genau singen. Und bei Blasinstrumenten – *shipalapala*, *kwatha* oder dergleichen – beherrscht sie ihren Atem wie ein erfahrener Posaunist!« Sie kamen dann auf die Konstruktionsprinzipien einer Gruppe von Instrumenten zu sprechen: Gideon stellte einige ihrer Eigenheiten in Frage: »Warum dieses Stück Holz da? Erscheint verrückt – warum nicht andersherum?« und Boaz nahm die Harfe auseinander, und umgeben von den Einzelteilen auf dem Fußboden legte er dar: »Sie sind da auf dem Holzweg. Die wissen schon, was sie tun – sehen Sie, das hier leitet die Vibration von den Saiten hierher – so. Und wenn man es woanders hintut – sehen Sie? Es ist das Prinzip einer zusammenklingenden Resonanz.« Er sah auf, konzentriert und lächelnd. Es herrschte eine fast fröhliche Stimmung; sie entstand, weil jemand neues in die ungewöhnlichen Dinge, die den Davis' vertraut waren, eingeweiht wurde. Ann, die ein vollkommenes Gleichgewicht zwischen den beiden Männern zustande brachte, empfand eine schwerelose Freiheit; sie summte, faßte dies oder jenes an, machte eine Bemerkung, die die Aufmerksamkeit der beiden geschickt auf sie lenkte, wie die Augen von Läufern vor dem Zielband – und ließ auch

nicht die geringste Gewichtsverlagerung zugunsten des einen oder anderen zu. Nach etwa einer halben Stunde gingen die drei nach unten, fanden die Stilwells und schlossen sich ihnen mit einem Drink an.
Für Ann hätte alles, was notwendig war, jetzt erledigt sein können; aber Gideon ging in einer Art Halsstarrigkeit oder Faszination nicht weg, und dann war es Zeit zum Dinner, und natürlich blieb er da. Ebenso wie das Zimmer oben war jetzt eine andere Zelle des Hauses belebt durch geselliges Geplauder. Tom und Jessie waren offenbar nicht nur entschlossen, Gideon als bloß einen weiteren Gast aufzunehmen, der zufällig hereingeschneit war, sie schienen ihn tatsächlich auch als einen solchen anzusehen. Er und Boaz standen während des ganzen Essens im Mittelpunkt des Gesprächs. Ann wußte, daß Boaz von ihm beeindruckt war; da Gideon und Boaz beide mit ihr am Tisch saßen, war sie zu allen außerordentlich reizend.
»Ist es ein Fossil, das Sie erhalten, oder etwas Lebendiges – das frag ich mich«, sagte Gideon über Boaz' musikalische Studien.
»Beides«, erwiderte Boaz mit einem Blick, der andeutete, daß das für zwei Menschen wie sie selbstverständlich sein müßte. »Die Instrumente werden bald ganz verschwunden sein. Aber der Trieb, Musik zu machen, wird nicht vergehen.«
»Aber können die Trommeln und Flöten und Xylophone Leuten eine Tradition bieten, die jetzt Klavier spielen oder Trompete blasen werden, gedämpft mit einem Blechtopf – na schön, sagen wir sogar Geige oder Orgel spielen. Ihr kommt über Bach und seinesgleichen zu Schönberg; kann ein Schwarzer denselben Punkt er-

reichen direkt von den sprechenden Trommeln und dem Regenmacher-Tanz, gespielt auf einem mit Schlangenhaut bedeckten und mit Affendärmen bespannten Ochsenhorn?«

Jessie und Tom und Ann lachten, aber Boaz war begeistert: »Jetzt kommen Sie auf den Punkt. Sobald ein Schwarzer sich alles aneignet, was die weißen Zivilisationen über Musik gelernt haben, kann er dann von einer Tradition Gebrauch machen, die nicht denselben Höhepunkt erreichte und vielleicht in eine andere Richtung zielte?«

Wie gewöhnlich schob Gideon das, was er auf dem Teller hatte, bloß hin und her, ohne zu essen. Er lehnte sich auf seinem Stuhl zurück, eine Zigarette brannte in seiner Hand herunter, und er sagte: »Die Weißen haben den Schwarzen die Vergangenheit weggenommen; als wir von ihnen die Gegenwart angenommen haben, war alles gelaufen.«

»Die Vergangenheit ist vollbracht, ihr habt sie in den Knochen, ihr könnt sie nicht verlieren«, sagte Tom.

»Nein, man muß sie verlieren. Als wir die Gegenwart des weißen Mannes, der Industrialisierung und der mechanisierten Lebensweise akzeptierten, nahmen wir gleichzeitig seine Zukunft auf uns – ich mein, wir begannen dort hinzugehen, wo immer auch er hingehen mag. Und unsere Vergangenheit hat keine Verbindung damit. Also ist sie verloren. Praktisch verloren. Ich weiß nicht, ob vielleicht ein Musiker oder ein Schriftsteller oder sonst jemand noch Gebrauch von ihr machen könnte. Und natürlich kann man sich zwar für die Zukunft von jemand anderem anmustern lassen, aber an dessen Vergangenheit kann man nicht teilhaben; das ist der Grund, warum wir keine haben.« Er schien jetzt ein bißchen anzugeben, aber bloß um die anderen zu unterhalten. Er blickte hinunter über das Gefälle seines krumm dasitzenden Körpers wie ein Mann, der einen Stumpf zur Schau stellt, wo ein Arm oder ein Bein hätte sein sollen. »Das ist es, was mit uns nicht stimmt.«

Jessie hörte plötzlich zu, als hätte sie sich von der Gesellschaft entfernt und wäre jetzt zurückgekommen, aber ehe sie sprechen konnte, sagte Tom: »Völker haben schon früher einen Bruch mit ihrer Tradition überlebt«, und Boaz fragte: »Und wenn der Bruch von innen gekommen wäre?«

»Da kommt er immer her. Stimmt das nicht? Stimmt das nicht?« Jessie hatte es Gideon zugerufen. Aber er schien jedesmal einen Schritt zurückzuweichen, wenn die anderen sich auf ihn beriefen; er murmelte: »Christus kam von innen. Ja. Ich nehme an, das könnte man sagen. Ich weiß nicht, ob etwas Derartiges bei uns hätte geschehen können. Wenn wir nicht angemustert hätten.«

Er hatte niemals so mit Ann gesprochen, wie er an diesem Abend sprach. Ihr Eindruck von seiner Präsenz kam nicht direkt von ihm, sondern aus dem Eindruck, den er auf die anderen machte. Das mindeste, was die Selbstachtung erforderte, war eine eifersüchtige, sofortige Übernahme der neuen Bewertung Gideons, die sie bei den anderen sah. Sie empfand plötzlich Besitzerstolz auf einen Aspekt des Mannes, den sie nicht erkannt hatte, und daher auf ihre Verbindung mit ihm; sie konnte nicht zugeben, daß *sie* sofort gesehen hatten, was sie übersehen oder nicht beachtet hatte.

Sie begann zu begreifen, um »was es bei alledem gehen« könnte.

Als sie jetzt neben ihm im Auto saß, war sie sich des Unterschieds zwischen ihr und den weißen Gesichtern bewußt, die auf der Straße vorbeigingen und zu einem weißen Nebel verschmolzen. Gideon wurde ein schwarzer Mann für sie; der schwarze Mann, den jeder wegstieß und nach dem sie, sie, die Hand ausstreckte, um ihn zu berühren.

12

Die Weiden draußen im Veld, wo Ann und Gideon vor ein paar Wochen ihr Picknick gehabt hatten, wurden gelb, aber der Garten war noch dunkel und schwer. Bei jedem Regen war die grüne Flut höher gestiegen; neue Triebe überwucherten die alten, das Gras stand dick und weich. Ringsum und bis hoch hinauf waren die Blätter, Schicht für Schicht, Schatten für Schatten, Ranke für Ranke, Reihe für Reihe durch das Fest der Insekten zart durchlöchert wie Spitzen. Nachmittags saß Jessie lesend zwischen den Überresten des Banketts.

In letzter Zeit hatte sie wieder zu lesen begonnen, wie sie es mit siebzehn oder achtzehn getan hatte, und ein bestimmtes Buch konnte sie so beeinflussen wie die Gedanken von niemandem, den sie leibhaftig kannte. Das Öffnen eines Fensters oder ein Fetzen seltsamer Musik aus dem Haus hinter ihr erinnerten sie an der Oberfläche – wo das Bewußtsein der Umwelt automatisch registriert wird wie eine Nachricht, die eintrifft, wenn man nicht da ist – daran, daß Boaz gewöhnlich zur gleichen Zeit wie sie zu Hause war. Sie war nicht neugierig, sie schreckte sogar vor dem zurück, was in ihm vorgehen mochte. Sie wollte keinen Ansprüchen außer ihren eigenen ausgesetzt sein. Dieses Abenteuer von Boaz' Frau würde sich zwischen ihnen regeln lassen wie so viele andere; da sie (Jessie) ihn gern hatte, war sie leicht beschämt, als sie feststellte, daß sie jetzt, nachdem er es wußte, das Gefühl hatte, von freundschaftlichem Engagement entbunden zu sein. Sie war so oft in die Angelegenheiten von Freunden hineingezogen worden, deren Ehen oder Liebesaffären wegen eines anderen Mannes oder einer anderen Frau schiefgegangen waren; die Situation zwischen Boaz und Ann war genau wie die anderen, nur daß Gideon Shibalo natürlich ein Schwarzer war. Das war der einzige Unterschied. Es war ein Unterschied, von dem sie annahm, daß er für Leute wie sie – die Stilwells und die Davis' – nur sehr wenig bedeutete. Allerdings hieß es, daß die ganze Geschichte für Ann ein Element berechenbarer Gefahr barg – mit Shibalo zu schlafen war ein Verstoß gegen das Gesetz –, neben den unberechenbaren Gefahren von Schmerz und Zerrüttung, die jede Liebesaffäre mit sich brachte.

Aber manchmal kam Boaz herunter, um Luft zu schnappen, und seine zwanglose und doch intime Gegenwart, wenn er sich neben ihr auf dem Rasen ausstreckte oder sich vorbeugte auf einem der alten Liegestühle, den er herausgeholt hatte, brachte sie beide zu dem Punkt, an dem es natürlich und damit notwendig wurde, über Ann zu reden. Jessie fragte ihn nicht, was vor sich ging, fühlte sich aber aus Höflichkeit – der einzigen, an der ihr lag – verpflichtet, den Anlaß für seine Schweigsamkeit anzuerkennen. Sie sprachen über Fuechts Haus am Meer; Jessie sagte mit der vorsichtigen Bestimmtheit, die gegen Toms unerklärten Widerstand gegen diesen Ort gerichtet war: »Wir können es uns nicht leisten, einen kostenlosen Urlaub zu verachten. So wie ich mich daran erinnere, lag das Haus weit hinten am Strand, was schön ist. Aber es mag da mehr gebaut worden sein, ich weiß es nicht; mein Stiefvater hatte es jahrelang ständig vermietet, uns wurde es nie angeboten.«

»Du willst im nächsten Monat da hin, sagtest du?«
»Wenn Tom sich endgültig entscheidet, wird er nicht im Juli hingehen. Fährst du nach Moçambique?«
Er sagte in einem normalen Tonfall und mit gerunzelter Stirn: »Ich weiß nicht, was ich da machen soll.«
»Wird sie nicht mit dir fahren?«
Sie sahen einander an. »Ich hab sie nicht gefragt.« Er fügte hinzu: »Das mag verrückt klingen.«
»O nein.«
»Ich will sie nicht zwingen, sich zu entscheiden. – Über irgend etwas.«
»Ja?« Jessie hatte die Hand auf den Mund gelegt.
»Ich muß abwarten, um zu sehen, wie sie sich fühlt. Ich würde von ihr nichts anderes erwarten, solange sie genügend interessiert wäre. – Ich bin es«, fügte er hinzu.
»Na, das ist gut. Es macht mich krank, wenn alle so herumspielen. Die Leute geben bei Liebesaffären so an. Weißt du, Boaz, manchmal habe ich Angst, daß alles, was wir uns unter Liebe vorstellen – sogar Sex – in Wirklichkeit fast immer Macht ist. Verstehst du, was ich meine? Meistens wollen die Leute einander gar nicht, sie wollen nur nicht loslassen.«
Er lächelte. »Na, woher willst du denn das wissen?«
»Oh, ich weiß es – du nicht. Bestimmt nicht jetzt, wenn du drinsteckst. Aber ein so großer Teil des Lebens geht in diese Geschichte von Sex und Liebe. Es ist grauenhaft, wenn man womöglich feststellt, daß Liebe damit gar nichts zu tun hatte. Daß man bloß manövriert hat. Wie ein Haufen Krokodile auf einer Schlammbank. Man spürt die Sonne und klettert aufeinander, nur um fest-

zustellen, daß man ihr damit auch nicht nähergekommen ist.«
Er hörte ihr zu mit der Mischung aus Wachsamkeit und Neugier, mit der Menschen durch eine Ritze in die Wildnis eines anderen blicken. Aber er war mit allen Fasern an den Gedanken an Ann, sich und Shibalo gefesselt und spürte immer das Zerren an seiner Aufmerksamkeit, das ihn dorthin zurückzog. Jessie fragte und schämte sich ihrer Durchsichtigkeit, ihres Mangels an echter Besorgnis, den sie damit andeutete: »Glaubst du nicht, sie möchte, daß du einen Mordskrach machst? Manche Frauen wollen geschlagen werden.«
»Ann ist nicht der Typ, der an Strafe Vergnügen hat. Sie ist ein enorm glücklich veranlagter, lebensfroher Mensch. Du weißt, wie sie ist.«
»Ich kenn sie *überhaupt* nicht«, sagte Jessie. »Das ist es ja.«
»Sie kann Drohungen oder Kräche nicht ertragen. Sie weiß nichts von den Freuden, vor jemanden auf dem Bauch zu rutschen und Reue zu empfinden. Sie haßt all das schleimige Zeug. Oh, du weißt, wie sie ist.«
Jessie lächelte und schüttelte den Kopf.
Nach einer Weile stand er auf, durch die Bewegung wimmelte das Gras um seine Füße von winzigen Hüpfern, die dessen leuchtendem Grün genau entsprachen. Er sah hinauf zum Haus und zum Himmel, und seine länglichen Augen wirkten in dem unbegrenzten Licht grün wie schwarzes Wasser, in das die Sonne tief hineinscheint. Der Himmel gab seinem Gesicht einen blinden Ausdruck. Darunter sagte er in dem Versuch zu sehen: »Ich müßte nach Moçambique fahren. Da ist dieser Forschungszuschuß, weißt du. Es ist so gut wie sicher, daß

ich ihn bekomme.« Sie sagte: »Vielleicht kannst du es etwas verschieben. Ich weiß nicht ... vielleicht solltest du trotz allem fahren.«

»Er ist ein interessanter Kerl. Da läuft 'ne Menge, das hab ich gespürt. Er spricht viel und alles, aber er ist wirklich insgeheim lebendig hinter dieser Tarnung.« Er brachte sie zu dem Abend vor einer Woche zurück.

»Ich mag ihn«, sagte Jessie, womit sie meinte, daß sie das ja schon früher zugegeben hatte.

»Genau. Nicht der Typ, den man sich aussuchen würde, um mit ihm herumzuspielen. Zu verletzlich. Man würde es sich zweimal überlegen.«

Er ging ins Haus und ließ sie allein. Seine Zigarette hörte auf, in dem kräftigen, saftigen Gras zu rauchen, aber sie sah ihn, seine olivfarbene Bräunung ausgeblichen durch so viel Arbeit im Haus zu dieser glatten orientalischen Blässe, seine fahlen Hände und bloßen Füße wiesen die Höhlung neben der Sehne von jedem Finger und Zeh auf, die den Eindruck von tatkräftiger Energie vermittelt. Wie stümperhaft war diese Schönheit, seine und Anns, die sie sinnlos zusammengebracht und ihnen sowohl für sie selbst als auch für Zuschauer den Anschein verliehen hatte, als seien sie miteinander glücklich. Nimmt man das fließende Blut weg, den Speichel, die Belebung des Atems, läßt man die Schönheit zu ihren Prototypen erstarren, dann würde sich sogar dabei etwas herausstellen, das sie nicht gemeinsam hatten: die Art des Bewußtseins, das die Schönheit schuf. Er war undurchsichtig, sein Ausdruck und seine Haltung die äußere Form der inneren Disziplin eines Bodhisattwa. Sie war wie eine jener von den Etruskern hergestellten Tonfiguren, die noch vom Grabstein aus grinsen.

Jessie begann einen Brief an Morgan zu schreiben. Sie hatte einen Block und einen Kugelschreiber zusammen mit ihrem Buch herausgebracht, aber noch keinen Gebrauch davon gemacht. Jetzt schrieb sie rasch, riß einen Bogen nach dem anderen ab und sah ab und zu mit leicht geöffneten Lippen auf. Irgendwo im Garten legte ständig ein Bartvogel los wie ein zugedeckter Wecker. Der Nachmittag wurde in dem Klang stetig davongetragen. Sie spürte, wie er verging, vergaß den Brief einen Augenblick, und als sie die Seiten wieder anschaute, die der schlechte Stift mit einem dünn geschwärzten Muster bedeckt hatte, dachte sie plötzlich: Für wen ist das? Es war einer jener zusammenhanglosen Briefe, die, wenn man sie bekommt, einen zu der Bemerkung veranlassen, Soundso scheine in einer merkwürdigen Verfassung zu sein. Der Soundso sei nicht von dem üblichen Wunsch geleitet, zu unterhalten oder Eindruck zu machen, eine gewisse Vorstellung von sich selbst hervorzurufen.

». . . die kleinen Mädchen sind immer drüben bei Peggy. Ich habe Haus und Garten für mich, abgesehen von Boaz, der oben in seinem Zimmer arbeitet. Alles verschwindet. Es ist wie damals, als ich in Brunos Haus wohnte und darauf wartete, daß ein imaginäres Leben beginnt. Ich scheine seither keine Sekunde für mich gehabt zu haben, in der ich nicht auf irgendeine Person konzentriert war, blind, taub und *beschäftigt.* Erinnerst Du Dich an diese Seidenraupen, deren Kiefer nie stillstanden und die man, wenn man sich im Zimmer absolut ruhig verhielt, tatsächlich hören konnte, wie sie loslegten? – So hungrig gewesen zu sein, und nicht gewußt zu haben, warum. Aber dann waren sie satt, und plötzlich wußten sie, wie Seide gesponnen wird.«

Es wäre idiotisch, das an Morgan zu schicken; eine nervöse, feindselige Verlegenheit überkam sie – es war der Brief eines Erwachsenen. Sie schloß die Faust über den Seiten und zerknüllte sie zu einem Ball. Sie lagen, sich langsam öffnend, auf dem Rasen, während sie rasch die Art von Notiz hinwarf, voll von gekünsteltem, freundlichen Interesse, die sie ihm alle paar Wochen schickte.

Die Kinder kamen nach Hause, und dann Tom. »Warum mäht Josias den Rasen nicht?« Die Sonne war untergegangen, und die schwellenden Büsche und Bäume bildeten sanfte Schattenmulden. Jessie antwortete wie auf eine kritische Bemerkung eines ihrer Kinder. »Unten drunter wird er braun sein. So ist er hübsch.« – »Ja, natürlich wird er unten braun, wenn er nicht rechtzeitig geschnitten wird.«

Madge zwängte sich auf den Stuhl ihrer Mutter und drängte sich an ihren Oberschenkel. »Trag deinen Fall vor«, sagte Jessie lächelnd. »Oh, *Mammi* . . .« das Kind sah sie unwirsch und ungeduldig an.

»Ich hab gute Plätze für Freitag.«

»Wieviele hast du genommen?« Ein brasilianisches Trio sollte in der Aula der Universität spielen, und Jessie fragte sich, ob Boaz nicht vielleicht auch gern hingehen würde.

»Ich hab drei gekauft . . . Ich glaubte, sie würde nicht mitkommen wollen. Aber es sieht wohl komisch aus, wenn man nicht fragt.« Tom sah Jessie zweifelnd an.

Sie lächelte wissend, beiläufig. »Wahrscheinlich wird sie mit Shibalo hingehen.«

»Ich weiß. Das hab ich mir gedacht.«

Er drückte ihr die Hand. Jessie schob Madge von ihrem Stuhl herunter, wie ein Vogel sein eben flügge gewordenes Junges aus dem Nest schubst.
»Sollen wir ihn lieber nicht fragen, ob er mitkommen will?«
Sie murmelte: »Schwierig. Weiß nicht.«
Sie sprach dann leise weiter, obwohl das Fenster oben im Haus hinter ihnen außer Hörweite war: »Er scheint Shibalo wirklich zu mögen. Du weißt, wie es ist, wenn ein Mann den anderen wirklich gern hat. Alle sind so taktvoll, keine Ressentiments. Das ist so entmutigend. Es wäre viel einfacher, wenn er ihn für ein Schwein hielte, und ihm in den Hintern treten wollte.«
»Das ist natürlich diesmal unmöglich.«
»Nur weil Boaz alle Gefühle ringsum schonen und sie nur zurückhaben will, wenn sie hundertprozentig aus eigenem Willen kommt. Nicht der geringste Zwang, wie ein Einhorn, bei dem man warten muß, bis es kommt und einem den Kopf auf den Schoß legt. Es ist ein hübscher Gedanke, so sollte es sein ...«
»Nein, ich glaub, weil es kein Weißer ist.«
Jessie zog ihre Hand aus seiner zurück und beugte sich vor. »Was hat das damit zu tun?«
»Viel. Ziemlich viel.«
»Wenn du gesagt hättest, es hätte viel mit Ann zu tun, dann würd ich das verstehen. Sie will beweisen, daß sie genau das tun kann, was ihr gefällt! Was sie will – nun ja, dann würd ich es verstehen. Von ihrem Standpunkt aus hat die ganze Geschichte alles damit zu tun, daß er schwarz ist! Aber Boaz, *Boaz*? Du weißt doch, daß Boaz in Wirklichkeit nie an diese Dinge denkt, er hat *überhaupt* kein Empfinden dafür, du hast mir selbst er-

zählt, daß er einmal auf ein schwarzes Mädchen scharf war, er hat mit schwarzen Frauen geschlafen . . .«

»Ja, ja«, sagte Tom, ihre Rede zusammenfassend. »Und Boaz kann einen Schwarzen nicht in den Hintern treten.«

Jessie begann zu sprechen, aber sie sah, daß sich Toms Gesichtsausdruck veränderte, um zu signalisieren, daß sie nicht mehr allein waren, und bemerkte, daß Boaz aus dem Haus gekommen war. Die Stilwells versuchten, ihn in diesen Tagen ohne besonders offenkundige Rücksichtnahme zu behandeln, aber manchmal schlich sich eine gewisse besorgte Schroffheit in ihr Benehmen ein.

»Ich hab John Renishaw heute getroffen«, sagte Tom, als Boaz herankam, »er möchte wissen, wann du mal kommst.«

»Gott, das möcht ich auch wissen. Ich hab's schon vor Wochen versprochen.«

»Na, dann mach mal, denn er geht für sechs Wochen nach Kapstadt. – He, was habt ihr denn da?«

Clem und Elisabeth hatten die zerknüllten Seiten von Jessies Brief geglättet und so zusammengefaltet, daß sie Wasser aufnehmen konnten. »Wasserbomben! Wasserbomben!« kreischte Elisabeth stolz und warf ihre, die sie am Gartenhahn gefüllt hatte.

»Laßt das Wasser nicht laufen«, sagte Jessie mit einer geduldigen Stimme, die das schon oft verlangt hatte.

»Sie haben einen Brief von dir genommen!« Tom klang empört.

»Ich weiß. Ich hatte ihn sowieso weggeworfen.«

»Warum um alles in der Welt . . .« Er sah sie mit belustigter, leicht aggressiver Neugier an.

»Er war verkehrt.« Sie tat den Brief mit einer Handbewegung ab.

Während sie zu dem zurückkehrte, was sie zu Boaz gesagt hatte, schaute Tom auf die nassen Papierformen, die mit ineinander verlaufenden Wörtern bedeckt waren. »An wen war er?«

»Morgan«, sagte sie, ihre Rede rasch unterbrechend.

»Warum einen langen Brief an Morgan schreiben und ihn dann wegwerfen?«

Sie sah ihn einen Augenblick an, um ihm deutlich zu machen, daß es ihr Mühe machte, eine Antwort geben zu müssen. »Hast du nie einen Brief geschrieben, der zerrissen werden mußte?«

»Aber an Morgan?«

»Warum nicht?« fragte Boaz.

Jessie lächelte, um Toms Einwand abzuwerten, breitete die Hände aus und schlug sie vor sich wieder locker zusammen als Hinweis auf ihre eigene verrückte Entgleisung.

»Das macht man mit Liebesbriefen«, sagte Tom. »Man schreibt sie und zerreißt sie und schreibt sie noch einmal. Um was ging es denn?«

»Ach, nichts. Nichts für Morgan. Nichts, was ihn interessieren würde, das ist alles.«

»Aber was hast du denn geschrieben?« Tom ermutigte sie zu reden, trieb sie in die Enge.

»Nun, wenn du es unbedingt wissen willst.« Ihr Gesicht war eine Mischung aus Verärgerung und dem widerstrebenden Vergnügen, sich selbst zu verraten. Sie sagte ganz sachlich, als wiederholte sie etwas, das sie gehört oder gelesen habe: »Ich hatte nur darüber nachgedacht, daß Sex so viele Jahre lang das Leben ausfüllt. Sex in seinen verschiedenen Aspekten, meine ich; Ausschau halten nach Männern, sich den Erwählten sichern, Kin-

der als den Beweis der Verbundenheit ansehen. Erst wenn man all das verwirklicht hat, beginnt man nach dem Zweck von alledem zu fragen – *für sich selbst*, nicht nach dem biologischen Zweck –, und eine Lösung mit einer neuen Art von Leidenschaft zu wollen.«
Was sie gerade gesagt hatte, brachte sie in zwei getrennte Ströme unausgesprochener Kommunikation mit den beiden Männern. Boaz erkannte die Stimmung dessen, was sie gesagt hatte, als sie sich vorhin allein unterhalten hatten, und sie lebte zwischen ihnen wieder auf, als sie beide stillschweigend darauf Bezug nahmen. Zwischen ihrem Mann und ihr gab es die enormen Versuche, herausfinden zu wollen, wie der andere lebte, und das Wissen, daß das Ausmaß, in dem diese Versuche fehlschlugen oder erfolgreich waren, nie erkannt werden kann.
»Das wäre nicht der hergebrachte Begriff von Erfüllung, einfach ein Platz-Schaffen für ein weiteres Bedürfnis«, sagte Tom.
Manchmal waren sie zu dieser Tageszeit alle zu Hause, sogar Ann. Sie hörte dann die Gespräche der Stilwells so, wie die Stilwells die der Kinder hörten – mit halbem Ohr, mit anderen Dingen beschäftigt. Was sagten sie eigentlich? Immer dieselben Geschichten; ein Abfluß ist verstopft, jemand muß den Wagen zur Inspektion bringen, wer würde Clem vom Schwimmunterricht abholen, und ist daran gedacht worden, das Zeitungsabonnement zu erneuern? Die haltbare Oberfläche der Ehe schien aus derlei Dingen zu bestehen; sie bedeuteten wenig, waren nicht interessant und verknüpften sich so monoton wie Korbgeflecht. Ihr Blick ruhte oft auf Boaz. Sie hatte ihn gern. Sie waren immer fast ganz ohne all diese Siebensachen ausgekommen, die Halt gewährten. Sie

fragte sich, ob er eigentlich wirklich gern so lebte. Vielleicht tat er es ihr zu Gefallen. Sie dachte, und der Groll ballte sich in ihr wie eine Faust, er würde fast alles ihr zu Gefallen tun, aber er konnte fragen, als gäbe ihm ein uneingestandenes Wissen um eine Unvollkommenheit in ihr das Stichwort: »Weißt du, um was es bei alledem geht?«

Gideon malte ein gewaltiges Bild von ihr. Es war überlebensgroß, und die eingeschnittene Linie entlang den kräftigen Pinselstrichen löste die Figur aus dem tiefelosen Hintergrund. Sie ging immer wieder hin und sah es sich an, wenn sie im selben Zimmer war, nicht wie eine Frau, die sich selbst auf einem schmeichelhaften Porträt bewundert, sondern mit einer reizbaren und erschreckenden Neugier: keine Oberflächenähnlichkeit, die Bestätigung gab; sie wußte, es war das Abbild dessen, wie er sie empfand.

Sie nahm ihn als ein einmaliges Lebewesen ohne Verbindung mit anderen wahr. Sie kannte seine Eltern oder Geschwister nicht, die vielleicht auf weniger anziehende Weise das Aussehen und die Bewegungen an sich hätten, von denen sie glaubte, nur er besäße sie; auch seine wirklichen Freunde kannte sie nicht (sie hatte den Verdacht, Len zählte nicht dazu), die womöglich Ansichten und Meinungen vertraten, die sie für ausschließlich die seinen gehalten hatte, die er aber mit anderen teilte.

Dieses Bewußtsein von dem Mann, den sie gerade verlassen hatte, brachte sie ebenso gedankenlos mit in die Gesellschaft von Boaz und den Stilwells, wie eine Tänzerin ihre Körperhaltung nach einer den ganzen Nachmittag währenden Probe beibehält. Sie plauderten, wie sie es immer taten, scherzten manchmal, schwiegen manchmal, oft von den Kindern unterbrochen, warfen dann und wann eine Streitfrage auf und begannen eine Diskussion. Sie war beruhigt, nicht allein ihretwegen, sondern seltsamerweise auch wegen der anderen, über die Leichtigkeit, mit der sie ihren Platz unter ihnen wieder einnehmen konnte. Es hatte dieselbe Wirkung auf sie wie der Anblick der eigenen Füße in vertrauten Schuhen, wenn man sich, ziemlich betrunken, im Gewühl einer Party hinsetzt.

Sie war sich kaum bewußt, wohin sie eigentlich ging, welche Richtung sie einschlug. Die einzige Vorstellung, die sie damals von ihrem Leben hatte, gewann sie eines Abends, als sie nach Sonnenuntergang alle draußen saßen. Sie hatte den Kopf auf die harte Stuhllehne zurückgelehnt und sah die Fenster im Obergeschoß des Hauses, zum Himmel hin offen, eine allmählich in das hohe, helle Licht übergehende Fläche. Die ganze Bedeutung des fast vergangenen Sommers sammelte sich für sie im Anblick von Jessies altem Haus – dem häßlichen alten Haus –, wie es an diesem Abend und an so vielen Abenden gewesen war, mit den Fenstern geöffnet wie Hände und einer ersten Fledermaus, die geräuschlos, ziellos und emporsteigend flatterte. Keiner von den anderen sah das Tier; nur durch den scharfen Winkel, in dem sie den Kopf zurückgelegt hatte, kam es ihr in den Blick. Es befand sich in der Luft über ihnen, sanft, taub, fern, gesteuert von Warnungen und Anziehungskräften, für deren Wahrnehmung ihnen ein Sinn fehlte.

Boaz sagte zu den Stilwells: »Wenn ich nach Moçambique gehe, habt ihr doch nichts dagegen, wenn sie weiter hier bleibt?«

»Natürlich nicht. Wenn sie nicht mit dir geht.« Es gab eine Pause, nachdem Jessie gesprochen hatte. »Ich muß mich irgendwann auf den Weg machen«, sagte Boaz. »Meine ganze Organisation da oben bricht zusammen, wenn ich nicht komme.«

»Und alles mögliche kann passieren«, sagte Tom. »Das kann da politisch jederzeit hochgehen, und dann kannst du nicht mehr einreisen.«

Die Stilwells sahen, daß hinter diesem sachlichen Gespräch Boaz' Annahme lag, das Haus sei nicht mehr wirklich Anns Heim, ob er nun da war oder nicht: es klang, als betrachte er Anns Leben schon getrennt von seinem.

Aber er sagte: »Wenn ich nicht hier bin, gibt es niemanden, der etwas für sie tun kann. Wenn sie hier wohnt, hat sie wenigstens eine Art Basis ...?« Er fügte hinzu: »Ohne ungerecht gegen Gideon Shibalo zu sein, aber er kann wirklich nicht für sie sorgen.«

Jessie sah ihn nicht an; sie hatte den linken Ellbogen auf die rechte Hand gestützt, und ihre linke Hand bedeckte den unteren Teil ihres Gesichts. Boaz erklärte, fast erbittert, mit einem leisen Lachen: »Ihm kann ich nichts sagen. Und sie kann ich dem nicht einfach überlassen. Wirklich nicht. Ich möchte sie tun lassen, was sie muß, ich meine, es steht ihr frei, auf ihre Weise zu leben ... aber ich kann sie dem nicht überlassen – so wie die Dinge liegen.«

Toms Vater verbrachte eine Woche im Haus, und Jessie ging jetzt zu ihm und gab ihm einige Zeitungsausschnitte über einheimische Blumenzwiebeln, die sie für ihn aufgehoben hatte. Er war gerade vom Garten hereingekommen, ein alter Mann, in dessen schwächer werdenden Augen immer Tränen des Glücks standen, und er war voll schmerzlicher Entrüstung über den Zustand der Rosensträucher – der angenehme Schock eines Menschen, der gerne Ratschläge gibt: »Meine Liebe, es ist kaum zu glauben ... bloß noch Blattfetzen, Fetzen. Was du tun solltest, ist abends da hinauszugehen mit einer ganz gewöhnlichen Schüssel Wasser und einer starken Taschenlampe. Du wirst Hunderte von diesen Käfern anlocken, die einfach hereinfallen und ertrinken, das ist alles.«

»Wirklich, Vater?« Es stimmte, es gab keinen Ort, wo Gideon Ann hinbringen konnte.

»... hab das unzählige Male gemacht. Eine gewöhnliche Schüssel erfüllt den Zweck ...«

Woher kam er, wenn er nicht heimlich in jener Wohnung war? Irgendwo gab es eine Frau, Kinder, alte Freunde, Verwandte – das Leben eines Mannes konnte sich nicht nur in den erlaubten Stunden abspielen, in denen jemand anderes seine Wohnung nicht brauchte.

»... als ich ein Junge war, nahm man dazu eine Paraffinfackel. Tom hat doch sicher eine starke Taschenlampe?«

»Ja, ich glaub schon. Clem hat eine. Vom vorigen Weihnachten – wenn sie nicht kaputt ist.« Sie konnten nicht zusammen weg. Er konnte sie nicht unterhalten; nicht mit dem Einkommen eines afrikanischen Schullehrers. Würde es je dazu kommen? Jessie dachte an das andere weiße Mädchen, das sie kannte, das sich in einen Afrikaner verliebt hatte; das Mädchen hatte *ihn* unterhalten und Geld gespart, mit dem sie beide nach Ghana oder Nigeria oder sonstwohin kommen konnten. Shibalo war bei all seinen Talenten, ganz gleich, was er war, der Nehmende, und der Nehmende war immer im Nachteil.

»Eine Blechschüssel tut's auch.«

Sie wandte ihre Aufmerksamkeit mit besonders mildem Entgegenkommen dem alten Mann zu, denn sie hatte ihm nicht zugehört. Er kam ihr, wie Alte oft den Jüngeren, liebenswert unschuldig vor. Kinder sollten angeblich so sein, aber sie hatte das selten gefunden. Morgan zum Beispiel war offenbar mit allen möglichen Arten von schrecklichem Wissen geboren. Was Jessie sich als Unschuld bei anderen vorstellte, war das Nichtvorhandensein dessen, dem sie in sich selbst mißtraute.

Am Samstagnachmittag kam Gideon mit Ann ins Haus. Er brachte Skizzen mit, die er aus dem Gedächtnis von den Kindern gezeichnet hatte. Er schenkte sie ihr auf eine gleichgültige, lässige Weise, aber Jessie fand sie etwas angestrengt »interessant«. Es tat ihr leid, daß er es für nötig hielt, zu versuchen, ihr zu schmeicheln, wie indirekt auch immer. Wieder blieb er zum Dinner – oder vielmehr zu einem kalten Abendbrot, denn das war es. Der alte Mr. Stilwell hatte in seinem ganzen Leben nie gesellschaftlich mit Schwarzen verkehrt, aber er hatte Verständnis dafür, daß sein Sohn »die Dinge anders ansah«, wie er sich ausdrückte, und war ziemlich stolz, daß sein Sohn ein offenes Haus hielt. Bekannte seines Kreises und seiner Generation schockierte er, indem er damit prahlte, daß er dort oft, ohne mit der Wimper zu zucken, zwischen schwarzen Gästen beim Dinner saß. Tatsächlich war Len der einzige schwarze Gast, den er je dort getroffen hatte. Len war wieder da und nannte ihn »Sir«. Er hatte es gern, wenn junge Männer das taten.

Der alte Mann lebte allein und fühlte sich angeregt durch die Gesellschaft von jungen Leuten und Kindern, die Woge des Lebens erfaßte ihn wieder ungestüm. Gelächter, erhobene Stimmen, Unterbrechungen, Dinge, die begonnen und nicht beendet wurden, Dinge, die nie gesagt wurden: so war das. Erst wenn man allein war und alles hinter sich hatte, wurden Sätze ganz ausgesprochen und endeten in Schweigen.

Sein zweiter Gin (jeden Abend trank er zwei) beflügelte den Impuls, der immer vorhanden war – dem, in dessen Gegenwart man sein Leben lang geschwiegen hat, zu erklären, was man in Wirklichkeit schon immer gedacht hat. Es war nicht die Wahrheit, sondern einfach ein in harmlose Sätze gefaßter Impuls. Er hielt Gideon fest und sagte mit etwas von dem Charme, den er gehabt haben mußte, als er jung war: »Ich habe immer sehr viel Respekt vor Ihren Leuten gehabt. Und ich habe immer gefunden, daß sie diese Hochachtung erwiderten.« Später wurde er kühner und bewußter freimütig: »Schließlich ist es Unsinn, vom Heiraten und alledem zu reden – Schauergeschichten der Politiker, sag ich immer. Ich bin sicher, keiner von uns denkt daran. Aber man kann mir nicht erzählen, daß es irgendeinen guten Grund gibt, warum wir nicht in einem Wohnzimmer miteinander plaudern sollten, wenn uns der Sinn danach steht.« Gideon hörte ihm mit sorgfältig konzentrierter Aufmerksamkeit zu: er hatte den Kopf geneigt, als müsse er unbedingt wachsam genug sein, um sich kein Wort einer gewagten und anfechtbaren Behauptung entgehen zu lassen. Tom sagte mit zusammengebissenen Zähnen: »Mein Gott!« Aber Len, der aufstand, um das Glas des alten Herrn wieder zu füllen, war fast förmlich in seinem Vorwurf: »Er ist ein reizender alter Mann«, und die Gesellschaft wurde plötzlich von einer Stimmung unerhörter, heimlicher Belustigung gepackt. Sie tranken eine ganze Menge, und das Bedürfnis, taktvoll zu sein, legte sich. Jessie fand es nicht mehr nötig, sich darüber Gedanken zu machen, ob es verdächtig oder merkwürdig aussah, daß Boaz an einem Ende des Tisches saß, während es sich irgendwie ergeben hatte, daß Gideon am anderen Ende neben Ann saß. Boaz und Ann, durch eine Wendung des Gesprächs an irgendeinen alten Witz erinnert, sahen sich an und kicherten.

»Sehen wir dich denn nie wieder im Büro?« fragte Len, an Ann gewandt. Wenn er sie jetzt traf, tat er den anderen gegenüber so, als hätten sie sich zerstritten. Ihn kränkte es, daß, was sie betraf, sich nichts geändert hatte, sie war ihm gegenüber wie immer.

»Lennie, ich würd liebend gern wieder etwas anfangen. Was gibt es da Neues für uns?«

Er sah wider Willen erfreut aus. »Immer *Neues.* Du bist eine verdammt gute unbezahlte Arbeitskraft, aber wie alle Leute, die nicht bezahlt werden, bist du unzuverlässig. Verschwindest einfach mittendrin, Mann.«

Ihre Entrüstung war kokett. »Das hab ich gern! Im Umkreis von siebzig Meilen gab es keine Schule oder Ausstellungshalle, wo wir diesen Caravan nicht hingekarrt haben.«

»Willst du mir nicht meinen Job zurückgeben?« rief Jessie. »Als bezahlte Arbeitskraft selbstverständlich. Ich glaub, ich werde Ende dieses Monats die Leichenhalle verlassen, ich kann's nicht mehr ertragen.«

»Es entspricht nicht unseren Grundsätzen, Weiße zu beschäftigen, wenn Schwarze genügen.«

»Haha. Als ob wir das nicht wüßten; es sei denn, sie sind unbezahlt und unzuverlässig, wie?«
»Hörst du wirklich auf, Jessie?« fragte Boaz.
»Ach, ich muß. Ich hab die sterbenden Reichen satt. Nur, was soll ich machen? Der Agenturjob hat mir wirklich in jeder Hinsicht zugesagt. Nützlich, auf oberflächliche Weise gesellig. Anonym.«
»Arbeite für mich. Im Ernst«, sagte Boaz. »Mein Zeug ist in einem fürchterlichen Zustand. Ich brauche jemanden zum Katalogisieren und Notizen-Abtippen und so weiter.«
»Oh nein«, lachte sie und wich abrupt zurück. Sie säbelte mit einem ziemlich stumpfen Messer an einer Lammkeule herum, während er fortfuhr: »Persönlich, bequem, lerne im eigenen Haus. Fordern Sie heute noch eine illustrierte Broschüre an.« Sie lachte, aber sie spürte in sich das Symptom einer Krankheit, die sie gefürchtet und vergessen hatte, die Verhärtung des Widerstandes, die sie vor fast einem Jahr entdeckt hatte, als sie und Tom zum erstenmal über die Möglichkeit gesprochen hatten, die Davis' im Haus wohnen zu lassen. Es war genau das, was sie befürchtet hatte – die Anwesenheit von Fremden wirkte sich auf ihre Lebensweise aus, brachte Ablenkungen mit sich, Posen, die ein fremdes Augenpaar von einem fordert. Die Davis' zogen alle in ihre gespannte Atmosphäre hinein; das ganze Haus war so, wie Dinge in einer solchen Atmosphäre aussehen. Jetzt kam der Vorschlag, sie solle mit ihm arbeiten, sich der Gefahr aussetzen, ein eifersüchtiges Interesse an seiner Forschung zu entwickeln, in einem kameradschaftlichen Arbeitsverhältnis mit ihm zu stehen, was Ann nicht tat. Würden sie womöglich zu guter Letzt mitein-

ander ins Bett gehen? Sie empfand eine wilde und aufwühlende Empörung, es war ein Kampf ums Dasein. Nein, nein, wollte sie zu ihm sagen, es wäre zu glatt, es wäre zu bequem, es wäre *mein Ende.*

Tatsächlich sagte sie dann mit der Grobheit der Angst: »Ich will nicht Privatsekretärin in meinem eigenen Haus sein, Boaz, mein Lieber.«

»Len, ich vermute, du hast unter dem Tisch die Schuhe ausgezogen.« Tom bezog sich auf eine Meldung in der Morgenzeitung, wonach rhodesische Schwarze eine Kampagne eröffnet hatten, das Tragen von Schuhen aufzugeben, weil »das Sitte war, ehe der weiße Mann kam.«

»Warum bloß Schuhe? Meine Vorfahren trugen auch keine Hosen.« Len strich Butter auf eine Scheibe Brot, als wäre sie der Gegenstand gelangweilten Widerwillens.

»Das ist der Grund, warum ich Politik nicht verstehe«, sagte Jessie. »Auf meinem Niveau funktioniert das nie. Alles, was vor sich geht, wird entweder vom großen Geld oder den Diplomaten gedeichselt oder auf den Straßen lächerlich gemacht. Nichts dazwischen scheint zu klappen.«

Ann tat so, als wollte sie das Tischtuch anheben: »Und obendrein hat er noch knubbelige Zehen!«

»Shakas Krieger trugen mit Gewißheit Sandalen«, sagte Tom. »Von anderen weiß ich es nicht – Boaz? Was meinst du?«

Nachdem Gideon zu sprechen begonnen hatte, ließ er sich durch Unterbrechungen nicht stören, seine Stimme klang nicht nachdrücklich, und es machte ihr nichts aus, ob sie gehört wurde oder nicht. »Das Volk muß etwas haben, etwas, das nicht schwierig ist, das jeder tun kann. Es mag bedeutungslos sein (»Das hier ist nicht bedeutungslos«, sagte Boaz), aber das spielt keine Rolle. Zieht eure Schuhe aus. Ihr braucht nicht zu verstehen, was bei einer Versammlung vorgeht. Ihr braucht nicht darüber zu lesen. Ihr braucht keinen Mitgliedsbeitrag zu bezahlen. Nutzlos, harmlos, aber ihr habt das Gefühl, ihr tut etwas.«

»Es ist nicht harmlos«, sagte Boaz über die Stimme hinweg.

»Zieht eure Schuhe aus. Das bringen die Leute fertig. Verlangt nicht zuviel von ihnen. Ihr haltet sie damit zusammen.«

»Immer wenn du von Leuten sprichst – den Leuten –, hab ich den Eindruck, daß ich nicht weiß, wovon du redest«, sagte Len zu Gideon. »Du meinst dich doch nicht selbst?«

»Man kann sie nicht dauernd auffordern, zu vertrauen, zu vertrauen. Laßt sie was haben, was sie selbst tun können. Selbst wenn es bedeutungslos und harmlos ist.«

»Nein, Sie meinen sich nie selbst.«

Boaz beugte sich über den Tisch wie die Galionsfigur eines Schiffs, seine scharf geschnittenen Lippen schimmerten feucht von dem Schluck Wein, den er gerade getrunken hatte. »Nicht harmlos. Sie wissen das. Sie wissen ganz genau, was es ist.«

»Zieht eure Schuhe aus.« Die Stimme sagte es vor sich hin, um des Klanges willen.

«O ja, überhaupt nicht harmlos. Hat genau dieselbe Bedeutung wie das Niederbrennen einer Kirche oder einer Schule oder eines Krankenhauses oder eines Kinos.«

»Zieht eure Schuhe aus.« Gideon lächelte niemandem

im besonderen zu, dann ließ er sein leises Lachen hören und richtete sein Raumbewußtsein auf Boaz wie ein Betrunkener, der einen Fixpunkt wählt. Plötzlich sagte er: »Ein Akt reiner Verweigerung.«
»Genau.«
Seine Zigarette brannte in den Brotkrümeln auf seinem Teller vor sich hin, er nahm sie auf, sah, daß sie fast am Ende war, und zwang sich mühsam in die Gesellschaft zurück. »Schön, nackt, rein ...« Die Wörter waren wie aus der Scheide gezogen, eines nach dem anderen, wie wenn ein Mann seine Messer ausliefert.
»Eine reine Verweigerung.«
Die Aussage hielt eine Sekunde stand; und dann stürzte sich das ganze Gespräch rings um den Tisch auf sie und begrub sie. »Nicht harmlos für die Leute, die es tun, mein ich; ich spreche nicht von dem Akt selbst ...« – »Eine abnorme Glorifizierung der Vergangenheit qua Vergangenheit ...« – »Verdammt albern, eine Gleichsetzung ...« – »Mehr als das, gefährlich, man kann politische Macht nicht durch Magie ersetzen ...« – »... auf die Schuhe verzichten heißt auf die Macht verzichten, würd ich sagen.« Alle sagten in dieser oder jener Form, was sie immer sagten, in jedem Kontext, und griffen automatisch auf, was das Thema ihnen bot. Für Tom lag das Problem in Institutionen – die Schwierigkeit, für neue, intensiv nationalistische schwarze Staaten Institutionen des Rechts, des Handels, der Erziehung zu finden, die sich von denen unterschieden, die mit der früheren Unterwürfigkeit verbunden waren. Für Jessie war es der Gedanke, daß manche Leute einen Einfluß objektivieren konnten, indem sie irgendein nützliches gemeinsames Ziel dafür zum Symbol erhoben und sich

dann, wenn es ausgedient hatte, dieses Ziels entledigten. Ann stritt mit Len über das, was die anderen sagten, und Boaz und Gideon versuchten zu analysieren, inwieweit es für eine politische Bewegung möglich sei, mit der Freisetzung irrationaler Instinkte zu herrschen und nicht davon beherrscht zu werden. »Natürlich ist es gefährlich, aber was können wir in Afrika tun? Der Kolonialismus war gefährlich für die Weißen, er konnte sich nicht halten ohne eine Abrechnung, die etwa sechzig Jahre später kommt, aber was konnten sie tun? Wir können nicht viel weiter sehen als bis zu dem Zeitpunkt, an dem wir bekommen, was wir wollen ...« Niemand hatte bemerkt, daß der alte Mann, Toms Vater, der mit am Tisch saß, in Ausdruck und Haltung erstarrt war, als ob er sich nie wieder bewegen würde. Tom brachte ihn leise hinaus und murmelte Jessie zu, als er zurückkam und ein Bein über seinen Stuhl schwang, um sich wieder hinzusetzen: »Genau ein Gin zu viel, vermutlich – er legt sich hin.«
Len schnappte die private Nebenbemerkung auf. »Zu viel getrunken? Verdammt netter alter Mann.«

Als Gideon (in Anns Wagen) nach Hause gefahren war und alle dabei waren, ins Bett zu gehen, kam Boaz noch mal herunter ins Wohnzimmer, wo Tom Notizen für einen Vortrag machte, den er in der nächsten Woche in einem Diskussionsklub halten sollte. Sie gossen Brandy in zwei schon benutzte Gläser und begannen, zuerst bedächtig, dann von wirklichem Interesse mitgerissen, eine lange Diskussion über ein Buch, das die chinesische Seefahrt vor der portugiesischen Erforschung Afrikas behandelte. Jessie klopfte mit einem Schuh auf den Fußboden über ihnen; sie lachten so laut, daß sie noch einmal klopfte. Als sie die Stimmen senkten, verlor das Gespräch an Schwung. Boaz gähnte, bis er ganz groggy aussah; er wanderte im Zimmer herum, hielt inne und wanderte von neuem. Sein Gesicht schimmerte wächsern, und seine Augen waren wie die eines Clowns verborgen in der rautenförmigen Dunkelheit, die von der schattigen Vertiefung unter jeder Augenbraue und dem entlang der Linie des Backenknochens von unten hervorgehobenen Dreieck pflaumenblauer Haut erzeugt wurde.

»Was ich nicht ausstehen kann«, sagte er, »ist die Art und Weise, wie er eine Aussage oder einen Satz wiederholt, als würde er da einen Sinn herausholen, den kein anderer erfaßt. Diese Art sich in sich selbst zurückzuziehen ... du weißt schon, was ich meine –, er bringt einen dazu, daß man darauf wartet, ob er nicht wieder erscheint, bevor man mit dem weitermachen kann, was man sagen möchte.« In dem Augenblick, in dem er es sich zugestand, von Gideon zu sprechen, packte ihn der Brandy, den er ohne sichtbare Wirkung getrunken hatte, wie ein Arm, der sich grob um seine Schulter legte. »Wenn du wüßtest, was für ein Irrsinn das gewesen ist ... den ganzen Abend heute ... ›schwarzer Scheißer‹ ... Immer wieder, zu mir selbst, während ich redete ... wie ein Verrückter? ›Schwarzer Scheißer‹. All dieser dreckige Mist, Mann.«

Er streckte sich auf dem Sofa aus, und als Tom mit seiner Arbeit fertig war, sah er, daß Boaz schlief. Er lag auf dem Rücken und hatte einen Arm unter den Kopf geschoben. Die Finger dieser Hand bewegten sich wie Ranken, um einen Krampf zu lösen, der nicht ganz zum wachen Bewußtsein durchkam; auf dem ausdruckslosen Gesicht des Schlafs waren Spuren von Bestürzung und Abscheu um den Mund noch nicht ganz ausgelöscht. Tom sah ihn einen Augenblick mit der Neugier an, die immer auftaucht, wenn man Leid betrachtet, ohne auf den Leidenden reagieren zu müssen, und beschloß dann, ihn dort zu lassen, und knipste das Licht aus.

13

Gideon Shibalo erhielt eines Tages eine Nachricht, er solle Sandile Makhawula in seinem Laden aufsuchen. Sandile war sein Schwager, und während Gideons langer Trennung von seiner Frau waren sie Freunde geblieben; tatsächlich war alles, was von einem alten Gefühl und einer alten Lebensweise geblieben war, die unkomplizierte Zwanglosigkeit, die Gideon an jenen nicht sehr häufigen Abenden empfand, an denen ihm Sandile einfiel und er ihn besuchte. Sandile hatte eine helle Haut von ziemlich häßlichem bräunlichem Gelb und schmale, straffhäutige Augen, die zu seinem leicht chinesischen Aussehen beitrugen. Er rasierte sich die Unterarme, und wenn sie in aufgekrempelten Hemdsärmeln auf dem Ladentisch ruhten, verriet ihre Glätte, durch die die Haarwurzeln dunkel durchschimmerten wie Einschlüsse in Rauchglas, eine geheime Eitelkeit. Es war etwas, auf das man nicht leicht kam, denn es paßte so wenig zu seinem sonstigen Charakter. Der Laden gehörte dem Vater der Frau, die er geheiratet hatte; dort waren immer Zucker und Maismehl und die billigeren Konservensorten verkauft worden, ebenso Bonbons und Zigaretten und kalte Getränke – nebenher hatte er noch eine Radioreparaturwerkstatt aufgemacht. »Sieh's dir an«, pflegte er zu sagen und deutete auf den altmodischen Tresen, dessen Platte abgenutzt war wie die Hackbank eines Metzgers, die einzige kleine Glasvitrine, angefüllt mit Keksen, Zigaretten, Uhrarmbändern, Garnrollen und toten

Fliegen, die Röhren und Drähte auseinandergenommener Radioapparate, die zwischen aufgespießten Zetteln und Schnupftabaksdosen lagen. »Ich versuche, die Sache in Schwung zu bringen . . .« Er machte sich über seinen eigenen Ehrgeiz lustig, den Laden wie ein Geschäft in der Stadt zu führen, dennoch verfolgte er das Vorhaben hartnäckig, überredete in einem Jahr seinen Schwiegervater, eine moderne Registrierkasse anzuschaffen, und brauchte ein weiteres Jahr, um die Erlaubnis zu bekommen, die fliegenverschmutzten Zam-buk-Reklamen abzunehmen und sie durch dreidimensionale Schaukästen für Haarglätter und Deodorants zu ersetzen. Er werde eines Tages ein Haus in Dube haben wie all die anderen wohlhabenden Kaufleute, neckte ihn Gideon. »Nun ja, vielleicht; was soll ich sonst auch machen?«

Er empfand vor Gideon die besondere Hochachtung, die Menschen denjenigen erweisen, die von ihrem eigenen Ehrgeiz frei sind. Wenn er mit Gideon zusammen war, wurde ihm klar, daß auch er selbst sich an die Ziele, die ihm und seinesgleichen gesteckt waren, eigentlich nicht gebunden fühlte. Die Tatsache, daß Gideon den Banden seiner Schwester entschlüpft war, trug eher zu diesem Gefühl einer befreienden Identifizierung mit Gideon bei, statt es zu vermindern, obwohl Sandile ihr wirklich brüderlich zugetan war.

Gideon wußte nicht genau, wann Sandile die Nachricht hinterlassen hatte, daß er ihn sehen wolle; er war in diesen Tagen selten in der Township und erfuhr nur zufällig von jemandem, den er traf, daß Sandile nach ihm verlangt hatte; mindestens zwei Wochen waren vergangen, als es ihm wieder einfiel und er sich im Laden sehen ließ. Es war Samstag, das Geschäft war knallvoll und wimmelte von Kindern; alles, was zu kaufen sie losgeschickt worden waren, stellten sie sich auf den Kopf: Tüten mit Maismehl, mit Milch gefüllte Bierflaschen. Die dünnen kleinen Hälse schwankten nur einmal, wenn die Last aufgenommen wurde. *»Dumela 'me*, hallo, guten Tag«. Gideon bahnte sich den Weg zwischen tratschenden Frauen, und die dicken lächelten ihm zu, während die dünnen nur belästigt aussahen. Sandile bediente einen mürrischen Mann, der eine Ledermütze mit Ohrenschützern trug; er hatte das grobe, abgestumpfte Gesicht, verschwitzt vom Trinken, verschwitzt von der Arbeit, das man überall in den Townships sah. Sandile blinzelte Gideon zu, und als er einen Augenblick frei war, rief er ihm zu: »Du siehst, wie es ist . . . komm herein.« Damit meinte er den kleinen Lagerraum, einen selbstgebauten Schuppen, verstärkt wie eine Festung, hinter dem Laden.

Die Kinder, die Sandile mit ihrem Betteln um »Penny Elvies« (Bonbons, die nach dem amerikanischen Rock 'n' Roll-Sänger hießen) oder »Penny-Atcha«, indische Mixed Pickles, bestürmten, verscheuchte er mit einem Ausruf, der mit einem lauten Zungenschnalzen tief in der Kehle endete. Sie stoben hinaus wie Hühner.

»Der glückliche Kapitalist, der Ausbeuter des Volks«, sagte Sandile. »Gott, Mann, das hört heute vor sieben Uhr abends nicht auf.«

»Wie läuft's?«

»Ach, ich möchte die Wand rausreißen, den ganzen Laden umbauen, Selbstbedienung daraus machen; du weißt schon – kleine Drehtür zum Reingehen, Plastikkorb für das, was man will, kleine Tür zum Rausgehen. Aber man muß sie erst durchsuchen, das ist die Schwierigkeit. Sie auf den Kopf stellen und ausschütteln. Vor allem die Alten mit den dicken Titten; du wärst erstaunt, was da vorn alles reingeht. Vorige Woche kommt der Grossist vorbei mit einer hübschen Ausstellungsschachtel für Rasierklingen. ›Warum stellen Sie die nicht auf? Erhöht den Umsatz um fünfundzwanzig Prozent, wir haben's ausprobiert.‹ Unser Volk ist rückständig, Mann, alles muß da sein, wo die Leute nicht rankönnen, auch wenn sie sich recken.«

»Komm doch raus und laß uns was trinken«, sagte Gideon tröstend.

Sandile nahm eine Zigarette von ihm, setzte sich auf eine Packkiste und überließ ihm einen Küchenstuhl mit abgebrochener Rückenlehne. »Wie zum Teufel kann ich das? Der alte Mann ist weg, um alles für die Beerdigung seines Vetters zu arrangieren.«

»Wo ist Bella?« Sandiles Frau war Krankenschwester und arbeitete für das städtische Gesundheitsamt, aber samstags hatte sie gewöhnlich frei und konnte im Laden helfen.

»Das Baby hat sie die ganze Nacht wachgehalten. Willst du was Kaltes trinken?«

»Kaffee wär schön.«

Sandile sah eine Sekunde ärgerlich aus, dann rief er etwas in den Laden. Ein sehr schwarzer Junge mit offenem Mund und Augen, die den Schuppen widerspiegelten wie konvexe Spiegel, brachte eine offene Packung einer Kaffee- und Zichorienmischung mit dem Markenbild eines Hauses in Form einer dampfenden Kaffeekanne. An dieses Haus erinnerte sich Gideon deutlicher als an irgendein Zimmer, in dem er je gewohnt hatte; wie oft war er als Kind losgeschickt worden, um diese

Packung mit dem Kaffeekannenhaus drauf zu kaufen. Clara (seine Frau) hatte diesen Kaffee in dem Haus in Orlando immer noch verwendet. Callie Stow mahlte ihre Bohnen selbst, und in der Wohnung jetzt gab es immer eine ganz besonders bittere Sorte Pulverkaffee; seit Jahren trank er nun schon den Kaffee der Weißen. Der Anblick der Packung mit dem Bild war für ihn, als betrachte er eine alte Photographie.

»Halb Nyasa, er kommt aus Malawi«, sagte Sandile über den Jungen. Er pumpte den Primuskocher. »Zumindest ist das meine Erklärung. Ebenso dumm wie er schwarz ist, das kann ich dir sagen. Weißt du nicht jemanden für mich? Sie können nie für einen Shilling Zucker abwiegen, ohne etwas zu verschütten. Man könnte ein Unternehmen gründen zur Wiedergewinnung von vergeudetem Zucker auf diesem verdammten Fußboden.« Er hörte mit Pumpen auf und deutete verbittert auf die Ritzen zwischen den Fußbodenbrettern, wo es tatsächlich schmutzig glitzerte wie Glimmer. Plötzlich schämte er sich, daß ihn das, was er in einer Anwandlung von Objektivität für unbedeutende Schwierigkeiten eines Ladenbetriebs hielt, so sehr beschäftigte.

»Die denken also ernstlich daran, diese Mietenkampagne zu starten?« fragte er. »Bella hat eine alte Tante, und sie ist Monate im Rückstand und hat den schriftlichen Rauswurf erhalten, und – gestern war es – da kam jemand von Congress und hat mit ihr gesprochen.«

Sie redeten eine Weile über Politik. Das Wasser kochte, und Sandile goß den Kaffee auf. »Um die Wahrheit zu sagen, ich hatte gehofft, du würdest irgendwann kommen«, sagte er und löffelte Zucker in Gideons Tasse.

»He, he . . .« Gideon hielt ihn zurück.
»Schon gut, ich werd sie nehmen.« Er goß eine weitere Tasse ein, und Gideon nahm sich selbst Zucker. »Ich hab nach dir gefragt, aber du warst nicht da. Niemand hat dich gesehen.«
»Nein, ich weiß, ich hab K. D. zufällig getroffen, und er hat's mir gesagt.« Sandile hatte oft kleine Vorhaben oder Geschäfte, die Gideon betrafen – er hatte Gideons Plattenspieler durch einen der Grossisten billig für ihn bekommen, und er und Gideon borgten von Zeit zu Zeit kleine Geldbeträge voneinander. Das waren die Dinge, derentwegen sie sich sahen. Als Gideon die Tasse Kaffee an den Mund setzte, sagte Sandile: »Clara war hier, sie ist vorige Woche raufgekommen und hat lange mit mir geredet, und sie will wieder nach Jo'burg zurückkommen. Scheint so, ja.« Er beobachtete Gideon, verlegen, aber wachsam, als hoffte er, die Verantwortung für das, was er angedeutet haben mochte, ablehnen zu können.
Gideon hatte gerade einen Schluck der warmen Flüssigkeit im Mund, und im Augenblick brachte die Wirkung ihres Geschmacks, der seinen Körper durchströmte, die bei weitem stärkere Reaktion hervor. Was ist das Wort für Nostalgie ohne den sentimentalen und romantischen Beiklang, den Nostalgie an sich hat? Das Aroma rief die Erinnerung an das Haus der alten Tante wach, zu der er als Schuljunge in Pflege gegeben worden war. Damals war ihm die Zulassungsprüfung zum Universitätsstudium wie die Linie des Horizonts um den Erdball des Daseins erschienen; und die Erinnerung an die zwei ordentlichen Zimmer in Orlando, in denen er für einen Souvenirladen in der Stadt »Eingeborenenmotive« auf

billige Kopftücher gezeichnet hatte, um einen Schrank abzubezahlen. Um sich schlagen, untergehen, Ekel – die Empfindung, die der Geschmack hervorrief, wandelte sich, ging über in das Verstehen dessen, was Sandile sagte. Er stellte die Tasse hin. »Was ist mit ihrem Job?«

Sandile zuckte die Schultern und nahm langsam den Plastiklöffel aus dem Zucker; das feuchte, braune Zeug bewegte sich wie eine lebende Masse.

»Ich sehe den Sinn nicht«, sagte Gideon mit dem Gesicht eines Mannes, der über das Schicksal eines Fremden redet.

»Nun ja, sie will herkommen.«

»Zu dir?« fragte Gideon.

Sandile sah ihn an.

»Das ist nicht möglich. Alles andere ist nicht möglich. Absolut ausgeschlossen, das kann ich dir versichern.«

Sandile antwortete nicht. Gideon wollte ihn zum Sprechen bringen, denn er konnte es nicht ertragen, daß ihm diese Sache, wenn auch nur in Worten, aufgedrängt wurde.

»Bella kennt das Mädchen – vom Krankenhaus natürlich. Sie glaubte, es sei in letzter Zeit mehr oder weniger aus mit euch beiden. Sie hat sie mit einem anderen gesehen, und so weiter.« Sandile holte tief Luft und schwieg.

Gideon hatte das Gefühl, sich in jeder Sekunde weiter zurückzuziehen; der gemütliche Lagerraum mit seinem hohen, vergitterten Fenster, der Tisch aus rohen Brettern und der Primuskocher, der Geruch von Paraffin und scharfer Seife, das vertraute Gesicht von Sandile

und der Geschmack des Kaffees – hundert Türen schlossen sich in seinem Innern gegen all diese Dinge.
»Total ausgeschlossen, das kann ich dir sagen.« Er wollte sagen: »Schon vor Jahren ist alles vorbei gewesen«, aber es war ihm schrecklich zuzugeben, daß es überhaupt etwas zu reden gab über ihn und die Frau, die seine Ehefrau gewesen war. Er sagte: »Ich hab ihr nicht mal Geld für das Kind geschickt – seit Januar nicht.«
»Ich weiß. Ich hab ihr was gegeben.«
Gideon nickte. Sandile hatte ihm die letzten hundert Pfund für den Wagen nie bezahlt; es war nur recht und billig.
Gideon wußte nicht, wie er weggehen sollte, aber er konnte nicht bleiben, deshalb stand er auf und blickte sich, ohne etwas zu sehen, im Schuppen um. »Lebwohl, Sandile.«
Sandile blieb sitzen und hielt einen Zigarettenstummel in der hohlen Hand.
»Das ist alles«, sagte Gideon.
»O.K.«, sagte Sandile in tiefer Unsicherheit.

Daß er eine Ehefrau hatte, die in einer anderen Stadt lebte, hatte Gideon nie beeinflußt; er fühlte sich weder an sie gebunden noch frei von ihr: sie war ein seltsam negativer Faktor. Es erschien keineswegs merkwürdig, daß er gelegentlich von seinem Kind sprach, als gehörte der Junge ihm allein. Clara war jung und hübsch gewesen, und ein oder zwei Jahre war alles gut gegangen, solange sie die Frau eines Lehrers war. Wie die meisten afrikanischen Ehefrauen blieb sie zu Hause, wenn er abends ausging. Sie war stolz darauf, daß er ein bißchen malen konnte, und erfreut, daß das manchmal etwas zusätzliches Geld einbrachte.

Sie wäre es zufrieden gewesen, wenn er sein Leben lang Kopftücher für die weiße Boutique bemalt hätte; zumindest war es das, was er sich selbst sagte, als er mit der Zeit feststellte, daß er mit ihr nicht reden konnte, wenn sie sonntags zusammen zu Hause waren. Sie sah sich seine Bilder an, als er richtig zu malen begann, wie sich die Frau eines Gangsters die Revolver und Messer im Haus ansehen mochte. Ihr lag sehr am Dekorativen, an den kleinen Annehmlichkeiten und Kinkerlitzchen, die Angestellte anschaffen, um den harten Brocken des Arbeiterlebens ein wenig aufzuweichen. Sie war nur daran interessiert, Häßlichkeit zu verdecken, und wußte nicht, daß Schönheit möglich war. In drei Jahren war er ebenso zwangsläufig über sie hinausgewachsen, wie ein Kind aus seinen Kleidern herauswächst. Jedesmal, wenn er sich nach ihr umschaute, war sie noch ein Stückchen weiter zurückgeblieben. Als er glaubte, er würde aufgrund des Stipendiums ins Ausland gehen, war es naheliegend, daß sie in dem Jahr, in dem er weg sein würde, in Bloemfontein bei ihrer Mutter und Schwester wohnen sollte. Dann kamen die langwierigen Schwierigkeiten mit dem Reisepaß, die Verschiebung des Stipendiums, schließlich die Verweigerung des Passes und die Monate, in denen er meist betrunken und stellungslos war. Sie war weiter bei ihrer Familie geblieben und hatte einen recht guten Job in einer kleinen Fabrik. Er und sie hatten einander einfach aus den Augen verloren.

Als er aus dem Laden kam und die Straßen von Alexandra entlangging, sprach alles ringsum von ihr – die Kinder mit den nackten Hintern, die skelettartigen Hunde, die jungen Mädchen in Nylon und die alten Frauen, die unter dem Gewicht ihrer gewaltigen Hüften dahinschlurften, der verfaulende Unrat auf den Straßen, die zusammengeflickten und narbigen Häuser, die Fahrräder, die auseinanderzufallen schienen, die billigen Verschönerungsversuche an elenden Hütten, die sie unerfreulicher aussehen ließen als jene, die grau und unscheinbar geblieben waren. Es war der Ehrgeiz von Claras Leben, sauber und ordentlich zu sein, und doch erinnerte ihn dieser Schmutz hier an sie. Die Isolation in ihm wurde mit jeder Minute stärker, eine Droge, deren Wirkung in den Beinen begann; sie war seine Abwehr, aber sie war auch alarmierend. Von hier aus sah er, fasziniert, daß sie es nicht für unmöglich hielt, einen Mann als »Ehemann« zu betrachten, mit dem sie seit drei Jahren keine Verbindung mehr hatte; sie akzeptierte, was jedes Hausmädchen oder jede Köchin akzeptierte – daß eine schwarze Frau nicht erwarten kann, ständig mit ihrem Mann und ihren Kindern zusammenzuleben; sie muß umherziehen und leben, wo und wie Armut und Machtlosigkeit es zulassen. Er hätte ein dienstverpflichteter Arbeiter sein können, zwangsläufig lange Zeit fern von zu Hause. Eine dreijährige Abwesenheit hatte keine Bedeutung für sie, was die Gültigkeit der Ehe betraf.

Er probierte an sich einige ihrer Eigenheiten aus – sich die Lippen lecken, ehe sie sprach, sich einen breiten, glänzenden Gürtel um die Taille legen –, probierte sie aus, wie eine Zunge die Empfindlichkeit eines Zahns überprüft. Sie hätte eine der Frauen sein können, die auf der Straße an ihm vorübergingen. Er näherte sich jetzt der Reihe indischer Läden am oberen Ende der Township, und da waren einige hübsche Mädchen unterwegs, die von der Bushaltestelle kamen oder auf sie zugingen. Er sah, wie dick ihre Waden und Knöchel waren, die Befangenheit ihrer Plastik-Eleganz. Vermischt mit den Formen und Farben, dem Zusammenwirken von Gegenstand und Bewegung, das immer auf den Augenblick hinarbeitete, in dem er zu malen begann, schwebten ihm die schlanken Handgelenke und Knöchel, der lässige Stil von Ann vor Augen. Kleine Brüste einer Frau, die keine Kinder gebar. Der flache Bauch mit der Begrenzung der beiden Hüftknochen, die einen Rock straff hielten. Weiche, schlanke Hände, die nach Zigarettenrauch rochen. »Was wollen wir heute machen?« Eine Frau ohne Frauenarbeit oder Frauenehrgeiz. Der Gedanke an sie beherrschte seine Vorstellung völlig, so daß er, als er in einen Laden ging, um Zigaretten zu kaufen, unbewußt das Verhalten annahm, das ihr ganz selbstverständlich war, nämlich vorauszusetzen, daß sie vor allen anderen und ohne jemanden zu kränken bedient werden müsse.

Es hatte in letzter Zeit Tage gegeben, an denen er die Wohnung, das Haus der Stilwells – sie alle in der Stadt und ihr dortiges Leben – mit einem fast schadenfrohen Gefühl von gelungener Flucht verlassen hatte. Er verließ sie und tauchte wieder dort unter, wo sie ihn nicht finden konnten, ihm nicht folgen konnten, sie, die das mörderische Leben seiner Heimat, der Townships, nicht kannten. Alle Zweideutigkeiten fielen dort weg, während er mit Sol trank. *Sie* waren jetzt nie frei von ihm. Das Stilwell-Haus war unsichtbar um ihn angeordnet, so wie ein unbesetzter Stuhl die Platzverteilung der Anwesenden beeinflußt. Aber er konnte dorthin ver-

schwinden, wo es keine Spuren von ihrem Dasein gab, in die Orte, in die sie seinesgleichen verbannt hatten.
Er bog von den Geschäften in eine der ungepflasterten Straßen ein. Ein Orangenverkäufer saß neben einer bunten Pyramide und schnitt die Hornhaut von einem großen Zeh herunter. Gideon ging an ihm vorbei zu einer illegalen Kneipe, die er kannte. Er bestellte sich einen Brandy, redete aber mit niemandem, und das übliche Gespräch der anderen Gäste über Bestechungen, um Häuser zu bekommen, wieviel Mietkauf wöchentlich kostet, über Glücksspiel, Polizeirazzien und über den Mann, der am vorigen Abend gleich neben dem Autobusdepot ermordet aufgefunden worden war, zog ihn nicht in den vertrauten Kreis. Er hatte vorgehabt, in sein Zimmer hineinzuschauen, aber er tat es nicht, sondern fuhr mit dem Bus in die Stadt und ging gleich in die Wohnung; er nahm sofort die automatische Wachsamkeit an, die die Stadt von ihm, dessen Anwesenheit ständig heimlich war, verlangte, schlich über die Hintertreppe und schloß sich die Wohnungstür auf. Als sie hinter ihm wieder verriegelt war, setzte er sich im Wohnzimmer auf einen der großen Sessel und rauchte. An der Tür wurde geklopft, aber wie immer, wenn er sich in der Wohnung aufhielt, war offiziell niemand da, der aufmachen konnte. Er hörte, wie sich die Schritte auf dem Korridor entfernten, und dann das Stöhnen des Fahrstuhls, der durch das Gebäude hinunterfuhr. Während er rauchte, sah er langsam die Gegenstände rundum im Zimmer an, und in der Stille überkam ein seltsames Gefühl seinen Körper: seine Haut zog sich zusammen wie die Haut des Wassers, die sich unter einem Windschauer kräuselt.

Ganz im Besitz seiner selbst fühlte er sich nur, wenn er in irgendeinem kleinen Zimmer mit den Männern zusammen war, mit denen er plante, diskutierte und mit denen zusammen er mehrmals im Gefängnis gewesen war. Sie redeten zuviel, sie intrigierten zuviel – das konnte er kritisieren, wenn er nicht bei ihnen war. Doch wenn er mit ihnen zusammensaß, war er immer wieder ihnen so ähnlich, so sehr einer von ihnen, daß er sich der gleichen Fehler schuldig machte, die er an ihnen kritisierte. Hier wußte er, daß er das war, wozu, wie Callie Stow ihn erinnert hatte, ein farbiges Gesicht einen nicht notwendigerweise machte – ein Schwarzer. Wenn er Zeke Zwane zuhörte, der wichtigtuerisch war, oder Mdaka Mkwambi, der langatmig war, oder Mabaso, der zu vorsichtig war, oder Dr. Thabeng, der sich für einen zweiten Nkrumah hielt, dann war er ausgeglichen, in Sicherheit unter den Mitgliedern einer illegalen Organisation, von denen vielen die Teilnahme an Versammlungen überhaupt verboten war. Hier gab es keinen Schatten von Zweideutigkeit; er war ein Mann, der mit der Sinnlosigkeit eines ursprünglich von ihm erwählten Lebens Schluß gemacht hatte (seltsamerweise gab er sich selbst gegenüber nicht zu, daß er in Wirklichkeit wieder malte) und das einzig mögliche akzeptiert hatte – den Kampf. Meistens der Kampf eines auf dem Rücken liegenden Käfers. Stümperhaft, langsam wie die Weltgeschichte, verworren, behindert durch Unwissenheit, in plötzlichen Sprüngen wachsend, wieder zerstört, nicht umzubringen – er gehörte dazu, und was immer der Bewegung zustieß, würde ihm zustoßen.

Nguni sprach in Ausdrücken, die er den auf dem ganzen Kontinent, von Ägypten bis Kapstadt, gedruckten Be-

freiungsschriften und Nachrichtenblättern entnommen hatte, von »der Waffe, die Arbeitskraft des Volkes zu verweigern.«
Seit dem Scheitern des letzten Streiks diskutierten sie, warum er gescheitert war. Jeder hatte eine Theorie, etwas, um die Leere der Ratlosigkeit, was als nächstes zu tun sei, zu füllen. Resolutionen wurden gebilligt, die von hier, dem Aktionskomitee, an das Zentralkomitee der nationalen Führung gehen sollten. Koordination, Kooperation – all die hochtönenden Wörter waren zu hören. Leute, die als Lobbyisten tätig gewesen waren, beobachteten diejenigen, die versprochen hatten, sie zu unterstützen. Khoza, der während einer langen Diskussion langsam dachte und immer dann mit einem Einwand kam, wenn über die ganze Sache schon fast Einigkeit herrschte, meldete sich zu Wort. »Ich möchte gern eines sagen. Wir sollten der nationalen Führung zu bedenken geben, daß ein Ausstand nur im Sommer stattfinden dürfte.«
Niemand hörte mehr zu, wenn er den Mund aufmachte. Jemand lachte höhnisch auf. Jackson Sijake, der Rechtsanwalt, bekundete professionelle Aufmerksamkeit. »Ja? Mit welcher Begründung?«
»Die Leute brauchen ihren Lohn im Winter dringender. Wenn ein Mann einen Tageslohn verliert, sind vielleicht keine Kohlen im Haus. Das ist schlechte Psychologie.«
Thabeng fuhr ihn wütend an, alle anderen ebenso. »Das ist etwas, das unser Volk lernen muß. Mann, du kriegst deine Freiheit nicht, wenn du hinterm Ofen hockst, du kannst dir das Wetter an dem Tag nicht aussuchen, an dem du das Land lahmlegen willst.«

Gideon nahm Khoza nicht ernst, aber mit seinem kleinen Lachen tief in der Brust warf er ein: »Ich glaube, es ist keine schlechte Idee, einen Ausstand dann zu planen, wenn es für uns wahrscheinlich einfacher ist. Laßt uns an *alles* denken, an überhaupt alles, das die Erfolgsaussichten steigert. Aber was wir tun sollten, Mann, ist, uns auf unsere Organisation in kleinen Orten zu konzentrieren. Wir müssen alles tun, um auf dem Land aktiv zu sein, vor allem in den Städten am Witwatersrand. Es ist alles zu verstreut und uneinheitlich ... völliger Stillstand hier, ein paar Meilen weiter jeder an der Arbeit. Wenn es erfolgreich sein soll, braucht man Monate der Vorbereitung, bis die Leute so weit sind.«
»Am erfolgreichsten war das, was spontan begonnen hat – denkt an Kgosanas Marsch nach Kapstadt«, sagte Nathan Xaba. Er hatte noch die Augen eines Landbewohners, intelligent, mit langsamem Lidschlag, als blickte er in Flammen.
Sijake legte seine Hand mit dem Uhrarmband aus dikken Kettengliedern flach auf die lackierte Sessellehne.
»Das ist es. Enthusiasmus, die Leute werden mitgerissen, und dann ist es vorbei. Und was kann einem passieren nach so einem Protestmarsch? Die Führer werden verhaftet. Vielleicht auch einige aus der Menge. Aber die anderen gehen nach Hause und sind mit sich zufrieden. Ein Streik erfordert weniger Begeisterung, mehr Ausdauer, und der Job steht auf dem Spiel. Darauf müssen wir uns konzentrieren, um die Leute hinter uns zu bringen.«
»Du hast vergessen, daß ein Marsch in einer Schießerei enden kann«, sagte Xaba.

»Ja, Schüsse. Aber wenn du tot bist, bist du tot. Dann brauchst du dir nicht den Kopf zu zerbrechen, was dir als nächstes passieren wird.«
Sijake war jung und mollig mit einem Bauch, der sein Hemd über dem Gürtel der Hose bauschte. Er liebte Sportsakkos aus haarigem Tweed, und seine Initialen waren in winzigen Buchstaben unauffällig auf seine Hemdtasche gestickt. Er hatte das autoritäre Auftreten, das oft mit einem glatten, breiten Gesicht einhergeht. Er war illegal in Akkra und Kairo gewesen und unentdeckt zurückgekommen. Im Gefängnis war er es, der alle vertrat und Memoranden aufsetzte über ihre Rechte als Häftlinge, Delegationen anführte, die zum Gefängnisdirektor entsandt wurden, und sie instruierte, was sie bei Verhören durch die Staatssicherheitspolizei sagen sollten. Er wurde ständig verhaftet, wenn er nicht gerade aus politischen Gründen im Gefängnis saß, weil seine Ausweispapiere oder die Steuererklärung nicht in Ordnung waren, weil er zu schnell gefahren war, weil er gegen das Verbot, an Versammlungen teilzunehmen, verstoßen hatte oder außerhalb des Gebiets angetroffen wurde, auf das er beschränkt war. Er verteidigte sich selbst und wurde immer wieder aufgrund dieser oder jener juristischen Spitzfindigkeit freigesprochen. Er und Gideon hatten zusammen eine Menge Aufträge erledigt. Mit Hilfe komplizierter Vorkehrungen, die manchmal bedeuteten, daß von Stadt zu Stadt die geborgten Wagen gewechselt wurden, fuhren sie über die Grenze nach Swaziland oder Basutoland, um Leute zu besuchen, die seit dem letzten Ausnahmezustand dort im Exil lebten. Gideon stand zur Zeit nicht unter einem territorialen Bann; Sijake sagte ihm an jenem Abend nach der Ver-

sammlung: »Du wirst im Juli da sein, hoffe ich?« Er meinte die Zeit der Schulferien.
Die Frau, deren Mann das Haus gehörte, in dem sie waren, kam herein, sah sie an, als habe sie erwartet, sie wären schon weg, nahm keine Notiz von ihrer Begrüßung und ging wieder hinaus. Sie war noch angezogen, aber ihr Haar war schon für die Nacht in ein Kopftuch eingebunden.
»Klar.«
»Ich glaub, es wär gut, wenn du in dieser Zeit den ganzen Transvaal abklappern würdest – jedes Dorf und jede kleine Stadt. Wir werden für Kontakte überall sorgen. Schreib einen Bericht, was sie tun, wie aktiv die Zweigstellen sind und so weiter. Bleib ein paar Tage da, wo immer sie Hilfe bei der Organisation brauchen.« Auf Englisch fügte er hinzu: »Wir sind verloren in diesem Untergrund-Kaninchenbau, Bruder.«
Gideon hatte eine plötzliche Eingebung zu lügen, um Zeit zu gewinnen: »Ich weiß noch nicht so richtig. Ich hab mehr oder weniger zugesagt, Nachhilfestunden zu geben. Inder, deren Kinder die Abschlußprüfung machen wollen.«
»Wir brauchen jemanden, der da hinfährt, Mann, wir brauchen das.«
»Ich sag dir Bescheid. Ich werd herausfinden, was läuft.«

Etwas schimmerte auf dem Fußboden im Badezimmer und stellte sich als ein Lippenstift-Etui heraus, und in den Gläsern waren Reste von Rotwein sauer eingetrocknet. »Die müssen gestern abend eine Party gehabt haben«, sagte Ann. »Bist du dagewesen?«

»Hab mal reingeschaut«, sagte er interesselos. »Mit ihren Freunden ist nicht viel los.«
Obwohl ihr die Lässigkeit gefiel, mit der er es hinnahm, daß er in der Wohnung ein- und ausgehen konnte, weil das genauso war, wie sie lebte, konnte er manchmal kalt sein; ein Teil von ihr hielt sich einen Augenblick von ihrer Gemeinsamkeit in diesem Zimmer zurück und verharrte beschämt bei einer gewissen Loyalität. Die beiden Werbeleute würden sich nicht vorstellen können, daß er sie so abtat. Die natürliche Folge dieses Gedankens – daß er auf ihre Kosten lebte –, spielte dabei keine Rolle (sie würde sich nie scheuen, auf Kosten anderer zu leben), aber die Andeutung, daß er unter dem Deckmantel der Freundschaft einen Preis für ihre weißen Privilegien von ihnen erpreßte, rief eine schwache, bedingte Opposition in ihr hervor.
Sie hatte ihn auf den Gedanken gebracht, die Rahmen für seine Bilder selbst herzustellen, weil sie fand, daß das, was die Handwerker lieferten, sein Werk sozusagen in etwas einsperrte, das serienmäßig hergestellt und ihm fremd war. Ihn freute es genau wie Len früher, daß sie so selbstsicher mit Hindernissen fertig wurde: »Wie kriegen wir denn diese Ecken richtig hin, die müßten verzapft werden, oder wie man das nennt.« »Ach, Unsinn. Das ist nicht nötig. Es gibt alle möglichen wunderbaren Sorten von Leim, die man kaufen kann. Das Zeug, das kleine Jungen benutzen – Flugzeugleim. Ich werd ihn besorgen. Die Verbindungsstellen werden sowieso durch die Leinwand verdeckt.«
Sie arbeiteten draußen auf dem Balkon, auf dem Fußboden hockend, wo die Unordnung keine Rolle spielte. Er trug ein blau-weißes italienisches Baumwollhemd, das

sie ihm gekauft hatte. Sie machte sich nicht die Mühe, sich zu schminken, und ihre grauen Augen, die dichten Brauen und Wimpern hatten die pelzige Dunkelheit eines Tiers, das vom Tageslicht überrascht wurde. Sie lachten und diskutierten, machten Dinge falsch, verfielen in Phasen schweigender, grimmiger Konzentration. Sie brach sich Fingernägel ab und lutschte hin und wieder an einem Finger, den sie sich verletzt hatte. Sie wurden müde und hörten auf, rauchten und lehnten sich an die Balkonmauer, die sie vor allem außer dem Wohnzimmer und dem Himmel verbarg. »Ich seh nicht ein, warum du nicht eine kleine Ausstellung machen solltest – sagen wir im Juli. Eben Swarts Galerie wäre gut. Oder die kleine bei Howes.«

»Ich hätte nicht mehr als zwanzig Bilder – eingerechnet die alten, die jeder schon zu oft gesehen hat.«

Keins der sieben oder acht Ölbilder und keine der vielen Skizzen, die er von ihr gemacht hatte, konnten ausgestellt werden; sie lächelten einander an, als sie daran dachten. »Vielleicht in einer anderen Stadt«, sagte sie. »Auf einem anderen Planeten«, sagte er. Schleppend sprachen sie weiter über die Aussichten, eine lohnende Ausstellung zusammenzubringen, und dann sagte er, ohne den Ton im mindesten zu ändern: »Ich werd vielleicht im Juli nicht hier sein. Höchstwahrscheinlich nicht. Ich hab was für Congress zu erledigen.«

Sie hörte nicht auf zu lächeln, hatte aber eine Falte zwischen den Augenbrauen und den Mund zusammengepreßt, als wäre sie sicher, er würde noch etwas anderes sagen. Er sagte nichts und rauchte weiter.

»Was denn?«

Er machte eine Handbewegung, die die ganze Sache aus

ihrem Gesichtskreis schob und ihn an einen Ort zurückbrachte, wo es sie nicht gab. »Eine Menge Rumreisen, Reden und so weiter.«

»Ich soll nach Moçambique fahren«, sagte sie.

»Wirst du's machen?« Seine Stimme klang heiser bei der Bemühung um Natürlichkeit.

»Ja, ich glaub schon. Phantastischer Trip.«

Er legte ihr die Hand auf den flachen Bauch, wo sich ihr Atem unter dem Kleid gleichmäßig hob und senkte. Er empfand einen ungeheuren Stolz auf ihre Schönheit und ihre Härte. Er war erfüllt von Arroganz, ihretwegen. Er hob ihr blasses Gesicht an, das sich in seinen Händen verzerrte, zwischen den Lippen war ein Schimmer von Zähnen, die Augen verrieten nichts in ihrer vielfarbigen Sprenkelung, ihre glitzernden Fragmente waren eingebettet in glasigen Schatten. Sie schob sein lose herabhängendes Hemd hoch und lehnte den Kopf an seine nackte Brust. Ihm schienen ihre Augen geschlossen zu sein, aber unter den gesenkten Lidern starrte sie auf die glatte Haut, haarlos, umrissen durch Rippen und Muskeln; in der Farbe von Auberginen, aber ohne Glanz. Sie glättete mit einem Finger die Hebung einer Rippe. Sie schämte sich, ihn etwas sehen zu lassen, das sie in letzter Zeit beunruhigte, wenn sie bei ihm war, obwohl sie es sofort vergaß, wenn sie nicht zusammen waren: die dunkle Eindringlichkeit seiner Haut, ihr matter Schimmer, die unterschiedlichen Tönungen wie Markierungen, die Teile seines Körpers von anderen abhoben – ein Nerv in ihr war sich dessen bewußt geworden. Sie dachte heimlich lange darüber nach, sobald sie ihn berührte.

Sie fuhr mit der Zunge rasch und zögernd über die Stelle, wo die Haut über die Rippe glitt. Sie fürchtete immer, er könnte ihr in die Augen sehen und sie durchschauen. Wenn er sie ansah, war ihr Gesicht verwirrt, offen, etwas, das dort schon gewesen war, brach auf wie ein Himmel zwischen fließenden und verschmelzenden Wolken. Er sah da nur, was er selbst empfand, die Unentschlossenheit und Verwirrung, die er zwischen sich und der einen Sache spürte, die er sich selbst als wichtig nachgewiesen hatte, für die er sich schließlich entschieden hatte, die allem, was sie mal überlagerte, und bloßlegte, wie Felsen zugrunde lag: die Richtigkeit dessen, was immer er mit der Gruppe von Männern tat, die sich in den Hinterzimmern von Läden oder in den Häusern anderer Leute trafen. Alle Wärme und Wahrheit war dort; wußte er es nicht? Fern von *dem*, davon abgeschnitten, würde er am Ende seines Lebens wie eine tote Katze in den Rinnstein geworfen werden. Wie konnte es sich umwölken, sich ihm entziehen? War es etwas, das ihn nicht tief genug traf, nicht dort, wo der Wille war? Er verlor sich, seine Verwirrung in der Verwirrung ihres Gesichts.

Teil Drei

14

In den ersten Nächten wachte Jessie manchmal plötzlich auf und hörte im Rauschen des Meeres debattierende Stimmen und die Rufe von Kindern, die einander neckten. Sie war sicher, daß jemand da war und durchs Haus ging und es nicht nur das gedämpft gähnende Meer war; die kleinen Mädchen riefen sie. Dinge wurden beiseite gestoßen und fielen langsam um ... Sie war allein, und ihr Geist zuckte und pulsierte in Reaktion auf alles, was aus dem oberen Geschoß und dem Wohnzimmer auf ihn zurückfiel, rund um den Tisch und auf dem Treppenpodest, durch die geschlossene Tür, hinter der die seltsamen Formen von Musikinstrumenten waren und der Geruch einer anderen Frau, in der verglasten Veranda, wo Morgan lag und Tom in seinen Papieren scharrte.

Das Stilwell-Haus war nicht da. Sie lauschte und hörte nichts als das Meer; alle Stimmen, alle Geräusche waren die des Meeres. Das Rauschen war ein Element, wie seine Nässe.

Morgens wurde es früh hell. Nachtfalter und andere fliegende Wesen, die sich an die Vorhänge klammerten, fielen in der Sonne kraftlos herunter und krabbelten auf dem rissigen Betonfußboden herum, als Jessie mit dem ersten Geräusch des Tages, den sie damit in Besitz nahm, die Vorhänge aufzog – die Gleitrollen quietschten leise auf dem Rost der Gardinenstange. Das Meer rollte ihr aus der Nacht schimmernd entgegen; es war

Unsterblichkeit, es war immer dagewesen. Sie ging zurück ins Bett, und als sie wieder aufwachte, war es heiß im Zimmer, und das Meer war ganz blitzende, sich aufgipfelnde Fläche.

Zwischen ihnen – sie stand im Morgenrock auf der Veranda, Clem, Madge und Elisabeth im Schlafanzug auf dem rauhen, kurz geschorenen Gras – und dem Meer lagen hohe Dünen, die sich buschig-grün hinunterzogen, herrliche Aloen hoben sich mit ihren zurückgebogenen gezähnten grünen Blättern und den vertrockneten Fetzen der vorjährigen Blätter, die noch am Stamm hingen, vom Wasser ab, Gruppen von Strelitzien, zusammengedrängt durch dunkle, niedrige Bäume mit löffelartigen Blättern, Büsche mit zerfetzten silbrigen Blättern, ein Geflecht von Sträuchern und bodenbedeckenden Pflanzen. Es war kein Dschungel; erzeugte keine Dunkelheit. Es schimmerte und schwankte und wiegte sich in der Sonne. Am Ufer, wo das Dorf lag, waren Kiefern gepflanzt worden, und Wind und Hitze hatten ihnen zugesetzt. Sie kannte diese ausgezehrten Bäume, die im trockenen Sand wuchsen und ihn schmerzlich machten mit ihren abgefallenen, verkümmerten Zapfen. Eine Araucarie sah man drüben über einem blaßroten Dach, wo irgendein Bergwerksmanager oder Versicherungsagent im Ruhestand es sich hübsch gemacht hatte.

Die Atmosphäre dieses Hauses mit den zum Meer offenen Türen war ein ständiger Wechsel von einer eigenartigen, toten, moderigen Muffigkeit zu Böen von berauschender Milde. Das Haus war nicht so, wie sie es in Erinnerung gehabt hatte, sondern ähnelte eher anderen Strandhäusern, an die sie sich erinnerte oder wie sie zu

sein schienen, wenn man nicht in ihnen wohnte, sondern an ihnen vorbeikam und in die man, wenn sie unbewohnt waren, hineinschaute, indem man sich auf die rohen Betonpfeiler stellte, die den Zwischenraum zwischen den Fußböden und dem Fundament, der zum Schutz gegen Fäulnis und Termiten offen blieb, überbrückten. Die Wände solcher Häuser waren nicht dick geworden durch Schicht um Schicht der Persönlichkeiten ihrer Bewohner, sondern dünn und austauschbar wie die Schalen, die verschiedenen Meerestieren Schutz gewähren, die zuerst ein Klümpchen von lebendigem Schleim enthalten und dann von diesem oder jenem Krebs bewohnt werden. Und die ganze Zeit, so wie das Meer in alle Schalen hinein- und wieder herausspült, gelangten Sand, Wind, Feuchtigkeit und Wärme in diese Häuser und durchfluteten sie; Ameisen zogen über sie hinweg, als wären sie ein Teil der sandigen Erdfläche, Fledermäuse hausten in ihnen, wie sie in Höhlen hausten, und all die stummen Dinge, die unbemerkten Lebensformen – Schimmel, Grünspan –, wuchsen weiter, wie sie es auf natürlichen Formationen taten.
Jessie glaubte den Wassertank wiederzuerkennen, aber als sie ihn genau ansah, erwies er sich als ziemlich neu; also selbst wenn sie sich früher dort den Sand von den Füßen abgewaschen hatte, waren der Hahn und der Tank gewiß nicht die alten, die sie gekannt hatte. Das Dorf hatte jetzt sowieso eine richtige Wasserversorgung in Rohrleitungen und ein Gesundheitsamt, das dafür zuständig war, und das Haus war natürlich an die Hauptleitung angeschlossen; der Tank war nur noch zum Rasensprengen da.
Das Haus hatte früher vier kleine, dunkle Zimmer ge-

habt, auf allen Seiten von einer offenen Veranda umgeben. Aber Wände waren herausgerissen und Teile der Veranda in Zimmer verwandelt und zu diesem Zweck sogar erweitert worden. Die Betonsteine waren in Nachahmung der Steine, aus denen das Haus erbaut war, gegossen worden und dunkelgrün angestrichen, und die Fußböden bestanden überall aus rotem Granolith, dick eingewachst und – vor langer Zeit, als der Beton noch naß war – in Quadrate unterteilt worden, in deren Ritzen sich Staub und Seesand gesammelt hatten. Das Haus ließ erkennen, daß ziemlich kürzlich eine Art Umwälzung stattgefunden hatte, die bereits begann, der Landschaft zu weichen. Anscheinend war das alte Ehepaar, das jahrelang hier gewohnt hatte, etwa zwei Jahre vor Bruno Fuechts Tod ausgezogen (zwangsweise vielleicht, als Fuecht in einem seiner Anfälle von Sorge um seinen Besitz Druck ausgeübt hatte?), und offenbar war das Haus dann aufgemöbelt worden, um es einträglicher vermieten zu können. Es gab einen großen Kühlschrank mit Tiefkühlfach, und der Herd, ein alter Paraffinbrenner, war auf Elektrizität umgestellt worden. Die Möbel waren von der üblichen Art, die ihre Tage in einem Haus am Meer beschließen: ein paar schwere Polstersessel, die einst zu einer »Garnitur« gehört hatten, neu bezogen von Nichtfachleuten mit am Ort gekauftem Stoff, eine Stehlampe wie eine lange Stange aus braunem Gerstenzucker, alte schwarze Frisierkommoden mit Schubladen, die klemmten. Vielleicht hatten die späteren, stilbewußteren Mieter eigene Möbel hinzugefügt, die sie dann wieder mitgenommen hatten. In der Toilette hatten sie eine Notiz in Druckschrift hinterlassen:

»Um ein befriedigendes Funktionieren des Abwassersystems sicherzustellen, muß sorgfältig darauf geachtet werden, daß folgende Gegenstände nicht in die Kanalisation gelangen:
Gesichtscrème, Vaselin, Sandwiches, Sägemehl, Mottenkugeln, Kanonenkugeln, Golfbälle, Pressebälle, Fußbälle, Cricketschläger, Vorhangringe, Verlobungsringe, Rauchringe ...« Die Liste fuhr in diesem Stil fort und endete wie folgt: »... Amtsschimmel, Büstenhalter, Korseletts, Moskitonetze, Haarnetze, Fischnetze – und überhaupt jeder Gegenstand, der eine Störung des Systems hervorrufen könnte. Gott schütze die Zuckerrohrfarmer.
Ausgefertigt in Isendhla Beach am vierundzwanzigsten Dezember 1958, aus meiner Hand und unter meinem Großsiegel.

GROSSER HÄUPTLING SHAKA.«

Das Haus war nicht mehr von dem Leben geprägt, das sich hier abgespielt hatte, zuerst ständig und dann von Zeit zu Zeit. Alle Zimmer waren wie eine Person ohne Gedächtnis, ausdruckslos, und trugen die Gegenstände, die ihrem Zweck dienten – Tisch, Bett, Schrank –, wie ein Namensschild. Jessie ging von einem zum anderen, begegnete sich selbst in schmalen Schrankspiegeln, schob eine Faust in ein ungemachtes Bett und setzte sich plötzlich hin. Die Fenster klemmten. Waren sie geschlossen, sah man durch einen dunklen Wasserfall von Salz nach draußen. Über Nacht fielen rötliche Haufen von pulverisiertem Holz von den Decken.
Nach einer Woche stellte sie ebensowenig Ansprüche an das Haus wie jedes andere Geschöpf, das hereinwan-

derte und wieder hinaus. Es war Schatten, in den sie und die Kinder gelangten, wenn sie vom Strand heraufkamen; es gab etwas zu essen, Platz, um sich hinzulegen; sie war nicht länger von Wänden eingeschlossen, sondern hatte ein schrankenloses Dasein und ging ohne große Veränderung der Empfindung aus der heißen Sonne ins kühle Wasser, vom plätschernden, herandrängenden und wogenden Wasser in die feuchte, windige Luft. Waren ihre Augen offen, folgten sie dem Meer; waren sie geschlossen, spürte sie das Wogen in ihrem Blut.

Die Tümmler zogen in der Dünung hinter den Brechern vorbei oder, wenn die See ruhiger war, dichter am Ufer. Sie beobachtete sie wie ein Kind das Spiel von Kindern einer anderen Familie, und ihr beglücktes halbes Lächeln brachte, aus ihrer eigenen Erfahrung, eine Ahnung von deren Empfindungen zum Ausdruck. Wo das Gras nicht gemäht war, kamen im Tau oder Regen niedrige, malvenfarbige Blumen heraus, die an Wicken erinnerten, und schlossen sich unsichtbar, wenn die Sonne schien. Nachts ertönte überall im Busch schrilles Geläute, und stimmlose Wesen flogen herein zum Licht und hinterließen durchsichtige Flügel auf dem Fußboden; morgens wurden sie weggekehrt. Madge schnitt Zweige von wilden Gardenien und stellte sie in Biergläser, die der Wind umwarf. Was immer schön war, wurde von Spinnen und Staub eingewebt und wimmelte von der Neugier großer, flinker schwarzer Ameisen. Auf dem Fußpfad achteten sie auf Schlangen, und wenn sie im Meer waren, erinnerten sie sich nur beiläufig an Haie, als ob das Böse unmöglich sei in dieser schwimmenden Schwebe auf dem wäßrigen Rücken der Welt.

Clem fand es peinlich, daß Jessie alte Leinenschuhe trug, die sich unter ihren Hacken zu Pantoffeln verflacht hatten, und sich das Haar nicht sorgfältig machte. Als Jessie gar keine Schuhe mehr anzog und barfuß ging, sagte Clem vorwurfsvoll: »Wie Boaz«. »Aber *ihr* lauft doch zu Hause auch dauernd barfuß.«
»Wir sind ja auch Kinder.«
Wenn sie zum Einkaufen fuhren, zog Jessie ein Kleid mit tiefem Ausschnitt an, parfümierte und schminkte sich. Clem tanzte vor ihr herum, als erwarte sie eine Sensation. Sie fuhren den Fußpfad entlang, wobei das Gebüsch auf den Wagenfenstern ein Geräusch wie ein Fingernagel machte, und dann weg vom Meer zur Straße, die die Zuckerrohrfelder durchschnitt. Kaum war das Meer außer Sicht, schien etwas abgeschaltet zu sein, und in der Stille wurde es heiß im Wagen. Kleine Inder zogen müde auf dem Heimweg von der Schule die Straße entlang. Ein alter schwarzer Zuckerrohrarbeiter mit dem bärtigen »edlen« Gesicht der Zulus aus viktorianischen Missionsjahrbüchern tauchte auf, ein Buschmesser in der Hand. Die Straße überquerte die Gleise der Schmalspurbahn der Zuckerrohrplantagen und kam zu einer Stelle, von der aus man weit ins Landesinnere hineinschauen konnte, über die mit Haufen von Zuckerrohr bedeckten Kurven hinweg bis zu Bergen mit abgeflachten Gipfeln, deren Umrisse in der Ferne und der flimmernden Hitze emporragten. So weit man sehen konnte und noch weiter, war es Shakas Land; vor weniger als hundertvierzig Jahren hatte der schwarze König hier seine stolzen Heere ausgebildet und seine großen Herden weiden lassen.
Die Straße führte um den Golfplatz herum und wieder

zurück zum Meer, zum Dorf. Ein Hotel stand zwischen den dünnen Kiefern. Autos rings um die Bowlingwiese; alte Männer in Shorts und alte Frauen mit Schulmädchenmützen bückten sich auf dem Rasen und richteten sich wieder auf. Jeder im Bergwerk in einer guten Stellung hatte einen Ruhestand wie diesen im Sinn gehabt. Die Gesichter waren die vertrauten, die früh das mittlere Alter erreichten und es dank der Einheitlichkeit von falschen Zähnen und Brillen bis ins hohe Alter beibehielten. Was hatte Bruno zu dem Entschluß bewogen, seine Tage unter ihnen zu beenden, als wäre dies Frieden? Ein Antrieb, der natürlich zu nichts führte; nur daß er sich vielleicht immer ins Gedächtnis rufen konnte, daß sein »kleines Haus an der Küste« tatsächlich existierte, Beweis seiner Absicht.

Ein Inder, dessen Hemdsärmel durch Gummibänder hochgehalten wurden, beaufsichtigte ein paar »Pickaninnies«, schwarze Kinder, die leere Brandy-Kästen vor dem Getränkeladen des Hotels aufstapelten. Weitere Kinder – stachelschweinköpfige Inder mit bereitwilligen Gesichtern, staubige Negergören mit unbefangenen Gesichtern, ein paar Farbige, gelbhäutig, langbeinig wie weiße Jungen, mit Haaren so schwarz wie das der Inder und so kraus wie das der Schwarzen – trieben sich um die Hütte des Caddie-Aufsehers herum. Da fanden Spiele statt mit Stöcken, Rauferei und Geschrei. Die Inder beobachteten das mit weit aufgerissenen Augen und riefen ihre jüngeren Landsleute zur Ordnung. Köchinnen mit Körben am Arm standen da und unterhielten sich, während die Hunde ihrer Herrschaft verwundert mit dem Schwanz wedelten und warteten. Der Caddie-Aufseher, auch ein Inder mit dichtem weißgesträhntem Haar und einem mißmutigen offenen Mund, in dem braune Zähne zu sehen waren, stauchte jemanden zusammen und verscheuchte staubige Beine. Große Autos rollten langsam vom Hotel heran, und weiße Kinder, rotgesichtig vom Strand, traten beiseite und hielten ihre Brote oder ihr Eiskrem fest.

Im Laden gab es sowohl gefüllte Oliven und Kaviar als auch die üblichen Nahrungsmittel, denn am Hotel-Ende des Strands standen jetzt einige elegante Häuser, und die Leute auf den Sonnenterrassen und hinter den großen Aussichtsfenstern hatten die Eßgewohnheiten aus Johannesburg mitgebracht. Gelegentlich sah man einen Mann, der die weißen Hosen, das marineblaue Halstuch und die Espadrilles von jemandem trug, der in den dreißiger Jahren an der Riviera gewesen war; oder ein Mädchen mit blonder Löwenmähne im Sporttrikot, die vor kurzem in Saint-Tropez spazierengegangen sein mochte; beide wurden unbeeindruckt zur Kenntnis genommen von den Ortsansässigen in Khaki-Shorts und Strandschuhen, die sie unverändert in Bequemlichkeit und Angemessenheit in beiden Epochen getragen hatten. Jessies Kinder wurden durch den Laden angeregt, nicht nur durch die Girlanden aufgeblasener Plastikspielsachen, die Blechpistolen, Comics und Süßigkeiten, sondern weil die Atmosphäre des Kaufens und Verkaufens, die durch den Austausch auch nur unbedeutender Geldsummen in Gang gesetzte vielseitige Tätigkeit für sie eine Verbindung herstellten zu dem städtischen Leben, aus dem sie kamen. Für Jessie war es immer überraschend zu beobachten, wie gesund Kinder *als Leben* das hinnehmen, was für sie später zum Gefängnis werden würde – das willkürliche Einsteigen in Autobusse und wieder Aussteigen, die Ansammlungen an Verkehrsampeln, die Verzweiflung in überfüllten Geschäften, der ganze lähmende Erwerbstrieb. Wie kam es, daß eben diese Kinder, wenn sie heranwuchsen, dabei neurotisch wurden und Magengeschwüre bekamen? Sie selbst war genauso gewesen; nichts hatte das kleine bürgerliche Mädchen aus der Bergwerksstadt aufregender gefunden, als etwas zu kaufen. Wann verwandelte sich das in eine Tätigkeit, die ersatzlos Kräfte aufzehrte? Wann wurden die Gesichter, die über den Ladentisch hinweg nach dem suchten, was ihr Geld wert war, so deutlich zu Gesichtern, die nichts an Wert besaßen? Was bewirkte, daß man als Kind *Dinge* so heftig und bedeutungsvoll begehrte und dann eine Zeit kam, in der man lustlos kaufte, nur weil es nötig war, und niemals, weil man es *wollte*, was etwas anderes ist, weil es auf geistige und unbedingte Bedürfnisse zurückgeht? Man wußte nicht, wann einem die Kauflust verging, denn zuerst wurde sie verdrängt durch Sex und die ungeheure Anstrengung, die selbst das geringste aller Lebewesen unternimmt, um zu blühen oder sich zu befiedern, einen Duft abzusondern oder eine faszinierende Redeweise an den Tag zu legen, einen Liebestanz in einem Wald zu stampfen oder mit einer Botschaft im Gang eine Straße entlangzugehen. Und erst wenn das vollbracht war, hatte man wieder Augen für andere Wünsche und entdeckte plötzlich, daß unter allem, was auf den Ladentischen lag und an Ständern hing und in gedämpftem Licht ausgestellt wurde – daß unter allem, was einen begehrlich machen sollte, nichts war, das nicht kaputt gehen oder herumliegen oder fehl am Platz sein würde, wo man vorher auch ohne es ausgekommen war.

Jeden Tag, was immer sie auch tat, schaute sie hinaus aufs Meer und sah die Tümmler vorbeiziehen. Sie hatte keine Ahnung, daß sie vorbeiziehen würden, aber wenn sie wieder hinausschaute, waren sie da. Das hatte sie noch. Das war lebendig geblieben. Weder Benzinschwaden noch Schlaftabletten, weder Buchführung noch nächtelange Saufparties hatten es umgebracht. Lebewesen kamen draußen auf dem weiten Wasser vorbei, und sie fühlte, wann sie da waren. Sie dachte nie darüber nach. Aber da waren sie. An manchen Tagen zogen sie stetig dahin, jede Bewegung trieb ihren ganzen Körper durch die Dünung. Manchmal durchschnitten sie im Verband eine schräge Wand von glasigem Grau. Gelegentlich schüttelte sich einer aus dem Wasser frei, beschrieb die durch sein Gewicht bestimmte Arabeske und tauchte platschend wieder ein. Sie hatte keine Möglichkeit der Kommunikation mit ihnen, abgesehen von dem, was immer es war, das sie wissen ließ, wann sie da waren; es gab keinen Grund für die Annahme, daß sie nicht dieselbe Art Kenntnis von ihr hatten.

Tom hatte angenommen, sie würde Morgan in ihren Urlaub mitnehmen, aber sie hatte protestiert und war in eine Art Hilflosigkeit verfallen, die Tom zwang, für sie zu planen, die ganze Zeit von Zweifeln erfüllt, denn er wußte, daß es immer so wenig gab, was man für Jessie tun konnte. Am Morgen, nachdem sie abends unnachgiebig Einwände erhoben hatte, fragte er sie: »Was hast du nun beschlossen?«, und sie sagte lustlos: »Er wird wohl mitkommen.«
Er sah sie an und weg von ihr, bestürzt, forschend. Er

tat, als wollte er sprechen, dann sagte er etwas anderes: »Womit er sich hier beschäftigen soll, das ist die Schwierigkeit. Ich habe nichts dagegen, ihn hier zu haben ...«

»Ja, ich weiß. Er wird mitkommen müssen.« Am Abend zuvor hatte sie erklärt, wie unmöglich es ihr sei, sich einen Monat mit Morgan vorzustellen, Morgan ihr gegenüber am Frühstückstisch – die kleinen Mädchen leisteten sich gegenseitig Gesellschaft, was um alles in der Welt würde sie mit *ihm* den ganzen Tag anfangen?

»Wenn nur Boaz sich klarwerden würde, ob er nach Moçambique geht oder nicht.« (Die Gründe für Boaz' Unentschlossenheit wurden plötzlich belanglos; es war ärgerlich, daß man nicht auf sein Angebot rechnen konnte, Morgan genau die richtige Art von Campingferien zu bieten, und noch dazu diese Mischung von Abenteuer und Selbständigkeit, die gut für ihn wäre.)

»Nun ja, selbst wenn es mit Boaz nichts wird, könnten wir vielleicht einen anderen Jungen einladen, der die Ferien über mit Morgan hier ist. Dann könnte ich das schaffen.«

»Nein, du kommst dann überhaupt nicht zum Arbeiten. Du wirst die ganze Zeit Kindermädchen spielen und mich verfluchen, mit Recht. Sie würden dich verrückt machen.«

Aber je entschlossener sie sich gab, sich mit der Unvermeidlichkeit von Morgan abzufinden, um so mehr fühlte er sich verpflichtet, einen Ausweg für sie zu finden, denn sie machte deutlich, daß sie sich nicht selbst helfen konnte. Als die Frage, ob Morgan sie begleiten sollte, zum ersten Mal zur Sprache gekommen war, hatte er schon einen großen Fehler gemacht mit der Be-

merkung, das wäre doch eine gute Gelegenheit, sich ein bißchen mit ihm zu unterhalten, ihm ein wenig näherzukommen auf ganz zwanglose Weise, denn er und sie allein zusammen würden von den kleinen Mädchen abgesondert sein, ohne daß andere Erwachsene Jessie in Anspruch nehmen würden. Aber offenbar hatte sie das Problem Morgan fallen gelassen; oder vielleicht war es so schwierig, daß Jessie es allein nicht auf sich nehmen konnte. Tom wußte es nicht. Jedenfalls reagierte sie so stark auf Toms Bemerkung, spottete über die Vorstellung, daß sie Morgans Anekdoten ausgeliefert sein würde, an denen sie nicht interessiert war und bei denen sie nicht zuhörte, daß Tom die Sache nicht weiter verfolgte. Zuletzt, ohne daß eine wirkliche Entscheidung getroffen war, fuhr sie in das Haus am Meer, sobald ihre einmonatige Kündigungsfrist im Sanatorium abgelaufen war, und zwar ein paar Tage, ehe Morgan aus dem Internat nach Hause kommen sollte. Die Expedition nach Moçambique hing noch in der Luft. Mal war Boaz am Packen, und seinen Worten war zu entnehmen, daß er fahren würde, dann gab es Anzeichen von höchst emotionalen Gesprächen mit seiner Frau, eine gespannte Atmosphäre, als ob alles auf Messers Schneide stünde, und seine Abreise wurde wieder unwahrscheinlich.
Tom berichtete in seinen Briefen an Jessie über Morgan, ganz als ob sie immer daran gedacht hätte, sich in ihren Briefen nach ihm zu erkundigen. Das war eine der bestechenden, wundervollen Eigenschaften von Tom: er heuchelte für sie, wo sie vor der Wahrheit angstvoll zurückwich. Er bemitleidete sie in ihrer starken Eigenwilligkeit, ihrer Schwierigkeit, sich selbst etwas vorzumachen. Sie nahm dieses unaufdringliche, so zartfühlend

ausgedrückte Mitleid nicht übel. Sie fragte sich, was sie für ihn tat, das ebenso heimlich und notwendig war. Selbst zwischen Bruno und ihrer Mutter hatte es früher Anzeichen von derlei gegeben; erst in den schlimmsten letzten Jahren wurde alles, was einer vom anderen wußte, auf den Tisch ausgeleert, wie ein Bankrotteur seine Taschen umstülpt, damit man selbst sehen kann, was ihm an wertlosem Kleinkram noch bleibt.

Nachdem sie begonnen hatte, Reisevorbereitungen zu treffen, die keine Vorkehrungen für Morgan einschlossen, verließ sie der Gedanke, daß sie ihn mitnehmen sollte. Es war, als wäre nie die Rede davon gewesen. Manchmal dachte sie an ihn, nicht sehr beharrlich, hervorgerufen durch irgendeinen Anblick oder einen Gegenstand im Haus oder am Strand. Eines Morgens ging sie nach dem Schwimmen mit den kleinen Mädchen über den festen Sand des Strandes in der Nähe des Hotels. Das dumpfe Aufschlagen ihrer Fersen dröhnte bis in ihren Kopf; Wassertropfen liefen ihr an den Schenkeln herunter. Sie kamen an einem schlanken jungen Mann vorbei, der angelte, beschrieben einen Bogen um ihn und sein Durcheinander von Köder, Zeitungspapier und zerwühltem Sand. Als sie auf der anderen Seite wieder an die Wasserlinie zurückkehrten, merkte sie, daß sie jetzt so ging, wie es eine Frau tut, wenn ein Mann sie beobachtet. Später wanderte Elisabeth zu eben diesem jungen Mann hinüber und unterhielt sich mit ihm; sie bekam eine tote Sardine geschenkt. Als Jessie und die Kinder gegen Mittag vom Strand heraufkamen, hockte der Angler bei seiner Ausrüstung, und als sie eine beiläufige Bemerkung machte, um sich für das Geschenk zu bedanken, blickte er auf. Da sah sie, daß der Mann, dessen sie sich bewußt gewesen war, als sie von ihm weg über den Sand ging, ein Junge war, ein Junge in Morgans Alter. »Ach, das ist gar nichts«, sagte er als Antwort auf die Begeisterung der Kinder und ihre höfliche Bewunderung seines Fangs. »Mein Vater und ich waren neulich bloß für ein Wochenende hier unten, und wir haben vierunddreißig Alsen und einen kleinen Barrakuda mit nach Hause genommen . . .«

Als sie zu Hause ihren nassen Badeanzug auszog, bemerkte sie, daß der dunkle Schimmer der Sonnenbräune begann, die Landkarte winziger roter Adern zu verdekken, die sie auf dem rechten Bein in der Nähe des Knies hatte. Es war kaum noch zu sehen. Sie empfand Befriedigung über eine kleine Gnadenfrist. Über die Schulter betrachtete sie im Spiegel ihren nackten Rücken, das Hinterteil und die Beine. Wie lange noch? Fünf Jahre? Sechs? (Wie sahen die Körper von Frauen über vierzig aus?) Noch ein paar Jahre, und sie würde sich das nicht mehr ansehen können.

Ihr Gesicht gab ihr andere Gedanken ein. Clems Vorwürfe machten ihr klar, daß sie zu Hause ständig ihr Gesicht in Ordnung brachte, nicht nur mit den Retuschen von Lippenstift und Puder zu unterschiedlichen Zeiten des Tages, sondern auch durch die Konfrontation mit ihrem Ausdruck, die diese Auffrischungen vor einem Spiegel mit sich brachten. Hier verging manchmal der ganze Tag, ehe sie ihr Gesicht wiedersah, nachdem sie nach dem Schwimmen ihr Haar gebürstet hatte. Ihr Gesicht war sich selbst überlassen. Sie fragte sich, wie man wohl aussehen würde, wenn man einen ganzen Monat verstreichen ließe ohne diese Überprüfung dessen, was das Gesicht aussagt, die mit einem Blick in den

Spiegel automatisch verbunden ist. Was für außerordentliche Dinge könnte es in einem nackten, offenen Gesicht geben, verwittert durch die absolute Freiheit, den Ausdruck von Gefühlen anzunehmen, so wie Regen und Sonne und Wind über den Himmel ziehen. Zu guter Letzt mochte sich ein Aussehen zeigen, das man sich vorher niemals erlaubt hätte. Der unbewachte Moment hätte dann ganz und gar die Herrschaft angetreten; über Nase, Mund und vor allem über die Augen.

Selbst wenn ein Mensch etwas tut, das untypisch für ihn ist, stellt sich oft heraus, daß sich das, was er wirklich ist, dem Unternehmen irgendwo trotz allem unverkennbar mitgeteilt hat. Bruno Fuecht hatte dieses Grundstück und Haus »an der Küste« offensichtlich mit derselben Absicht gekauft, wie irgendeiner der anderen Bergwerksbeamten, die sich darauf freuten, eines Tages, wenn sie über sechzig waren, in einer gemütlichen Gemeinschaft zu leben, deren Mittelpunkt Bowling- und Golfplatz bildeten. Aber dann wurde das andere Ende des Strandes als Bauland erschlossen, so daß sein Haus schließlich fast an der Grenze des entgegengesetzten Endes allein stand.
Wenn Jessie den Strand in Richtung auf das Hotel und die anderen Häuser entlangging, sah sie Menschen am Strand, Angler, Badende und Hunde. Links von dem Pfad, der vom Haus zum Strand führte, gab es keine Häuser, und niemand kam vorbei außer gelegentlich einem indischen Angler von irgendwo aus den Zuckerrohrplantagen. Eine Pflanze mit saftigen Blättern wucherte bis hinunter zum Sand. An windigen Tagen setzte Jessie sich zwischen die Dünen, wo diese Pflanze unge-

stört und ruhig gedieh. An anderen Tagen zog sie den festen Sand in der Nähe des Wassers vor, oder die kleinen Buchten zwischen den Windungen von Sand und Felsen, wo die salzverkrusteten Felsen eine merkwürdig behagliche Art von Mobiliar boten, Stellen, wo man sich anlehnen, und Gesimse, wo man etwas ablegen konnte, und in Augenhöhe eines halb geschlossenen Auges Spalten, erfüllt von dem winzigen und abhängigen Leben des Meeres, versiegelt, bis die Flut es für Nahrung und Leben wieder öffnete. Die Felsfalten mit ihren Lebensspuren bereiteten nicht jene anthropomorphe Freude wie höher entwickelte Lebewesen, von deren Dasein ein Mensch immer annimmt, es sei eine vereinfachte Version des seinen, sondern die Freude an der reinen Form. Gewunden, konzentrisch, sphärisch, waren sie Ordnung, die vollkommene Ordnung am äußersten Ende eines Prozesses, an dessen anderem Ende die vollkommene Zertrümmerung der Atombombe war. Sie waren so klein und zerbrechlich, daß Jessie ab und zu eins mit dem Fingernagel zerdrückte.

Die Kinder führten sie gern zum anderen Ende des Strandes, zu den Menschen. (Dort hatten sie den Angler getroffen.) Und sie, die niemanden brauchte, nach Tagen an dem verlassenen Strand von jedermann frei war, fand manchmal eine unpersönliche Wärme in der zufälligen Anwesenheit von Menschen, einfach Menschen, die sie nicht kannte. Frauen saßen da, die Beine V-förmig vor sich ausgestreckt, und schauten aufs Meer; nach langer Zeit ruhten sie wirklich. Junge Mädchen und ihre Freunde lagen auf dem Bauch, hingeworfen wie Betende. Wenn sie zwischen diesen Gruppen und Knäueln von Menschen war, die voneinander isoliert schienen durch die eigenartigen Perspektiven des Meers, dessen Helligkeit das Sonnenlicht durchflutete und den Eindruck von Ferne erzeugte, so daß eine zwanzig Meter entfernte Gestalt weit weg zu sein schien und auch im Brausen des Meeres außer Hörweite war, – wenn sie irgendwo im Sand zwischen ihnen lag, war ihr Bewußtsein eine Fabel ohne Thema. Die schlichte Erzählung des Strandes fesselte sie, die Aneinanderreihung kleiner Happenings. Ein Kind stieg in ein Gummiboot, wurde an einer seichten Stelle ins Wasser geschoben und kenterte immer wieder, wenn die Vorbereitungen wiederholt wurden, an derselben Stelle. Ein Mann warf seine Angelleine eine Zeitlang von einem Platz aus; dann ging er nach einer gewissen Zeit woanders hin. Eine Frau mit einem gelbbebänderten Strohhut rauchte und unterhielt sich mit einem kahlköpfigen Mann, der nach einer Pause, auf die sie immer wieder zurückzukommen schien (wie das Kind im Paddelboot immer wieder kenterte), ihre Hand nahm, sie sich auf das Knie legte und ihr in einer beruhigenden Geste mit der flachen Hand über die ganze Länge ihres weißen Arms vom Handgelenk bis zur Schulter strich. Ein junger Hausangestellter in einem Küchenjungen-Anzug kam von einem der Häuser an den Strand herunter und brachte auf einem Tablett mit Marmite bestrichene Brote. Er schlenderte zu den Kindern mit dem Paddelboot, blieb stehen und sah, fast naserümpfend, nicht so sehr über das Meer als vielmehr über den ganzen Strand; seine kräftigen, krummen Beine, die Arme und der Kopf waren sehr schwarz gegen den ungebleichten Baumwollanzug mit den losen Shorts, dem roten Band um Ausschnitt und Ärmel und dem lächerlichen Gürtel, der hoch oben am Rücken der

Bluse angenäht war. Die Kinder sammelten sich um ihn. Er stand da, sprach mit ihnen auf Zulu und aß auch, als sie ihm etwas abgaben. Als sie aufgegessen hatten, ging er verträumt wieder den Strand hinauf, sah sich um und hob den Kopf in den Wind. Alles war ihm genommen bis auf einen Augenblick köstlichen Müßiggangs.

Abends nach dem Dinner war Jessie lethargisch und hatte das Gefühl, sie hätte mit den Kindern ins Bett gehen können, aber um zehn Uhr war sie erfreulich munter und setzte sich in der Stille und mit dem Selbstvertrauen eines Menschen, der allein ist, umgeben von der warmen Dunkelheit, in der man den Seewind leise über den Rasen streichen hörte, ins offene Wohnzimmer, wo sie bis spät in die Nacht las. Eines Abends läutete das Telephon – es gab ein Telephon über einen Gemeinschaftsanschluß, aber sie wußte von niemandem, der sie anrufen könnte, und obwohl sie beiläufig zur Kenntnis genommen hatte, daß dreimaliges Läuten das für dieses Haus bestimmte Zeichen war, erwartete sie so wenig, es zu hören, daß sie es, wäre es zu einer anderen Zeit gekommen, zwischen den anderen Läute-Kombinationen, auf die zu reagieren sie aufgehört hatte, wahrscheinlich gar nicht wahrgenommen hätte. Aber das Telephon ließ sich nur zu bestimmten Tageszeiten vernehmen, wenn das Dorf seine Geschäfte abwickelte, und am frühen Abend, wenn Ferngespräche billiger waren; nach neun Uhr abends war es immer stumm. An diesem Abend hallte es laut durch die Zimmer wie ein Besucher, der hereinkommt und ruft: »Ist jemand zu Hause?« Jessie hielt es für einen Irrtum und hob den Kopf, ohne das Buch aus der Hand zu legen. Es war tatsächlich dreimaliges Läuten; sie stand auf und ging in die Küche, wo der schwarze Kasten an der Wand hing. Als sie den Hörer abnahm, hörte sie nur Geknatter, schwache, durcheinander sprechende Stimmen und fernes Läuten. Sie versuchte, Verbindung mit dem Amt zu bekommen, indem sie aufhängte, die kleine Kurbel an der Seite des Kastens drehte und dann wieder »Hallo? Hallo?« in den Hörer schrie, alles in der befangenen Art und Weise eines Städters, der an solche komischen Apparate nicht gewöhnt ist. Aber es kam keine Antwort, und sie wurde rasch ungeduldig und kehrte zu ihrem Buch zurück. Es war Teilhard de Chardins *Der Mensch im Kosmos*, ein Buch, das in jenem Jahr Leute lasen, die ohne Wertunterschiede zu machen im letzten Jahr Interpretationen des Buddhismus gelesen hatten und das Jahr davor Simone Weil oder Uspenskij. Oft wurden sie auf dieselbe halb-geheime, mißbilligende Weise gelesen, wie dieselben Leute, als sie zwanzig waren, Abhandlungen über Sex *(Die Funktion des Orgasmus)* gelesen hatten, denn Menschen zwischen dreißig und vierzig neigen hinsichtlich der Bedeutung ihres Daseins zu dem besorgten, unterdrückten Wissensdrang, den sie mit zwanzig in bezug auf Sex hegten. Die wirklichen Zweifler und die bloßen Trostsucher schöpfen oft aus denselben Quellen; und es sind die Trostsucher, die gewöhnlich etwas finden, das ihnen hilft – und wenn nicht, gehen sie weiter zu einer zweiten und einer dritten Quelle und finden Trost in der Tätigkeit des Suchens, wenn in nichts anderem. Zu den wirklichen Zweiflern gehören jene, für die Politik so tiefgehend gewesen ist wie Sex, aber die Trostsucher sind nicht intelligent genug, nach irgendeiner Art von Disziplin außerhalb von sich selbst zu streben; sie haben nie die Welt ändern wollen: nur ihren Zucker wollten sie schlecken. So definierte Jessie diese Kategorien bei sich. Aber das Buch von Teilhard de Chardin war nichts für die Trostsucher; nur der Titel mit seiner Beteuerung von Rang und Einmaligkeit würde sie trösten. Und sie las es hier ohne irgendwelche jener unechten Empfindungen von Befreiung und Erleichterung, durch die sich die verzweifelte Unstetheit einer Persönlichkeit verrät; ihre Gedanken folgten den Gedanken des Autors, von einem Forschungsdrang erfüllt, der sich Muskel um Muskel reckte, um mit dem seinen Schritt zu halten. Sie verstand das Buch und zog sich nicht in ihre eigene kleine Höhle zurück mit dem ersten besten Fetzen, den sie persönlich gebrauchen konnte, halb Kleidungsstück, halb Nest, halb Leichentuch.

Am Strand, im Tageslicht, las sie Romane, sogar etwas Lyrik. Einige der Bücher, die sie von zu Hause mitgebracht hatten, waren überhaupt nicht brauchbar; es läßt sich nicht sagen, ehe man an einem Ort und auf die Weise lebt, die er erzeugt, was man dort lesen kann. Manche waren goldrichtig; Joseph Conrad mitzubringen war natürlich eine großartige Idee. Wie vollkommen verschmolzen das Buch und der Tag, zu dem man von ihm aufschaute, wenn das Buch *Sieg* war. (Tom hatte es für sie eingepackt, hatte es in einer dieser »Klassiker«-Ausgaben für Schüler, geschmackvoll und klein, auf Dünndruckpapier, gekauft.) Auch ein Roman von einem westindischen Autor war gut; sie las gern über diese Neger, deren Lebensweise etwas Vertrautes hatte, aber nichts von dem Leid mit sich brachte, dessen Jessie angeklagt und mit dem sie identifiziert wurde, wenn sie

Romane über Südafrika las. Auch eine Taschenbuchausgabe einer Mann-Übersetzung war dabei, *Herr und Hund.* In der Zeit, die sie »ihre großen Lesetage« nannte, hatte sie Thomas Mann nie gelesen; nach dem halben *Zauberberg* war er beiseite gelegt worden als langweilig, altmodisch. Jetzt entdeckte sie, daß der massive Stil nicht ein viktorianischer Katalog von »Charakter« und Zubehör war, sondern ein schreckenerregender Abstieg durch die »Sicherheit« des Mittelstandsattributs in die individuelle Anarchie und den ideologischen Zusammenbruch, die ihnen zugrunde liegen. Selbst eine beruhigende Beschreibung eines Spazierganges eines Mannes mit einem Hund: »Es ist gut, so am Morgen zu gehen, die Sinne verjüngt, die Seele gereinigt von dem Heilbade und langen Lethetrunke der Nacht« gibt plötzlich unter einem nach wie ein verfaultes Fußbodenbrett ... »Die Illusion eines stetigen, einfachen, unzerstreuten und beschaulich in sich gekehrten Lebens, die Illusion, ganz dir selbst zu gehören, beglückt dich ... während [der Mensch] doch eigentlich verurteilt ist, aus dem Stegreif und moralisch von der Hand in den Mund zu leben.«

Das Unterfangen, Bücher danach auszuwählen, ob sie zu einer Stimmung oder Atmosphäre passen, war eigentlich ein wenig beleidigend – ob für die Schriftsteller oder sie selbst, bemühte sie sich nicht zu entscheiden. Es war etwas Amüsantes, das sie in einem Brief an Tom erwähnen könnte – oft schrieb sie am Strand im Geist Briefe an Leute, manchmal an Leute, denen sie seit Jahren einen Brief schuldete. (Die an Tom schrieb sie natürlich.)

Sie las am Strand an einem Morgen, der so still war, daß

ihr Buch tatsächlich laut zu klingen schien. Es war ein bewölkter Tag, und die Hitze der verborgenen Sonne kam einschläfernd aus dem verschwommenen Glanz einer konzentrischen Strahlung auf ein glattes, graues Meer. Das Grau bewegte sich ölig und brach sich in langsamen Wogen zögernd am Sand. Es war Ebbe, die Felsen sahen abgeflacht aus. Einmal, als sie aufschaute, ohne etwas scharf ins Auge zu fassen, sah sie eine Frau stehenbleiben, als wäre sie gerade über »ihren« Pfad gekommen, den Pfad vom Haus. Sie behielt die Gestalt in ihrem verträumten Blick, und dann spürte sie den Sog einer auf sie gerichteten Aufmerksamkeit. Die Frau kam mit dem leicht pflügenden Gang auf sie zu, den der lokkere Sand dort oben erforderte, wo die Flut ihn nicht fest und glatt machte. Es war Ann. Ehe Jessie das Gesicht erkennen konnte, merkte sie an dem aufmerksamen Ausdruck, der ihr galt, daß es Ann war.

Das Mädchen stand da, die Schuhe in der linken Hand; schien sie heben zu wollen, um zu winken, tat es aber dann doch nicht und ging weiter.

Sie sah, daß sie erkannt wurde, und kam schneller. »Jessie.«

»Wie hast du mich gefunden?«

Es war kein Wind und kein Laut in der stickigen Luft. Ihre Stimmen fielen auf den Strand wie tote Vögel. Beide waren verblüfft, als hätte Ann den Gedanken oder die Hoffnung aufgegeben, wirklich hier zu sein.

»Ich hab versucht, dich anzurufen. Es klingelte Stunden.«

»Ach, gestern abend! War es gestern abend?«

»Ja, ich bin eweig am Apparat geblieben, ich glaube, einmal hab ich dich sogar hallo rufen hören.«

»Ich war gerade dabei, ins Bett zu gehen.« Jessie rappelte sich auf, und jetzt standen sie beide. »Ich dachte, das Amt sei verrückt geworden – elf Uhr –, und mich ruft sowieso niemand an. Fast hätte ich mich gar nicht gemeldet . . .« Sie hätten zwei Menschen sein können, die sich nach einem Mißverständnis über einen Treffpunkt zufällig in einem Cafè begegnen. Ann stürzte sich in eine lebhafte, übertriebene Erklärung, wie schwierig es gewesen sei, jemanden zu finden, der wußte, *wo* das Haus war. Sie lachte, schnitt Grimassen gespielter Verzweiflung, holte tief Luft, als verschlüge ihr die Entrüstung den Atem, und die Hand, die sie dann und wann ans Gesicht hob, ließ die Geste ängstlich erscheinen. Sie trug einen der weiten Röcke, die sie gern hatte, und eine dunkle Bluse, aber ihr Haar sah glanzlos aus, und der dicke Strich über den dichten Wimpern war verschmiert und nicht nachgezogen. Die weiße Haut mit den paar kleinen schwarzen Muttermalen schimmerte frisch und der heißen, offenen Strahlung merkwürdig preisgegeben. Ja, sie wirkte fremd an diesem Ort; diese Erkenntnis drängte sich Jessie auf, während das Mädchen sprach. Sie empfand einen Augenblick eine wilde Bestürzung, sie zuckte scharf vor der Störung zurück. Sie begannen zum Haus zurückzugehen, und Jessie wußte es; es war nur noch eine Formalität, daß Ann stehenblieb, als sie in den Pfad einbogen, auf ein Blatt des wilden Eiskrauts trat, das unter ihrem Fuß ein saftiger Fleck wurde, und sagte: »Gid ist im Wagen.«

15

Sein Hinterkopf und ein Arm, der mit herunterhängender Hand auf der Sitzlehne lag, erweckten den Eindruck einer hartnäckig realen, fast alltäglichen Person im Mittelpunkt eines Aufruhrs. Jessie sah den Anblick in sich auflösender Ungläubigkeit – für sie hatte er seine frühere Existenz aufgegeben und war nun in der von ihm geschaffenen Situation: er war hier, lebendig. Er wandte den Kopf nicht. Er ließ sie schweigend herankommen.

Jessie fiel es schwer, ein Lächeln oder die normalen Begrüßungsfloskeln zustandezubringen; und sie konnte sehen, als er schließlich den Kopf wandte, während sie auf sein Profil blickten, daß er das wußte. Wie ein Überlebender sagte er: »Du hast dir hier einen hübschen, ruhigen Fleck ausgesucht. Hallo ...«

»Warum steigst du nicht aus?« schalt Ann lächelnd. Er warf ihr einen Blick zu, um das Signal deutlich abzulesen; er lächelte Jessie weiterhin halb an, begann Sätze, die er nicht beendete und verfiel in sein selbstbezogenes, leises Lachen. »Himmel, ich weiß nicht, warum ... hier steckengeblieben, vermutlich. Den Ort mußt du mal im Dunkeln suchen, Mann, am Ende der Welt ... bist du sicher, daß du hier wirklich wohnst ...?«

»... hatte keine Ahnung, daß jemand versuchen würde, mich anzurufen.«

»Bring die Zigaretten mit«, sagte Ann. Sie runzelte die Stirn in dem grellen Licht und war jetzt ganz sachlich.

Er war ausgestiegen und beugte sich in den Wagen, um seine Jacke herauszuholen. »Und diese – nein, meine andere, die darunter.« Er hängte sich ihre Reisetasche um, dann angelte er nach etwas auf dem Fußboden des Autos und brachte eine der aus Maisblättern geflochtenen Taschen, die Zulu-Frauen auf der Straße verkaufen, ans Tageslicht. Der Fußboden war übersät mit Zeitungen, zerquetschten Äpfeln, dem Cellophan von Zigarettenpackungen, einer Ananas, Milchpackungen, einer halb leeren Brandyflasche, und auf dem kleinen Rücksitz lagen eine neue schottische Reisedecke und eins von den klumpigen, schmuddeligen Kissen von den Verandastühlen zu Hause.

»Das Problem ist, daß alle Häuser hier unter dem Namen ihrer Besitzer bekannt sind, aber niemand weiß, wovon man redet, wenn man nach Fuechts Haus fragt, weil mein Stiefvater hier nie gewohnt hat, und nur der Name des Ehepaars, das hier jahrelang lebte, bekannt ist – Grimalds Cottage.«

»Natürlich haben wir allen Leuten Fuecht buchstabiert, schwarzen Kindern, alten Frauen auf den Feldern . . .«

»Tom hätte es euch sagen sollen.«

»Gid hat dauernd gesagt, wie verwirrend das Leben auf dem Land ist. Die ganze Zeit stöhnte er, wie einfach es ist, zwischen einer Million Menschen herumzufahren mit Namen an den Straßen und Nummern an den Häusern . . .« Ann begann zu kichern, wie man über etwas kichert, das nicht komisch war, als es geschah, und wollte sich gemeinsam mit Jessie über ihn amüsieren. Mit der Rücksichtslosigkeit einer Frau, die für einen Geliebten oder ein Kind etwas will, erweckte sie den

Anschein, als würden sie und Jessie zusammen den Mann mit warmer Anteilnahme ins Haus führen. In benommener, unharmonischer Prozession gingen sie zwischen den Hibiskussträuchern hindurch die rissigen Betonstufen hinunter zur Rückseite des Hauses, die tiefer lag als der Fahrweg: Jessie mit dem sonnengegerbten Gesicht und braunen Händen und weißen Nägeln, gebleicht in der physischen Ehrlichkeit von Salzwasser und scheuerndem Sand; die beiden anderen in der zerknitterten Anrüchigkeit von Leuten, die zu lange nicht aus den Kleidern gekommen sind.

Es war halb zwölf Uhr vormittags. Jessie ging voran in das Haus, das kein Eigentumsrecht anerkannte. »Möchtet ihr einen Tee? Habt ihr gefrühstückt?«

Ann ging zu den Fenstern des Wohnzimmers wie ein Wochenendgast, die Hände auf den Hüften, und schaute hinaus aufs Meer. Gideon setzte sich in die Mitte des Diwans, der als Sofa diente, und löste damit ein Geräusch wie von zerrissenen Klaviersaiten aus. Er beugte sich vor, die Hände gefaltet, die Ellbogen auf den Knien, und sah sich mit gesenkter Stirn langsam im Zimmer um. »Irgendwelche Hoffnung auf einen Brandy?«

»Natürlich. Auch Bier, glaub ich. Möchtest du ein Bier, Ann? Ich schau im Kühlschrank nach – ich hab mir neulich ein paar Dosen gekauft.«

»Milch«, sagte Ann. »Ein großes Glas kalte Milch.«

Jessie ging in die Küche. Der junge Zulu, der das Haus betreute, wenn es leer stand, und für die Bewohner arbeitete, wenn es vermietet war, rührte in einer großen Tasse Tee. Er sagte: »Missus?«, und sie sagte: »Schon gut«, und wenn er auch die Wörter nicht verstand, so verstand er den Ton und das Lächeln, und sie nahm die Milch und einen Krug Wasser aus dem Kühlschrank und machte das Tablett selbst zurecht. Sie entleerte eine Kekspackung auf einen Teller und nahm ein Stück Käse, der in seiner roten Rinde schwitzte, aus dem Papier.

Als sie mit dem Tablett wieder ins Wohnzimmer kam, saß Ann hingegossen auf einem großen Sessel, und Gideon hatte eine der steifen, eselsohrigen Zeitschriften genommen, die frühere Mieter im Zeitungsständer zurückgelassen hatten, und blätterte die Seiten um, ohne sie anzusehen. Ann richtete sich auf, trank die Milch und schnitt ein Stück Käse ab, und Jessie sagte: »Der Brandy« und holte eine Flasche aus der Anrichte. Sie stellte das eisgekühlte Wasser daneben, aber er goß sich einen Doppelten ein und trank ihn pur. Ann redete ihm gut zu: »Nimm doch etwas Käse. Willst du keine Kekse haben?«

»Wo sind die Kinder?« fragte sie Jessie. Es war, als hätte sie sie ganz besonders gern, wie einer jener Erwachsenen, die sich der Kinder bedienen, um die Aufmerksamkeit auf sich zu lenken, eine Schau daraus machen, wie gut sie mit ihnen zurecht kommen und ihre Anwesenheit damit anderen Erwachsenen aufzwingen. Jessie antwortete, als wäre es so. »Irgendwo unten an den Felsen, nehm ich an. Ich werd runtergehen und sie holen müssen.«

Sie begannen wieder von der Suche nach dem Haus in der Dunkelheit der letzten Nacht zu reden. Gideon fielen dauernd die Augen zu, er schüttelte den Kopf und riß sie dann mit Gewalt und betont wieder auf. Einoder zweimal wurde sein Mund schlaff, er atmete laut

und keuchte dabei unregelmäßig. Ann legte ihre normale Lebhaftigkeit an den Tag, doch gab es Unterbrechungen, und dann schien sie den Faden dessen, was sie sagte, zu verlieren. Plötzlich erklärte sie: »Ich muß schlafen. Kann ich irgendwo ein Bett haben?« Wie der geistig Gesunde, der kurz Einblick in die strapaziösen Phantasien des Verrückten gewinnt, wurde Jessie mit einem Mal klar, daß die beiden die ganze Nacht aufgewesen sein mußten, vielleicht mehrere Nächte. »Woher seid ihr gestern überhaupt gekommen?« fragte sie.
Der beruhigende Abstand zwischen ihr und ihnen verringerte sich; mit einem Ruck wurden sie nahe zueinandergezogen. Anns Kopf sank ihr im Stehen müde auf die Schulter, dann sahen er und sie sich eine Sekunde an wie Leute, die gemeinsam etwas erlebt haben – etwas Häßliches, etwas Besonderes, etwas, das sie überlebt haben –, das in der Erzählung nicht wiederzugeben ist. Er wollte nicht reden, er zündete sich eine Zigarette an, als gäbe es das, was war, nur, wenn er sie ansah. »Woher wir gekommen sind ...?« Sie lachte, sich selbst ermutigend, verlegen. »Woher wir gekommen sind. Na ja, das ist eine andere Geschichte. Hör mal, ich muß mich jetzt wirklich hinlegen.«

Jessie ging zurück zum Strand, um die Kinder zu holen. Während sie den Pfad entlang und über den Sand ging, sagte sie sich die ganze Zeit, was sie gesagt haben sollte, sagen wollte. Sie hatte in den letzten Wochen so friedlich gelebt, daß ihre entrüstete Verdrossenheit ihr vorkam wie eine starke Emotion. Sie ärgerte sich maßlos darüber, daß sie die beiden so mir nichts, dir nichts aufgenommen hatte, so selbstverständlich, als wären sie

Nachbarn, die bloß mal auf eine Tasse Tee hereingeschaut hatten. Ein Glas kalte Milch! Warum hatte sie nicht sofort, auf der Stelle, gleich am Auto gesagt: Was macht ihr hier? Warum seid ihr hergekommen, schleppt die ganze Schau hierher, die Zeugen und die Geschehnisse, die Spione und die Störenfriede?
Ihr einsamer Haufen an persönlichen Dingen lag herrenlos auf dem Sand. Die tiefhängenden Wolken hatte der Nordwind weggeblasen, und das Meer war von einem klaren Himmel in ein hartes Blau gefärbt worden. Ihr war, als hätte sie den Ort schon verlassen. Sie fand die Kinder, und sie gingen in einer Reihe durch das hypnotisierte Glitzern des Mittags hinauf zum Haus, begleitet von einem Monolog, den Elisabeth hielt.
Jessie wußte, wie die Stimmen der Kinder ihnen vorauseilten, wenn man allein im Hause war und sie den Pfad heraufkamen, der sie allmählich auf die Höhe des Hauses brachte. Sie dachte an die beiden, die das Haus jetzt besetzt hielten, wandte sich innerlich ab und widersetzte sich hartnäckig dem Augenblick, in dem sie mit einer normalen, beiläufigen Bemerkung hineingehen würde. Ihre Schritte verlangsamten sich wie die eines Kindes, das sich fürchtet; es war ihr wichtig, die Begegnung mit ihnen hinauszuschieben, und sei es nur durch dieses bedeutungslose bißchen Zeit, das so gewonnen wurde. Aber die Stimmen mußten ungehört verklungen sein. Die Vorhänge in dem Zimmer, das sie Ann zugewiesen hatte, waren zugezogen, und beide waren nicht zu sehen. Jessie war lächerlich erleichtert, als ob sie wirklich nicht da wären. Sie aß ihren Lunch – Obst und Käse –, der von dem schweigenden Jason in seinem sauberen, rotkarierten Hemd aufgetragen wurde, in einem Mit-

tagstraum, und antwortete nicht auf das Geplapper der Kinder.
Danach setzte sie sich auf die Veranda. Sie rauchte und ließ ihren Blick auf dem Meereshorizont ruhen. Die Sonne stand nachmittags hinter dem Haus, und der Schatten, den es warf, war tief, die Helligkeit dahinter durchdringend. Die Vorhänge an den Fenstern, die auf das hintere Ende der Veranda gingen, blähten sich konvex, dann konkav, und blieben zugezogen. Sie dachte an ihn, langsam und immer wieder, als beschriebe sie ihn. Ein schwarzer Mann, der im Wagen sitzt, mit den kleinen Ohren, die sie haben, und den winzigen Wirbeln von verfilztem, schwarzem Haar. (»Wolle«: aber in welcher Hinsicht war es wie das weiche, ölige oder gewaschene seidige Vlies von Schafen?) Ein schwarzer Mann wie die Tausende, die Kaffer und Negergören und Eingeborenen und Nigger ihrer Kindheit, der »Schwarze Mann« ihres Erwachsenenlebens und ihrer Freundschaften; der Mann; der Liebhaber. All das war er. Und nichts davon. Shibalo. Als sie seinen Rücken im Auto sah, war er für einen langen Moment all die schwarzen Männer, die ihr Leben lang um sie gewesen waren, vertraut wie Menschen, die man nicht als Einzelpersonen kennt. In diesem Sinne kannte sie ihn schon sehr lange; in dem anderen Sinne dagegen so gut wie gar nicht. Bohrte er in der Nase, wie einige der anderen Schwarzen, mit denen sie befreundet war, es aus einer nervösen Angewohnheit heraus taten, wenn sie diskutierten? Sowas erfuhr man ebenso wie die Intelligenz, wenn man individuelle Beziehungen zu Leuten aufnahm. Franzosen und Deutsche benutzten Zahnstocher, während man noch aß. Was tat sie, wenn sie allein oder in der anderen

Alleinheit der Intimität war, das gegen jenes Ideal eines lebenden, aber nicht verwesenden Geschöpfs verstieß, das in der Öffentlichkeit hochgehalten wird? Tom schnitt sich die Zehennägel und ließ die Schnipsel im Schlafzimmer herumfliegen, so daß sie manchmal ein horniges, gelbliches Stückchen im Bett oder einer offengebliebenen Schublade fand. Sie verspürte immer etwas Abscheu, aber das ging vorüber, weil sie Tom sexuell liebte; sein Fleisch war für sie lebendig: daher starb er ständig. Vielleicht kann man die Tatsache der Erneuerung durch Verwesung nur akzeptieren, wo es fleischliche Liebe gibt.

Sie wartete auf den Augenblick, in dem der Mann aus dem Schlaf und dem Schweigen hinter den Vorhängen auftauchen würde. Sie hatte das halb gemeine, halb mächtige Gefühl einer Person, von der etwas erbeten werden wird. Was erwartete er von ihr, der Gideon Shibalo? Man mußte immer etwas für sie tun, weil sie machtlos waren, etwas für einen zu tun. Aber bedeutete das, daß es keine Grenze dafür gab, keine private Demarkationslinie, die jemand vor einem anderen ziehen darf? Weil er kein Leben hier unter uns hat, muß ich ihm meins geben? – aber das war eine wüste Übertreibung, worum es ging, was sie so verärgerte, war eine Störung ihres Urlaubs. Wenn er nicht weiß, wohin er mit seinem Mädchen gehen soll, ist das auch meine Angelegenheit? Ihr fast abergläubisches Zurückschrecken vor dem Gedanken, daß die Davis' mit ihr zusammenwohnen sollten, fast ein Jahr zuvor, war seit heute morgen schlagartig bestätigt, da sie Gideon Shibalo unversehens mit Boaz verwechselt hatte. Auch das Mädchen; was hatte sie mit diesem Mädchen zu schaffen, das sie das ganze

Jahr dauernd im Haus getroffen hatte, immer mit diesem Lächeln auf den Lippen wie ein Fremder, der einen auf dem Bürgersteig aus Versehen angerempelt hat? Ja, was? Streitlustig klagte sie an. »Ein Glas Milch.« Habe ich für sie vor diesem Augenblick existiert, in dem sie mich darum bat? Beginnt mein Dasein, wenn sie gezwungen ist, einfach zu kommen, und hört es auf, wenn sie wieder verschwindet? Jessie nahm sich das Mädchen genau vor, stellte wie eine eifersüchtige Frau fest, daß sie die Ankunft gut hinbekommen hatte, aber nur gerade; da waren einige Elemente von Schulmädchenhaftigkeit. Sie hatte sich wie eine Idiotin aufgeführt; oder sehr dicht dran. Zweifellos war Selbstsicherheit beabsichtigt gewesen. Na, das war es gewiß nicht gewesen. Sie hatte es mit Ach und Krach geschafft, dieses verrückte – nein, absurde Herkommen gerade noch plausibel zu machen. Gerade plausibel genug, daß ich den Mund hielt, dachte Jessie; und eine andere Version der Begegnung am Strand ging ihr durch den Kopf, ganz offen, bei der die Verbindung zwischen ihnen und ihr schon abbrach, ehe die erste bedeutungslose Begrüßungsfloskel genutzt werden konnte, sie zu bestätigen. Wie alle Liebenden, deren Affäre Schwierigkeiten macht, andere mit hineinzieht und Aufmerksamkeit erregt, waren sie eitel geworden – traurig vielleicht, aber gleichzeitig stolz auf sich und trotz allem von dem Gefühl beseelt, der Gedanke, mit ihnen verbunden zu sein, habe etwas Attraktives an sich. Mit ihnen eingelassen; sie zuckte vor dem Gedanken zurück. Statt dessen begann sie hektisch, Rationalisierungen an die Stelle zu setzen. Sie werden wegen Jason gehen müssen, dachte sie. Ich kann mit Jason nicht einmal in seiner eigenen Sprache reden. Wie kann man von einem einfachen Jungen wie ihm erwarten, daß er es versteht? Er tritt beiseite und verbeugt sich mit »Nkosikaz', Madam« vor jeder weißen Zicke, die ihn mit ihrem Wagen von der Straße drängt. Ein Junge wie Jason hat nichts als seinen Seelenfrieden. Man kann ihn ihm nicht nehmen und ihn hängen lassen; denn er versteht noch nichts von Politik, und er muß erst ein politischer Mensch werden, bevor man ihn als privaten Menschen befreien kann ... An solchen Leuten lag ihr nicht die Bohne. Hat sie in dem ganzen Jahr wirklich je etwas *gesagt* außer »Es war phantastisch« oder »Last uns das tun« oder »Soundso hatte eine fabelhafte Idee, wir wollen ...«

Gideon erschien an der Tür zwischen dem Eßzimmer und der Veranda. Es war fast sechs Uhr. Er zog an seinem Ohr und erschauerte müde. Ohne zu sprechen (sie mußte drinnen wohl noch schlafen), kam er herüber und hockte sich auf die Stufen. Er schien das Meer nicht zu sehen, sondern brachte die Ameisen auf den Stufen mit dem Schuh von ihrem Weg ab und starrte mit geistesabwesender Aufmerksamkeit auf das Verandadach, als hätte er ein berufliches Interesse an der Konstruktion oder an den Nachtfaltern und Gottesanbeterinnen, die dort hingen.

»Du hast fünf Stunden geschlafen.« Ihm gegenüber, empfand Jessie den Augenblick, da er nun gekommen war, nicht mehr als schwierig.

Er lächelte, aber es galt nicht ihr. »Guter Gott, ich war sehr, sehr müde.«

»Der Brandy steht noch da im Wohnzimmer, wo du ihn gelassen hast. Bring auch den Gin mit – dort im Schrank.« Sie stand auf und ging in die Küche, um Soda und Eis zu holen. Der Fußboden war frisch gebohnert mit einem dicken, roten Wachs, das schmierte wie Lippenstift; es roch stark nach Insektenspray. Jasons unbarmherziges Bestehen auf den gröberen und unbequemeren Aspekten der Sauberkeit hatte etwas von einer Krankenhaus-Oberin an sich. Der Rasenmäher brabbelte zwischen der Rückseite des Hauses und dem Fahrweg vor sich hin.

Gideon schenkte ihnen beiden einen Drink ein, und als sie sich auf den Stuhl setzte, auf dem sie den ganzen Nachmittag gesessen hatte, fragte sie ihn: »Wo wollt ihr eigentlich hin?«

»Oh.« Er hielt sein Glas in der Hand, aber er stellte es wieder zwischen seine Füße, wo er hockte. »Das ist es eben.« Sofort nahm er das Glas wieder auf und trank es aus, als wäre er allein in einer Kneipe. »Wir waren nicht so sicher. Dann waren wir gestern irgendwo hier in der Gegend ...« (wie weit reicht wohl die Gegend? fragte sich Jessie) »... und Ann kam auf die helle Idee, dich zu besuchen.«

»Harewood Road ist nicht gerade ›hier in der Gegend‹«, sagte sie. Es war die Adresse des Hauses in der Stadt.

Er ließ sein leises Lachen hören. Ihr fiel wieder seine Art auf, eher mit sich als mit seinem Gegenüber zu sprechen. »Das kann man wohl sagen«, sagte er. Eine Erklärung zu verlangen war so gar nicht ihre Art; er ersparte ihr die Verlegenheit des Versuchs, indem er darüber hinwegging. Sie sagte sehr sanft: »Ich weiß nicht, warum ihr zu mir gekommen seid, weißt du« und zum erstenmal wurde er hinter der beiläufigen Unpersönlichkeit seines Verhaltens sichtbar und wollte gerade sprechen, als Elisabeth vom Garten heranrannte, beim Anblick eines Besuchers stehen blieb und die Stufen heraufschlich statt zu rasen. Sie kannte Gideon Shibalo natürlich von Zuhause, obwohl sie vergessen hatte, daß ihre Mutter beim Lunch gesagt hatte, Ann sei im Haus und noch ein Freund, der Mann, der Bilder von ihnen gezeichnet hatte. Er sagte: »Hallo, das ist Madge, nicht?«, und sie schenkte ihm ein Routine-Lächeln für Erwachsene, als hätte er recht. Sie spürte, daß ihre Mutter sie auf eine Weise ansah, die zu deuten sie noch ein bißchen klein war; Madge oder Clem hätten verstanden, daß ihre Anwesenheit in diesem Augenblick für die Erwachsenen hinderlich war. Ihre Mutter fragte mit einer Stimme speziell für sie, überrascht, begeistert: »Wo bist du gewesen?«

»Gemäht mit Jason.«

»Und die beiden anderen?«

»Zur Straße gegangen, Lucky Beans suchen.«

»Es ist Zeit für dein Bad, Liebling.«

»Oooch . . . noch nicht, wenn sie kommen, ich will mit ihnen baden . . .«, und als sie auf dem Gesicht ihrer Mutter erst Nachgiebigkeit und dann Kapitulation sah, verwandelte sich ihr mürrisch klagender Ton noch im Satz in fröhliche Liebenswürdigkeit.

»Ich geh noch mal ein bißchen mähen, ja?«

Madge und Clem kamen geräuschvoll durchs Haus. »Pst, jemand schläft«, sagte Jessie, aber sie ignorierten sie und den Besucher auch, denn sie waren alt genug, um es sehr schwierig zu finden, an die Begrüßung von Gästen zu denken, und unwiderstehlich, sie nachzuäffen und, sobald sie im Schlaf- oder Badezimmer in Sicherheit waren, über wirkliche oder eingebildete Absonderlichkeiten der Gäste zu kichern. »Wir haben Hunderte gefunden. Da ist noch ein großer Baum, ganz voll, den

wir gefunden haben, weiter oben als gestern. Wir sind meilenweit gelaufen«, sagte Clem überschwenglich zu Elisabeth. Elisabeth war beeindruckt und wollte unbedingt auch welche haben. »Nein, die nicht, die will ich für mich.« Clem hielt eine der schwarzen Schoten, die sie aus ihrem Rock auf die Veranda entleert hatte, so hoch, daß Elisabeth sie nicht erreichen konnte. »Hier, ich will sie nicht«, sagte Madge, die plötzlich genug davon hatte. Sie lud ihre ganze Beute bei Elisabeth ab und begann die Flecke zu untersuchen, die einige lose Bohnen in ihrer heißen Handfläche hinterlassen hatten. Die kleinen harten roten Kugeln mit schwarzen Augen rollten über die ganze Veranda. Gideon sagte zu einem der (für ihn namenlosen) hübschen kleinen Mädchen: »Du solltest dir eine Halskette daraus machen. Du besorgst dir eine spitze Nadel und bohrst durch jede ein Loch ...« – »O ja, ich weiß«, sagte Madge, sofort von seiner Aufmerksamkeit entzückt. »Man kann sie in Johannesburg auf der Straße kaufen. Schwarze Frauen verkaufen sie. Und man kann sie auch als Augen für Stofftiere verwenden; Elisabeth hat so einen Affen.«
Jessie war in der nächsten Stunde damit beschäftigt, dafür zu sorgen, daß die Kinder badeten und das Essen bereitet wurde. Jason schnitt die Rundung jeder Kartoffel herunter bis zu vielen zerklüfteten Facetten und ließ sie in kaltem Wasser liegen; dann schnitzelte er grüne Bohnen und weichte sie ein. Dann wartete er darauf, daß Jessie kam und diese Rohstoffe irgendwie verarbeitete, und er machte sich auf höchst unaufdringliche, doch keineswegs demütige Weise nützlich. Er verstand die Namen der üblichen Gegenstände, mit denen sie arbeiteten, und die Verben für bestimmte Aufgaben.

Sie sah ihn durch das V, das die beiden dünnen Äste des Papayabaums vor dem Küchenfenster bildeten, wie er Anlauf nahm, um den Rasenmäher den Abhang hinaufzuschieben, und sie rief ihn. Er mähte stets entweder in einen blauen Overall oder, wie jetzt, mit nacktem Oberkörper und seinen üblichen Shorts; aber wie immer er auch gekleidet war, er sah aus wie einer der jungen Männer, die für irgendeine sportliche Veranstaltung trainierten und an Sommerabenden durch die städtischen Straßen trabten – mit einem Gesichtsausdruck, als lauschten sie einem reibungslosen inneren Mechanismus. Während sie Fleisch schnitt, hörte sie ihn draußen den Wasserhahn aufdrehen, und nach wenigen Minuten erschien er, frisch gewaschen und in einem sauberen, lose herabhängenden Hemd. Sie waren ohne Worte sehr gut zurechtgekommen, und jetzt hatte sie das Gefühl – es gehörte zu der Störung, die sie nun in allem sah –, daß die Tatsache, mehr sagen zu müssen, mehr als nur die Gegenstände zu nennen, die sie in die Hand nahm, etwas beendete, eine Art von Privatleben.
»Gäste«, sagte sie zu ihm. Sie hielt die Hand hoch und spreizte die fünf Finger. »Gäste. Fünf bei Tisch. Verstanden?«
»Fünf«, bestätigte er schüchtern auf Englisch.
Sie ging zwischen der Küche und den anderen Räumen des Hauses hin und her und kam dann und wann für ein paar Minuten nach draußen. Die Kinder waren da, nach dem Baden, und das Geplapper schuf einen vorübergehenden Waffenstillstand zwischen ihr und Gideon. Das städtische Ritual der abendlichen Drinks hatte sie aufgegeben, solange sie allein war. (Manchmal stellte sie eine Flasche Weißwein kalt und trank davon zum Lunch –

der Rest verbesserte dann eine Fischsauce.) Er füllte ihr Glas, wenn er sich selbst nachschenkte, und sie nahm es jedesmal ohne eine Bemerkung. Es war die Stunde des Tages, die sie sich nie entgehen ließ; halb beteiligt, ebenso wie er, am Spiel der Kinder, sah sie die Wasseroberfläche schimmernd über Tiefen gleiten, die schon dunkel waren, so daß das Meer nicht eine Farbe war, sondern ein Blick, eindringlich, sich sammelnd, aufleuchtend. Eine lange, beige Wolkenwand wurde rauchig malvenfarbig wie ein fernes Vorgebirge. Von dem Punkt an, wo die Küstenlinie eine Biegung beschrieb und hinter den Kiefern verschwand, die die Siedlung kennzeichneten, begann der gefärbte Himmel blasser und verschwommener zu werden, als ob man ihn durch eine beschlagene Fensterscheibe sähe. Dunst löste diese Welt vollkommen auf, er flutete immer von rechts heran. Wenn dieser Dunst nicht mehr zu sehen war, wußte man, daß er die Dünen erreicht hatte; das Haus, die Veranda. Er wurde fühlbar, wenn auch nicht sichtbar in einer Dunkelheit ohne Entfernungen, die aus Meer und Himmel und der Schwärze auf Armeslänge ein und dasselbe machte. Sie streckte gern die Hand danach aus und ließ sie hineinhängen wie in Wasser (die Kinder hatten das Licht angeschaltet); sie sagte zu Gideon, ein wenig angeregt durch den Gin und jetzt aggressiv freundlich: »Mir fällt auf, daß du kein einziges Mal hingesehen hast.«

»Wohin?« Er hatte gerade seinen Inquisitor (Clem) erfolgreich abgeschmettert bei dem Spiel, bei dem man auf keine Frage mit »ja« oder »nein« antworten darf. »Jetzt du, Mammi, du bist dran«, drängelte Clem. »Er hat gewonnen, also muß er jetzt fragen. Komm schon!«

Die Anwesenheit eines Mannes rundete die Gruppe zu einer Familie ab; an anderen Abenden war von ihr nicht erwartet worden, daß sie sich an den Spielen der kleinen Mädchen beteiligte: sie hatten sie fast vergessen, wenn sie im Dunkeln still in ihrer Nähe saß. Ein paarmal ließen sie und Shibalo sich von dem Unsinn regelrecht fesseln und stritten lebhaft über irgendeine Frage spielerischer Fairneß. Die Kinder schwankten zwischen Bewunderung für seine Geschicklichkeit und Verzweiflung, weil sie verloren. Elisabeth wurde das, was die Mädchen untereinander als »frech« bezeichneten, stürzte sich auf Gideon und verbarg ihr Gesicht, so daß niemand wußte, ob sie weinte oder lachte. »Mensch, wenn mein Bruder hier wäre, der hätte dich geschlagen«, warnte Clemence. »Was glaubst du, wenn mein Bruder Morgan hier wäre.« Jessie sah die kleinen Mädchen mit einem Ausbruch von Neugier an; sie hatte nicht geglaubt, daß Morgan einen Platz in ihrer Welt hatte.

Sie aßen ohne Ann – »Sollen wir sie rufen?« Jessie überließ es Shibalo, und er sagte ruhig: »Ich glaube, je länger sie schläft . . .« Sie hatten genug getrunken, um sich als die Menschen zu begegnen, die sie waren, unabhängig von der Situation, die jeden dem anderen in einem besonderen Licht erscheinen ließ. Sie hatten Spaß an den Kindern und waren durch ihr Erwachsensein verbunden. Jason brachte das Essen herein, schien einen Augenblick verwirrt und wußte nicht, wo er es abstellen sollte. Als er Gideon bediente, murmelte er eine Begrüßung, und Gideon antwortete zerstreut. Jessie hatte die Empfindung, als überginge sie etwas fast ohne Bewußtsein. Als die Kinder ins Bett gegangen waren – oder sich zumindest für die Nacht in ihr Zimmer zurückgezogen hatten –, blieben sie und Gideon am Tisch sitzen. Es entstand zwangsläufig eine Atmosphäre der Vertraulichkeit zwischen ihnen wie bei Leuten, die in einem leeren Café bleiben.

»Ja, du kommst eine Weile her, du bringst deine Kinder mit, du kehrst wieder in die Stadt zurück ...« Er sprach wie jemand, dem es plötzlich einfällt, ohne großes Interesse kurz eine Art von Leben zu betrachten, von dem er vorher keine Notiz genommen hat.

»Ich bin zum erstenmal seit meiner Kindheit hier«, sagte sie. »Es ist nicht mein Haus. Ich habe keine Häuser hier und da.«

»Ich hatte gedacht ...« entschuldigte er sich mit schlecht gespielter Überraschung.

»Du hast falsch gedacht«, sagte sie und paßte sich ihm mit einem Lächeln an.

Er lachte selbstkritisch, schuldbewußt. »Ich hab mir alles mögliche gedacht ...« Ihre Existenz wurde abgetan, er kehrte zur Realität zurück, hielt nach den ersten Worten inne und bemühte sich um Präzision. Er hob abwägend die Hände, ruckhaft, nach der richtigen Geste suchend, und als er sie an beide Schläfen legte, wurden sie, während er sprach, zuerst zu Scheuklappen und wölbten sich dann zu einem Rahmen: »Man hat alles klar, man grenzt es für sich selbst von allem Übrigen ab. Aber das ist nicht real, einen Ort nur mit rechten Winkeln gibt es nicht, ein Baum hört nicht an einer entlang der Mitte gezogenen Linie auf. Man landet meilenweit abseits. Man denkt nicht da, wo man handelt. Wenn man in Gang kommt, in Schwung kommt, anfängt, die Dinge zu verändern, sie kaputtzuschlagen, denkt man nicht dabei.«

»Machst du noch im Congress mit?«
»Ich bin noch im Congress.«
»Ach, weißt du, all das vergißt man hier.« Sie lachte.
»Wirklich?«
»Ja, mein Ernst . . .« Sie lächelte ihn an, spielte mit Dingen auf dem Tisch und brachte seinen Gedanken auf harmlose Weise zur Sprache. »Mit dem einzigen Schwarzen hier kann ich nicht sprechen, und mit den Weißen spreche ich auch nicht – ich sehe sie mir bloß manchmal an, wie man einen Boudin ansieht.« Das gespannte Gefühl, sich Eindringlinge vom Leibe halten zu müssen, gab ihr eine unbekümmerte Offenheit. Gleichmütig sagte sie, was sie sagen wollte, ob es ihm (und ihr selbst) gefiel oder nicht. »Es ist wahr, man könnte hier wahrscheinlich leben, ohne überhaupt daran zu denken, bis sie mit Messern und Stöcken aus den Zuckerrohrplantagen kommen und einen abmurksen, ehe man Zeit hat, sich darüber Gedanken zu machen.«
»Könnte man das?«, gab er zu, halb herausfordernd, halb ironisch. Die Weißen, die er kannte, versetzten sich nie in eine solche Lage: es war immer, als gingen er und sie davon aus, daß es sich um andere handelte. Sie sahen sich an und lachten. Als sie dann zu ihm sagte: »Ich weiß nicht, warum ihr zu mir gekommen seid«, beugte er sich nur über den Tisch, nahm eine Banane und antwortete mit der ungeschminkten, liebenswürdigen Unverfrorenheit zwischen ihnen: »Hab nicht gedacht, daß du so viel dagegen hättest.« Und fast mitfühlend fügte er hinzu: »Ist es seinetwegen?« Er meinte Boaz.
»Ist da etwas Endgültiges gewesen?« Sie konnte nicht umhin, diese Frage zu stellen.

»Tag für Tag haben sie geredet. Ich hatte sie zwei Tage nicht gesehen. Dann rief sie an. Sie war in einem fürchterlichen Zustand. Wir alle ...« Er hatte plötzlich das Gesicht eines Mannes, der sich in einer aussichtslosen Lage befindet, Schlägen ausgesetzt ist, aufgegeben hat, dessen einzige Verteidigung ist: Macht mit mir, was ihr wollt. »Dann hat sie mich mit dem Wagen abgeholt.«

»Wann war das?« Jessie war so unpersönlich wie ein Beamter, der ein Formular ausfüllt.

»Donnerstag–Freitag. Vor einer Woche.«

Während er noch sprach, war Ann erschienen, sie schob mit den Händen die Ärmel eines Morgenrocks hoch und umfaßte ihre Ellbogen. Sie kam heran, blieb dann stehen und hörte sich mit leicht geöffnetem Mund an, was gesagt wurde, als wäre sie auf eine Bühne gekommen, die sie kannte, um zu sehen, ob alles vonstatten ging, wie es sollte. Sie sah viel erschöpfter aus als vor dem Schlafen, zog die Augenbrauen hoch und runzelte die Stirn.

»Vor einer Woche«, sagte Jessie. Sie sah die beiden an. Sie spürten, daß ihr klar wurde, was das bedeutete und daß sie überrascht war; sie ignorierten es wie Leute, die Bescheidenheit vortäuschen.

»Wissen sie, wo ihr seid?«

»Nein ... nein.«

»Wir waren die ganze Zeit unterwegs«, sagte Ann. Sie schob eine zerknüllte Serviette beiseite, setzte sich halb auf den Tisch und stützte ein Bein auf einen Stuhl.

»Ich hab ein paar Handtücher im Schrank gesehen. Kann ich baden?«

Jessie stand bereitwillig auf, aber ehe sie zur Tür hinausging, sagte sie es: »Ihr könnt wirklich nicht hierbleiben,

wißt ihr.« Sie sah die beiden an, freundlich, ehrlich, die unechte Nonchalance war aufgegeben.
Als wäre das bloß interessant, als stecke keine Absicht dahinter, fragte Ann: »Warum nicht?«
»Der Boy, zum einen. Ich weiß nicht, was jemand wie er davon halten würde.«
Ann brach in Gelächter aus. »Aber seit wann machst du dir über so was Gedanken?« Sie drückte eine objektive Belustigung aus, die sie Jessie zugleich zur Beruhigung über sich selbst anbot.
Im Schlafzimmer, das bis zu diesem Nachmittag unbenutzt gewesen war, holte Jessie Handtücher heraus. »Nur eins hat eine annehmbare Größe – ich hab nicht viele mitgebracht.« Sie legte sie auf die zerwühlten Betten. »Ich hab sie vor einem Jahr an dem Tag gekauft, als ihr kamt; meine einzige Vorbereitung«, sagte sie lächelnd.
»Wir können doch wohl heute nacht hierbleiben?« fragte Ann.
Jessie setzte sich auf das Bett und umfaßte ihren bloßen Knöchel. »Weißt du, Ann, ich kenn dich überhaupt nicht, es ist, als wärest du eben zum ersten Mal hereingekommen. Boaz sagt mir: du weißt, wie sie ist, sie würde dies nicht tun, sie würde das tun, aber wie ich auch ihm schon gesagt hab, ich weiß überhaupt nicht, wie du bist.«
Das Mädchen hatte den offenen, benommenen Ausdruck von jemandem, der nach einer dieser dunklen Fahrten auf einem Rummelplatz auftaucht, die eigentlich nur durch einen Tunnel aus Zeltleinwand führen, in dem gewöhnliche Gegenstände wie Staubwedel und lose Tücher hängen, die aber eine Verbindung herstellen

zwischen Schreckensphantasien und dem Normalen. Sie war nicht verlegen, nur ein bißchen unsicher. »Vermutlich denke ich über Menschen nicht so nach wie du. Ich meine, wir hatten zwei Nächte im Wagen geschlafen, und ich dachte daran, daß du gerade hier bist, ganz allein in diesem Haus.«

Es war nur recht und billig. Leute wie die Stilwells führten auf eine besondere Weise ein offenes Haus; es hatte nichts zu tun mit dem »gesellschaftlichen« Leben, und es gab keine Vorschrift über Zeiten und Tage: jemand brauchte einen Platz zum arbeiten oder um allein zu sein, einen Platz, um eine gewisse Phase seines Lebens durchzustehen – man gewährte ihn oder nahm ihn in Anspruch, je nach den Umständen. Aber Jessie war sich deutlich bewußt, daß sie nicht »gerade da« war, und die beiden konnten an diesem Zufluchtsort nicht mit ihr »gerade da« sein. Das hier war nicht das alte Haus, das Stilwell-Haus, wo das Leben vielfältig war. Dieses Haus war zur Zeit völlig erfüllt von *ihrem, Jessies Sein*; konnten die beiden das nicht spüren? Sie dachte: es muß das Haus füllen wie ein Geruch. Wenn sie hierherkamen, zu ihr, dann konnte das nur aufgrund einer besonderen und zutiefst persönlichen Verbindung mit diesem Sein geschehen.

Sie wehrte sich gegen die Vorstellung, denn das Bestreben, sich zu schützen, ließ sie wünschen, daß Ann nichts davon erfuhr. Sie unterdrückte die Frage: »Aber warum ich? Warum zu mir?«, die das Mädchen daran erinnert hätte, daß es Boaz war, den sie, Jessie, kannte. Sie kehrte zu dem leicht neugierigen Ton des Beobachters zurück und sagte: »Eine Woche. Wo denn, um Gottes willen?«

»Ach, überall und nirgends . . .« Ann zerrte einen kleinen Koffer aufs Bett, in dem, als sie ihn öffnete, ein wildes Durcheinander auftauchte – plötzlich erschien Jessie das Zimmer, in dem er gepackt worden sein mußte, das Zimmer, in dem all die besaiteten und bauchigen Instrumente an den Wänden lehnten und in dem Boaz saß, die nackten Füße unter den Tisch gestreckt; Morgans altes Zimmer. »Gid hat einen Freund in der Nähe von Messina, da sind wir hingefahren, dann dachten wir an Basutoland, ich weiß nicht, irgendwo . . .« – sie nahm ein Kleidungsstück heraus und blickte es verwirrt an –« . . . wo ist denn das Oberteil, verdammt nochmal? – Er ist ein Schatz, dieser Mapulane, aber es war natürlich unmöglich, er hat ein reizendes kleines Haus, und sie waren fabelhaft, aber es ist *in* einem Reservat . . . Dann dachten wir daran, nach Basutoland zu fahren, und ich bin sowieso noch nie in Basutoland gewesen. Na ja, das hat nicht geklappt . . .« Sie lachte und begann wieder im Koffer zu wühlen.

»Lag dem eine Art Entscheidung zugrunde? Wißt ihr, wohin ihr geht?«

Das Mädchen ergriff das Badetuch, eine Dose Körperpuder und ein Päckchen Zigaretten. »Ich weiß nicht, was geschehen ist. Die ganze Sache war erledigt. Es kam mir ganz in Ordnung vor, wirklich. Und als wir – Boaz – dann über andere Dinge redeten, ganz normale Dinge, und anfingen, wieder normal zu sein – du weißt schon, einfach zusammen im Zimmer zu sein und zu reden und ein bißchen aufzuräumen und so weiter –, da bekam ich plötzlich Angst. Ich kann es nicht erklären. Ich wurde einfach von Panik ergriffen, und ich konnte es ihm nicht sagen, ich wär mir so albern vorgekommen.«

»Ich ruf sie lieber an und sag, daß es euch gut geht.«
»Tom war nicht da. Er war für ein paar Tage zu seinem Vater gefahren.«
»Ich weiß. Er hat mir von dort geschrieben. Aber jetzt wird er zurück sein.«
»Kein Bad seit zwei Tagen. Bloß ein bißchen gewaschen in Tankstellentoiletten, während mein Fahrer tankte.« Ihr Gesicht war einen Augenblick ausdruckslos, dann lachte sie.
Als Jessie durch das Eßzimmer kam, sah sie Gideons Silhouette, der auf der dunklen Veranda saß und rauchte. Sie ging in die Küche und unternahm es zögernd zum erstenmal wieder, das Telephon zu benutzen. Das Amt sagte ihr, es würde zwei Stunden dauern, bis das Gespräch durchkäme, aber Jason war gerade erst mit Abwaschen fertig und hatte die Tür hinter sich geschlossen, als das Telephon läutete und Toms Stimme am anderen Ende eines Tunnels war. Es war nicht der Tom, dem sie Briefe schrieb, die zur Hauptströmung des zeitlosen Lebens gehörten, sondern der Tom ihres zerflatternden täglichen Daseins inmitten der Anforderungen, die für sich und nur im Moment wichtig waren. Er rief blechern durch das Megaphon der Ferne: »Ich war gerade dabei, dir zu schreiben, ich bin gestern zurückgekommen«, und sie sagte: »Ich weiß«, womit sie meinte, daß sie seine Neuigkeiten kannte. »Sie sind heute morgen hier aufgekreuzt. Sie sind hier.« Es herrschte eine Sekunde peinliches Schweigen. »Na, das ist wenigstens etwas.«
»Sie sind jetzt hier.«
»Geht's ihnen gut?«

»Ja, alles in Ordnung. Ich fand, ich sollte Boaz . . .«
»Er konnte sich nicht vorstellen, wohin sie gehen würden, das ist es eben. Du verstehst . . .«
Sie wußte, wie er jetzt aussah; sie wußte, was sein Gesicht wortlos andeutete. Obwohl sie sich nicht sehen konnten, kürzte die Vertrautheit ihr Gespräch ab, als stünden sie einander gegenüber.
»Das Dumme ist, ich war nicht da, nur Morgan . . .«
»Morgan was?« fragte sie. Sie hatte ihn nicht verstanden.
»Morgan, sagte ich. Ich war bei meinem Vater, aber Morgan ist zu Hause geblieben. Er war hier. Ich weiß nicht, wieviel . . . jedenfalls scheint sie plötzlich erklärt zu haben, sie werde weggehen, könne nicht bleiben. Vorher war alles in Ordnung gewesen; noch am Abend zuvor. Das glaubte ich jedenfalls. Na ja, Boaz wird ein Stein vom Herzen fallen, er . . .«
»Aber warum zu mir?« Sie legte die hohle Hand um die Sprechmuschel und flüsterte laut und drängend: »Ich sagte, warum zu mir?« Ihr ganzer Körper war angespannt, als sie auf eine Antwort wartete, als ob er durch ein Wunder, oder besser noch, durch gesunden Menschenverstand ihr eine einfache Antwort geben würde, die sie aus der Sache herauslassen, von den beiden befreien würde.
Sie hörte ihn lachen. Ein leises Signal ertönte, und eine Stimme sagte ihr direkt ins Ohr: »Drei Minuten.« – »Na, Gott sei Dank«, sagte er. »Es ist alles in Ordnung. Ich meine, sie sind da in Sicherheit, niemand . . . Wir fürchteten, sie würden jeden Moment aufgegriffen. Es ist da ungefährlich, nicht wahr?«
»Ich hab ihnen gesagt, sie können nicht bleiben.«

»Ach. Na, ich weiß nicht. Schau mal, Liebling, das Ganze ist kein Witz. Boaz macht sich jetzt nur um eins Sorgen. Verstehst du? Jessie? Wenn sie aufgegriffen wird . . . Jessie?«

Aber es schien, als habe die Polizei nichts damit zu tun, nichts mit dem, was Jessie dachte, nichts mit ihnen.

»Ich kann das nicht glauben«, sagte sie, aber er erwiderte: »Ich hab dich nicht verstanden, was hast du gesagt?« und sie konnte nicht sagen: »Ich kann nicht glauben, daß das die Gefahr ist.«

»Morgan läßt dich grüßen.« Der veränderte Ton seiner Stimme machte ihr klar, daß der Junge herangekommen sein und neben dem Telephon stehen mußte.

»Danke, ich ihn auch. Gib ihm den Apparat nicht, ich will mit dir reden . . .« aber Morgans Anwesenheit bei Tom am anderen Ende der Leitung und die Anwesenheit von anderen (sie hörte jemanden durchs Eßzimmer gehen) an ihrem Ende machten es unmöglich. Zusammenhanglose Trivialitäten erfüllten die letzte Minute.

»Ich schreib dir heute abend«, rief sie, während er Tschüß schrie, aber nach seinem nachgiebigen, verlegenen »In Ordnung« wurden sie getrennt, und damit war sie der Angelegenheit überlassen.

16

Sie schrieb keinen Brief, aber Unruhe, etwa wie die Erregung nach einer unbeendigten Diskussion, drang irgendwann gegen Morgen in ihren tiefen Schlaf ein. Ein zusammenhangloser Dialog ging da vor sich zuerst in der ewigen Sekunde, in der sich ein Traum entfaltet und sofort und völlig verstanden wird, dann verlangsamt zu dem schwerfüßigeren Begreifen des wachen Verstandes in der gewöhnlichen Dimension verstreichender Minuten. Bin ich seit zehn Minuten wach, seit einer Stunde? Zuerst wußte sie es nicht, obwohl sie hellwach hinter geschlossenen Augen in ihrem schlafenden Körper herumstöberte, aber allmählich wurde der Rhythmus, der die Nacht davontrug, erkennbar und ohne Zifferblatt meßbar, so wie Tiere den Rhythmus der Jahreszeiten spüren.

Boaz macht sich nur um eins Sorgen.

Wie unmöglich, wie unbillig für Boaz, daß in einer Situation wie der seinen die Zeit kommt, da *das einzige, das wichtig ist* – die Realität –, verdrängt wird durch etwas Äußerliches und Irrelevantes. Eine Zeile in einem Gesetzbuch hat mehr Gewicht als die Ansprüche der Liebe des einen oder anderen Mannes. Alle Ansprüche auf natürliches Gefühl werden gleichermaßen aufgehoben durch eine Zeile in einem Gesetzbuch, die das Menschsein nicht berücksichtigt, die weder Liebe noch Achtung, weder Eifersucht noch Rivalität, weder Mitleid noch Haß anerkennt – noch irgendeine menschliche

Haltung sonst, wenn Schwarze und Weiße zusammen sind. Was Boaz für Ann empfand; was Gideon für Ann empfand; was Ann für Boaz empfand; was sie für Gideon empfand – all das, was real und im Leben verwurzelt war, wurde nichtig vor den plumpen Wörtern, die die Zartheit und unendliche Vielfältigkeit des Lebens auf eine Rassentheorie reduzierten. Es ging nicht darum, daß man ein Mann oder eine Frau war mit Verstand und Geschlecht, Körper und Seele – es ging darum, Vorbedingungen für die Lizenz zu erfüllen, von dem Gebrauch zu machen, das einem zufällig angeboren wurde. Es war alles Routine wie die Hundemarke aus Messing, die in einen Schrank gelegt wird, oder die Plakette der Haftpflichtversicherung, die man alljährlich an die Windschutzscheibe klebt.
Machte sich Boaz Sorgen um diese Routine (»jetzt nur um eins«), weil er sie liebte und nicht wollte, daß sie ins Gefängnis kam? Weil er sie hergebracht hatte und sich sowieso für sie verantwortlich fühlte? Wie alles andere Persönliche waren seine Gründe unwichtig. Die Routine war etwas, das sie alle sofort aus ihren Gedanken verbannten, um zu verhindern, daß sie zu Ende gedacht wurde; der äußerliche Grund, dessentwegen Meinungsverschiedenheiten und sogar Gleichgültigkeit aufgegeben werden wie im Fall eines Krieges oder einer Naturkatastrophe.
Aber es war dennoch das einzige, das nicht zählte. Nicht zwischen Ann und Boaz und Gideon. Nicht zwischen Ann und Boaz und Gideon und Tom und ihr. Nicht in diesem Haus und nicht in jenem. Ich will nicht etwas tun wegen einer Hundemarke – sie sah die Schrift unter ihrer Hand dahinfließen und gleichzeitig Tom sie lesen

und beantworten. – Oder weil ich jetzt zufällig hier in diesem Haus bin. Wirklich uneigennützige Güte ist die einzige, die etwas nützt, und sie entsteht aus einem Impuls. Wie oft hat man in einem ganzen Leben diesen Impuls wirklich? – Sie war jetzt völlig wach und war sich ihres Körpers vom Gewicht der abgeworfenen Kleider auf ihren Füßen bis zu dem leicht muffigen Geruch des Kissens unter der linken Seite ihres Kopfes ganz bewußt – Sie dachte in aller Klarheit und nur für sich allein: alle anderen Arten von Güte sind nur Taten, die man vollbringt, um dem Bild von sich selbst als anständiger, großzügiger Person zu entsprechen. Wie jedes andere Bild von sich selbst grenzt auch dieses einen schließlich ein ... von der Grenze der Kleider, die auf den Zehen lasten, bis zu der anderen Grenze, wo Ohr und Wange auf dem Kissen enden.

Am Morgen war Ann früh auf. Jessie fand sie schon in der Sonne auf dem Rasen sitzend.
»Da draußen ist etwas. Ich hab's beobachtet. Schwimmen da draußen. Delphine.« Sie war voll Bewunderung für alles, als wäre sie gerade erst angekommen.
»Tümmler.«
»Sie springen aus dem Wasser!«
»Ja, wir sehen sie jeden Tag.«
Das Meer war ein wunderbares, schimmerndes Geschöpf, das über Nacht auf die Welt heraufgekommen war und von dessen Rücken das Licht flutete. In dem Strahlen zogen sie beide die Grimasse, die ein Lächeln wird. Heiser krächzende, braune Vögel stolzierten umher, flogen auf und setzten sich wieder; ihre Bewegung schien von den Gestalten der beiden Frauen herzukom-

men, als wären die Vögel von ihren Händen freigelassen worden.
Die ausgestreckten Finger des Mädchens hielten das zerzauste Haar von ihrem Gesicht ab; es war glatt und nicht mehr strähnig; in ihrem Alter hinterlassen Erschöpfung oder Konflikte keine Spuren – wie neuerwacht lag eine warme Röte bis zum Hals hinauf unter ihrer Haut. Sie trug den kurzen Baumwollmorgenrock, den sie so oft sonntags zu Hause angehabt hatte.
»Wo schwimmst du?«
»Ach, irgendwo. Haie gibt's überall.« Sie lachten.
»Willst du runtergehen?«
»Ach, ich muß einfach schwimmen. Gehst du auch?« fragte sie und meinte zu dieser Tageszeit.
»Oft.«
»Ach, ist das himmlisch ...« sagte sie, als ob sie vergehen oder zerfließen würde.
Jessie lieh ihr einen Badeanzug. Nach einer Minute trafen sie sich wieder auf der Veranda; Gideon war im Badezimmer. Sie gingen barfuß schweigend hinunter durch den nassen Pflanzenwuchs und zerrissen nasse Spinnweben, und als sie schon fast am Strand waren, prallte von hinten eine kleine Gestalt auf sie. »Ich wollte mitkommen!« keuchte Madge mit vorwurfsvollem Gesicht. »Na, du bist ja gekommen«, sagte Jessie. »Ich wollte, daß du auf mich wartest, bis ich meinen Badeanzug geholt habe.«
»Macht nichts, du kannst auch ohne schwimmen.«
Ann blieb von dieser Unterbrechung unberührt; Jessie dachte: so sieht sie mich, immer im Zusammenhang mit Forderungen, von denen sie nichts weiß, immer in der Annahme, daß ich und mein einzelnes Sein ganz natür-

lich zu existieren aufgehört haben. Aber der Gedanke wurde verdrängt durch die Empfindung von kühlem Sand unter den Füßen und die Benommenheit, die von der kalten, auf nüchternen Magen eingeatmeten Luft hervorgerufen wurde. Sie schwammen eine halbe Stunde und kamen vergnügt aus dem kalten Wasser. Nach dem Frühstück sagte Jessie zu Ann: »Hör mal, Gideon wird im Wohnzimmer schlafen müssen. Dieser Jason redet womöglich mit seinen Freunden. Er muß zum Saubermachen in die Zimmer gehen, ich kann ihn nicht davon abhalten ...« Ihr Ton war vernünftig, planend, und Ann verstand ihn sofort. Sie knabberte an einem Stückchen Haut neben ihrem Daumennagel und fragte: »Aber was ist mit der letzten Nacht?«

»Ich hab alles von deinem Bett runtergenommen und es auf das zweite in meinem Zimmer geschmissen.«

Ann lachte.

»Wir wissen nichts über diese alten Obersten hier«, sagte Jessie. »Wir wollen nicht, daß eine Rotte des hiesigen Ku-Klux-Klan hier angeritten kommt, verstehst du?«

»Oh«, sagte Ann, »in Ordnung«, und nahm sich vor, Gideon über die Absprache zu unterrichten, wenn sie allein wären, aber Jessie fand ihn rauchend im Wohnzimmer und erklärte sofort: »Dieser Diwan wird dein Bett sein müssen, ich habe es Ann gerade gesagt. Ich traue Freund Jason nicht oder vielmehr den Leuten nicht, für die seine Freunde vielleicht arbeiten.«

»Was für Leute?«

»Ich kenne sie nicht dem Namen nach, aber ich kenne sie gut genug.«

»Wir werden abhauen, Jessie«, sagte er fast liebevoll, völlig einsichtig. »Nein, wir hauen ab.«

Sie hob *Sieg* vom Teppich auf, wo es lag, die aufgeschlagenen Seiten nach unten, und legte es auf einen Stuhl.

Das Radio spielte (Gideon mußte es in Ordnung gebracht haben; seit Jessies Ankunft hatte es nicht funktioniert), Rauch hing in der Luft, Litschikerne lagen im Aschenbecher. Wenn sie in den ersten Tagen vom Strand zurückkam, fand sie Gideon und Ann immer im Wohnzimmer, und die Art und Weise ihrer Anwesenheit den Vormittag hindurch höhlte es aus. Sie begrüßten Jessie normal und beendeten einstweilen Gott weiß was für eine lange unartikulierte, bedeutungsvolle Diskussion, was für persönliches Schweigen. Sie waren bei ihr eingedrungen; aber sie stand auf der Schwelle und fühlte sich ausgeschlossen von der Selbstgenügsamkeit der Liebenden: sie hatte das vergessen. Sie zogen sie jedesmal so sehr in die irdische Welt zurück, eroberten sie zurück von dem Ich, dessen Gedanken fortwährend um das kreisten, was verloren werden konnte. Einen Augenblick lang war sie es, die nirgendwohin gehen konnte.

Bald begannen sie viele Stunden auf dem grasigen Hügel vor dem Haus zu verbringen und sogar am Strand aufzutauchen. Allein oder von den Kindern mitgezogen, manchmal mit Jessie, wanderten sie durch eine kleine Bucht nach der anderen mit Felsen und Sand und legten sich dann auf einen der menschenleeren Strände, die genauso ausgesehen haben mußten, als Vasco da Gama im 15. Jahrhundert an ihnen vorbeisegelte. Wie alle fruchtbaren tropischen Orte, wo das Pflanzen- und Insektenleben so üppig ist, erweckte die Gegend nicht den Eindruck von Feindseligkeit gegen den Menschen, sondern von Gleichgültigkeit, die der Mensch als Feindseligkeit empfindet. Hier wurde keiner beachtet, der aufrecht auf zwei Beinen ging; die dichten Haine von Strelitzia-Palmen zwischen den Flanken zweier felsiger Vorgebirge waren undurchdringlich – kein Seefahrer im Dienst der Ostindien-Kompanie, der hier Schiffbruch erlitt, hätte auf diesem Weg von der Küste ins Landesinnere gelangen können, aber die schlanken grauen Affen, die sich von einem wedeltragenden Wipfel zum anderen schwangen, um die saftigen Spitzen der dort herausstehenden weißen und porzellanblauen Blüten zu fressen, sahen es als eine ganz normale Verkehrsstraße an. Eine tote Möwe auf dem Sand war belebt wie eine Fabrik durch die Aktivität riesiger Fliegen, der Förderbänder von Ameisen und einer Art Sandhüpfer, die in der Luft über dem Kadaver und um ihn herum einen kleinen Sturm hervorriefen. Schmetterlinge betasteten die Felsen und flatterten hinaus aufs Meer. Tote Fische, die zwischen zerbrochenen Muschelschalen ans Ufer gespült waren, wurden von Krebsen zerlegt und in ihre Löcher geschleppt. Da war *nichts hier,* und doch alles. Kein anderer Mensch kam hierher. Ann ging eines Tages ins Dorf und brachte eine Badehose für Gideon mit, und allmählich fand er sich damit ab, dasselbe zu tun wie sie und stundenlang am Strand zu liegen, als wäre auch er, wie die Fische und die Möwe, an dieses Ufer gespült worden. Diese Hingabe an die natürliche Welt war etwas, das den beiden Frauen so leicht zu fallen schien; doch obwohl er sich fügte, beobachtete er die beiden mit einer Art Abneigung und Unduldsamkeit – das alles gehörte zum Bereich des Müßiggangs und des Privilegs, der lange als selbstverständlich angesehen worden war. Wenn er herumsaß und nichts tat, dann war es immer ein Nicht-von-der-Stelle-Kommen, eine Lücke zwischen zwei Tätigkeiten oder Wünschen. Das tat man, wenn man verzweifelt, erschöpft oder frustriert war. Man lag in seinem Zimmer auf dem Bett und trank, weil man nicht tun konnte, was man tun wollte. Draußen in der Township war jeder, vom Bettler, der sich mit Stückchen von Autoreifen über seinen Stümpfen über die Straße schleppte, bis zu dem Akademiker, der sich eine Pfründe erschlossen hatte, indem er weiße Fabrikanten beriet, wie sie die Schwarzen zu mehr Käufen verleiten könnten, jede Stunde seines Lebens vollauf mit dem Kampf beschäftigt, den Weißen einen Anteil am Leben abzuringen – und das bedeutete Stellung, Verantwortung, Ansehen und Macht ebenso wie Geld. Die ganze Zeit, Vitalität und Kraft wurden dafür gebraucht, um sich gegen das weiße Privileg zu behaupten.

»Wie lange warst du schon hier, ehe wir kamen? Ein paar Wochen?« fragte er Jessie eines Nachmittags.

»Stimmt.« Sie las und hatte sich irgendeinen Baumwollfummel von Kinderkleid auf den Kopf gelegt, um die Sonne abzuhalten. Ann war im Wasser.

»Was hast du gemacht? Dasselbe wie jetzt?«

Sie stützte sich auf das Buch und lächelte. »Ich war allein. Das ist nicht dasselbe.«

»Worum geht es dabei eigentlich, diese Allein-Geschichte?«

»Was für eine Geschichte?«

»Ich habe deinen Sohn Morgan mal gefragt, warum er nicht mit dir gefahren ist, und er hat gesagt: Meine Mutter ist gern allein.«

»Das hat er gesagt?« Sie sah erfreut und dennoch verärgert aus wie jemand, der hört, daß ein anderer eine scharfsinnige Bemerkung über einen gemacht hat, obwohl man ihm weder Gelegenheit noch Berechtigung zu einer solchen Erkenntnis gegeben hat.
»Ich hab immer geglaubt, Maler seien gern allein«, sagte sie, womit sie seine Frage an sie in Frage stellte. »Müßten allein sein, seien allein.«
»Ich bin vermutlich kein richtiger. Ich empfinde das nicht. Ich hab immer das Gefühl, andere seien dabei, selbst wenn ich arbeite.«
»Wirklich?« Sie bekam den forschenden Ausdruck, der erscheint, wenn das Interesse geweckt ist. »Aber was ist mit diesen leeren Landschaften von dir, mit dem Staub?«
»Bloßes Herumspielen. Hab gesehen, was irgendein Maler gemacht hat, und hab's ausprobiert.« Er machte das oft, es war die Raffinesse der Geringschätzung; dahinter versteckte er sich, so daß niemand ihm beikommen konnte.
»Selbst wenn du tatsächlich vor der Leinwand sitzt ...« Sie kam darauf zurück, sie konnte es nicht glauben.
»Ja, Mann, da ist immer irgendwas mit einem Freund, der in einer halben Stunde kommt, oder etwas beschäftigt einen.«
»Man fühlt sich die ganze Zeit verbunden.«
»Hm. Man spürt, daß was an einem zieht.«
»Wenn man allein ist, ist man verbunden, aber es gibt kein Ziehen«, sagte sie. »Jetzt, wo ihr hier seid, fühl ich mich einsam.«
Er lachte leise, wie es seine Art war, und sah sie ratlos an.

»Weil ihr euch liebt«, sagte sie. »Verstehst du?«
»Bist du eifersüchtig, Jessie?« Er neckte und flirtete ein bißchen, weil er nicht wußte, was er sagen sollte.
Aber sie war nicht verlegen, sondern ganz ernst und ungezwungen. »Nein, nicht eifersüchtig. Zumindest glaub ich das nicht. Ausgeschlossen. Von etwas ausgeschlossen, das ist es. Vielleicht auch ein bißchen eifersüchtig. Ich hab keine Liebesaffären mehr.«
Ann kam heran, Wasserperlen auf der Haut. Sie trocknete sich das Gesicht ab, schnaubte sich die Nase, nahm die Badekappe ab und legte sich neben Gideon. Sie berührte ihn mit ihrer meereskalten Hand und bat murmelnd um eine Zigarette. Plötzlich gab es eine Unruhe am Rand des Wassers, wo die kleinen Mädchen spielten. Elisabeth kam schreiend über den nassen Sand, ihre Gestalt, unbeholfen vor Schmerz oder Angst, spiegelte sich in geschlängeltem Purpur und Silber der Wasseroberfläche. Sie hielt ihr Handgelenk hoch, gestützt durch die andere Hand. Clem und Madge folgten ihr und betrachteten ihren Schmerz voll Bewunderung. »Der weiße Teil der Welle ... sie hat nur die Hand reingestreckt ...«
Ein rauher blauer Faden war in dem roten Striemen eingebettet, der sich um den molligen braunen Arm gebildet hatte. »Ach, du Ärmste! Das sind scheußliche Viecher ... schon gut jetzt, ich weiß, es tut weh ... hol mal ein paar von den Blättern da, Clem!«
»Ich hab ein paar Quallen gesehen, als ich im Wasser war«, sagte Ann, und dann, als Jessie die Blätter des Eiskrauts, das in der Nähe wuchs, zerpflückte und sie auf der verbrannten Haut zerquetschte: »Reib nur tüchtig, das ist die beste Methode. Es tut wirklich höllisch weh.«

»Was ist denn das?« fragte Gideon voll Abscheu und stützte sich auf den Ellbogen.
»Bist du nie von einer Qualle gebrannt worden?« fragte Ann.
»Was ist denn das, um Gottes willen?«
»Diese ballonartigen Dinger, die angespült werden. Der Wind treibt sie herein«, erinnerte ihn Jessie.
Sie zeigten ihm, wie sich der Fangfaden der Qualle an Elisabeths Handgelenk festgesaugt hatte; Madge rannte los, um eine vollständige Qualle zu holen, die sie vorsichtig auf eine Handvoll Sand setzte, um sie ihm zu zeigen.
»Willst du damit sagen, daß du nie mit einer in Berührung gekommen bist?«
»Nein, weiß Gott nicht.«
»Aber bist du nicht manchmal am Meer gewesen?« fragte Jessie.
»Nur einmal in Kapstadt und dann in Port Elizabeth. Congress-Konferenzen. Wir sind durch die Hafenanlagen gefahren, und am Sonntag sind einige von uns ein bißchen auf den Stränden für Farbige irgendwo in der Nähe von Kapstadt spazieren gegangen.«
Jessie war es gelungen, den blauen Faden vom Handgelenk des Kindes abzuziehen; der Schmerz hatte nachgelassen, und Elisabeth saß da, als lauschte sie dem Abklingen. Über den Kopf des Kindes, das sich an sie lehnte, sah Jessie zu Gideon hinüber und dachte wieder, daß er nie etwas von alledem zu sehen schien – Meer, Himmel oder Grün. Er war wie ein Fuchs, der blind und atemlos in einer Höhle keucht.
In einer friedlichen kleinen Prozession gingen sie zum Haus hinauf, das Kind ritt auf Gideons Schultern und schlang die sandigen Beine um seinen Hals.

17

Nichts hätte einen stärkeren Kontrast zu dem Leben bilden können, das sie jetzt führten, als die vorangegangene Woche. Fragmentarische Hinweise darauf, mehr oder weniger amüsante Anekdoten wurden Jessie erzählt, aber das waren Lippenbekenntnisse zu einer Forderung, auf die sich keiner von den beiden wirklich einlassen wollte, weder wenn sie allein zusammenwaren, noch einzeln. Sie hatten etwas erlebt, das unverarbeitet blieb. Bündel von Erfahrungen können so jahrelang daliegen, ehe sie angepackt werden; manchmal bekommt man sie überhaupt nie in den Griff, und sie häufen sich in einem Leben an, das wie eine Bodenkammer wird, ein Durcheinander grundverschiedener Dinge, zwischen denen keine Beziehung hergestellt worden ist.

Beide wußten, daß eine Art Verzweiflung sie veranlaßt hatte wegzufahren. Da sie ein Liebespaar waren, hatten sie angenommen, diese Verzweiflung sei Liebe; der Sammelbegriff für die hunderterlei Zweideutigkeiten ihres Zusammen- und Getrenntseins – das verblassende Interesse zwischen ihnen, wenn sie zusammen waren, mehr als bestraft durch die Lebendigkeit des einen für den anderen, wenn sie getrennt waren, die Ruhe, mit der sich das Intermezzo ihrer Bekanntschaft mit ihrem getrennten Leben zu verbinden schien, wenn sie zusammensaßen und plauderten, und die verrückte Besessenheit, mit der das Intermezzo das gesamte Leben erfüllte, sobald ein Tag begonnen war, an dem es als beendet betrachtet wurde. Die Furcht vor dem Vakuum, das es zurückläßt, ist ein ebenso häufiger Grund, ein Liebesverhältnis fortzusetzen, wie die Beständigkeit der Leidenschaft. Anns unerklärliches Gefühl von »Panik«, das sie Jessie gegenüber erwähnt hatte, kam wahrscheinlich aus dieser Furcht. Ihre Stimme am Telephon (sie hatte die einzige, entscheidende, unwahrscheinliche Chance wahrgenommen – wäre er an diesem Tag nicht zufällig um halb zwei im Lucky Star gewesen, hätte sie es vielleicht nicht wieder versucht, weder dort noch in der Wohnung oder weiter weg, etwa in den Townships, die ihn aufnahmen und sich über ihm schlossen) – ihre Stimme brachte ihn von der nüchternen, nicht unglücklichen, aber lustlosen Zusage, daß er im Juli für Congress in den Dörfern und Schwarzensiedlungen arbeiten würde, zurück in die Erregung, die von ihr ausging. Sie rettete ihn aus der zögernden Bereitschaft, etwas zu tun, was er eigentlich tun wollte. Er rührte in dem grauen Kaffee des Lucky Star herum – Callie Stows Kaffee hatte ihn verwöhnt – und wollte im Laufe des Tages Jackson Sikaje besuchen. Seine Lüge, er müsse indischen Schülern Nachhilfeunterricht erteilen, hatte er schon vergessen; und er war dabei, auch andere Ausflüchte zu vergessen. Aber Anns Stimme hatte etwas, was Callie Stow völlig fehlte, ein Element der Selbstzerstörung, das eine begierige Reaktion bei ihm hervorrief. Die Stimme enthielt den Ton, der dem Leben etwas von der Angst nimmt, weil er andeutet, daß schließlich nicht jeder das Leben als eine so vorsichtig zu hütende Gabe ansieht.

Sie fuhren an diesem strahlenden Winternachmittag in die Wirklichkeit der Flucht, die jeder als Redensart gebraucht, aber nie daran glaubt – »Ich möchte gern irgendwo hin, einfach alles hinschmeißen und abhauen.« Der wahren Absicht nach unterschied sie sich nicht von ihren Fahrten ins Feld, um zu picknicken, während andere Leute in Büros saßen. Sie betrachtete seine Hände auf dem Lenkrad; er bemerkte, wie ihr Kopf neben ihm sich auf die für sie typische Weise vom Kinn aus zurückneigte. Doch trotz der beruhigenden Gleichheit der beiden, die da in dem kleinen Wagen eingeschlossen waren, trotz der Befreiung und der üblichen Freude, nach einer Trennung zusammenzusein, trotz der genußreichen Bewußtheit beider, daß nach der Trennung jede kleine körperliche Einzelheit und Geste zum Gegenstand geheimen Beobachtens und Staunens wurde – obwohl all das wunderbar gleich war, sollte gerade dieser plötzliche Entschluß sie den Boden unter den Füßen verlieren lassen, der ihnen vertraut war. Sie waren zusammengekommen in der Enge schutzgewährender Lücken im Leben anderer Menschen – Boaz' Geduld, die Toleranz der Stilwells, die Gleichgültigkeit der jungen Werbeleute. Diese erschienen lästig, doch tatsächlich boten sie einer Beziehung, die in der Öffentlichkeit nicht existierte, privaten Status. Sobald einige Meilen sie von der Anerkennung durch eine bestimmte Gruppe von Personen, mit denen zusammenzusein ihnen freigestanden hatte, und von der Anonymität der Stadt trennten, wo eine solche Anerkennung Aussicht hat, unbemerkt zu bleiben, da veränderte sich schon alles für sie.

Ann hatte auf schwarze Menschen und die Welt, in der zu leben sie gezwungen waren, mit Genuß reagiert; sie sah die Wärme und Vitalität, den Schwung und die Frische, die es dort gab trotz allem, was der Weiße tun konnte, und sie sah, was dem Weißen entging. Sie sah den trotzigen Spaß darin, nicht die Unsicherheit, Qual und Primitivität. Sie amüsierte sich über das starrende weiße Gesicht in einem vorbeifahrenden Auto, als sie und Gideon am Straßenrand ein Brathähnchen aßen; aber dann war sie in das Haus der Stilwells zurückgekehrt, als der Tag endete. Als es jetzt dunkel wurde, waren die Lichter eines ländlichen Hotels, Autos, die an Pavillons geparkt waren, und die Kellner in ihren weißen Jacken, die hinter den Fenstern vorübereilten, die Realität, und sie konnte nicht hineingehen, sich ein Zimmer nehmen und in einem heißen Bad liegen und sich unterhalten, wie sie es hundertmal auf unzähligen Reisen getan hatte. Sie sagte nichts, aber es war schwer zu glauben im Mark der Unvernunft, wo sich Gewohnheit nach dem Muster von körperlicher Erwartung bildet.

An einer Tankstelle ging sie in das Café, das dazugehörte, trank eine Tasse Kaffee und sagte: »Ich möchte eine zum Auto bringen«, und die dicke, maulfaule Frau hinter der Theke rief dem Kellner zu: »Bring dem Boy der Dame Kaffee raus.«

Sie lief über die breite Landstraße, um zu sehen, ob sie eine Thermosflasche kaufen könnte, aber nur ein indischer Obstladen war offen. Gideon rauchte eine Zigarette und stand dabei, als die Reifen aufgepumpt wurden, und als sie wieder einstieg, kam er ans Fenster und fragte, kurz und vertraulich: »Willst du was?« Sie schüttelte den Kopf und lächelte, was besagen sollte, daß sie nur die Beine ausstrecken wollte.

Der Ort hieß Louis Trichardt, und wo das Licht der Straßenlaternen die Dunkelheit durchdrang, fiel es auf kirschrote und orangefarbene Bougainvilleaflächen. Bergrücken hoben den Horizont ringsum dicht an riesige Wintersterne; unten im staubigen gelben Licht des Städtchens sah sie einige weiße Jungen ihre Fahrräder die Straße heraufschieben, und eine Gruppe kleiner moslemischer Mädchen in Hosen spielte an den Pfeilern des Obstladens. Gideon stieg wieder ein; die Straße zog sich hinauf zu den Bergen, die in der Dunkelheit miteinander verschmolzen. Hier und da standen Häuser, und das Licht von einigen Hotels, die in Gärten lagen, schimmerte durch das dichte Geflecht der Bäume. Obwohl es Winter war, erfüllte der subtropische Wald den Wagen mit dem starken, frischen, erregenden Duft, der der Geruch des Körpers der Erde ist. Das Städtchen verschwand hinter ihnen wie ein Ort, nicht wirklich bewohnt, sondern eine Kulisse, die in einem Theaterstück einen Teil einer wirklichen Stadt darstellt und in der Dunkelheit tatsächlich nichts hat als die paar Requisiten und eindimensionale Fassaden, in Licht getaucht.

In der halben Stunde, in der sie, nachdem Ann Gideon an einer Straßenecke in Johannesburg abgeholt hatte, durch die Stadt fuhren mit den vertrauten Stops an Verkehrsampeln und Überprüfen von Straßennamen, als ob nichts geschehen sei, hatte er gesagt: »Ich möchte dir zeigen, wo Mapulane wohnt, in Nord-Transvaal.« Das war genug; nach der Plötzlichkeit und Vollständigkeit der Tat brauchten sie nur noch das einfachste Ziel.
Sie kamen an der anderen Seite des Gebirgspasses heraus und fuhren nun im Dunkeln auf unbefestigten Straßen und Wegen eines Reservats, und es gab keine Wegweiser, als ob von der schwarzen Landbevölkerung, die die

Straßen benutzte, erwartet werden konnte, daß sie wie Vieh den Weg fand. Es war spät, als sie die Hügel eines kleinen Dorfes erreichten, das in der Dunkelheit der Landschaft verschwand. Das Auto weckte zuerst Hühner und dann Hunde. Der Freund war Lehrer und hatte das einzige Haus im Stil der Weißen, ein Backstein-Cottage mit einer Veranda und einem Drahtzaun. Er zündete eine Lampe an, brachte etwas zu essen mit dem benommen lächelnden Gesicht von jemandem, der einen bewunderten Freund nach langer Zeit wiedersah, aber von seinem Kommen nicht verständigt worden war und keine Ahnung hatte, wer Ann war oder was sie hier tat. Er sagte immer wieder auf Englisch, um sie einzuschließen: »Das ist wundervoll!« und sprang schuldbewußt auf, um den Kessel noch einmal zu füllen, im Feuer zu stochern, das er im Herd rasch in Gang gebracht hatte, oder um bloß besorgt im Zimmer herumzugehen und aufzupassen, daß auch nichts fehlte. Er schien besonders bekümmert zu sein, daß er ihnen kein Fleisch anbieten konnte: »Hättet ihr gern ein paar Eier? Wir haben immer gute Eier von den Hühnern meiner Mutter.«

Gideon genoß das Schauspiel seiner Fürsorglichkeit vor Ann. »James, immer mit der Ruhe, Mann, wir haben reichlich gehabt.«

»Bestimmt? Etwas Milch? Ihr braucht keine Angst zu haben, die Milch zu trinken – sie ist von unserer eigenen Kuh.«

»Ich könnte nichts mehr schaffen.« Anns Versicherung schien ihm immer deutlicher die Unzulänglichkeit dessen klarzumachen, was er Leuten, die er nicht erwartet hatte, nach Mitternacht anbieten konnte.

»Du bist einfach fix und fertig, mein Mädchen, wie?« Gideon beugte sich über den Tisch und zupfte sanft an ihrem Ohrläppchen, während ihr Lächeln sich in ein hemmungsloses Gähnen verwandelte. James Mapulane entnahm diesem kleinen Palaver sofort, was Gideon ihm vielleicht hatte zeigen wollen; er und Gideon gingen hinaus, um Gepäck aus dem Wagen zu holen, und sprachen wieder in ihrer eigenen Sprache.
Ann war sich nicht oft subjektiv der Orte bewußt, an denen sie sich befand. Sie gehörte zu den Menschen, die eine eigene Ausstrahlung mit sich herumtragen, so wie ein Glühwürmchen immer in seinem eigenen Licht fliegt. Als sie allein war, hatte sie das Gefühl, das Zimmer schließe sie mit seltsamem Nachdruck ein. Es war wie das erste Zimmer, dessen man sich in seinem ganzen Leben bewußt wird: das Zimmer, in dem man zum erstenmal den Blick auf die Welt richtet – und Umfang, Umriß und Aufstellung jedes Möbelstücks als die Form der Welt sieht. Die Häuser, in denen sie gewohnt, die Zimmer, in denen sie geschlafen hatte, die Cafés und Jugendherbergen und Hotels und geliehenen Wohnungen, in denen sie sich vorübergehend aufgehalten hatte – sie zogen vorüber, anonym und austauschbar. In diesem Zimmer waren die Gegenstände geprägt von der Persönlichkeit von Menschen, die gearbeitet und geplant und verändert hatten, und die auf den Erwerb der Möbel einen Eifer gerichtet hatten, der aus den vielen fruchtlosen Bemühungen ihres sonstigen Lebens entstand. So wurden die Möbelstücke selbst Wahrzeichen des Erreichten, und der Unterschied zwischen der Teak-Anrichte mit geschweiften, geschnitzten Füßen und dem wackligen Bücherregal, schief unter dem Gewicht von

Lehrbüchern, Grammatiken, Paperback-Klassikern und Zeitungen, war der Tod einer Generation und Geburt, Arbeit und Ziele einer anderen. Es war ein Zimmer, das in keine Kategorie paßte; da war der große Kohleofen, und das zwischen Anrichte und Tisch hineingequetschte Sofa war das Bett von jemandem – graue Decken lagen aufgeschlagen da, nachdem derjenige, der dort geschlafen hatte, schleunigst vertrieben worden war, als sie und Gideon ankamen.

Es mochte Mapulane selbst gewesen sein; jedenfalls beharrte er darauf, daß er jetzt dort schlafen und ihnen »das andere Zimmer« überlassen werde.

»Ich mache es mir hier sehr gemütlich, das ist ganz okay«, sagte er und nahm keine Notiz von den zerwühlten Bettsachen, die zeigten, daß jemand schon im Wohnzimmer geschlafen hatte, und Gideon und Ann nahmen auch keine Notiz davon nach einer Anstandsregel der Höflichkeit, die Ann amüsierte: bei der Art von Leben, das sie führte, wurde es als selbstverständlich angesehen, daß man schlief, wo immer es etwas gab, worauf man schlafen konnte, und niemand hätte es notwendig gefunden so zu tun, als gäbe es genug Schlafzimmer für alle. Mapulane ging geschäftig hin und her, und man hörte Stimmen; auch in dem »anderen Zimmer« mußte jemand geschlafen haben, der jetzt überredet wurde, sich zu trollen; das saubere, dunkle Zimmerchen roch wie ein Nest nach Schlaf, als Gideon und Ann hineingeführt wurden, obwohl das Bett frisch bezogen war.

Es war das erstemal, daß sie eine ganze Nacht zusammen in einem Bett schliefen. Ann wachte morgens auf mit dem Glücksgefühl, in einem fremden Land zu sein;

so war sie in Bauernhäusern in Italien, in Fischerkaten in Spanien aufgewacht. Hennen stritten sich hysterisch, und Kinderstimmen kamen von weit her. Sie lag allein im Bett, und zwei Männer sprachen in einer Sprache, die sie nicht verstand, im Nebenzimmer: Gideon und sein Freund. Sie stand auf, schob die Vorhänge beiseite und versuchte, das kleine Fenster zu öffnen, aber es war offenbar seit Jahren nicht aufgemacht worden und fest verklemmt. Draußen in der klaren Sonne lagen die Lehm- und Stroh- und Blechhäuser des Dorfs im blauen Rauchdunst der Feuerstellen, ein Hund kniff die Augen gegen die morgendliche Wärme zusammen. Sie klopfte mit dem Knöchel des Zeigefingers an die Scheibe, und obwohl eine Frau mit einer Blechschüssel voll Maismehl auf dem Kopf vorbeiging, ohne es zu bemerken, schauten zwei kleine Kinder, die auf dem kahlen festgestampften Boden spielten, herüber. Erstaunen veränderte ihr Gesicht. Einen Augenblick war Ann überrascht, dann erinnerte sie sich, und sie lächelte ihnen zu, das freundliche Lächeln des Fremden. Alles an dem dunklen, kalten, kleinen Haus, das wie ein ausgegangenes Feuer roch, und die Tätigkeiten, die ringsum im Gange waren, erfüllten sie mit dem angenehm erregenden Gefühl, daß sie in dieses Leben auf eine Weise eintrat wie nie zuvor. Wegen Gideon hatte alles den Zauber von etwas Neuem und doch mit ihr Verbundenen.
Die anderen Familienmitglieder waren seit Tagesanbruch außer Haus. Später am Vormittag kam eine kräftige, ältere Frau vom Feld zurück, barfuß, geschäftig, um den Kopf ein langes, getüpfeltes Tuch geschlungen. Mapulane stellte seine Mutter vor, und sie ließ die Formalitäten mit dem Gesicht von jemandem über sich er-

gehen, der darauf vorbereitet worden war. Dann hielt sie Mapulanes halbwüchsiger Schwester eine lange Rede voller Befehle, erst am Herd und dann im Hof.
Einmal blieb die Mutter, als sie an Ann vorbeikam, stehen, als sehe sie sie zum erstenmal, und verschränkte die Arme. »Die ganze Strecke von Jo'burg. Ein weiter Weg. O ja, ein weiter Weg, wie?«
»Nicht so schlimm.« Ann wollte das Beste aus dieser Einleitung machen. »Es war schrecklich, daß wir Sie gestern abend so spät gestört haben.«
Aber es war keine Einleitung, nicht einmal eine Unterhaltung, sondern eine wohldurchdachte Aussage, eine symbolische Höflichkeit, um sie in ihre Schranken zu verweisen. Die gutaussehende alte Frau fuhr fort mit unpersönlichem, bewunderndem Interesse: »Ich selbst reise nicht gern so weit. So eine lange Strecke. Und Autos, Autos ... O ja, ein sehr weiter Weg.«
Sie drehte sich abrupt um und wandte sich wieder ihren Angelegenheiten zu.
In den zwei Tagen, die die Gäste im Haus verbrachten, hörten die Familienmitglieder auf zu reden und unterbrachen oft sogar, was sie gerade taten, wenn Ann bei ihnen erschien. Sie waren höflich und liebenswürdig; sie wurde sich ihrer Kleidung, ihres Benehmens bewußt, als sähe sie das alles von außen.
»Es sind Leute vom Land«, sagte Gideon; er hatte sie gern, hatte Ann gern, und da er sich zu beiden Seiten hingezogen fühlte, wollte er sie zusammenbringen. Er hatte sich fast den ganzen Tag mit James unterhalten und war seit dem Morgen zum erstenmal mit ihr allein, als sie jetzt auf dem Veld spazierengingen. »Sie glauben, sie haben kein Recht, dich zu ›mögen‹ – ich meine, eine

persönliche, normale Meinung von einer Weißen zu haben.«
»Mit den Pedi-Frauen bin ich gut ausgekommen. Sie konnten nicht mal Englisch, aber ich ging in ihren Hütten ein und aus und spielte mit ihren Kindern . . .«
». . . Stammesangehörige.« Er strich ihr zustimmend über das Haar, während sie sprach. »Das hier sind Missionsleute; der Vater ist Prediger, Sophie geht auf eine Missionsschule. Sie sind dir näher und viel weiter entfernt – verstehst du?«
»Als ich sie fragte, ob das Wasser in dem großen Krug zum Trinken sei, nannte sie mich ›Madam‹.« Ann war vorwurfsvoll, fast ärgerlich auf sich selbst, daß sie das erwähnt hatte.
Gideon lachte. Aber er war nicht wirklich interessiert an den Hintergrundgestalten des Haushalts, mit denen er beiläufig freundliche Worte wechselte, ungezwungen in seiner Männlichkeit, der Natürlichkeit seines Verhaltens gegenüber seinem eigenen Volk, und umgeben von der Aura des klugen Freundes aus der politischen Welt, an der auch der Sohn des Hauses auszeichnenden und gefährlichen Anteil hatte.
Das Dorf war schön, wenn man die üblichen Gedankenverbindungen, die mit der Vorstellung von einem schönen Wohnort einhergehen, außer acht läßt. Mit Ausnahme von Mapulanes Haus, das sich so deutlich von den übrigen abhob, waren die Häuser rechteckige Lehmhütten mit Gras- oder Blechdächern, die durch Backsteine beschwert waren. Einige hatten Fenster und mit Ölfarbe gestrichene Holztüren; alle waren eine Mischung von Behausungen der Art, die ein Mensch aus den in seiner Umgebung verfügbaren Materialien baut,

und die zur Regel wird, wenn seine Umwelt nur noch so maßgebend ist wie ein austauschbarer *Hintergrund* seiner Arbeit. Sie brachten auf realistische Weise das Leben zum Ausdruck, das in ihnen geführt wurde, ein Leben zwischen Stadt und Land, zwischen dem Pastoralen und dem Industriellen; trotz ihrer Armut besaßen sie diese Würde.

Das Dorf lag auf einem Hügel zwischen anderen, ähnlichen Hügeln, eingefaßt von in der Sonne schimmernden Felsen; sie tauschten in der trocknen Hitze und Stille aufleuchtende Botschaften aus, und es gab keine Zeugen außer den Persönlichkeiten der Affenbrotbäume. Ann und Gideon befanden sich zwischen diesen Bäumen wie zwischen Statuen. Sie wuchsen nicht gesellig, in Hainen, sondern erhoben sich, riesig aufragend, überall auf dem weiten, leeren Land. Wie das einzelne Bein eines Mastodon lastete jeder Stamm schwer auf der rötlichen Erde; die glatte Rinde, die wie haarlose Haut aussah, glänzte kupfrig-mauve, wenn die Sonne des späten Nachmittags sie traf wie Fenster ferner Häuser.

Ann und Gideon hätten der Welt der normalen Erscheinungen – Erde mit Asphalt bedeckt, Raum von Beton umschlossen, Himmel in Stahl gefaßt –, die den Rahmen ihrer Verbindung gebildet hatte, nicht ferner sein können. Sie gingen über das Veld, und schon schien es, als wäre es, wie es immer gewesen war, ehe irgend jemand herkam, ehe die kleinen Buschmänner auf diesem Weg nach Rhodesien flohen und der schwarze Mann sich hinter ihnen auf dem Land ausbreitete, ehe der weiße Mann das Kupfer wiederentdeckte, das der schwarze Mann geschürft und aufgegeben hatte – nicht nur, wie es gewesen war, sondern wie es sein würde, wenn sie alle wieder fort wären – Gelbe, Schwarze und Weiße. Sie sprachen nicht, es war, als gingen sie über ihren eigenen Friedhof.

»Ihr habt es nicht allzu bequem, fürchte ich«, sagte Mapulane. »Bleibt, so lange ihr wollt, Mann«, aber als sie über seine Lage im allgemeinen sprachen, gab er Gideon gegenüber auf eine unpersönliche Weise zu, daß die Dinge »ein bißchen heikel« seien. Der Eingeborenenkommissar würde bestimmt herausfinden, daß Ann da war. Gideon sagte lässig: »Sie ist behilflich bei Forschungen über Afrikanische Musik, nicht wahr? Sie ist überall in Reservaten gewesen.«
Aber er stellte sich nicht ernstlich gegen Mapulanes Bedürfnis nach Vorsicht; er wußte, daß sein Freund sich schon reichlich verdächtig gemacht hatte durch gewisse Aktivitäten mit untergetauchten politischen Flüchtlingen, die der Kommissar vermutete, ihm aber noch nicht nachweisen konnte. Mapulane hatte schon früher geheimnisvolle Besucher gehabt; sie kamen und verschwanden, ehe ihre Anwesenheit überprüft werden konnte, und das war die beste Methode.
Er und Gideon führten lange Gespräche über Politik und politische Persönlichkeiten; ob Sijake zu sehr unter der Fuchtel der weißen Linken stehe, die ihn berieten, ob er mit Thabeng fertig werde, ob man in einer schwierigen Lage auf Nguni zählen könne. Wenn Gideon Mapulane sprechen hörte, wenn er mit dem hochgewachsenen, schlanken, »anständig« gekleideten Mann zusammensaß (vielleicht als Schutzfärbung, vielleicht, weil trotz allem ein Teil von ihm dem Image entsprach, bewahrte sich Mapulane etwas von der bescheidenen Sta-

tusvorstellung eines schwarzen Lehrers), dann spürte er den freien Lauf eines besonderen, ungehinderten Einvernehmens, das es nur mit bestimmten Freunden gibt. Mapulane sagte nie zwei Worte zu ihm, die nicht tiefer gingen als die Wörter und die die Erkenntnis einer Haltung oder eines Gedankens auslösten, der, eine derartige Bestätigung erwartend, schon in ihm gelegen hatte. Doch als sie aufbrachen, sah er in Mapulanes freundlichem Gesicht, was sein Freund jetzt dachte, als er davonfuhr. Der kleine Kopf auf dem langen und dünnen Körper, die Brille, das säuberlich gescheitelte Haar und das Lächeln unter der gerunzelten Stirn – das Lächeln war von Nachsicht geprägt, von Hilflosigkeit in bezug auf etwas, das nicht erforscht werden konnte; da fuhr Gideon dahin, belastet mit diesem weißen Mädchen, und verirrte sich mit einem weißen Mädchen auf dem Weg, dem harten Weg, der keine Umleitungen anbot. Hier folgte ihm Mapulane nicht; bedauerte ihn nur.

Die Affenbrotbäume zogen vorbei, sich langsam wandelnde Formen, als der Wagen sich näherte und sie dann hinter sich ließ. Die rhodesische Grenze war nur ein paar Meilen entfernt. Ann gehörte zu den Menschen, die gerade wegen ihrer Unbekümmertheit, mit der sie Formalitäten betrachten, gewöhnlich gerüstet sind, überall hinzugehen. Sie hatte ihren Paß irgendwo im Koffer, den sie in aller Hast gepackt hatte – der Paß wurde da jedenfalls aufbewahrt; in einer halben Stunde könnten sie über die Grenze sein – zweifellos könnte jemand wie Mapulane Gideon irgendwie hinüberschmuggeln, wenn sie und Gideon es wirklich wollten. Aber sie sagte nichts, sondern sang nur ein bißchen wie ein Soldat auf einem Truppenschiff oder in einem Transport-Güterwagen unterwegs zu einem Ziel, das zu kennen er nicht erwartet. Die Grenze war etwas, das sie und Gideon nicht erwähnt hatten; sie wußten nicht, wie fern oder nah sie ihr waren nach dem wirklichen Maßstab ihrer Entfernung von einem Leben jenseits der Grenze. Nur eins wußten sie: daß es unwiderstehlich war, zusammenzusein. Ob sie diese Tatsache für den Rest ihres Lebens verantwortlich machen wollten, war etwas, worum sie sich noch nicht gekümmert hatten. Ebensowenig hatte Ann sich je gefragt, wie lange sie so weitermachen konnten, ohne sich darum zu kümmern; nicht Feigheit, sondern eine selten durch Mißerfolg beeinträchtigte Zuversicht ermöglichte ihr, solche Dinge ohne Vorbereitung in Angriff zu nehmen. Selbstzweifel und Vorahnungen fand sie langweilig; sie traute sich zu, zu wissen, was sie wollte, ebenso wie sie wußte, in welchem Augenblick man eine verkehrsreiche Straße überquerte.

Gideon dachte an James Mapulanes Gesicht, aber er dachte nicht an die Grenze. Er hatte nicht an die Grenze gedacht seit der Zeit, als er nach Italien gehen sollte, und er hatte die ganze Zeit an sie gedacht, wobei sich die Form ständig veränderte wie eine Wolke, die ihre Gestalt aus dem bezieht, was man im Sinn hat – bald das Veld und Steine und Affenbrotbäume, der breite braune Fluß an dieser Grenze in der Nähe von Mapulane, bald die Sanddünen und Kraals mit den Euphorbiahecken, die zu der Grenze von Betschuanaland führten, bald der Umriß und das Ende von etwas, ein Horizont, über dem er ein noch kleinerer Punkt in dem schwindenden Punkt eines silbernen Flugzeugs war.

Auf dem Weg nach Basutoland schliefen sie im Wagen. Es war ein kleines Auto, und selbst der Rücksitz, den Ann hatte, war sehr beengt. Am Morgen waren sie benommen und verkrampft, und sie sagte: »Wir wollen ein Zelt kaufen.« Er hatte an allen möglichen Orten geschlafen, aber nie in einem Zelt; auch das gehörte zu jener Welt der Vergnügungsreisen und Freizeit, die es für schwarze Kinder nicht gab.

»Ach, schau mal ...« Eine Fläche von hohem, gelbem Gras, wo die Sakabula-Vögel, ihre langen Schwänze nachschleppend, aufflogen, zog an ihrem Fenster vorbei. »Da ein Haus haben – stell dir ein Haus mittendrin vor ...« Sie hatte nie ein eigenes Haus gehabt, aber überall auf der Welt sah sie Stellen, wo ein Haus stehen könnte, Stellen, zu denen sie nie zurückkehren würde.

»Ich mag Orte mit Bäumen. Mitten zwischen Bäumen. Weißt du, eins von diesen Häusern, wo das Licht den ganzen Tag gestreift ist.«

Das Dumpfe der kalten und beengten Nacht im Auto hob sich von ihnen, als sie fuhren, und ihre Reaktionen, die sich in Isoliertheit in sich selbst zurückgezogen hatten, begannen sich zu erwärmen und zu öffnen.

»Aber Gras ringsum, kopfhoch, so weit man sehen kann ... Wollen wir nicht eine Weile da hingehen?«

»Wozu?«

»Oh, wozu, wozu.«

Ann schlenderte über die ganze Erde, als ob sie ihr gehörte, denn sie kam nicht auf den Gedanken, daß es einen Ort geben könnte, an dem sie unerwünscht wäre. Er nahm eine Decke aus dem Auto mit, und als sie ein Stückchen gelaufen waren, setzten sie sich hin, versteckt

im Gras, lehnten behaglich Rücken an Rücken, aßen Bananen und rauchten und kehrten ins Leben zurück.
»Wie spät ist es?« fragte er.
»Hast du Hunger?« – denn auf diese Weise gab er gewöhnlich zu verstehen, daß sie etwas essen sollten. Sie beugte sich hinüber, brach noch eine Banane ab und bot sie ihm an. Aber irgendwie wollte er diesen Existenzraum, den er und die Frau umschrieben und in dem sie unteilbar enthalten waren, mit dem verbinden, was er sein ganzes übriges Leben hatte – die ständige Anspannung der Taten und Wünsche. Er hatte keinen Hunger – in überhaupt keiner Beziehung. Er wollte nichts und hatte alles in sich selbst. Er brauchte sie nicht zu berühren, auch ohne sie zu berühren, besaß er sie vollständiger als alle Frauen, die er je gehabt hatte. Sie legte sich hin und schloß die Augen. Er beobachtete sie eine Weile, während sie schlief; der Puls an ihrem Hals war das einzige, was sich in der Stille rings um ihn bewegte, und dann stand er auf und machte sich auf die Suche nach einer schilfigen Stelle, die er vom Wagen aus gesehen hatte; wenn es dort Wasser gab, wollte er sich waschen. Er lächelte bei dem Gedanken an den Anblick, den er bot, als er durch das Veld ging mit ihrem Stück parfümierter Seife und einer Nylon-Zahnbürste.
Als Ann die Augen aufschlug, sah sie einen der schönen, unordentlichen Vögel, der fast in Reichweite ihrer Hand auf einem dicken, toten Halm des Grases schaukelte, das hoch wie eine Wand rings um das von der Decke geschaffene Nest stand. Sie setzte sich auf und gähnte wie eine Katze. Die Federn des langen Vogelschwanzes verhedderten sich in den langen Gräsern, als er aufflog. Sie

stand auf, um ihm nachzuschauen, und sah einen Mann, der ein paar Meter entfernt dastand.
»Hallo«, sagte sie, »habe ich Sie erschreckt?«
»Ist alles in Ordnung, meine Dame?« Er hatte die bedächtige, gesetzte Redeweise des ländlichen Buren, aber seine Stimme war die eines wohlhabenden, vernünftigen und selbstsicheren Mannes. Er kam nicht näher, sondern beobachtete, wie sie ihr strahlendes Lächeln aufsetzte, ihre Bluse in den Rock stopfte, ein hübsches Mädchen mit den langen, braunen Beinen, die er mit der Stadt assoziierte. Es folgte eine Pause, noch erfüllt von einem Rest Schlaf. Es gab eine Art formalen Einverständnisses zwischen ihnen. Sie war eine attraktive Frau mit Stil und er ein Mann, der alt und gerade weltgewandt genug war, um das zu erkennen. Er war ein Farmer in einem anständigen grauen Anzug und kräftigem Schuhwerk und dem unvermeidlichen Filzhut, den ländliche Afrikaander tragen – höchstwahrscheinlich auf dem Weg zum Rechtsanwalt oder zur Bank.
»Ich habe gerade ein herrliches Nickerchen gemacht, das ist alles. Sie haben doch nichts dagegen?«
Er wurde auf etwas persönlichere Weise höflich. »Es ist nicht mein Land, es gehört meinem Nachbarn. Aber ich dachte, Sie hätten Schwierigkeiten. Das Auto hier und so weiter.«
»Danke Ihnen vielmals.«
»Sie sind doch nicht etwa allein hier? Sonntags treiben sich hier eine Menge betrunkene Boys herum ...«
Sie riß das Gespräch an sich: »Nein, nein, mein Mann ist hier, bloß mal da drüben hingegangen ...«
»O ja, das ist okay, dann entschuldigen Sie, daß ich Sie gestört habe.« Er war jetzt um Liebenswürdigkeit be-

müht, freundlich in dieser wahllosen Kameradschaftlichkeit, die Weiße bekunden, wenn sie sich auf den weiten Flächen eines Landes treffen, in dem sie in der Minderzahl sind. Ihre eigene Stimme hatte in ihr ein mit Furcht gefülltes Gefäß umgeworfen, von dem sie gar nicht gewußt hatte, daß es da gewesen war; der Inhalt ergoß sich in ihr Blut, während sie den Mann strahlend anlächelte, ihm zulächelte, er möge gehen, und Angst hatte, woanders hinzusehen außer auf ihn, Angst, Gideon zu sehen. Gerade als der Mann wegging, und sie hörte, daß ein Wagen auf der Straße angelassen wurde, tauchte in der Ferne die Gestalt auf, die Hieroglyphe, die sie als seinen ruhigen, nachlässigen Gang erkannte, die engen Khakihosen, das blaue Hemd, das sie ihm geschenkt hatte.

Das Auto mußte schon seit fünf Minuten weggewesen sein, als er herankam. Während er sich näherte, überlief sie mehrmals ein Schauer; sie war von Grauen gepackt vor etwas, das nicht aufgehalten werden konnte. Sie hatte das Bedürfnis, zu dem kleinen Auto zu laufen. Als er durch das Gras zu ihrer kleinen Lichtung kam, stehen blieb und sich umschaute, wie man es in einem Zimmer tut, wenn man das Gefühl hat, es sei etwas geschehen, während man abwesend war, da lachte sie aufgeregt, prahlend, und halb flüsternd, halb weinend sagte sie: »Ein Mann war hier, ein Farmer! Ich hatte Besuch!«

Er sah sie an und sah sich um.

Dann: »Bist du sicher, daß er weg ist?«

»Oh, er ist weg, ja, er ist weg, ich hab seinen Wagen gehört, er ist weg.« Sie verkrallte die Finger in seinen Armen und wiegte sich mit ihm. Er hatte sie noch nie so gefühlvoll, so ohne Spur von Herausforderung gesehen. Plötzlich tauchte es in ihr auf, als wäre es geschehen: »Ich wollte wie verrückt zu dir rennen, als ich dich sah, aber ich hatte Angst, er könnte es noch sehen ... Jede Minute, jede Minute hättest du ... Er dachte, es sei hier nicht sicher für mich, kannst du dir das vorstellen, ich konnte ihn nicht loswerden. Ich wollte zu dir stürzen ...« Sie brach ab und begann zu kichern, hielt seine Hände und schwenkte sie, um ihre Worte zu betonen. »Ein freundlicher Farmer. Wirklich. Ein netter Mann.«

»Laß uns von seinem Land verschwinden«, sagte Gideon.

»O nein, es ist nicht seins. Es gehört seinem Nachbarn.«

Er nahm die Decke auf. Sie verfielen in eine Pantomime närrischer Hast, ließen Sachen fallen, quälten sich und lachten, balgten sich.

Was Ann vergossen hatte, war wie Quecksilber, es rollte davon in die Winkel ihres Seins und ließ sich nie wieder einfangen.

Der Wagen umgab sie mit dem Wirrwarr einer Behausung, einkapselnd und vertraut wie ein unaufgeräumtes Zimmer, in dem die Spuren eines Tages nicht beseitigt sind, ehe der nächste anbricht. Schon hatten sie ein gemeinsames Leben in diesem Auto. Wie jedes andere Leben tat es sich kund in Kekskrümeln, Aspirin, Zigarettenschachteln, die wegen der Notizen auf der Rückseite aufgehoben wurden, kaputten Gegenständen (einer Sonnenbrille, einer Sandale ohne Schnalle) und anderen Sachen, die unentbehrlich geworden waren, nicht in der ihnen zugedachten Funktion, sondern in Anpassung an ein Bedürfnis – das flauschige rote Handtuch war bestens geeignet, Anns Knie vor Zug zu schützen, und die Kosmetikflasche aus Plastik diente zur Aufnahme von Zitronensaft. Schon legte das Leblose von allem, was in diesem Wagen empfunden und gedacht worden war, Zeugnis ab und war davon durchtränkt – das Lieben, die Stunden, in denen nichts gesagt wurde und die Aufmerksamkeit wie die vorbeiziehende Straße dahintrieb, die Gespräche, die Müdigkeit, die Scherze. Als Ann sich hineinsetzte und ihr Blick auf das graue Armaturenbrett fiel mit seinem blechernen Muster von Gittern und Anzeigern, da waren die toten halben Stunden für sie dort markiert: die Zeit, in der sie nicht wußte, warum sie hier und nicht woanders war. Wenn der erregende schweigende Dialog zwischen ihrer Anwesenheit und dem Mann neben ihr für einen Augenblick nicht mehr an der Stelle in ihr klang, wo sie ihn zuerst gehört hatte, dann wurde sie unruhig und durchmaß die Logik von Schlitzen, Kreisen und Knöpfen.

Von einem Dorf-Postamt rief Gideon seine Freunde in Basutoland an, um ihnen zu sagen, daß er kam. Die Leute selbst, die einen Laden in den Bergen betrieben, hatten natürlich kein Telephon, aber ein Freund in einem Regierungsbüro in Maseru wollte seinem Bruder Bescheid sagen, der wiederum jemand anderen verständigen würde – Ann zerbrach sich über die umwegige Rätselhaftigkeit, wie die Nachricht über ihre Ankunft ihr Ziel erreichen sollte, nicht den Kopf. Sie war entzückt und stolz auf das engverwobene Leben, in dem Gideon auf seine Weise ebenso frei und mächtig war wie irgendein weißer Industriemagnat, der seine Termine per Fernschreiber plante. Es dauerte fast den ganzen

Nachmittag, bis das Gespräch durchkam, und dann kam Gideon zurück zum Wagen und sagte, der Mann in Maseru habe gleich gewußt, ohne sich erkundigen zu müssen, daß Malefetsane nicht zu Hause, sondern wegen einer Familienangelegenheit nach Vryburg gefahren sei.

»Ich soll in Maseru zu *ihm* kommen«, sagte er in einem Ton, der das zugleich für unmöglich erklärte. Natürlich glaubte der Mann, er sei allein.

Ihnen war flau zumute, aber sie waren freundlich miteinander in der leichten Verlegenheit der Enttäuschung.

»Ich will ein Zelt kaufen.«

»O Gott.« Er fuhr sich mit der Hand über den Hinterkopf. »Mein Haar muß geschnitten werden. Malefetsane hätte es mir in Basutoland geschnitten.«

»Es sieht wie die Füllung einer alten Matratze aus. Ich erinner mich, daß im Internat der Inhalt von Matratzen auf dem Rasen herausgenommen und gründlich gesäubert wurde. – Laß uns ein Zelt kaufen.«

»Wer soll es aufstellen und wieder abbauen?«

»Ich kenn mich mit Zelten aus«, sagte sie. Hatten sie und Boaz nicht wochenlang in Zelten gewohnt?

»Ja, ich weiß«, erwiderte er ruhig.

Sie beschlossen ganz plötzlich, auf jeden Fall nach Basutoland zu fahren; Gideon kannte noch andere dort, eine Menge Leute; jemand würde ihnen eine Unterkunft besorgen. Sie fuhren wieder im Dunkeln; die Tage hatten keine erkennbare Form; sie blähten sich auf und dehnten sich zu unermeßlichen Zeitspannen. Sie hatten eine Panne, aber es war nicht weit von einem Dorf, und Ann schwenkte eine Taschenlampe und veranlaßte einen vorbeifahrenden Lastwagen anzuhalten. »Ich werde schneller mitgenommen als du«, sagte sie zu Gideon. Beide waren vernünftig, und so hielt er sich im Dunkeln im Hintergrund. Nach einer Stunde kam sie zurück mit einem neuen Keilriemen, einer großen Wurst und Bier. Auch für den Rückweg hatte sie leicht eine Mitfahrgelegenheit gefunden; sie war in der triumphierenden guten Laune, die eine erfolgreiche Eskapade immer hervorbrachte. Gideon montierte den neuen Keilriemen, und sie fuhren weiter. Nach fünfzig Meilen, ehe sie die Grenze überqueren konnten, blieb der Wagen wieder stehen, und obwohl Ann neben ihm mit zusammengebissenen Zähnen arbeitete und ihre Hände den öligen Schmutz auf Gesicht und Haar übertrugen, half ihnen weder seine recht gute Sachkenntnis noch ihre einschüchternde Begabung für das Praktische, das Ding wieder in Gang zu bringen. Sie warteten stundenlang, aber zu dieser Nachtzeit kam auf dieser einsamen Straße kein Auto vorbei. Erst ganz früh am Morgen rumpelte ein mit Obstkisten beladener Lastwagen auf sie zu. Der indische Fahrer war freundlich. »Hinten ist Platz für ihn«, sagte er, als er ihr ins Fahrerhaus half. »Ach, hier ist doch noch Platz neben mir«, sagte sie, und Gideon stieg schweigend ein.

In der Werkstatt, wo ihr Wohltäter sie absetzte, war noch niemand zur Arbeit erschienen. Sie hob beide Hände und streichelte Gideons Wangen mit den kleinen, quirligen Bartbüscheln und fragte kokett: »Bist du sehr, sehr müde?«, obwohl sie wußte, daß er nicht antworten würde. Sie setzten sich auf ein Ölfaß neben den altmodischen Zapfsäulen und warteten. Als der Tankwart in einem sackartigen alten Overall und mit trockenem Maismehl in einer Marmeladenbüchse als Frühstück erschien, überredete ihn Gideon, sich auf sein Fahrrad zu setzen und den weißen Werkstattbesitzer zu holen. Der dicke schwarze Mann leckte sich die Finger ab, packte die Büchse sorgfältig wieder in Zeitungspapier und radelte los. Er kam gleich zurück; der Chef habe gesagt, er könne selbst mit dem Abschleppwagen hinfahren und das Auto holen. Gideon solle mit ihm fahren. »Geh ins Hotel und frühstücke«, sagte er zu ihr, außer Hörweite des anderen.

Sie sah ihn an. »Soll ich?«

Er stieg in den Lastwagen; er nickte einmal, nachdrücklich.

Allein im Speisesaal des Hotels, in dem Handlungsreisende abstiegen, aß sie Porridge und Eier mit Speck und trank eine Tasse schwach gerösteten Kaffee nach der anderen. An der Rezeption fragte sie, ob sie gegen Bezahlung ein Bad nehmen könnte. Der Empfang war noch nicht besetzt. Der indische Bar- und gleichzeitig Restaurantkellner mit seinem professionell liebenswürdigen, glatten Gesicht sagte pflichtbewußt: »Madam wohnt nicht hier? Ich glaube, es ist nicht erlaubt, wenn man nicht hier wohnt.«

Als der Wagen kam, holte sie die Thermosflasche heraus und bestellte Kaffee, der eingefüllt werden sollte, und Sandwiches. »Picknickproviant für unterwegs, gewiß, das mache ich für Sie fertig.« Vom Ölfaß aus beobachtete sie Gideon, der kräftig ins Brot biß, während er sich mit dem anderen Mann über den offenen Motor beugte. Ein zerzaust aussehender blonder Mann erschien endlich. Er schloß eine Sperrholzbude in seiner Garagenhalle auf. »Kommen Sie und setzen Sie sich in mein

Büro.« Es hatte den feuchten, schmutzigen Geruch öliger Lumpen, da stand ein alter, lackierter Schreibtisch, überhäuft mit Rechnungen und prächtigen Prospekten der Automobilhersteller, ein Bürostuhl mit abgebrochener Rückenlehne, ein Korbstuhl, auf den sie sich setzte, drei Kalender mit Bildern von schüchtern-koketten Mädchen mit wolkig-rosa Brüsten, die aus Chiffon- und Leopardenfell herausplatzten. Alles war mit staubigem Grus bedeckt. Am liebsten wäre sie wieder in die Werkstatt gegangen, aber sie saß eine Anstandspause ab; zum erstenmal in ihrem Leben folgte sie instinktiv einem Verhaltenskodex, der einer ihr von außen auferlegten Identität entsprach. Zur gegebenen Zeit kam der Werkstattbesitzer zurück und sagte auf die ermutigende, verworrene Weise von Ärzten und Mechanikern: »Irgendwas stimmt da nicht. Batterie ist in Ordnung, aber die Kontakte tun's nicht. Säure oder sowas drauf – aber wir versuchen sie abzufeilen und wollen sehen . . .«

Sie stand auf, befreit.

»Möchten Sie eine Tasse Tee?«

»Nein, danke, ich habe im Hotel gefrühstückt. Ich geh nur mal zum Wagen, was holen.«

»Machen Sie sich's hier gemütlich.« Er erinnerte sie an die Gastlichkeit seines Büros. »Sie reisen allein mit dem Fahrer?«

»Ja«, sagte sie. »Ja, ich muß nach Maseru . . .«

Vom Wagen aus rief sie »Gideon« mit einer leisen, neutralen Stimme, die sie in sich fand. Er kam gehorsam zu ihr. Sie beugte sich vom Vordersitz nach unten, als suchte sie etwas auf dem Boden, und machte ihm ein Zeichen, er solle sich auch bücken. Ihre Gesichter waren wie von körperlicher Anstrengung gezeichnet, das ihre war rot und fast derb, neben dem Nasenrücken trat eine Ader hervor. »Um Himmels willen! Wie lang wird das dauern? Ist es schlimm?« – »Kann ich nicht sagen. Ich bin nicht sicher, ob sie wissen, was sie tun. Ich bin für eine neue Batterie, aber sie haben nicht die richtige für diesen Wagen.« – »Aber können sie ihn nicht wenigstens so hinkriegen, daß wir nach Maseru kommen, dann kann, wie heißt er doch, dein Freund, ihn in eine anständige Werkstatt bringen.« – »Alles ist an sich in Ordnung, sie haben alles gemacht, aber die Karre springt nicht an. Rührt sich nicht.«

Ihr war nicht wohl dabei, daß sie ihre Rolle so gut kannte. »Ich muß mich in dieses Büro setzen.« Ihre Augen sahen für ihn aus, als habe sie jemand an der Kehle gepackt. Nie hatte er sie so gesehen, fast häßlich; er stellte es mit der Grausamkeit der Objektivität fest, und dann wurde es ihm warm ums Herz auf eine Weise, die bisher nicht zu seinen Gefühlen für sie gehört hatte – es war die Herzlichkeit, die er empfand, wenn er auf einem Township-Hof den tratschenden alten Frauen in ihren schmutzigen, straff über den Brüsten sitzenden Kleidern ein Scherzwort zuwarf oder wenn Sol zu später Stunde seine Reden schwang. Er war, als treffe er sie in einem Teil seines Lebens, wo er ihre Anwesenheit nicht erwartet haben konnte.

Die Reparatur dauerte den ganzen Tag, und als das klar wurde, ging sie ins Hotel und nahm sich ein Zimmer. Jetzt »wohnte« sie dort und konnte die Granolith-Korridore entlang zu den »Damen« gehen und das Wasser rauschend in die tiefe emaillierte Badewanne mit ihren vier eisernen Klauenfüßen laufen lassen. Sie pendelte zwischen dem Hotelzimmer und der Werkstatt hin und her, die unter ihrem Blechdach in der Wintersonne heiß wurde, als die Stunden verstrichen. Jedesmal, wenn sie in die Werkstatt kam, stellte sich der Besitzer, die Hände auf den Hüften, neben sie; im Hotelzimmer lag sie auf dem Bett mit der baumwollenen Tagesdecke, bedruckt mit einer arkadischen Szene von Schäferinnen und Sonnenuhren, und betrachtete die Fenstervorhänge, wo sich dasselbe Muster wiederholte, aber fast ganz verblaßt war; sie schlief und wachte wieder auf, und ihre Zigarette hinterließ einen weiteren Brandfleck neben jenen, die den Nachttisch mit der Kerze für Notfälle in einem Blechleuchter verunzierten. Sie hatte nie Gelegenheit, mit Gideon zu sprechen, abgesehen von den Bemerkungen über das Auto, die nicht direkt ihr galten, sondern in ihre Richtung gesprochen waren. Sie bewog den Barkellner, ihr einen Teller mit kaltem Fleisch und Salat und Messer und Gabel zu geben und brachte ihn, mit einem zweiten dicken Hotelteller abgedeckt, unverfroren hinüber in die Werkstatt. Der Besitzer lächelte sie an, weil sie eine Frau und so weichherzig war. »Sie hätten nicht eine solche Mahlzeit für den Boy zu bezahlen brauchen, meiner hätte ihm etwas gegeben.« Sie sah ihn die Teller beäugen, Teller aus dem Speisesaal des Hotels, Teller, von denen Weiße aßen. Sofort stellte sie einige Fragen über den Wagen; wie lange würde es jetzt noch dauern?

Sie verbrachte die Nacht allein im Hotel, aß wieder gegenüber dem großen Büfett aus schwarzem Holz, das den Eingang zur Küche verbarg, aber nicht deren Geräusche und Gerüche abhielt; ging in ihrem Zimmer ins

Bett. Gideon schlief in der Werkstatt auf einer Art Lager, das der Tankwart besorgt hatte. Es gab auf dem Hof des Hotels Zimmer für die Boys von Handlungsreisenden, sagte der Werkstattbesitzer; sie hätte eines bekommen können – aber sie log, weil sie die schmutzigen Nebengebäude beschämend fand: »Sie sind besetzt.«
Alles verschwand außer diesen praktischen Einzelheiten, die ständig überlegt werden mußten; das Ergattern von anständigem Essen, die Vorkehrungen für einen Schlafplatz, die endlose Konzentration auf die Spulen und Schrauben und Muffen im Bauch des Autos, und die Neuigkeiten und die Beratungen. Sie sagte: »Guten Morgen, Gideon«, und stellte sich neben den Werkstattbesitzer. Sie ging mit dem Mann weg, dessen rosa Wangen von seinem Kopfkissen Falten bekommen hatten. Gideon sah erfrischt aus. Er war rasiert und hatte ein sauberes Hemd an. Sie fragte sich, wie und wo er das fertiggebracht hatte. Das ganze Geheimnis der einfachsten Mechanismen des täglichen Lebens trennte sie.
Als sie endlich wieder auf der Straße waren, hatte sich die Zeit verändert, sich ausgedehnt und aufgebläht. Sie waren nicht mehr ein paar Tage zusammengewesen; der andere Nachmittag, der Nachmittag, an dem sie Johannesburg verlassen hatten, lag weit zurück. Sie sagte zu ihm: »Halte mal irgendwo für eine Minute.« Sie hatte sich auf dem Sitz neben ihm bequem ausgestreckt, den Kopf zurückgelegt, und rauchte, den Ellbogen eines Arms auf die andere Hand gestützt. »Was ist denn los?« – »Halt einfach mal an.«
Als der Motor abgestellt war, herrschte einen Moment

Stille, bis die flüchtigen Geräusche der leeren Straße sie erreichten – ein Zwitschern, als ein Vogel vorbeiflog, und das Knacken eines trocknen Halms in einem Maisfeld. Sie runzelte heftig die Stirn, herausfordernd, verwirrt durch das, was sie sagen wollte. Plötzlich küßte sie ihn mit der machtvollen Forderung einer Frau, die geliebt werden möchte. Während er unsicher war, wie er reagieren sollte, wie es ein Mann ist, wenn er dies für die falsche Zeit und den falschen Ort hält, und er ihren Arm in einer beruhigenden, oberflächlichen Liebkosung streichelte, setzte sie sich auf und sagte: »Dieses verdammte Hotel.«

»Was hattest du erwartet?« Er machte einen freundlichen Scherz daraus, und die Aussage wurde dadurch zu einer bloßen Bemerkung über das schlechte Essen und das nicht sehr saubere Zimmer.

Sie sagte: »Gideon, Gideon, Gideon«, zerzauste ihm die Haare, berührte ihn, schob seine Hand unter ihr Haar im Nacken, um sich zu beruhigen.

»Hat es überhaupt Sinn, nach Basutoland zu fahren?«

Er lachte leise. »Ich hoffe doch. Warum nicht?«

»Aber wenn deine Freunde weg sind?«

Er sagte nichts.

»Laß uns für ein paar Tage nach Natal fahren.« Sie hatte vorher nicht daran gedacht, der Gedanke kam ihr plötzlich, als sie überlegte, was sie tun könnten. »Da ist ein Haus, da können wir hingehen ... oben an der Küste.«

»Wer ist dort?« fragte er.

»Jessies Haus.« Sie war jetzt ganz sachlich.

»Stilwells'?«

»Es ist ein Cottage, das sie geerbt hat, als ihr Stiefvater starb. Sie ist allein.« Keiner von ihnen dachte bei Jessie an mehr als einen Namen für einen Ort, der geeignet wäre. Natürlich war er ihretwegen geeignet; sie war eine ihresgleichen, sie hatte eine grundlegende Vertrautheit, obwohl sie in der Verschwommenheit des unvorstellbaren Familienlebens, in der sie sie sahen, ihnen zu fern zu sein schien, um wirklich beachtet zu werden.

18

»... Es war vermutlich wegen Boaz, an dem ersten Abend, als ich mit Dir sprach«, schrieb Jessie an Tom, »aber das ist es jetzt nicht. Ich finde mich nicht wegen irgend jemandem mit ihnen ab. Sie leben hier fast wie jeder andere. Natürlich kann man ihnen diese Chance nicht verweigern – wie könnte ich? Wahrscheinlich ist es nicht so großmütig von mir, wie es klingt, ich traue mir nicht ganz bei dem Begriff ›Chance‹, wenn ich ihn geschrieben sehe ... Prüfung? Hürde? In welcher Hinsicht? Sie scheinen mehr aneinander zu hängen, als ich glaubte. Vor allem sie; ich will damit sagen, ich hatte angenommen, sie lebe eher von Zuneigung, als daß sie welche verschenkt. Spielerisch, ja, aber zärtlich, mit B.?« Als sie den Brief überflog, hielt sie in vager Unzufriedenheit inne, und in einem eher symbolischen Anlauf sich selbst zufriedenzustellen, vertauschte sie »Prüfung« und »Hürde«.

Ann und Gideon hatten abends einen Spaziergang zum Strand gemacht; jetzt hörte sie ihre Stimmen, vertraut im Dunkeln, und sie kamen die Verandastufen herauf. Ann hatte seinen dicken Pullover an. »Möchtest du einen Kaffee?« fragte sie auf dem Weg in die Küche. Jessie sagte nein, sie glaube nicht, aber als sie ihn gemacht hatten, brachten sie eine Tasse für sie mit und riefen vom Wohnzimmer aus, daß er fertig sei. Sie wurde in ihre Gesellschaft hineingezogen, setzte sich auf einen der großen Sessel und zog der Behaglichkeit halber die Füße

unter sich. Wind war aufgekommen. »Hier.« Gideon reichte ihr den Pullover, den Ann ausgezogen hatte. In ihrer beider Wärme eingehüllt, dachte sie: sie haben sich da draußen geliebt. Ann sprach vom Angeln. Wo sie hingehen könnten, fragte sie, sich der Sinnlosigkeit ihrer Begeisterung bewußt – sie hatte irgendwo im Haus Angelgerät herumliegen sehen. »Frag Jason«, sagte Jessie zu Gideon. »Er kennt bestimmt das ganze hiesige Anglerlatein.«
»Vermutlich.« Gideon sah sie unsicher an.
»Wenn jemand bei einem Rat über Angeln einholt, dann fühlt man sich dem doch sicher freundschaftlich verbunden. Meinst du nicht?« Sie lächelte Gideon zu.
»Man fängt aber womöglich auch an, mit dem neuen Freund zu prahlen, und wo er wohnt.«
»Das ist richtig.«
»Warum hast du dir seinetwegen solche Sorgen gemacht?« fragte Gideon.
»Ach, nicht seinetwegen ... Über all die anderen Dinge, die zu schwierig zu erklären sind oder keinen was angehen.«
»Es war ein kleiner Schock«, sagte Ann lächelnd, auf ihre Ankunft anspielend.
Jessie konnte sie in dem wollenen Kragen, der jetzt um ihren Hals lag, riechen, den Duft ihres Haars und des Parfums, der auch dem Zimmer zu Hause anhaftete. »Vor einem Jahr, *damals*, wollte ich nicht, daß Boaz und Ann zu uns kamen. Aber ich tat nichts, um es zu verhindern. Es war etwas, das Tom und ich immer getan haben. Man muß seinen Freunden gegenüber offen sein. Man muß wegkommen von der engen, kleinen, bürgerlichen Familieneinheit. In einem Land wie diesem müs-

sen Leute wie wir zusammenhalten – wir leben von der Billigung unseresgleichen. Wir haben keinen anonymen, unpersönlichen Kodex, weil der südafrikanische *way of life* nichts für uns ist. Aber was einem passiert, einem selbst ... ich weiß es nicht. Der ursprüngliche Impuls, anständig zu sein, verhärtet sich um einen, und man kann nicht hinaus. Er wird auch wieder eine Konvention.«

»Was ist daran verkehrt?« fragte Gideon. »Wenn man überzeugt ist, daß man tut, was man tun sollte?«

»Es ist alles ein bißchen zu bequem. Man kann leicht vergessen, daß es bloß das Beste ist, was man tun kann ... vorläufig.«

»Dann mußt du auf der Stelle den Kampf aufnehmen, Mann,« riet Gideon leicht verächtlich.

»Oh, ... es ist nicht alles Politik – wenigstens nicht für die Weißen.«

Er lachte.

»... Ja, vermutlich doch. Die ganze Art, wie wir leben, wird vor allem anderen zu einer politischen Geste. Na ja, das ist ein Teil von dem, was ich meine – es gibt keine Möglichkeit, sich als Person zu entwickeln, weil jede Veränderung in einem selbst wie Fahnenflucht erscheinen könnte. Aber wenn man sich nicht verändern kann, sich nicht weiterentwickeln kann, wie kann man dann bereit sein für neue Anforderungen, die an einen gestellt werden? Mit der Zeit weiß man nicht einmal mehr, wie man zu dem Standpunkt gekommen ist, den man vertritt.«

»An was für Anforderungen denkst du?« fragte Gideon, sie abschätzend.

»Na, wenn man wie ein Mensch leben will, muß man es

immer wieder beweisen. Es ist kein Status, der einem automatisch verliehen wird, weil man aufrecht auf zwei Beinen geht, und ebensowenig, weil man eine weiße Haut hat.«

»Du könntest es eines Tages im Gefängnis beweisen müssen. Weißt du das? Dein Haus wird nicht mehr groß genug sein.«

»Und wenn ich aus dem Gefängnis komme, werdet ihr mich dann wieder von neuem bestrafen? Was soll ich mit meinem weißen Gesicht machen?«

Sie lachten beide. »Was hast du für eine Alternative?« fragte Gideon.

Jessie zog wie eine Schildkröte den Kopf durch den Kragen von Gideons Pullover und zog ihn aus. Sie strich die Haarsträhnen weg, die mit dem Knistern von statischer Elektrizität an ihrem Gesicht klebten, und sagte: »Stell dir vor, Tom und ich würden zusammen mit den anderen Weißen auf Schwarze schießen. Wie es bei Yeats heißt: ›Die ich bekämpfe, hasse ich nicht, die ich beschütze, liebe ich nicht.‹ Himmel noch mal, mir wär's lieber, ihr erschießt mich. – Ich geh ins Bett. Laßt bitte die Tür nicht offen, diese herrliche Lampe wird sonst wieder umgeblasen.«

Sie traf Gideon am nächsten Morgen im Wohnzimmer. Ann war mit den kleinen Mädchen ins Dorf gegangen. Er war in eine Zeichnung vertieft, hatte sich als improvisierte Unterlage einen Stoß Zeitungen genommen. Sein Kopf fiel ab und zu lässig auf die Stuhllehne zurück. Jessie legte den Kopf schief, um zu sehen. Mit dem Daumen schwächte er den dicken Kohlestrich.

»Sie ist schön«, sagte Jessie.

»Das ist sie.«

Sie beobachtete ihn, belustigt über seine entspannte Haltung, während seine Hand und sein Auge selbständig weiterarbeiteten. »Gideon, du hast irgendwo eine Frau, nehm ich an?«
»In Bloemfontein, um es genau zu sagen.«
Wenn sie eine gewisse Zeit im Wohnzimmer war, wurde sie immer zu dem durchhängenden Vorhang und zu dem Stück Teppich, das ausgefranst war, hingezogen. Manchmal, wie jetzt, ging sie dorthin, als wollte sie die Dinge in Ordnung bringen. Sie streifte ihre Sandalen ab und stieg auf den Diwan, um einen Blick oben auf die Vorhangschiene zu werfen. »Ich habe auch einen Sohn«, sagte Gideon. »Ich weiß nicht, ob ich ihn erkennen würde, wenn ich ihn irgendwo sähe.«
Sie versuchte, eine Gleitrolle zu lockern, die an der Schiene festgerostet war, und ihre Stimme klang gepreßt vor Anstrengung. »Ach, wie kommt das?«
»Man ändert sich.«
Sie konnte die Gleitrolle nicht freibekommen und gab es auf, und die Verwirrung über eine hartnäckige Aufgabe stand ihr im Gesicht geschrieben. »Aber das ist, wie wenn man Finger abhackt. Zuletzt bleiben dann vom Leben nur Stückchen und Fetzen.«
Er wollte nicht an die Frau erinnert werden, mit der er verheiratet war, und wußte nicht, was ihn plötzlich veranlaßt hatte, das Kind zu erwähnen. »Was vorbei ist, ist vorbei«, sagte er.
»Was bleibt dann zuletzt übrig?« Sie stand immer noch auf dem Diwan. »In einem Jahr, in fünf Jahren, ist *das* vielleicht vorbei. Dann wirst du dich hier sehen, als wär es im Leben eines anderen geschehen.«
Er sah, daß sie das irgendwie erschreckte, aber in ihm

war kein Platz für Neugier über andere, sein ganzes Vorstellungsvermögen war in Anspruch genommen durch die Konzentration der Kräfte, die ihn hierhergebracht hatten; durch das, was er mit dem Mädchen gemein hatte und mit ihr nicht gemein haben konnte. Er konnte der Frau auch nicht in dem plötzlichen Überschwang antworten, mit dem er die Gegenwart bejahte: aber *dies* ist mein Leben! Aber sie sprach weiter, als hätte er es gesagt: »Man kann es sich nicht aussuchen«, sagte sie, »entweder man akzeptiert alles, was man gewesen ist und getan hat, oder nichts. Wenn die Vergangenheit vergangen, beendet sein wird, dann wird dies ebenso vergessen sein wie das, was man vergessen will.«

»Es gibt Dinge, die vorbei und erledigt sind«, sagte er. »Du mußt wissen, wie das ist.«

»Ich weiß, wie das ist. Man häutet sich dann und wann wie eine Schlange.«

»Muß leben«, sagte er mit einem Schulterzucken.

»Was wird man dann schließlich sein? Die letzte Haut, ehe man stirbt?«

Er lachte. »Ah, aber da ist ein Unterschied. Du hast ein nettes ruhiges Leben, das weitergeht, ein Zuhause und so weiter. Wenn die Lage hier zu heiß wird, nimmst du deinen Mann und deine Kinder und gehst weg und lebst auf dieselbe Weise wie immer, nur woanders, stimmt das nicht, Jessie? Du hast den Mann, den du haben willst, nicht wahr?« fügte er hinzu.

»Ja, aber ich habe gelebt, ehe ich ihn liebte, und womöglich werde ich auch nachher noch leben. Ich war schon mal verheiratet. Ich habe noch einen Sohn. Manchmal kenne ich ihn nicht, wenn ich ihn sehe ...« Sie schien

etwas zu erwarten, und er sah einen Augenblick auf. »Aber ich bin, was ich damals war, und auch, was ich jetzt bin; oder ich bin nichts.«
Seine Aufmerksamkeit verdeckte den unruhigen, verstohlenen Ausdruck in seinen Augen. Sie kannte dieses Sich-Zurückziehen, das manchmal im vertrautesten Gespräch eintrat; es bedeutete, daß man sich in die Sorgen des weißen Mannes verirrt hatte, daß man in die Halbwelt von Zweifeln und kleinlichen Bedenken verwiesen wurde, die nur Weiße sich leisteten und die nur sie verdienten.
»Ich sehe nicht viel Sinn darin, die Vergangenheit auszugraben.«
Sie lächelte und sah ihn aus weiter Ferne an. »Wir reden nicht von derselben Sache. Es ist eine Frage der Freiheit.«
»Freiheit?« Er war erstaunt, höhnisch.
»Es gibt mehr als eine Art, weißt du.«
»Na, eine Art würd mir genügen.«
»Ja, vielleicht, weil du sie nicht hast. Vielleicht wirst du dich nie fragen müssen, warum du lebst. Ein politischer Kampf wie der deine macht alles sehr einfach.«
»Glaubst du?«
»Natürlich. Du bist völlig in Anspruch genommen von den praktischen Anstrengungen, deine Lebensumstände zu ändern. Richtig, von den ideologischen auch. Die Verwirklichung – wie immer du es nennen willst –, der *Sinn* deines Lebens wäre, diese Änderung zu erreichen oder ihr möglichst nahezukommen, ehe du stirbst. Du erlebst eine vernichtende Erfahrung nach der anderen, du stirbst ein dutzendmal, aber der politische Kampf schweißt dich zuletzt wieder zusammen. Was das be-

trifft, so bist du immer ganz. Es geschieht alles von außen und weil es notwendig ist.« »Ich glaube nicht, daß es ganz so passiv ist«, sagte er ironisch.
»Passiv! Das ist es ja gerade. Es ist *alles* Aktion, Agonie, Entscheidung – o mein Gott, es ist wundervoll . . .« sie machte ein gespielt glückseliges Gesicht, um die Stimmung zwischen ihnen zu entspannen.
Er arbeitete weiter an seiner Zeichnung, nachdem Jessie das Zimmer verlassen hatte. Mit jedem folgenden Entwurf wurde sie einfacher, da die einzelne Linie die vielen in ihre Gewalt brachte; das Gesicht verschwand auf die Weise, wie ein wirkliches Gesicht sich in das bloße intensive Bewußtsein seiner Gegenwart verliert. Plötzlich war Ann da, legte ein paar kleine Päckchen ab, war einige Augenblicke noch in der Maske, mit der sie im Laden und Postamt erschienen war: der jugendlich arrogante Kiefer und die Lippen ließen etwas von der Schönheit und Attraktivität erkennen, die sorglos hinter einer Sonnenbrille und dem wilden kurzen Haar verborgen waren. »Rasierklingen, Zigaretten, ein weicher Radiergummi – dieser war der einzige, den sie hatten.« Er probierte ihn auf einer der aufgegebenen Skizzen aus. »Sie sind alle zu hart.« – »Ich hab ihnen gesagt, ich würd ihn zurückbringen, wenn er nichts taugt.« Er lächelte über ihren rauhen Umgang mit Ladenbesitzern.
Sie setzte sich auf einen Sessel und richtete den leeren Blick der dunklen Brille auf ihn. »Ich hab genau vier Pfund und siebzehn Shillinge«, sagte sie.
Er brummte zweifelnd. »Ich hab ein paar Pfund.«
»Nein, hast du nicht, du hast ungefähr fünf Pence weniger als ich.«
»Fünf Pence mehr.«

Ihr fiel die Brille ein, und sie nahm sie ab; er sah etwas, das er nie zuvor gesehen hatte, Tränen in ihren Augen, als sie ihn anschaute. »Ich hasse sie«, sagte sie. »Alle rings um mich im Laden und auf dem Postamt.«

Er wußte, daß sie sich davor fürchtete, nach Johannesburg zurückzufahren, zu Entscheidungen und Fragen und Ratschlägen und um sich vor anderen zu verantworten. Aber wenn sie das Land verlassen und zusammen weggehen wollten, dann würden sie zuerst zu Boaz zurückgehen müssen, zurück ins Stilwell-Haus, wo alles, was begonnen hatte, ungelöst geblieben war.

Er war an ihre Angriffslust und Unbesonnenheit gewöhnt, und die Veränderung, die jetzt manchmal bei ihr erkennbar war, bestürzte und erregte ihn zugleich. Sie liebte ihn also, sie war wirklich seine Geliebte, dieses strahlende Geschöpf; er spürte es unter seiner Hand, wenn er sie jetzt liebte, er spürte es, wenn sie in einem Zimmer auf ihn zuging oder ihm bei Tisch eine Schüssel reichte. Doch gleichzeitig hatte ihre Beziehung die Sicherheit verloren: jeder von ihnen hatte sich dem anderen ausgeliefert. Jetzt spürte er das Gewicht ihres Daseins, fremd, neu, ungewohnt; und er übergab ihr, was zu geben ihm gar nicht zukam: er war sich Mapulanes bewußt (wie er ihn an jenem Tag bei der Abfahrt beobachtete) – Mapulane fern an jener Peripherie, wohin die Leidenschaft die lauten und gestikulierenden Einflüsse, die sich gegen sie stellen, verbannt, außer Sicht und außer Hörweite. Er lag auf dem Sand zwischen den beiden Frauen, die er mit halbgeschlossenen Augen sehen konnte, und unter den Kindern, die mit ihren Schätzen zu ihm rannten, und auf diesem einsamen Strand übersahen ihn Schicksal und Geschichte; er konnte Shakas besiegtes Königreich ringsum ignorieren und auch den Witz des weißen Mannes darüber, den er jedesmal las, wenn er auf die Toilette ging: »... Vaselin, Sandwiches, Sägemehl ... Gott schütze die Zuckerrohrfarmer ... Ausgefertigt ... aus meiner Hand und unter meinem Großsiegel, Großer Häuptling Shaka.« Der schwarze Krieger und des weißen Mannes Hohn über ihn; die wilde zerstörte Vergangenheit und der Spott des Eroberers; beide waren tot, und er litt weder unter dem einen noch dem anderen.

Gideons und Anns Leidenschaft bestimmte den Rhythmus der Tage, die ohne Langsamkeit oder Hast verstrichen, oder vielmehr ohne jede übliche Zeitvorstellung. Jessie fiel ein, daß sie einmal über Tom und sie selbst gedacht hatte, daß man das Alltagsleben abschalten müßte, um richtig zu lieben. Als sie auf dem Pfad vom Haus schweigend hinter ihnen herging, schienen ihre entspannten, leicht schwingenden Arme, die Handrükken berührten sich ab und zu leicht, den Rhythmus ihres Atmens zu bestimmen. Wo immer eine Gruppe von Menschen zusammenlebt, gibt es jene, von denen Leben ausstrahlt – jeder kann es sein, in dem zu dieser Zeit die Vitalität überströmt, so wie ein bestimmter Baum unter anderen von schwärmenden Bienen wimmelt und wie elektrisch aufgeladen wirkt. Jessie war so lange im Mittelpunkt gewesen; es kam ihr jetzt seltsam vor, daß das von ihr gegangen war. Zu Gideon hatte sie gesagt: »Ich habe keine Liebesaffären mehr«, aber gleichzeitig ertappte sie sich dabei, daß sie über den Strand ging und glaubte, der Blick eines Mannes ruhe auf ihr. Der Mann erwies sich dann als ein Junge im Alter ihres Sohnes. Sie sah die beiden Liebenden an, die eine Zigarette zwischen sich hin- und herreichten und lange bei dem verweilten, was der Mund des anderen berührt hatte, schweigend zusammen, sprachlos, vor Jessie ganz in sich gekehrt. Vielleicht war es Morgan, der jetzt die Liebesaffären haben würde. Sie dachte an seine Hände; zart, mager, kräftig und scheu – er konnte für einen Mann gehalten werden, er war ein Mann. Sie ging meilenweit am Strand entlang, weg von den Liebenden, weg von den kleinen Mädchen.

Als sie zurückkam, hatten Clem und Madge Gideon bis zum Hals im Sand begraben; sein Kopf lag auf Anns Schenkeln, und ihr Kopf wachte über ihm, die Augen vor der Sonne geschlossen, mit einem seltsamen, nackten, verschlafenen Lächeln, als ob sogar seine Scherzworte mit den Kindern einen Code für sie enthielten. Jessie nahm die Kinder zum Schwimmen mit und ging dann mit ihnen zum Haus. »Ich liebe Gid«, sagte Madge vertrauensvoll, bewundernd.

»Mir macht es nichts aus, daß er schwarz ist«, stimmte Elisabeth zu.

»Macht es dir manchmal was aus, wenn andere Leute schwarz sind?« fragte Jessie.

»Ich finde es nicht hübsch«, sagte Elisabeth.

Clem begann einen langen Vortrag darüber, wie unfreundlich es sei, über die Hautfarbe von Leuten zu reden und daß man ihre Gefühle nicht verletzen dürfe, und daß es überhaupt unwichtig sei, was für eine Hautfarbe man habe, man sei genau das gleiche – wie Leute, die blondes oder dunkles Haar haben.

»Gib nicht so an«, sagte Elisabeth selbstbewußt. Sie war

sehr erfolgreich und kokett mit Gideon und bestand mit der Tyrannei über Gäste, die Jessie bei Kindern nicht leiden konnte, darauf, daß er abends an ihr Bett kam und ihr einen Gutenachtkuß gab. Aber Clem hatte in ihrer Einstellung schon ihre natürliche Reaktion auf Menschen vergessen; einer Haltung, die ihr zwangsläufig früh eingeprägt worden war, um der allgemein anerkannten entgegenzuwirken. Wenn man das Schwarzsein nicht abstoßend und verächtlich fand, gab es dann als einzige Alternative nur die peinlich genaue Unterdrükkung aller persönlichen Reaktionen unter dem gemeinsamen Nenner allgemeiner Menschlichkeit? Folgte daraus, daß man, weil man nicht abgestoßen war, auch nicht zugeben konnte, daß man davon angezogen war? Mußte man sich bei dieser Sache so vor Gefühlen – vor *jedem Gefühl* – fürchten?

Aus den gewöhnlichenKontakten des täglichen gemeinsamen Lebens im Haus wußte Jessie, daß Gideon sich ihrer als Frau bewußt war; in seinem Verhalten ihr gegenüber lag kein heimliches Begehren, aber sie wußte, daß, völlig legitim und völlig harmlos in seiner vollständigen Konzentration auf Ann, es ein objektives Erkennen gab, daß sie, Jessie, eine Frau war, mit der man schlafen konnte. Dies Erkennen gibt es stillschweigend und ohne sichtbares Zeichen zwischen einem Mann und vielen Frauen oder einer Frau und vielen Männern in Situationen, in denen das nie Folgen gehabt hat und nie haben wird. In Schlangen an Bushaltestellen, über Ladentische hinweg, in den Häusern von Freunden erkennt jeder diejenigen, die auf diese Weise für ihn existieren und für die er auf diese Weise existiert; ebenso

wie es andere gibt, sogar schöne und offensichtlich begehrenswerte Menschen, die kein sexuelles Interesse auslösen. Gideon begehrte sie nicht, er liebte eine andere Frau, mit der sie in der allgemeinen Welt sexueller Konkurrenz nicht rivalisieren konnte, weil sie zu alt war – sechzehn Jahre zu alt –, aber zu einer anderen Zeit und an einem anderen Ort hätte er sie vielleicht begehrt. Vielleicht; und das, zusammen mit den sechzehn Jahren zwischen ihren neununddreißig und Anns dreiundzwanzig, bedeutete, daß sie selbst – einmal, irgendwo – Ann hätte sein können.
Sie befand sich einerseits in einigem Abstand von der Liebesaffäre und war ihr gleichzeitig seltsam nahe. Sie war nicht mehr eifersüchtig darauf, daß sich die beiden hinter zugezogenen Vorhängen oder in der Dunkelheit, die sich zum Meer erstreckte, liebten. Einmal, als sie unerwartet zu einer Zeit ins Haus zurückkam, da sie annahm, daß die beiden weg wären, öffnete sie die Tür von Anns Zimmer, um nach einer verschwundenen Schere zu suchen. Sie war barfuß, weil sie vom Strand kam, und das Haus war still; die beiden, die da lagen, wachten nicht auf, als sie sie anschaute. Sie empfand weder das schuldbewußte Zurückzucken von jemandem, der plötzlich als Zuschauer einen Teil des Lebens sieht, in dem man niemals ein Zuschauer, immer nur ein Handelnder ist, noch die Beschämung eines Voyeurs. Sie betrachtete einen Moment in aller Ruhe die uralte Gruppierung der beiden Körper, die Gesichter voneinander abgewandt, die Arme schlaff, wo sie sich gehalten hatten; alles, was zusammen gewesen war, wurde im Schlaf auseinandergerollt. Anns eine Brust mit der braunen Spitze war durch den Winkel, in dem sie auf der

Seite lag, beiseite gedrückt, ebenso ihre Wange, während der ganze untere Teil ihres Körpers herumgedreht war, als ob sie mit dem Gesicht nach unten läge. Und er lag auf dem Bauch mit dem Kopf über dem ausgestreckten Arm, und die gekrümmten Finger, die nicht mehr in Reichweite ihres Kopfes waren, entsprachen noch dessen Form. Sein dunkler Körper hatte einen Glanz, der der Mulde des Rückgrats folgte bis hinunter zur kurzen, schimmernden Rundung des Gesäßes. Ihre Gesichter waren verschwitzt. Eine Fliege stieg auf und setzte sich gleichmütig wieder auf die Haut. Kleidungsstücke hingen vom Bett herab und lagen auf den Fußboden gesunken; um die Ränder des Vorhangs lief eine feurige Rüsche, wo die Mittagssonne ausgesperrt war. Jessie schloß langsam die Tür und ging.

An jenem Nachmittag gingen sie alle zu einem Strand zehn Meilen weiter oben an der Küste, den sich die Kinder als einen fremdartigen und aufregenden Ort vorstellten. Er war nicht viel anders als irgendein anderer Strand in der Gegend, aber man erreichte ihn auf einem Pfad, der durch Eukalyptuswälder statt durch Zuckerrohrfelder führte und einen kühlen und erregenden Geruch hatte, gleichsam eine rituale Vorbereitung auf ihre Ankunft. Der Strand und das mit Sträuchern bewachsene Gelände ringsum waren zum Badegebiet für Inder erklärt worden, aber erst vor so kurzer Zeit, daß nur zwei häßliche kleine Villen da standen, die eine kreidigrosa, die andere knallblau, beide leer und verlassen, abgesehen von einer schwarzen Familie und einigen Hühnern in einer Hütte zwischen den Maispflanzen und verkümmerten Papayabäumen beider Grundstücke. Diese Leute wagten sich jedenfalls nicht an den Strand; die

Picknickgesellschaft war vollkommen sicher vor spähenden Augen. Die Notwendigkeit, dafür zu sorgen, daß Gideon nicht gesehen wurde, war etwas, das sie unverhüllt in Betracht zogen und ohne Verlegenheit oder Vorwände für selbstverständlich hielten, so wie eine tägliche ärztliche Behandlung, von der man zuerst annimmt, man könne sie unmöglich durchführen und gleichzeitig den Anschein eines normalen Lebens aufrechterhalten, bald die Norm auf ihre eigenen, sonderbaren Bedürfnisse umstellt. Obwohl die Kinder den Grund nicht wußten, waren sie immer eifrig bestrebt, Bericht zu erstatten, und rannten gewöhnlich zuerst hinunter, um zu sehen, ob jemand am Strand sei. Dann folgten die beiden Frauen und Gideon. Die kleinen Mädchen rissen sich ihre Kleider vom Leib und liefen nackt ins flache Wasser; es war nicht einzusehen, warum sie das nicht auch an dem Strand taten, wo sie wohnten, aber sie taten es nur hier.

Jessie hatte zwischen Handtüchern und Bananen ungeöffnete Briefe in ihrer Badetasche; einer war von Tom, und sie las ihn ohne Kommentar, aber der andere war von ihrer Mutter: »Sie fragt sich, ob sie nächste Woche für die letzten paar Tage herkommen sollte . . . ob es mir passen würde. Na, es würde mir gar nicht passen!«

»Sie hat uns gesehen«, sagte Ann, während sie mit ihrer schmalen Hand Sand wog. »Einmal, in deinem Haus, Nein, vielleicht hat sie uns nicht wirklich zusammen gesehen.«

»Wie kam das?« Jessie war nur halb interessiert.

»Als wir schon im Auto saßen, rannte ich zurück, um die Schlüssel zu holen, und da merkte ich, daß sie da war, im Eßzimmer, am Fenster.«

»Hat sie dich gerufen oder dergleichen?«
Ann lächelte, erstaunt, wie gut sie sich an die Einzelheiten erinnerte. »Nein ... ich ging hinein, und sie sagte etwas Seltsames zu mir – sie war die ganze Zeit dagewesen und wußte, daß ich sie nicht bemerkt hatte. Etwas wie – es sind immer andere Leute da, und eines Tages wird man selbst einer von ihnen ... so was Ähnliches.«
»Alte Leute sitzen herum und lauern wie gierige Katzen«, sagte Jessie grausam.
»Nein, sie war eigentlich auf eine komische Weise ganz nett.«
Jessie merkte, daß es da eine Loyalität zwischen dem Mädchen und der alten Frau gab. Sie hatte nie angenommen, daß die beiden einander wahrgenommen hatten.
Gideon amüsierte sich, wie so oft, über die Bräuche der Weißen. »Komisch, sie fragt, ob sie in ihr eigenes Haus kommen darf ...«
»Oh, es gehörte meinem Stiefvater. Sie waren nicht wie die üblichen Ehepaare – es war gar nicht gemütlich bei ihnen. Ich glaube, seit meiner Kindheit ist sie nicht hier gewesen.«
Ein paar Augenblicke später fragte Ann: »Du fährst also nach Hause?«
Jessie sagte: »Wann?«, um Zeit zu gewinnen, nicht für sich selbst, sondern für die beiden anderen.
»Nächste Woche.«
»Na ja, die Schule fängt an.«
Sie hatte die beiden nie gefragt, was sie tun wollten. Sie hatte das Gefühl, daß sie nie darüber sprachen, sich davor versteckt hatten, der Frage ausgewichen waren, bis

sie, wie es unvermeidlich geschieht, durch die zufällige Bemerkung, daß ihre Mutter »für die letzten paar Tage« herkommen wollte, ihr nicht mehr entgehen konnten.
»Ich geh ins Wasser.« Jessie schob ihr Haar gewaltsam unter die Badekappe. Als sie aufstand, rieselte Sand von ihrem Körper auf die Köpfe der beiden. »Oh – tut mir leid.« – »Schon gut.« Ann nahm ein Papiertaschentuch und wischte mit einem Zipfel sehr sanft die Körner aus Gideons kleiner, wohlgestalteter Ohrmuschel.
»Er sollte seinen Kopf schief halten«, sagte Jessie.
Er schüttelte ihn. »Schon in Ordnung.«
»Warte mal.« Ann fuhr beharrlich mit der Versorgung des Ohrs fort. Sie sah zu Jessie auf und fragte: »Hast du je etwas von so vollkommener Form gesehen?« Er zuckte mit dem Kopf, als würde er von einem Insekt belästigt. »Ich weiß«, sagte Jessie.
Als sie aus dem Wasser kam, half er den Kindern, etwas ins seichte Wasser zu zerren. Sie ging zu ihnen hinüber und nahm die Badekappe ab, so daß der tiefe, eingezogene Atem des Meers mit einem plötzlichen Keuchen zu ihr zurückkehrte. Er hatte die verquollene Planke zum Schwimmen gebracht und kam zu dem Felsen, auf den sie geklettert war, um zuzusehen. »Schiffbruch«, sagte er. Sie lächelte, beobachtete die Kinder, beobachtete, wie dieses Spiel, genau wie alle anderen, sich dem anpaßte, was sie waren: Clem übernahm das Kommando, Madge vermutete sofort, daß sie die von ihr erwählte Rolle eigentlich nicht wollte, und Elisabeth vergaß in ihrer krähenden Fröhlichkeit, um was es eigentlich ging.
»Können wir zusammen zurückfahren?« fragte er.
»Ja, wenn ihr wollt.«
»Sie will nicht zurückfahren«, sagte er.

Er begann Strandschnecken vom Felsen abzurupfen und sie in die hereinkommende Flut zu werfen, die gegen den Felsen, auf dem sie saßen, schlug und an ihm sog. »Man kann so was nicht in fünf Minuten klären.« Er sprach für Ann, und Jessie antwortete, unüberzeugt, um ihm die Beruhigung zu geben, die gefordert war: »Natürlich nicht.«

»Was hältst du von Boaz?« fragte er.

»Warum?«

»So nett und höflich und so weiter, ganz und gar der gute Kerl. Sagt nie, worum es bei alledem geht.«

»Zu dir? Aber warum sollte er? Ich bin sicher, daß er mit Ann genug geredet hat.«

»Es ist Pax, wenn ich dabei bin.« Nach einer Pause fragte er: »Glaubst du, er würde bei jedem so sein?«

Sie warf ihm einen raschen Blick zu. Vielleicht wollte er eine Lüge von ihr hören, aber sie hatte mit Lügen nichts mehr im Sinn, nicht mal mit guten Lügen. »Wahrscheinlich nicht.«

»Sie würde alles, was sie tut, anders sehen, wenn er sich nur einmal gegen mich wenden würde, weißt du?«

»Ach, wenn der andere dazu gebracht werden kann, sich schlecht zu benehmen, dann ist sofort alles einfacher. Aber das ist nun mal seine Art, vielleicht ein bißchen die des natürlichen Opfers, plus die besondere Situation. Zivilisierte Liebesaffären sind schlimm genug, aber diese ist besonders zivilisiert.«

»Wenn ich weiß wäre«, – Gideon wandte sich ihr zu, er wollte sie Wort für Wort konfrontieren – »meinst du, er würde mir sagen, ich soll mich zum Teufel scheren?«

»Und ihr auch, vermutlich.«

»Guter Gott.« Er war spöttisch, verwirrt, und die ganze Zeit zitterte zwischen ihnen das Zünglein an der Waage zwischen Vertrauen und halbem Vertrauen. Sie schaute hinunter in den lauten Schaumwirbel des Wassers, und sie schien hinabzustürzen: »Ich hätte nicht geglaubt, daß ich über diese Sache noch mal wirklich nachdenken müßte. Ich hab angenommen, es wär vor langer Zeit ein und für allemal geklärt. Es ist die Wahrheit, die rationale Wahrheit, daß eine Liebesaffäre wie eure genauso ist wie jede andere. Aber man ist noch nicht bei der Wahrheit, solange es nur die rationale Wahrheit ist. Man muß ein bißchen ehrlicher sein. Weißt du, was ich denke, wenn ich dich und Ann anschaue? Weißt du es? Ich erinnere mich an das, was ich übersehen habe, als ich die Rassenfrage ein für allemal klärte. Ich erinnere mich an die Schwarzen, die den Fußboden scheuerten, als ich zwölf oder vierzehn war. Ich erinner mich an den jungen Schwarzen mit nacktem Oberkörper, der den Rasen mähte. An die nackten Beine und starken Arme, die Koffer für uns schleppten und Möbel verrückten. Der Schwarze, mit dem ich nie allein im Haus gelassen werden durfte. Niemand erklärte mir, warum, aber es war auch nicht wichtig. Abends, wenn ich aus dem dunklen Flur ins Badezimmer ging, um mir das Gesicht zu waschen, hatte ich immer das Gefühl, jemand komme hinter mir her. Was glaubst du, wer das gewesen sein könnte? Und für wieviele andere kleine weiße Mädchen war der allererste Mann ein Schwarzer? Der allererste Mann, der Mann der Sexphantasien ... Gideon, ich hatte es vergessen, hatte es übersehen. Erst wenn etwas wie bei dir und Ann geschieht, muß man sich plötzlich wieder dahin zurücktasten.«

Er blickte unverwandt geradeaus, als wäre er beleidigt worden.
»Ich vermute, daß auch Boaz annahm, alles sei geklärt. Schon vor Jahren. Aber keiner von uns weiß, wieviel das Freikommen von der Rassenschranke für uns bedeutet – keiner von uns weiß es. Es klingt verrückt, aber vielleicht ist es für ihn so wichtig, daß es notwendigerweise sogar Vorrang vor Ann haben muß. Es klingt verrückt; aber sogar Vorrang vor ihr.«
Eine Weile sprachen sie nicht, und das Meer peitschte unter den Felsen, riß zurück und trug davon, was gesagt worden war.
»Wohin würdet ihr gehen, nach England?«
»Sie dachte an Italien.« Er wollte das Stipendium nicht erwähnen, das er aufgegeben hatte, aber Ann sah es einfach als etwas an, das wieder arrangiert werden konnte.
»Wie ist es mit einem anderen Teil von Afrika?«
»Macht nicht viel aus.« Ann kam am Ufer auf sie zu, ihre Füße preßten beim Gehen den Schimmer des Wassers aus dem Sand. Sie beide beobachteten sie, wie sie herankam, aber seine Vorstellung von ihr war es, die sich durchsetzte, so daß Jessie sie so sah wie er, ein glühendes Gesicht, salzverkrustet, verwehtes Haar, sein Hemd wie ein Handtuch über ihren Schultern, und ein Streifen des Fleisches – weiß wie ein frisch gebrochener Pilz –, verborgen unter dem mit Stäbchen verstärkten Oberteil ihres Badeanzugs, hob sich beim Gehen weich von ihrer gebräunten Brust ab. In diesem unbefangenen, schlendernden Gang wurde alles für selbstverständlich gehalten, alles, worum je gekämpft und das mit verletzten Körpern und eingeschlagenen Schädeln errungen

worden war, der Kampf aus Aberglauben und Pestilenz heraus, aus Religionskriegen und industrieller Sklaverei, der ganze lange Weg von der Keule bis zum Gummiknüppel: der Kampf des Menschen gegen die Natur, gegen Menschen und gegen sich selbst. Gideon sagte mit zusammengebissenen Zähnen: »Die anderen Dinge, derentwegen ich mit dem Kopf gegen die Wand gerannt bin – ich will sie nicht mehr.« In Gegenwart einer Zeugin brachte er ein Bittopfer dar, warf das Letzte, was er hatte, hin für einen Anspruch, den er nicht ermessen konnte. Und er lachte über die Herrlichkeit des Augenblicks, als die Gestalt über den Sand herankam, sich nähernd, einhüllend. Er sprang vom Felsen herunter, taumelte einen Moment in dem knietiefen, wilden Wasser und lief dann hinauf auf den trockenen Sand. Als sie kam, packte er sie spielerisch an den Schultern, riß das Hemd herunter. Sie standen da und redeten miteinander, auf Armeslänge voneinander, sie den Kopf unverschämt, voller Zuneigung schiefgelegt, seine Daumen drückten sich in die Höhlung unter den Schlüsselbeinen. Die Sonne hatte ihre Haut gereift wie eine Frucht, und selbst im Haus verlieh ihr die warme Maserung, unter der dicht das Blut lag, das durch die leichte Verbrennung an die Oberfläche gebracht war, das Aussehen von jemandem, den man im Kerzenlicht sieht.

19

Regen neigte sich vom Horizont über das Meer, und alles, Meer und Regen, bewegte sich so leise, daß die Wellen nur manchmal zu hören waren und wie in der Ferne zugeschlagene Türen klangen. Ein zerstäubendes Glitzern dann und wann drängte sich in den Traum mit der Erinnerung an Wasser.

Clem, die vor weniger als einem Jahr noch so unbelastet von Zeitvorstellungen gewesen war wie ihre Schwestern, fand jetzt, daß ihr Dasein durch die Zeit ebenso bestimmt wurde wie das Leben einer Gestalt in einem Theaterstück, das sich in willkürlich auf- und wieder abgebauten Bühnenbildern abspielt. »Unsere letzten drei Tage.« Sie war verzweifelt, sie protestierte gegen die Einschränkungen, die sie verfolgten. Madge und Elisabeth pflichteten ihr bei, vergaßen aber im nächsten Augenblick, daß das Spiel mit Bären in Höhlen, dargestellt durch die Dunkelheit unter den hohen, alten Betten in ihrem Zimmer, nicht ewig weitergehen würde. »Laß uns das immer spielen«, sagten sie zueinander.

Clem trug ihre Empörung zu ihrer Mutter. »Warum muß es ausgerechnet in unseren letzten drei Tagen regnen?«

»Ihr habt einen ganzen Monat ohne Regen gehabt.«

Aber Clems Zeitsinn hatte noch keine Dimension in der Vergangenheit, sie befaßte sich nur mit der Spanne, in der die Gegenwart sich in die Zukunft erstreckte.

Jessie sammelte verstreute Bücher und Kleidungsstücke

ein, wo immer sie auf sie stieß, und legte sie auf das zweite Bett in dem Zimmer, in dem sie schlief. Sie ging den Inhalt des Zeitschriftenständers im Wohnzimmer durch, legte das Mensch-ärgere-dich-nicht-Spiel der Kinder und ein paar zerknüllte Puppenkleider beiseite und ergab sich der ziellosen Faszination, stückweise in den alten Zeitschriften zu lesen, die dagewesen waren, als sie kam, und zurückgelassen werden würden, wenn sie abfuhr. Gideon und Ann stiegen über das Durcheinander, das sie auf dem Fußboden umgab. Sie bewegten sich kaum; sie verbrachten die Tage mit Gesprächen über praktische Fragen wie Zimmer und Mieten und Fahrtkosten in anderen Ländern wie ein ehrgeiziges junges Paar, das vorhat, seine Ersparnisse für einen Auslandsaufenthalt zu verwenden. Ann setzte sich sogar hin und flickte den ausgefransten Ärmel von Gideons blauem italienischen Hemd. Gideon war manchmal lange Zeit schweigsam, während er Bier trank und zeichnete. Sie gingen im Regen spazieren, und einmal fuhren sie durch den Schlamm mit dem Auto weg und kamen sich reckend und gedankenverloren zurück, auf vertraute Dinge konzentriert mit der Benommenheit von Leuten, die sich abgesondert hatten, um zu reden.

Jessie nahm eine Zeichnung von Gideon in die Hand, als sie weg waren. Na, zumindest war es nicht wieder Ann – etwas Abstraktes. Aber warum sollte sie sich darüber freuen? Malraux sagte, der Künstler annektiere ein Stück der Welt und mache es sich zu eigen. Sie wußte nicht, ob Gideon das mehr brauchte als teilzuhaben am gemeinsamen Besitz dessen, was geteilt werden konnte. Vielleicht war es für ihn wichtiger, ein Mann zu sein als

ein Maler. Nicht bloß ein schwarzer Mann, abgesondert in einer speziellen Schulklasse, auf einer speziellen Bank, in einem speziellen Raum, sondern ein Mann. Als sie die Kohlezeichnung betrachtete, die mit dem Kontrast zwischen dicken, schwarzen Linien und spinnwebfeinen Verbindungen fast wie ein Holzschnitt wirkte, dachte Jessie, sie habe eine Bewegung wie das Wasser an dem Tag, als sie und Gideon auf dem Felsen saßen und sich unterhielten; aber die Assoziation bestand wahrscheinlich nur in ihrer Vorstellung.
Der Tag vor ihrer Abreise war klar – ein farbloser Himmel, der blau wurde, als der Morgen sich erwärmte. Das Meer blieb ruhig; der Sand, flachgeschlagen wie ein Tennisplatz, trocknete mit regengesprenkelter Haut und nahm die schrägen Schnitte der zierlichen Füße von Krebsen und die dreiarmigen Siegel, aufgeprägt durch die Klauen der Vögel, wie eingestochen auf. Gideon und Ann kamen kurz nach Jessie und den Kindern zum Strand herunter. Nach dem Regen saßen sie wie Invaliden an einen Felsen gelehnt und rauchten, beide in langen Hosen, er mit seinem Pullover, sie hatte sich ihren grauen Trenchcoat umgehängt, und nur ihre Füße waren bloß. Als Jessie einmal von ihrem Buch aufschaute, sah sie Gideon zu den Kindern hinüberschlendern. Sie und Ann unterhielten sich mit Unterbrechungen, und dann beschloß Jessie, ins Dorf zu gehen, um zu kaufen, was sie für einen Picknick-Lunch auf der Rückfahrt am nächsten Tag brauchten. Sie war energiegeladen, stand auf und blieb einen Augenblick entschlossen mit den Händen auf den Oberschenkeln stehen; sie hatte das Selbstvertrauen einer Frau an sich, die im Begriff ist, dorthin zurückzukehren, wohin sie gehört, und

die schon die Attraktivität annimmt, die der Mann, der dort wartet, an ihr sehen wird – eine Attraktivität, die sich aus der durch Abwesenheit verliehenen Frische, der Tröstlichkeit von etwas Wohlbekanntem, von den Stärken und Schwächen ihrer Lebensweise zusammensetzt. Ausnahmsweise wirkte Ann dagegen träge; ihre ausgestreckten Beine, ihr gesenkter Kopf, der sich nur bewegte, um langsam an der Zigarette zu ziehen, ließen sie aussehen, als wäre sie dort am Strand zu einem Halt gekommen.

Der Laden im Dorf war nicht voll, aber die Bedienung vollzog sich mit ausgesprochen ländlicher Langsamkeit. Man sollte sich eigentlich selbst die Waren aus den Regalen holen, aber die Anordnung war wahllos – Jessie mußte es aufgeben und warten, bis sie an der Reihe war, am Ladentisch bedient zu werden.

Der Mann und die Frau dahinter führten ihr Geschäft auf eine gemächliche, gesprächige Weise, während ein paar Schwarze sich am Rand der Gruppe der Weißen herumdrückten und hofften, auch einmal dranzukommen. Eine dicke, bläßliche Frau mit einer ebensolchen Tochter, die neben ihr am Ladentisch lehnte, versuchte sich für eine Büchse Marmelade zu entscheiden: »Ach, wie oft bekommt man heutzutage nur dieses breiige Zeug – wie Haferschleim . . .«

Die Verkäuferin war eine kleine Frau mit grauer Haut ohne Brüste, Lippen oder Augenbrauen, deren Haar sich aber vor allem übrigen unterschied, denn es war frisch vom Friseur gekraust und gelockt, steif und leuchtend blond. »Aber Calder's Orchard Bounty ist was anderes, Mrs. Packer, das kann ich Ihnen garantieren. Ich mag auch keine ganz zermanschte Marmelade wenn sie schlechtes Obst dafür verwenden, aber diese hier nehme ich auch für mich selbst mit nach Hause.«

Die nächste Kundin vor Jessie war eine hübsche Frau mit dem autoritären Auftreten, das auf bewundernde Blicke zurückgeht, die der Linie eines üppigen Busens folgen. »Wie geht es Ihnen, Mrs. Gidley?« Die Verkäuferin nahm ihren Bleistift aus der Mitte einer Locke heraus, und obwohl die ganze Masse sich leicht bewegte wie ein von einem Messer angeschnittener Klumpen Zuckerwatte, wurde kein einziges Haar verschoben. Der Ton ihrer Stimme hob sich ein wenig, um dem Status dieser Kundin Genüge zu tun, nicht schmeichlerisch, aber auch nicht mehr familiär. »Stanley – die Hähnchen für Mrs. Gidley, da hinten. Ich hab sie gleich heute morgen beiseite gelegt, solange ich noch die Besten für Sie raussuchen konnte. Oder wollen Sie sie nicht mitnehmen? Wir können den Boy schicken, macht überhaupt keine Mühe, er muß sowieso in Ihre Gegend, vor zwölf? Stanley, einen Moment . . .«

»Ach, könnten Sie das? Das wäre sehr nett – ich hatte sie sowieso vergessen – ich wollte nur wissen, ob Sie so freundlich sein würden, das irgendwo aufzuhängen . . .« Die Frau stützte sich mit dem Ellbogen auf den Ladentisch und glättete ein selbstgemachtes Plakat.

»Ach, das . . .« Der blonde Kopf drehte sich, um es anzusehen. »Davon habe ich gehört – ja, ich denke schon! Es geht wirklich etwas weit. Meine Tochter sagt, Samstagnachmittag und sonntags, der einzige Tag, den man hat, wenn man arbeitet, dann ist der ganze Strand voll von ihnen.«

Die huldvolle Stimme sagte bedauernd, gequält: »Ja, wir

meinen in der Tat, daß da irgendwelche Vorkehrungen getroffen werden müßten. Etwas, das allen gerecht wird. Man will den Leuten ja nicht ihr Vergnügen versagen. Es ist vorgeschlagen worden, daß ein Teil des Strands für sie reserviert werden sollte ... aber, natürlich, sobald man das offiziell macht, kommen sie auch von anderen Orten hierher, und die Inder auch ...«

»Das sind all die Dienstboten, wissen Sie, die die Leute mit hierher bringen. Das ist es hauptsächlich. Sogar von Johannesburg, und dann haben sie ihre Badeanzüge dabei und alles, genau wie die Weißen.« Die Verkäuferin beugte den Kopf zu der üppigen Frau und lachte empört, widerwillig. »Wir haben sie hier auch, das kann ich Ihnen sagen, ganz die großen Damen und Herren, die sie zu sein glauben, und sie reden mit einem, als wären sie Weiße.«

»Ja, genau, das sind nicht die schlichten Gemüter, die es zufrieden sind, in ihren Zimmern zu schwatzen.« Ihr Lachen verband sich freundlich mit dem der Verkäuferin.

Der Mann neben ihr ließ zwei gefrorene Hähnchen auf den Ladentisch fallen. »Sieh dir das mal an, Stanley, Mrs. Gidley hat gerade ein Plakat hergebracht – am Dienstag soll im Hotel eine Versammlung sein.«

»Na, sind Sie nicht auch der Meinung – wir finden, wir als Ortsansässige, die Isendhla aufgebaut haben, wollen unseren schönen Strand ungestört genießen ...«

»... sie sagte zu mir, ich wollte nicht ins Wasser gehen mit all diesen Eingeborenen, die mich anstarren ... in Badehosen waren sie auch, die Männer.«

Der majestätische Busen hatte sich dem Mann zugewandt. »Major Field schlägt vor, wir könnten einen

Streifen abgrenzen ... Da oben in der Nähe von Grimalds Cottage, damit wäre Klarheit geschaffen ...«
Mit Dank und überschwenglicher Freundlichkeit ließ die Frau das Plakat da, machte auf ihren hohen Absätzen kehrt, stieß dabei mit Jessie zusammen, brachte schnell eine lächelnde Entschuldigung hervor und ging hinaus. Wie einem auf einer Pike aufgespießten Kopf sah sich Jessie einen Augenblick den schönen grauen Augen, der heiteren hellen Haut, den vollen Wangen und der faltenlosen Mundpartie einer ruhigen, freundlichen Frau gegenüber.
Die Frau hinter dem Ladentisch ließ die Schneidemaschine kreischend über einen Schinken hin- und hergleiten, und als sie die Scheiben für Jessie abwog, bemerkte sie: »Das ist immer ein so hübscher, sauberer Strand gewesen ... Ich weiß nicht, ob Sie am Sonntag unten waren? Man hätte glauben können, er gehört ihnen, das ist die Wahrheit ... haben sich ganz ausgezogen hinter den Büschen.«
»Nein, ich war nicht da.«
»Wo wohnen Sie denn?«
»In Grimalds Cottage.«
Die Frau zog ein Gesicht, das rasch unterdrückt wurde. »Ooh, das ist aber sehr abgelegen, nicht wahr?« sagte sie und belud Jessies Korb mit fürsorglichem Eifer, darauf bedacht, ihre Gedanken von allem anderen abzulenken.
Als Jessie zurückkam, war sie etwa eine Stunde im Haus beschäftigt; dann kam sie bis zur Terrasse und betrachtete mit einer Art Ungläubigkeit die wilde, unschuldige Landschaft; das vom Regen beruhigte Meer, die aufgeschlitzten Kronen der Strelitzien, fast durchsichtig grün, voller Saft, über den Büschen. Die Sonne legte ihr eine

warme Hand auf den Kopf. Aber nichts war unschuldig, nicht einmal hier. In diesem ganzen Land gab es keinen Winkel ohne Häßlichkeit. Es war sinnlos zu glauben, man könne dem je aus dem Weg gehen.

Sie ging hinunter zum Strand. Ann kam ihr langsam entgegen. »Ist Gid oben im Haus?« rief sie.

»Nein, warum?«

Ann lächelte, aber sie sagte: »Ich weiß nicht, was mit ihm passiert ist, aber er ist bis jetzt nicht zurückgekommen . . .«

»Du meinst, seit ich weggegangen bin?«

»Hmm.« Ann beobachtete Jessies Ausdruck.

»Ich sah ihn den Strand entlanggehen.«

»Ja, ich weiß, ich bin bis hinter die dritte Felsengruppe gegangen, aber er scheint nirgends zu sein.«

Jessie blickte sich auf dem Strand um, als erwartete sie sagen zu können: da ist er. Sie war sich bewußt, daß Ann sie beobachtete, bereit sich nach ihr zu richten. Sie setzte sich auf den Sand und winkte den Kindern zu. »Wenn man hier anfängt spazierenzugehen, dann läuft man meilenweit, ohne es zu merken. Er wird bald Hunger bekommen, und das wird ihn erinnern, daß es Zeit ist umzukehren.«

Ann war stehengeblieben. »Ich bin meilenweit gelaufen.«

Sie zeichnete einen Halbkreis, indem sie ihren Zeh in einem Ballettschritt über den Sand schleifte und eine immer tiefere Rille zog. »Einige Angler sind vorbeigekommen, als ich mich hingelegt hatte.«

Jessie deutete Überraschung an.

»Die Kinder schrien, und ich machte die Augen auf, und da waren sie, in einem Jeep auch noch.«

»Weiße?«
»O ja. Haufenweise Ausrüstung.« Sie deutete den Strand hinauf, wo Jessie jetzt zwei lange Linien aufgepflügten Sandes bemerkte.
Nach einer Minute sagte sie: »Vielleicht hat Gideon sie gesehen und gedacht, er sollte sich lieber fernhalten.«
»Ja, aber dann wäre der durch den Busch hinauf zum Haus gegangen«, erwiderte Ann und tat das so rasch ab wie jemand, der dieselbe Überlegung schon angestellt und verworfen hatte. »Meinst du nicht?« Jessie sah, daß sie auf eine Alternative hoffte.
»Na ja, er könnte einen weiten Umweg gemacht haben.« Aber gab es überhaupt einen anderen Weg? Wenn er zum Haus wollte, würde er nicht die andere Richtung einschlagen. »Er wird schon kommen.« Sie machte sich auf den Weg zu den Kindern. Ann legte sich bäuchlings auf den Sand, den Kopf auf den Händen. Jessie versuchte, die kleinen Mädchen zusammenzutrommeln. »Essenszeit. Zieht eure Hemden an. Madge, ist das nicht deine Badekappe da? Nicht mehr ins Wasser, Elisabeth ...« aber sie trödelten herum und kümmerten sich nicht um sie.
»Wie spät ist es jetzt?« fragte Ann.
»Ungefähr halb zwei.«
»Und als du weggegangen bist?«
»Ich weiß nicht – etwa zehn, nach zehn.«
Endlich wanderten die Kinder langsam den Strand hinauf zum Fußweg. Madge blieb zurück und rief: »Ma, ich warte auf dich.« Jessie antwortete nicht, aber sie spürte den Sog dieser bittenden, hartnäckigen Gestalt. »Geh schon rauf«, rief sie. »Ich komm gleich«, und verurteilt

schleppte sich Madge über den Sand dahin, weit hinter den anderen.
Jessie versuchte sich klarzumachen, was Ann dachte. Ihr Blick wanderte über die gekrümmten Schultern und das schöne Gefälle zur Taille, die in das Haar geschobenen Finger. Das Mädchen trug wieder eins seiner Hemden; die Kleider eines Geliebten sind sowohl eine persönliche Beruhigung als auch eine öffentliche Erklärung: eine Frau von anderer Art würde Ringe und Juwelen tragen, aber aus denselben Gründen.
»Ich muß packen.« Jessies Bemerkung verlor sich unbeantwortet. »Wir sollten morgen ziemlich früh abfahren«, fügte sie hinzu.
»Oh, ich mach das heut abend. Ich hab so wenig.«
Ann drehte sich um und setzte sich plötzlich auf. Sie kicherte ein bißchen, ihre Augen suchten Jessie, und sie fragte: »Was um alles in der Welt kann er tun? Müssen wir den ganzen Tag hierbleiben?«
»Ich finde, wir sollten ins Haus gehen. Er wird sowieso zum Haus kommen, wenn er aufkreuzt.«
Ann sah sie immer noch an, dann sah sie weg, um Gleichgültigkeit bemüht, kindisch nervös, mit zusammengepreßten Lippen lächelnd. Ihre Augen hielten Jessies fest, tief glänzend, ausweichend in ihrer Offenheit, schuldig in ihrer Unschuld, als habe sie etwas getan, das gleich herauskommen werde.
»Aber was *könnte* ihm schon passieren?« fragte Jessie.
Ann sah jetzt nirgends hin, obwohl ihr Blick auf Jessie gerichtet war. Ihre Augen schienen gefangen zu sein, in ihnen schwammen glitzernde Fragmente, die das Licht in der Tiefe brechen ließen. Ebensowie ein Durcheinan-

der verborgener Gedanken einem manchmal den Mund verschließt, so daß man nicht reden kann, gibt es auch eine Aphasie des Sehens, wenn Augen für einen Moment nur noch mechanische Reaktionen auf Licht und das Zittern von Gegenständen widerspiegeln.
»Na ... er wird doch nicht einfach ins Wasser gegangen sein?«
Kaum war es ausgesprochen, da lächelte sie über die Absurdität, die Unsinnigkeit der Aussage.
Jessie lachte auch. »Aber warum um alles in der Welt sollte er das tun?«
In Anns tiefem Erröten erkannte sie den unbewußten Wunsch, der Verlauf dieser Liebesaffäre möge durch etwas Drastisches, Willkürliches entschieden werden, etwas, das nicht in ihrer Macht stand.

Als sie zum Haus kamen, fanden sie Gideon, der im Begriff war, sie unten am Strand abzuholen. Ann ging fast schüchtern auf ihn zu. »Ich hab einen Spaziergang gemacht«, sagte er, noch oben auf den Treppenstufen. »Ich hatte keine Ahnung, daß es so weit war.«
»Das hab ich mir gedacht«, sagte Jessie.
Ann hatte sich den Trenchcoat, einen Finger durch den Aufhänger gesteckt, über die Schulter gehängt. Er kam die Stufen herunter und nahm ihr den Mantel ab. Sie sagte nichts.
Die Kinder hatten von Jason zu essen bekommen und spielten schon auf dem Weg hinter dem Haus. Jason war in seinem Zimmer, wie immer zwischen zwei und vier Uhr nachmittags. Die drei setzten sich in das dämmerige, kühle Eßzimmer und aßen kaltes Fleisch und Käse, die dort für sie stehengeblieben waren.

»Und was wollt ihr jetzt tun?« fragte Jessie plötzlich. Die beiden warteten, aber sie fuhr nicht fort.
»Ann wird wahrscheinlich morgen mit dir nach Hause fahren«, sagte er und gab damit etwas weiter, was als Teil eines Plans beschlossen worden war. Er sah Ann an, die Jessie beobachtete.
Automatisch nickte Jessie zustimmend. Aber ihr Gefühl des Widerwillens gegen den Gedanken, sie könnten zu dem alten Leben zurückkehren und Ann würde abends immer zu Boaz nach Hause kommen, erhob sich unbeherrschbar und wurde für die beiden spürbar.
»Und dann?« Der Appell kam nicht aus einer persönlichen Identifikation mit der Lage der beiden, sondern aus etwas Umfassenderem, Dringlichem – aus der Sorge um menschliche Würde als einem gemeinsamen Besitz, die, wenn einzelne sie verlieren, im selben Maße für alle verloren ist. Jessie fühlte sich ebenso betroffen, wie wenn sie sah, daß jemand in einen brutalen Wutanfall geriet: wie bei jeder kaltherzigen, unzulänglichen Handlung, die nicht mit allem Mut und aller Sensibilität durchgeführt wird.
»Sie muß jetzt endlich alles mit Boaz klären.«
»Ich muß das Auto verkaufen«, sagte Ann. Alles, was ihr je widerfuhr, wurde einfach indirekt, beiläufig, in Form solcher praktischer Fragen angekündigt. So verfuhr sie mit schwierigen Emotionen, was ihre Unsicherheit wie eigensinnige Gewißheit erscheinen ließ.
»In den nächsten ein oder zwei Wochen werden wir uns sowieso nicht sehen können«, sagte Gideon, womit er auf Anns Rückkehr in das Haus der Stilwells anspielte. Jetzt, da die Liebesaffäre nicht länger eine Eskapade war, mußten sie vorsichtig, besonnen und ängstlich sein,

wo sie vorher unverfroren und sorglos gewesen waren; sie durften nicht riskieren, in Schwierigkeiten zu geraten, ehe es ihnen gelang, das Land zu verlassen.
Jessie dachte daran, daß er Geld und Freunde brauchte, die ihn hinausschmuggelten. »Es wird nicht allzu schwierig sein.«
»Nein. Aber es muß schnell und lautlos gehen.« Er hielt inne. »Ich kenn mich da aus.« Leidenschaft war in ihm schon zu Disziplin geworden.
»Willst du nicht meinen Wagen kaufen?« Ann glaubte, Jessie habe von Fuecht etwas geerbt. »Wir brauchen Bargeld.«
Mit einem Achselzucken tat Jessie die Frage als etwas ab, wovon Ann wissen mußte, daß es unmöglich sei. »Du wirst doch gut versorgt sein, sobald du nach England kommst, oder? Deine Familie wird dir doch helfen.«
»Das glaub ich nicht, diesmal nicht«, sagte Ann.
»Zuerst werden wir nicht viel weiter als Tanganjika kommen«, sagte Gideon, bestrebt, fast ängstlich darauf bedacht, es zu erklären, von dem Wunsch erfüllt, daß das Schlimmste zugegeben und daher insoweit vereitelt werde. »Wenn ich rauskomme, warte ich da auf sie.«
Jessie gab ihm noch etwas Fleisch und bot dann Ann den Teller an, aber sie winkte ab. »Ich hab dich gesucht, bis zu den dritten Felsen«, sagte sie kurz darauf.
Gideon öffnete eine Bierdose für Jessie und sich selbst.
»Ja, aber ich bin weiter gegangen, bis zu der steilen Klippe, weißt du, und da saß ich eine Weile, und als ich zurückkommen wollte, war die Flut so hoch, daß ich durch den Busch gehen mußte.«
»Du hast den Jeep nicht gesehen?«

»Ich kam den Pfad entlang. Ist ein Jeep dagewesen?«
»Ann sagt«, erklärte Jessie, »einige Angler sind in einem Jeep den Strand entlanggefahren.«
»Na, weiter als bis zu den dritten Felsen könnte ein Jeep sowieso nicht fahren.« Er setzte sich hin und begann zu essen. »Angler. Bis jetzt sind wir in Frieden gelassen worden.«
»Es hat ja für uns ausgereicht«, sagte Jessie. »Das will schon einiges heißen, daß es fast drei Wochen gut gegangen ist.«
»Ach, ich glaube, über ein paar Angler braucht man sich keine Sorgen zu machen. Du wirst hier ein regelrechtes Versteck für deine kriminellen Freunde einrichten können, Jessie. Du sagst, deine Mutter wird das Haus nicht bewohnen.«
»Die Einwohner von Isendhla sind eine wachsame Bande. Bloß weil sie im Ruhestand sind, brauchst du nicht zu glauben, Gideon, daß sie weich geworden sind. Ich hab heute morgen im Dorf gehört, daß sie eine Versammlung abhalten, um zu verhindern, daß sich die unverschämten Dienstboten aus Johannesburg in ihrer Freizeit am Strand herumtreiben. Und noch dazu Bikinis tragen, ganz wie die weißen Damen.«
Er lachte leise vor sich hin. »Darum geht's?«
»Genau darum. Auf unserem schönen Isendhla-Strand, wo alle Spannungen vergessen sind und die Toleranz und Freundlichkeit eines konkurrenzfreien Lebens vorherrschen.«
»Was wollen sie denn mit den stinkigen schwarzen Kerlen machen?«
»Es ist die Rede davon, ein abgelegenes Stück Strand für

sie zu reservieren – sagen wir mal, in der Nähe von Grimalds Cottage.«
Gideon lehnte sich auf seinem Stuhl zurück und legte seine Hand auf Anns, um sie an dem Scherz teilhaben zu lassen, aber sie hatte nicht zugehört.
»Das gute alte schreckliche Johannesburg, nett und vulgär und brutal, ein guter, ehrlicher Revolver unter dem Kopfkissen des weißen Mannes und ein guter, ehrlicher Tsotsi auf der Straße«, sagte Jessie. »Ich denke, wir werden morgen gegen acht aufbrechen, einverstanden?«

Ehe sich das Haus leerte, schien es voller zu sein als je zuvor, denn ihr Hab und Gut war in den Zimmern aufgestapelt, und auf den Betten, die allerdings abgezogen waren, lagen Haarbürsten, Medikamente, feuchte Badeanzüge und Spielsachen – Dinge, für die entweder in den Stilwell-Koffern kein Platz mehr gewesen war oder von denen sich die Kinder auf der Fahrt nicht trennen wollten. Schließlich waren sie aufbruchbereit. Gideon brachte Jason zum Lachen, als er die Autos belud und dabei mit ihm Zulu sprach. Als Jessie sich von ihm verabschieden wollte, war er schon wieder in der Küche, und als er merkte, daß sie ihm die Hand geben wollte, wurde er verwirrt, legte die Handflächen aneinander wie ein leises Klatschen, dann nahm er verlegen ihre Hand in seine, die vom Abwaschen feucht war.
Als sie fort waren, holte er seine Bohnertücher heraus, die aus Stücken von alten Decken bestanden, und seine beiden Büchsen Wachs, eine rot und eine braun, und schmierte die Fußböden dick ein, ersetzte die staubigen Fußtritte und die Spuren der nackten Kinderfüße durch einander überlappende Kreise von konzentrischem

Glanz, der unter seinen Händen erschien. Die paar Bananen und angestoßenen Äpfel, die in der Schüssel auf dem Tisch zurückgeblieben waren, nahm er mit in sein Zimmer; der Geruch von Früchten war aus dem Haus verschwunden. Im Badezimmer fand er eine benutzte Rasierklinge und steckte sie, sorgfältig in Zeitungspapier eingehüllt, in die Jackentasche seines Küchenjungenanzugs. Eine von Gideons Kohlezeichnungen, die unter den Diwan gefallen und vergessen worden war, fegte er weg. In der Toilette drückte er einen Reißnagel wieder ein, der sich durch eine aufgerollte Ecke der Erklärung gelockert hatte, der Erklärung, die er nicht lesen konnte, die aber so amtlich aussah, daß er sie immer für wichtig gehalten hatte.
Die Lucky Beans blieben Monat für Monat, Jahr für Jahr dort, wo die Kinder sie an jenem Tag hatten fallen lassen, sie hatten sich verstreut und, schwarz-rote Augen, in den Ritzen der Veranda festgesetzt.

Teil Vier

20

Der schwarze Frühling des verbrannten Veld erstreckte sich meilenweit neben der Straße. Sie waren heraufgekommen aus dem saftigen Grün der Küste, die keine Jahreszeiten kennt, und erinnerten sich nun, daß in ihrer Abwesenheit der Winter tiefe Wunden geschlagen hatte. Schon war das klare, helle Land wieder frei, Hufspuren von Rindern waren dort zu Stein erstarrt, wo sich vorher Tümpel befunden hatten, Felsen waren durch Frost geborsten. Als wäre es auf einer Landkarte schraffiert worden, umrundete das schwarze Gebiet von buschigen Bäumen gebildete Widerstandsnester und löschte die seichten Adern aus, die ausgetrocknete Bachbetten erkennen ließen. Es war das Schwarz nicht des Todes, sondern des Lebens; Pfirsichbäume an den Eisenbahngleisen blühten in grobem Rosa daraus hervor, und über einer jungen Weide lag ein Hauch von etwas Hellem, noch kaum Grün. Jessie war sich keiner Veränderung von Stimmung und Rhythmus in ihrem Inneren bewußt, aber sie war da, so wie sich die Motoren eines Flugzeugs auf die Tourenzahl des Reisetempos einstellen, sobald diese Geschwindigkeit erreicht ist. Sie fuhr, ohne müde zu werden, und mit den Kindern wurde sie gekonnt und kameradschaftlich fertig; ein vorübergehender Zustand, der alle anderen unerklärlich erscheinen ließ. Wenn sie anhielten, um zu essen oder sich die Beine zu vertreten, herrschte zwischen ihr und Ann und Gideon die Selbstsicherheit und zwanglose Vertrautheit, die es häufig unter Menschen gibt, wenn das ihnen gemeinsame Erlebnis nun durch die Rückkehr zu denen, die daran nicht teilgenommen haben, zusammengefaßt wird. Zuvor hatte sie sich dagegen gewehrt, in den Bannkreis von Gideon und Ann hineingezogen zu werden; jetzt hatte sie das Gefühl, daß die beiden auch in den ihren gezogen worden waren. Gideon machte ein Feuer, um Elisabeth zu erfreuen – sie hatten gar nichts zum Kochen. Da es kein Holz gab, nahm er trockenes Gras und Kuhfladen als Brennmaterial, und er wurde von allen liebevoll gelobt. Die drei Erwachsenen saßen um Gideons Feuer, tranken Gin und Tonic und lachten viel über nichts im besonderen; alles, was sie sagten, schien ein geistreicher privater Witz zwischen ihnen zu sein. Elisabeth stand hinter Gideon, hatte ihm die Arme besitzergreifend um den Hals gelegt und lachte, wenn die Erwachsenen lachten.

Jessie packte die Picknicksachen, die Ann ihr reichte, wieder in den Kofferraum ihres Wagens. Das Mädchen sah sich mit der Aufmerksamkeit eines letzten Blicks um. »Wenn ich daran denke, wie es war, als wir in die andere Richtung fuhren! Diese zwei Tage, als das Auto repariert wurde! Weißt du, als der Mann in der Werkstatt Gid ansah und ich neben ihm stand und Gid gleichzeitig ansah, war es nicht dieselbe Person, die wir sahen…«

»Es wird nicht mehr lange dauern.«

Gideon trat das Feuer aus. Zuerst hatte er zwei Hände voll Sand darüber gestreut. »Hat jemand einen Lappen?« Er kam herüber und rieb die Handflächen aneinander. »Was ist los?« fragte er Ann flüsternd. »Ich will weg«, sagte sie grimmig, mißmutig. »Ja, ja, wir fahren *weg*.« Er äffte ihre Intensität nach.

»Ach, nicht nach Johannesburg.« Sie machte kehrt und stieg ein; dann legte sie sich das alte Handtuch gegen den Zug über die Knie und steckte sich eine Zigarette an.
Gideon mühte sich, Jessies schadhaftes Kofferdeckelschloß zuzubekommen; er schnalzte mit der Zunge, als er den Widerstand überwunden hatte. »Du wirst ihr helfen.«
»Was immer ich tun kann«, sagte Jessie.
Er schnalzte wieder mit der Zunge. »Ich darf mich nicht sehen lassen. Es ist schlecht, weißt du.«
»Ann scheint gerade erst entdeckt zu haben, um was es dabei geht.«
Er lachte. »Ich weiß. Sie war wie ein Kind, das Versteck spielt. Jetzt merkt sie, daß sich etwas von hinten an sie heranschleicht. Ich möchte sie so schnell wie möglich rausbringen. Diese ganze Geschichte geht sie nichts an, Mann.« Er dachte an Callie Stow, die es verstand, ihre Liebesaffären, ihre Leidenschaften und ihre Überzeugungen intakt, unberührt zu erhalten, sogar unter den schmutzigen Fingern von Polizeispitzeln. Aber er wollte nicht, daß Ann sich änderte; wie viele Menschen verwechselte er Elan mit Tapferkeit und hielt ihre alte Gedankenlosigkeit und ihren Leichtsinn für Mut. Er wollte nicht, daß sie den listigen, zähen und geduldigen Charakter des politischen Rebellen annahm. Sie war für ihn sie selbst, ihr strahlendes Ich ganz selbstbestimmt und weder durch die Konventionen der Opposition noch durch die der Unterwerfung begrenzt. Sie liebte ihn; sie liebte ihn nicht *über die Rassenschranke hinweg*: für sie gab es die Rassenschranke nicht.
»Komm, mein Mädchen, fahren wir weiter«, sagte er

und legte Jessie die Hand auf die Schulter. Die Geste bot ihr die Gelegenheit, auf die sie – unbewußt – gewartet hatte, und sie sprach: »Gideon, soll ich mit dem Kind in Verbindung bleiben – wenn du weg bist?«
Es ärgerte ihn nicht, daß sie ihn daran erinnerte, er war nicht gleichgültig. Aber als ob er es auf das ankommen lassen wollte, was von ihm erwartet wurde, sagte er: »Ich werde es irgendwie einrichten, etwa jeden Monat Geld zu schicken, sobald ich es kann.«
»Nein, das meine ich nicht«, erwiderte sie. »Ich könnte ihm Nachrichten über dich weitergeben und dir Photos von ihm schicken.«
»Vielleicht wäre es besser, das bleiben zu lassen. Er hat einen Onkel, der sich um ihn kümmert, ein guter Freund von mir. Wenn ich Geld hab, werd ich dafür sorgen, daß er's kriegt.«
Sie sah ihn verlegen an, als wäre sie in eine Falle geraten. Er tätschelte ihre Hand. »Es ist schon gut, Jessie, das geht in Ordnung.«
Sie fuhr den beiden voraus durch eine leere Landschaft, wo ein winziger Hütejunge, flatternd wie eine Vogelscheuche mit seinem einzigen Kleidungsstück, einem Männerhemd, dem Wagen zuwinkte. Kleine Gruppen von Hütten waren aus Lehm und dem Abfall der Städte erbaut – rostiges Wellblech, flachgeklopfte alte Büchsen, einmal sogar das Kopfteil einer eisernen Bettstelle, das als Tor diente. Die Frauen schlugen auf ihre Wäsche, Männer hatten sich hingehockt und redeten und gestikulierten in einer endlosen und unvorstellbaren Unterhaltung, die sich, als sie vorbeifuhr, selbst im Abstand von mehreren Meilen, von einem Kraal zum anderen, in Jessies Vorstellung zu einer einzigen verband. Diese

Kontinuität teilte sie nicht, an diesem Festhalten, das so leicht auf der Erde lag – nicht mit dem Gewicht von Beton und Asphalt und Stahl, sondern als Sehne, geboren aus den Sehnen der Erde, Zeugnis einer legendären Vergangenheit – hatte sie keinen Anteil. Gideon hatte ihn; was für eine außerordentliche Qualität verlieh das Menschen wie ihm und bewirkte, daß andere wie magisch zu ihnen hingezogen wurden. Es war tatsächlich eine neue Art Magie; die alte Magie lag in einer Persönlichkeit, von der angenommen wurde, sie habe Zugang zum Übernatürlichen. Diese neue war denjenigen eigen, die seit dieser einen Generation die Würde der Armen besaßen, die im Begriff sind, ihre Erde und die Weltlichkeit der bisherigen Herren zu erben. Wer sonst vermochte sich so weit auszuspannen, daß er die Fingerspitzen gleichzeitig auf beide Prüfsteine legen konnte? Kein Wunder, daß das Mädchen ihnen allen den Rücken gekehrt hatte, Boaz mit seinen Trommeln und Flöten, Tom mit seinen historischen Problemen, ihr mit ihren »nützlichen« Jobs, und ihn gewählt hatte.

Aber ein paar Tage später, als Jessie zufällig durch die Township fahren mußte, in der Gideon wohnte, erschien die Kontinuität der kleinen Gemeinden aus Lehm und Blech entlang der Straße aufs neue. Armselige Läden und Häuser zogen vorüber, als sie über die Schlaglöcher der ausgefahrenen Straße rumpelte; ihr Auftrag (für die Agentur, in der sie wegen einer Personalkrise gleich wieder vorübergehend Beschäftigung gefunden hatte) führte sie zuerst in ein ordentliches Häuschen mit zwei Zimmern, eingerahmt von zwei jämmerlichen Hütten. Sie saß hinter farbigen Jalousien zwischen

Hochglanzmöbeln; dann in einem alten Haus, das zu einem Büro umgebaut worden war, wo ein Geldverleiher und Buchhalter mit dem Gebaren geschäftlicher Gereiztheit und Mißtrauens das Gekritzel einer Angestellten überwachte, die sich in Hausschuhen zwischen schwarzen Kladden und einem Aktenschrank zu schaffen machte wie eine erschöpfte Hausfrau in ihrer Küche. Die Veranda vor dem Haus war übersät mit abgerissenen Blättern von Maiskolben, und rotznasige Kinder schauten vom Rinnstein aus herüber. Ein Maulesel wurde geschlagen, und eine unförmige Frau mit einer durchdringenden Stimme vergaß ihren grotesken Körper und die schmutzigen Kleider und entblößte ihre schadhaften Zähne für einen Mann. Gideon hatte hier jemanden, den er liebte; Eltern vielleicht; Freunde. Durch Anns Entscheidung für Gideon wurde auch sie von diesem Ort aufgesogen, in dem Menschen geboren wurden und lebten und starben, ehe sie richtig lebendig werden konnten. Sie schufteten und tranken und mordeten und stahlen im Schmutz und gingen niemals frei über schöne Wege. Als Kinder froren und hungerten sie und froren und hungerten wieder, wenn sie alt waren; und in der Zeit dazwischen gab es ein kurzes, gewaltsames Grabschen nach Dingen außer Reichweite, oder das traurige Leben des Rohlings, der blind dafür war. Das war die Realität des Tages, dies war zur Zeit so. Oh, es würde Mut erfordern, sich dafür zu entscheiden, das zu akzeptieren, sich da hineinzustürzen, dazu zu gehören; denn das müßte man tun mit Gideon, selbst wenn man in einem anderen Land lebte. Selbst unter Fremden in Italien oder England würde Ann das Los dieser Menschen teilen, dieser Männer

und Frauen und Kinder, ausgestoßen seit drei Jahrhunderten. Jessie empfand Furcht bei dem Gedanken, mit diesem Leben verbündet zu sein, und hatte das unbehagliche Gefühl, als ob sie diese Angst auf unausgesprochene Weise auf Ann übertragen könnte. Sie kämpfte dagegen an, leugnete sie, aber Furcht kuscht nicht auf Befehl wie ein Hund. Nicht einmal um der Liebe willen, die sie angeblich vertreibt: sie erinnerte sich an das, was Ann gesagt hatte: »... als der Mann in der Werkstatt Gideon ansah und ich neben ihm stand und Gideon gleichzeitig ansah, war es nicht dieselbe Person, die wir sahen ...«
Jessie wurde gleich hinter einem Kino, das vor einigen Jahren bei einem Aufruhr zerstört und nicht wieder aufgebaut worden war, von einem Polizisten angehalten, der ihren Erlaubnisschein sehen wollte, sich in der Township aufzuhalten. Eine der frommen Lügen, die auszusprechen auch die herrschende Kaste lernen muß, floß ihr leicht von den Lippen: »Meine Waschfrau hat sich diese Woche nicht sehen lassen, und ich mußte herausfinden, was mit meinen Sachen geschehen ist ...« Sie hatte diese Geschichte schon früher mehrmals erzählt und war immer damit durchgekommen.

»Glaubst du wirklich, sie wünschte, er wäre ertrunken? Aber du hast doch gesagt, man muß glauben, daß sie ihn liebt?«
Jessie hatte von Ann und Gideon gesprochen, aber ihre Worte vermittelten Tom nicht nur, wie sie die beiden erlebt hatte, sondern auch, welche Empfindung dieses Erlebnis in ihr selber freigelegt hatte.
»Sie liebt ihn, das steht eindeutig fest, was immer wir

auch vorher von ihr gedacht haben.« Der vertraute Hintergrund der Intimität der Stilwells, die gleich erschien, ob sie nun weit voneinander entfernt oder nah zusammen waren, war wieder da; sie schnitt abends ein Kleid zu, während er mit Arbeiten von Studenten beschäftigt war. »Aber ich weiß nicht, was sie wollte ...«

»Wünschte, er wäre ertrunken ... sagtest du.«

»Ihn zu lieben ist nicht einfach; ich meine, die ganze Geschichte ist nicht einfach. Wir sagen, es ist genau, wie wenn man sich in irgend jemanden verliebt, aber das stimmt nicht, die ganze Affäre ist nicht so. Auch für uns nicht. Du hast gesagt, als es anfing, Boaz könne sich nicht so verhalten, als wäre das irgendein Mann, der mit seiner Frau durchgebrannt ist. Und Gideon weiß das. Boaz möchte Gideon wie jeden anderen Mann behandeln, aber er kann es nicht, weil Gideon kein Mann ist, nicht sein wird, nicht sein kann, bis er frei ist.«

»Was Boaz betrifft – gut.« Ihre Einstellung zu der Frage Schwarz und Weiß war völlig übereinstimmend ohne persönliche Vorbehalte. Doch jetzt empfand Tom einen Unterschied zwischen ihnen wie zwischen zwei Menschen, die beide durch Gruppenreisen mit einem Gebiet vertraut sind – aber einer von ihnen hat sich dort verirrt ... Jessie steckte weiter Nadeln fest durch Papier und Stoff, arbeitete für sich weiter, während ihre Stimme ihn in ein Eingeständnis hineinzog, als hätten sie gemeinsam etwas begangen. »Ach, Tom, verlang nicht von mir, daß ich das voraussetze. Wir ignorieren Schwarz und Weiß, und deshalb glauben wir alle, wir verhalten uns gegenüber jedem farbigen Gesicht anständig. Aber wie kann das je sein, solange die Möglichkeit besteht, daß man sich wieder in sein dreckiges, verdammtes Weißsein zurückziehen kann? Woher weiß man, ob man immer fair ist? Sieh dir Boaz an – er hat solche Angst, Gideons Haut auszunutzen, daß er sie zu guter Letzt doch ausnutzt, weil er sich weigert, ihn so zu behandeln wie jeden anderen Mann.«

»Ja, ja, aber wirklich – wie könnten du oder ich Len oder Gideon oder sonst jemandem schaden?«

»Aber wie kannst du sicher sein, solange ihr Leben von einer Reihe von Umständen bestimmt wird und unser Leben von ganz anderen?«

Tom sagte kurz: »Ich sehe allerdings nicht, daß Ann darüber nachdenkt.«

»Man versteht manchmal etwas einfach dadurch, daß man Angst hat, weißt du das?«

Später, als sie ins Bett gegangen waren, kam er darauf zurück und fragte im Dunkeln: »Wenn sie ihn wirklich liebt, wie du sagst, wie kann sie ihm schaden?«

Jessie schwieg einen Moment, aber als Tom den Arm unter ihren Kopf schob, sagte sie zu seinem Profil, das wie eine Bergkette dicht vor ihren Augen aufragte: »Zuerst konnte er nicht raus, um sein Stipendium wahrzunehmen, jetzt kann er nicht bleiben, weil sie weiß ist. Was hat er von uns? Was hat er von unserer Freundschaft und Anns Liebe?«

Wie es oft vorkommt, wenn eine Krise, in die andere hineingezogen worden waren, auf den Bereich der Betroffenen zurückschrumpft, nachdem eine Entscheidung gefällt wurde, zogen sich die Davis' auf sich zurück. Sie brauchten die Einzelheiten ihrer Trennung nicht mit Tom und Jessie zu erörtern; sie empfanden das

Bedürfnis, alles, was sie in der Bedrängnis der letzten Monate von sich enthüllt hatten, in sich zurückzuziehen, es auch dem teilnahmsvollsten und vertrautesten Verständnis zu entziehen. Für Boaz war es notwendig, zumindest einstweilen, die Anforderungen zu vergessen, die er an Tom gestellt hatte, als sie allein zusammen waren; Ann mußte vergessen, wie vertraut sie und Gideon mit Jessie in dem Haus am Meer geworden waren. Es war eine Erleichterung für das ganze Haus, obwohl die Atmosphäre, wenn sie alle zusammen waren, so leer, stumpf und taktvoll war wie in einem Bahnhofswartesaal oder einer Flughafenhalle, wo sich das Ende von etwas auf die Auswahl einer Zeitschrift, um sie ins Leere mitzunehmen, oder auf die bemühte Beschaffung von Kaffeetassen verkürzt, um die letzte halbe Stunde zu überbrücken. Die Hilfe – das heißt, die anhaltende Vertrautheit –, die Ann, wie Gideon geglaubt hatte, von Jessie brauchen würde, wäre eine Aufdringlichkeit gewesen; Ann und Boaz kannten einander so gut, daß keiner von ihnen einen Schutz gegen den anderen brauchte, ein solcher Schutz wäre gar nicht möglich gewesen.

Gideon kam einmal in aller Stille ins Haus und sprach allein mit Boaz und Ann; anschließend gab es kein gemeinsames Dinner, und Gideon wollte nicht einmal zu einem Drink dableiben. Boaz suchte einen mit den Stilwells befreundeten Rechtsanwalt auf; Len kam, um den Kauf von Anns Wagen zu überlegen. Jessie traf ihn im Garten, als er wegging. »Na, nimmst du ihn?« Er kam heran und sagte vertraulich: »Sie wollen Bargeld. Ich kann das verstehen. Aber ich bin damit raus.« – »Am besten gibt man eine Anzeige auf.« Es war das gedämpfte Geplauder vor der Krankenzimmertür. Jessie begleitete Len zum Tor. Als sie vom Haus etwas weiter weg waren, sagte er: »Der Mann ist ein netter Kerl. Was ist da schiefgegangen?« Sie lachten und streckten vor der Unzulänglichkeit dieses Grundes die Waffen. »Ich hab sie nicht ernstgenommen, ehrlich.« Er sprach von Gideon und Ann. »Ich hätte sie nie ernst genommen. Aber die ganze Stadt redet jetzt darüber. Alle wissen, daß sie zusammen weggefahren sind. Alle fragen mich dies und das.« Mit der ganzen Stadt meinte er die komplizierten Subkommunikationen der Stadt-in-der-Stadt, wo der traditionelle menschliche Austausch die dekretierten Trennungen ersetzte. Aber Jessie verspürte kein Interesse; die Sensation drehte sich um etwas, das der Reichweite der Sensation schon entkommen war.

An einem Tag, an dem alle anderen ausgegangen waren, hatte sie mit Gideon und Ann einen netten Lunch im Haus. Sie wußte nicht, ob sich die beiden noch in der Wohnung trafen, aber sie nahm an, daß sie einander kurz, sehr diskret und vermutlich durch Vermittlung eines Freundes sahen, der vorher nicht mit ihnen in Verbindung gewesen war. Die drei sprachen hauptsächlich über das Haus am Meer und die dort verbrachte Zeit, fast wie Menschen, die sich treffen, um eine Urlaubsfreundschaft zu erneuern. Als Gideon aufbrach, sah er sich in dem verräucherten Wohnzimmer um, wo sie mit ihrem Nachtisch-Kaffee bis fast drei Uhr gesessen hatten (es war ein kalter Tag, und Jessie und Ann stimmten darin überein, daß das Feuer nicht annähernd so gut war wie das von Gideon aus Gras und Kuhfladen), dann sah er Ann an, deren schönes Lächeln ihr Gesicht erhellte, als ob es nur für ihn existierte und immer da sein würde, wenn er sie ansah. Jetzt war es für ihn eine Ermutigung: sich nicht zu fürchten, die Zukunft auszusprechen, sich nicht zu fürchten, darauf zu rechnen. Er nahm Jessie in die Arme, drückte sie an sich, küßte sie und sagte: »Wann kommst du nach Tanganjika? Oder wird's London sein? Aber Tanganjika ist nicht schlecht, eh?«

21

Da wußte sie, daß sie ihn nicht wiedersehen würde. Aber sie konnte nicht geahnt haben, wie das geschehen würde. Die Gründe, wenn sie denn an jenem Nachmittag im August schon da waren, hatte sie nicht erkannt. Der Zigarettenrauch, den sie alle drei aus Nasen und Mündern ausgestoßen hatten, hing wie ein warmes Zimmergewitter in der Luft; das Feuer war ganz rot, glühte wie ein Lampion, Flammen spielten in einer letzten hauchdünnen Schicht Materie, die bei der geringsten Verschiebung zu nichts zusammenfallen würde, aber die Ziegelsteine des Kamins strömten eine prächtige Wärme aus. Jessie lehnte sich mit dem Rücken daran. Sie spürte eine friedliche Schwere in sich, als sie allein da stand, von den beiden anderen verlassen. Ich fange an, aus zweiter Hand zu leben, dachte sie, wenn ich mich am Leben anderer Menschen so beteiligt fühlen, zurücktreten und sie weggehen sehen kann. Aber sie wußte, es war etwas anderes, etwas, dessen sie noch nicht ganz sicher war ... Sie begann in die Hauptströmung hineinzugleiten, sie begann zu erkennen, daß Substanz nicht länger etwas war, das sie für sich aufstauen mußte. Leidenschaft, wenn sie ihr verloren ginge, würde die Welt nicht grau zurücklassen; Kampf, Liebe, der Trieb, das Leben anzupacken und zu gestalten, gingen auch durch andere weiter; Gideon und Ann hatten teil daran; Morgan würde demnächst seinen Anteil verlangen, und selbst die kleinen Mädchen waren nicht mehr weit davon entfernt. Ihre Gedanken wanderten kurz in die Zimmer des Hauses am Meer, über das sie an diesem Nachmittag gesprochen hatten; sie wanderten zu Fuecht; mit dem plötzlichen Anruf, der die Toten ins Leben zurückbringt, dachte sie, daß er bis ganz zuletzt alles für sich aufgestaut hatte, bis seine alten Klauen nichts mehr halten konnten, ihnen alles entglitt, bis sie schließlich ins Nichts griffen.

Drei Tage später hatten die Stilwells Gäste zum Dinner. Jessie war von Tisch aufgestanden, um Agatha beim Servieren des Hauptgerichts zu helfen, und traf unten an der Treppe Boaz. Er und Ann hatten gesagt, sie würden beide nicht da sein, und Jessie hatte nicht weiter gedrängt, aber jetzt fragte sie: »Kommt ihr zum Essen? Oh, ich mag diesen Allen.« Der Anlaß für die Abendgesellschaft war der Besuch eines Geschichtsprofessors aus Cambridge, von dem Tom gesagt hatte, er sei ein brillanter Wissenschaftler. Es stellte sich heraus, daß er jene bescheiden herunterspielende Art besaß, seine Lehrmeinungen vorzutragen, die Jessie unwiderstehlich fand. »Ja, ich hab gehört, daß er ziemlich imponierend ist.« Boaz reagierte lächelnd auf ihre angeregte Stimmung, die der Erfolg des Abends mit sich brachte. Sie dachte an ihre Sauce, die vielleicht noch gedickt werden mußte, und sagte: »Na, dann kommt doch herein!« – schon auf dem Weg zur Küche. »Nein ... nein, ich glaube nicht ...« Beide gingen weiter, mit anderen Dingen beschäftigt. »Weißt du, wo der Schlüssel für die Abstellkammer ist?« rief er hinter ihr her. Sie rührte schon die Sauce und stand weit weg vom Herd, damit ihr Kleid nicht bespritzt wurde. »Kein Schlüssel«, rief sie. »Die Tür klemmt nur, sie ist nie abgeschlossen.«

Agatha bewegte sich in steinernem Zeitlupentempo, wenn sie aufgeregt war, und es bedurfte einer wirklichen Anstrengung an Ermutigung und Antreiben, um alles, gewärmte Teller, heißes Essen und die Sauce, die sofort serviert werden mußte, gleichzeitig auf den Tisch zu bringen. Es gelang, aber während des ganzen Vorgangs mußte Jessie alles im Auge behalten. Tom vergaß immer, die Weinflaschen schon vorher zu öffnen, und wie üblich wanderte er redend im Zimmer herum und gestikulierte mit den Flaschen, um seinen Worten Nachdruck zu verleihen, statt sie zu entkorken. Er verschwand, um seinen Lieblingskorkenzieher zu suchen, dann war er wieder da, aber als er in ihre Nähe kam, als sie bei Tisch bediente, sah sie, daß sein Gesicht die warme Atmosphäre des Zimmers nicht spiegelte. Die Reaktion auf irgendeine andere Situation brannte darauf wie der Umriß einer Ohrfeige. Er füllte die Gläser, sie war gefangen zwischen Tellern und dampfenden Schüsseln; sie hatte keine Möglichkeit, mit ihm zu reden, und setzte sich schließlich ans andere Ende des Tisches. Der Professor, der jung und hochgewachsen war und den kleinen Kopf und die zarte Haut gutaussehender Engländer hatte, nahm eine fleckige Röte an, während er lobend aß und trank. Er richtete den Blick seiner goldfarbenen Augen unverwandt auf George Thandele, Toms afrikanischen Kollegen, der Rechtswissenschaft an der Universität lehrte. Thandele redete ununterbrochen, so daß er kaum etwas aß; wenn er innehielt, trank er einen Schluck Wein wie jemand, der Luft holt. Sie stritten sich nicht, sondern waren ganz einig über die Inkonsequenz der Politik in den neuen afrikanischen Staaten. »Es kommt eben darauf an, wie man

mit der Freiheit fertig wird«, sagte Thandele abschließend.
»Genau. Es ist wirklich nichts Ungewöhnliches, wenn sich die Frau eines ganaischen Ministers in London ein goldenes Bett kauft, während die Regierung, der ihr Mann angehört, die Herausgabe von Sonderbriefmarken zur Erinnerung an die kolonialistische Ausbeutung in Südafrika bekanntgibt.« Am ganzen Tisch wurde gelacht, und die Unterhaltung wurde wieder vielstimmig. Im Lauf des Abends vergaß Jessie Tom über lange Strekken, aber dann und wann fing sie einen Blick von ihm auf oder beobachtete ihn im Gespräch mit anderen, wenn sie selbst nicht beteiligt war, und fing einen flüchtigen Eindruck unerklärlicher Besorgnis auf.
Schließlich trafen sie sich an dem breiten Fensterbrett im Wohnzimmer, wo die Drinks standen.
»Sie reisen ab.« Er gab den Satz an sie weiter wie einen zusammengefalteten Zettel. Sie sah ihn verständnislos an.
»Oben«, sagte er. Als sie das hörte, dachte sie an Boaz; dann fiel ihr die Frage nach dem Schlüssel für die Abstellkammer ein, wo die Koffer standen . . . aber diese Fakten paßten nicht zusammen, so wie man vertraute Gegenstände, die man ansieht, ohne ihre Beziehung zueinander zu verstehen, nicht erkennt. »Wer?« fragte sie.
»Boaz hat mir gerade gesagt, daß sie nach Europa zurückgehen«, sagte Tom. Er ging mit dem Glas Bier weg, das er gerade für jemanden eingeschenkt hatte, und Jessie wurde langsam in die Aktivität im Zimmer hineingezogen – mit der seltsamen Leichtigkeit von jemandem, dem gerade etwas gesagt worden ist, das von den oberflächlichen Empfindungen, die in einer Alltagssituation

frei bleiben, nicht erfaßt werden kann – das daher zurückgehalten werden muß, bis es voll aufgenommen werden kann.
Tom ging mit dem letzten Gast zum Gartentor. Sie stand in der Mitte des unaufgeräumten Zimmers und wartete auf ihn, als Boaz erschien. Offensichtlich hatte er angenommen, daß Tom bei ihr wäre. »Alle weg?« Er lächelte ihr zu.
»Ihr geht nach Europa zurück,« sagte sie.
»Es ist eine lange Geschichte – eines Tages will ich sie dir erzählen.« Da war kein Sieg in ihm.
Jessie stand immer noch an derselben Stelle und fragte: »Einfach – weggehen?«
Er sah sich um wie ein Fremder, dann setzte er sich auf die Diwankante und streckte die Beine vor sich aus. »Ja, es ist besser, wenn wir verschwinden. Wir nehmen ein Schiff. Ich glaub, wir werden uns erst mal die Seychellen angucken und dann von Marseille aus aufbrechen. Von da aus herumwandern – wir sind schon früher Vagabunden gewesen.«
»Und die Forschungsgelder?«
Er machte eine merkwürdig jüdische Handbewegung, schob die Möglichkeit von sich.
Das Mädchen in dem grauen Trenchcoat brach auf, und wer immer mit ihr ging, erwartete nicht, die Richtung zu bestimmen. Jessie unterdrückte den Impuls, ein Zeichen guten Willens zu geben mit einem Ratschlag, an den sie nicht glaubte – er sollte sie irgendwo in einem kleinen Haus mit ein paar Kindern seßhaft machen, und so weiter. »Alles Gute, Boaz«, sagte sie mit einem trockenen Lächeln, aber sie meinte es.
Er akzeptierte das mit einem leicht ironischen Hochzie-

hen der Augenbrauen; sie merkte, daß er sich verändert hatte, härter geworden war auf die einzig mögliche Weise für jemanden mit seinem ruhigen, passiven Naturell: er hielt sich etwas mehr von den Geschehnissen fern. Es war der Unterschied zwischen dem Abwarten, um zu sehen, was auf einen zukommt, und dem Wissen, was kommt, sogar während man noch darauf wartet. Was er zurückerhalten hatte, war nicht genau das, was er damals verloren hatte; als er sagte, er und Ann seien schon früher Vagabunden gewesen, sah er die Romanze ihrer Beziehung als ihre Grenze an. Statt der überwältigenden, frohlockenden Erleichterung – vor der er sich fast gefürchtet haben mußte bei dem Gedanken an die Möglichkeit, ihr altes Leben wieder aufzunehmen –, ließ er, als Tom ins Zimmer zurückkam, nur die Energie erkennen, die durch den Entschluß, wegzugehen, auf dieselbe Weise hervorgebracht wird, wie ein verpfuschter Tag durch die Wirkung eines harten Drinks betont wird. Sie – er und seine Frau – waren diesem Haus und diesen Freunden schon entrückt durch die Distanz, in der sie bald verschwinden würden; staubige Häfen und widerhallende Flughafensäle, in denen sie allein sein würden, brachten sie zusammen. Tom fragte, ob Ann oben sei, und Boaz sagte, er habe sie schon ins Hotel gebracht, wo sie übernachten wollten. »Du faßt das doch nicht falsch auf?« Er wandte sich an Jessie. »Sie sagt, alle haben genug davon gehabt. Das ist ihre Einstellung im Augenblick – es bedeutet nicht, daß wir nicht wüßten, was du und Tom für uns getan haben ... Nur, was immer wir jetzt sagen, macht uns mehr zu einer verdammten Belästigung. Wenn wir nächstes Mal zusammenkommen, machen wir's wieder gut. Ihr müßt

alle kommen, ihr und Clem und Madge und Elisabeth – und Morgan, Morgan auch.«
Und Jessie lächelte, als hätte sie es irgendwo schon gehört, während Tom mit der männlichen Gabe, eine Atmosphäre unpersönlich zu machen, um einem anderen Mann Verlegenheit zu ersparen, sagte: »Sucht euch eine billige griechische Insel aus, Mann, und sagt uns dann Bescheid ...«
Wo war diese Insel oder das Festland, im neuen alten Afrika oder im alten neuen Europa, wo ein Mann annehmen konnte, da mit Ann hinzugehören?

»Niemand hat Gideon erwähnt«, sagte Jessie zu Tom. Er hatte das Gefühl, sie suche im Haus nach Schuld wie jemand, der den Schauplatz eines Verbrechens untersucht.
»Alle haben an nichts anderes gedacht. Was gab es da zu sagen?«
»Er hat für uns überhaupt nicht gezählt.«
Tom sagte trocken: »Bei drei Personen hat immer einer das Nachsehen.«
Aber es war Tom, der am nächsten Morgen in die Eile des Aufbruchs zur Arbeit die Frage warf: »Was machen wir mit ihm?«
Sie war kühl, weil es ihr widerstrebte, daß ihre geheimen Gedanken jetzt ans Tageslicht und zwischen das Frühstücksgeschirr gebracht wurden, als hätte jemand unbedacht einen Schalter berührt.
»*Wir* können da nichts machen.«
Elisabeth trödelte, und Madge jammerte erst und lief rot an und weinte, weil sie zu spät in die Schule kommen

würde. Tom, der sie hinbringen sollte, ging nach oben und kam wieder herunter, aber sie waren immer noch nicht fertig, denn jetzt vermißte Elisabeth ihren Bleistift. »Frag Agatha, ob nicht in der Küche einer ist, in der Schublade, wo die Büchsenöffner sind.« Jessie reichte die Krise weiter und streckte die Hand aus, wie sie es gewöhnlich tat, wenn sie von Tom eine Zigarette haben wollte. Sein Anblick, gewaschen und fertig angezogen für die Welt draußen, während sie noch das bleiche Gesicht und die ungekämmten Haare des Schlafzimmers hatte, besänftigte sie immer; er zog sich schlecht an, aus Mangel an Interesse und Geldknappheit, und trug immer noch dieselben grauen Flanellhosen, das Tweedjackett und die braunen Schuhe mit dicken Gummisohlen, die Uniform während seiner Studentenzeit kurz nach dem Krieg – doch dieses Urteil ging einher mit dem Eingeständnis, daß er attraktiv war. »Du glaubst doch nicht, daß sie ihm nichts gesagt haben – du lieber Gott!« Sie war plötzlich alarmiert. »Natürlich nicht. Aber trotzdem ...«

»Ich werd versuchen, ihn in der Schule zu erwischen.«

Gideon Shibalo war nicht in der Schule, wo er unterrichtete, und Len konnte ihn weder in dem Zimmer in der Township noch in der Wohnung in Hillbrow finden. Einige Wochen später hörten die Stilwells, daß er die ganze Zeit in Johannesburg gewesen war; er hatte seinen Job aufgegeben; er trank, sagten Leute, die ihn gesehen hatten. Keiner seiner afrikanischen Freunde nahm das Trinken sehr ernst; er würde da schon wieder rauskommen oder vielleicht einfach einer von jenen werden, die immer zu ihnen gehörten, getragen, wie gebrochen auch immer, von ihrer unveränderlichen Anerkennung dessen, was er wirklich war, abgesehen von den betrunkenen Streitereien und weichen Knien und der lallenden Stimme, mit der er das zu zerstören versuchte.

Jessie war unglücklich, wie Frauen es sind, als sie hörte, daß er trank. »Er hätte sich auch mit ihr in Tanganjika oder in London betrunken, wenn die Sache schiefgegangen wäre«, sagte Tom. »Du hast gemeint, sie könnte ihm schaden, nicht wahr? Vielleicht wäre es schlimmer gewesen, wenn sie beide zusammen weggegangen wären.«

»Sie brauchte nicht bei ihm zu bleiben, um ihm zu schaden; es war schon geschehen.«

»Aber was sollte die verdammte Frau tun, wenn sie ihn nicht wollte oder sich nicht damit abfinden konnte, daß sie ihn wollte?«

»Nichts«, sagte Jessie. »Nichts. Sie ist weiß, sie konnte weggehen, und natürlich ist sie weggegangen.«

Sie stießen immer wieder auf das steinerne Schweigen der Tatsachen, gegen die sie sich ihr Leben lang aufgelehnt hatten. Sie glaubten an die Integrität persönlicher Beziehungen im Gegensatz zu der Verzerrung durch Gesetze und Gesellschaft. Welche stärkere und stolzere persönliche Bindung gibt es als Liebe? Aber sie hatten erlebt, daß selbst zwischen Liebenden die Hautfarbe zählte, daß das Persönliche ins Gesellschaftliche, das Private ins Politische zurückkehrte. Es gab keine Daseinsnische, kein so privates Gefühl, daß das weiße Privileg einen nicht heraushob; es war ein silberner Löffel, zwischen die Kiefer geklemmt, und man konnte daran eher ersticken als ihn entfernen. Solange das Gesetz un-

verändert blieb, konnte nichts persönlichen Beziehungen Integrität verschaffen.
Der Verhaltenskodex der Stilwells Menschen gegenüber war definitiv wie ihre Ehe; sie konnten ihn nicht ändern. Aber sie erkannten, daß er ein Mißgriff und in Gefahr war, ein Schwindel zu werden. Tom begann darüber nachzudenken, ob es nicht vernünftiger wäre, ein Kraftwerk in die Luft zu sprengen; aber Jessie würde es wohl sein, die jemandem dabei helfen würde, vielleicht, später.

22

Gideon Shibalo kam dem Haus der Stilwells nicht mehr nahe, nachdem die Davis' abgereist waren. Jessie war wieder allein und unbeobachtet, wie sie es sich gewünscht hatte, ehe sie kamen. Tom erinnerte sie daran und sagte, als die letzten von Boaz' Instrumenten und Geräten eingepackt waren, um ihm nachgeschickt zu werden: »Es ist eine Erleichterung, sich ausbreiten zu können – mein Aktenschrank kann wieder hier stehen – der Schreibtisch da ...«

Er schien seine ungezwungene Kameradschaftlichkeit mit Boaz in der fast pedantischen Freude, sein Arbeitszimmer zurückzubekommen vergessen zu haben – er arbeitete gern in Morgans Zimmer. Sie neckte ihn: »Nur noch sechs Wochen, und Morgan wird wieder zu Hause sein.«

»Oh, das ist etwas anderes. Das stört mich nicht, wenn der alte Morgan hier ist.«

Sie waren eine Familie trotz Fehlschlägen und Ausflüchten. In der Familie wird entweder nichts verziehen oder alles: sie ging zu ihm hinüber, lehnte sich an ihn, die Wange an seiner Brust und die Arme hinter seiner Taille verschränkt. Er drückte sie an sich in diesem Zimmer, in dem sie, während sie ruhig dastanden, noch den Duft von Anns Make-up bemerkten. »Du bist die einzige Frau«, sagte er. Wie alle Menschen, die sich schon lange lieben, griffen sie, wenn sie ihre Liebe in Worten ausdrücken wollten, auf die Redewendung zurück, die alles enthielt, was sie zu Anfang empfunden hatten. Sie war also die einzige Frau für diesen sanften, leidenschaftlichen Mann, der mehrere Jahre jünger war als sie; jetzt war sein Bild an den Rändern weicher geworden, ein wenig verschwommen durch die hausbackene Pedanterie des liberalen Historikers, ein wenig ausgefranst durch Kämpfe um Integrität in der Arbeit, der Politik und der Liebe, die er nicht mehr immer zu gewinnen erwartete – was für Frauen gab es, unter denen er jetzt noch wählen konnte? Der Gedanke ging Jessie ohne Grausamkeit durch den Kopf; sie fragte, ein Teil der Umarmung: »Was ist mit deinem Hemd passiert, da an der Tasche?«

»Ach, weiß nicht, ich hab's nicht bemerkt ...«

»Schau mal, da geht's kaputt.«

Er schien viel erleichterter zu sein über die Abreise der Davis' als sie. Neugierig sagte sie mehrmals zu ihm: »Du hast Ann nie wirklich gemocht, nicht wahr, daran liegt's.«

»Das sagst du mir dauernd«, erwiderte er mit leichtem Nachdruck. Er schätzte es nicht, wenn Leute ihm etwas sagten, bloß um seine Reaktion zu beobachten. Aber er konnte dem nicht widerstehen, was als unwiderstehlich kalkuliert worden war: »Ann ist im ganzen zu offen, zu oberflächlich, dieses Mädchen ...«

»– Für dich, ja, das weiß ich –«

»Ich fand diese hellwache Art immer unangenehm, wie sie sich sofort auf das stürzte, was sie interessierte, es anfaßte, es abschmeckte, darüber lachte, es jemandem zeigte. Ich weiß nicht – sie schien nur einen Grund zu haben, etwas zu tun, nur einen Grund, und zwar, daß sie lebendig war.«

»Das ist ihr Charme«, sagte Jessie.
Er sah sie mit vertrauter Ungläubigkeit und Zweifel an. »Ich verstehe nicht, wie du dazu gekommen bist, sie gern zu haben.« Er glaubte aber, es müsse eine Erklärung dafür geben, die er mit der Zeit herausfinden würde; er verfolgte das Hell und Dunkel gern, durch das die vielen Motive von Jessie hindurchzogen.
»Man kommt nicht dazu, sie gern zu haben, man entdeckt, daß sie ein Mensch ist wie man selbst, aber sie hat Angst, sich selbst zu berühren – weißt du, wie ein Kind, dem gesagt wird, es werde blind werden, wenn es seinen eigenen Körper erforscht. So macht sie es mit ihrem Leben – sie läßt es einfach funktionieren, ohne zu fragen, wie oder warum.«
»Das könnte als Definition entweder eines Hedonisten oder eines Schwachkopfs dienen. Und du hättest sie in Ruhe lassen sollen.«
Jessie war ehrlich erstaunt, wenn auch geschmeichelt, wie es eine Frau immer ist, wenn jemand, der sie als eine Kraft ansieht, mit der gerechnet werden muß, erkennen läßt, daß er glaubt, sie sei wieder aktiv gewesen. »Wovon redest du? Sie wußte kaum, daß ich existierte, bis zu den letzten paar Wochen in Isendhla. Für sie gehört jeder über Dreißig mit einer Schar Kindern und ein paar grauen Haaren zu einer anderen Spezies.«
»Aber sie hat gesehen, daß du Gideon ernst nahmst, nicht wahr? Hat sie nicht gesehen, daß du ihn für eine bedeutende Persönlichkeit hieltest, daß du und er miteinander sprachen, wie sie nicht mit ihm sprach?«
Ihr Gesicht war verteidigungsbereit. »Da hast du's«, sagte er, ehe sie den Mund aufmachen konnte. »Du hast gesagt, sie lebt durch reine Reaktion – sie flog in diese

Sache hinein wie eine Fledermaus, die eine bestimmte Flugbahn ansteuert, weil sie instinktiv die Masse der Gegenstände spürt, die jetzt dort sind, wo früher andere Wege offen waren.«

»Wenn sie durch das beeinflußt wurde, was wir von ihm hielten, dann waren wir es alle – du und Boaz auch. Wir alle sprachen mit ihm und hörten ihm zu, als wäre er etwas Besonderes«, und ihre Stimme verklang im Zweifel. »Und er war – ist . . .«

»Etwas Besonderes«, sagte Tom bestimmt.

»Jemand Besonderes, und außerdem ein schwarzer Mann. Wir alle fanden es beglückend, daß er außerdem ein Schwarzer war«, fügte sie bedächtig hinzu nach einer Pause vor dem Satz. Dann fragte sie: »Also warum ich?«

»Weil du eine Frau warst und wir nicht. Sie konnte es tun und mit ihm schlafen und sich in ihn verlieben, und du konntest es nicht. Sie mußte damit Ernst machen, weil du alles andere ernst nahmst.«

»Was für ein Unsinn.« Jessie bestritt es mit einem Ausbruch der Dominanz, die ihr vorgeworfen wurde. Als sie sich verteidigte, vermischte sie Wahrheit und Lügen, die sie einfach aufgriff, als hätte sie einen Stein in die Hand genommen. »Sie war verrückt nach ihm. Ich war nur ein bequemer Ausweg für sie, als sie sonst nirgends hingehen konnten. Ich war sogar eifersüchtig auf die beiden.«

Im September kam Morgan in den Ferien nach Hause. Es gab eine letzte Kältewelle, und daher kam es nicht in Frage, daß er auf der verglasten Veranda schlief, obwohl er mit seinen Sachen gleich dahinmarschierte. »Ach nein, wir haben wieder normale Zustände«, sagte Jessie

und lachte dann. »Tom arbeitet zwar in deinem Zimmer, aber es ist wieder deins.«
»Die Veranda ist okay für mich.«
»Nein, da zieht es wie verrückt, du wirst krank werden.«
»Du müßtest mal in unseren Schlafsälen sein. Und in unseren Duschen haben sie Lüftungsklappen eingebaut, die sich nicht schließen lassen.« Er grinste über seinen eigenen Stoizismus. »Ich will mich sowieso ein bißchen abhärten.«
Aber er war gewöhnt zu tun, was Jessie bestimmte, obwohl er es jetzt eher mit einer Miene der Gutmütigkeit als der Unterwerfung zu tun schien. Sein Koffer und seine Fußballstiefel kamen zu Toms Papierbergen dazu. Draußen zog ein rauher, kalter Wind einen eingerissenen Fingernagel über das Blechdach und brachte jedes lose Scharnier und unbefestigte Drähte zum Kreischen; die unaufgeräumte Mauselochbehaglichkeit des Zimmers zog die drei erwachsenen Familienmitglieder an, und deswegen ließen sie nach dem Dinner das restliche Haus in Dunkelheit. Jessie hatte vor Morgans Ankunft das kleine Radio unten ins Wohnzimmer gestellt; er lag auf dem Fußboden daneben, um sich bestimmte Programme anzuhören, aber es schien ihm nichts auszumachen, daß er es nicht oben in seinem Zimmer hatte, und es auch nicht mehr den ganzen Tag spielen lassen zu wollen. Abends, wenn Tom sich für sein Buch Notizen machte oder etwas dafür las und Jessie entweder las oder sich die endlosen Umarbeitungen von Kinderkleidern ausdachte, die erforderlich waren, wenn die ausgewachsenen Sachen vererbt werden sollten, beschäftigte sich Morgan mit Berechnungen für ein Modell, das er baute.

Es war eine Art Faltboot; Jessie erschien es eine ziemlich einfache Angelegenheit zu sein, und wenn er ein Hobby daraus machen wollte, Modellboote zu bauen, dann sollte er ermutigt werden, etwas Komplizierteres zu machen. Sie erwähnte einige eindrucksvolle Modellbaukästen, die sie in einem Eisenwarengeschäft in der Stadt gesehen hatte.
»Ach, so was basteln alte Männer in ihrem Garten. Mit kleinen Plastikbäumen und so.« Morgan lächelte.
»Ja«, sagte seine Mutter. »Alles ist genau maßstabgetreu, ganz echt und so weiter – ganz als wäre es wirklich.«
Er legte die Hand neben die Stücke Sperrholz, die auf einer Zeitung ausgebreitet waren. »Das hier ist bloß das Modell für ein wirkliches Boot – um zu sehen, ob die Idee richtig ist. Ein paar andere Jungen und ich arbeiten jeder einen Plan aus, und dann wollen wir entscheiden, welcher der beste ist, ehe wir zu bauen anfangen. Greg Kennedys Vater stellt das Geld zur Verfügung, und dann wollen Greg und ich sehen, wie weit wir den Rooipoort-Fluß hinunterfahren können. Es darf nicht zu schwer sein, weil wir es um die Stromschnellen herumtragen müssen. Aber es darf auch nicht zu klein sein, weil wir unser Campingzeug mitnehmen wollen – darum wollen wir ausprobieren, ob wir es zerlegbar machen können.«
Seit sie ihn Ostern zuletzt gesehen hatte, war sein Stimmbruch abgeschlossen – der Bruch mit der Kindheit. Sie begriff, daß die Holzteile und der Kleister, die sie in der Kategorie Spiel gesehen hatte, zum Leben gehörten. Morgan und Tom sprachen über die Möglichkeit der Verwendung von Glasfiber für ein solches Boot,

und sie bemerkte: »Boaz wär dein Mann gewesen. Ich bin sicher, er weiß alles darüber.«
»O ja«, sagte Morgan. »Wir wollten eins bauen, um es mit nach Moçambique zu nehmen.« Er akzeptierte immer noch sozusagen mit dem Fatalismus eines Kindes das Vorrecht des Erwachsenen, aus Gründen, die den Horizont eines Kindes übersteigen, Pläne aufzugeben und Versprechen zu brechen. Aber ein paar Tage später, als er und Jessie allein beim Lunch saßen und sie die Post durchging, die Agatha hereingebracht hatte, während sie aßen, fragte er: »Nachrichten von den Davis'?«
»Mm-mm«, Jessie schüttelte langsam den Kopf, während sie las. »Kein Wort, seit sie abfuhren. Keine Ahnung, wo sie sind.«
»Ich hab einen Brief bekommen – von einem Ort in Frankreich. Ich kann den Namen nicht aussprechen. Aber das war vorigen Monat.«
Jessie las einen langen Brief von ihrer Mutter, sie runzelte die Stirn und hob halb die Hand, um ihm Einhalt zu gebieten; als sie dann zum Ende des Absatzes gekommen war, der sie gefesselt hatte, sah sie auf, verwirrt, und fragte sehr neugierig, gezügelt durch ein plötzliches Taktgefühl ihm gegenüber: »Du hast einen Brief bekommen?«
»Von Boaz. Er hat ihn mir in die Schule geschickt.«
Jessie lachte und legte die Hand auf den Mund. »Na so was!« Dann: »Und was hat er geschrieben?«
»Es geht ihnen gut«, sagte der Junge schüchtern. »Die Seychellen gefielen ihnen nicht besonders. Er sollte in der nächsten Woche auf einem Musikfestival einige Vorträge halten.«
Jessie schob ihren Brief beiseite und beschwerte ihn mit

dem Salzstreuer. Sie schien etwas sagen zu wollen, sah sich aber nur eine Minute lang aufmerksam auf dem Tisch um, und als sie Morgans Blick auf sich ruhen fühlte, murmelte sie: »Komisch ... ich dachte gerade daran ...« Sie bat ihn um die Marmelade. »Nein, die Aprikosenmarmelade.« Das Hin- und Herreichen von gewöhnlichen Gegenständen auf dem Tisch vor ihnen war wie ein Austausch von Ringergriffen; er blieb ruhig, fast verständnisvoll.

»Der Brief, den ich gerade gelesen habe, von Großmama – von meiner Mutter –, da gibt's Theater mit dem Haus in Isendhla. Der Makler hat ihr geschrieben und sie gebeten, in Zukunft etwas vorsichtiger mit den Leuten zu sein, denen sie es vermietet ...« Prompt erschien ein Ausdruck belustigten Begreifens auf ihren Gesichtern und machte sie einen Augenblick einander ähnlich. »Jemand hat Gid am Strand gesehen *mit einem der Kinder* ... einem der kleinen Mädchen! Ein Schwarzer in Badehosen, der ein kleines weißes Mädchen auf den Schultern trägt ...«

»Boaz hat sich die ganze Zeit schreckliche Sorgen gemacht. Ich meine, er hat sich auch wegen Gideon Shibalo Sorgen gemacht. Du kannst dir jemanden wie Boaz nicht vorstellen, wie er ...« Der Junge vermochte plötzlich sein erstes Verständnis der Erwachsenenethik vor ihr darzulegen, sein Verständnis der persönlichen Moral, die jeder Mensch sich erarbeiten muß, damit sie ihn zusammenhält, wenn er die von Schule, Kirche und Staat angebotene konventionelle aufgibt oder zerlegt.

Sofort war sie in Versuchung, sich das zunutze zu machen, um selbst zu beichten; fast hätte sie hier eingeworfen: Ich weiß, ich hätte *dich* nicht inmitten der ganzen Geschichte zurücklassen dürfen. Aber ihr gewaltiger Überlebenstrieb hielt sie brutal zurück: sie hatte nie das Recht auf das Kind geltend gemacht; wenn jetzt etwas sein sollte, mußte es zwischen zwei Erwachsenen stattfinden. Sie nahm den Brief ihrer Mutter auf und überflog ihn wieder, las noch einmal den Bericht des Maklers über die Beschwerde von »einigen Ortsansässigen«. Sie legte den Brief wieder hin, wandte das Gesicht ab und öffnete, um Selbstbeherrschung bemüht, verkniffen den Mund. »Warum muß man sich immer für diese Leute schämen, warum müssen sie auf alles spucken? Sie braucht sich keine Sorgen zu machen, ich werd da nie wieder hingehen . . .«

Anschwellend entlang der angespannten Linie ihres Halses, das Gesicht straffend und den Mund verziehend, sah er die emotionale Spannung, die das vertraute und doch geheimnisvolle Gesicht seiner Mutter zu dem gemacht hatte, was es war. Es zog ihn stärker an als jede Schönheit; es war, als wäre das lebendige Fleisch geöffnet worden und hätte das Herz bloßgelegt, nicht das hübsche Nadelkissenherz der Liebesszenen in Filmen, sondern den starken, unermüdlichen Muskel, der im Dunkeln Blut pumpte.

Die Entdeckung, die er durch Boaz gemacht hatte, fand wieder Worte. »Wenn man eine Frau wirklich liebt, ich meine – ich habe immer geglaubt, dann müsse man den anderen hassen, der sie haben will. Boaz mochte Gideon wirklich gern. Ich meine, das war ganz klar – er schien ihr nicht zuzutrauen, daß sie Gideon Shibalo nicht in Schwierigkeiten bringen würde.«

»Sie ist ein böses kleines Mädchen«, sagte Jessie, nicht

weil sie es glaubte, sondern weil sie sich davor fürchtete, mit Morgan über das Wesen der Liebe zu sprechen.
»Aber sie ist sehr schön?« fragte sie, plötzlich neugierig.
»O ja«, sagte er. »Sie ist sehr schön.« Er lächelte, aber er sprach bestimmt, eifrig, von einem Teil des Lebens aus, an dem sie keinen Anteil hatte.
Sie schien es nicht gehört zu haben.
»Du hast hübsche Hände«, sagte sie. »Ich frage mich, von wem du sie hast.«
Morgan lachte, zog sie rasch vom Tisch zurück und steckte sie in die Taschen.

»Du bist eine Ungläubige, die inmitten eines fanatischen Kults lebt; du hast noch nicht begriffen, was Tabu bedeutet.«
»Gideon läßt Elisabeth auf seinen Schultern reiten. Ich weiß, was ich sehe; ich werde nicht anfangen, wie ein Verrückter zu denken«, sagte Jessie.
Aber wenn Tom in diesen Tagen heimkam, war sein Sinn nur auf seine Arbeit gerichtet; was unvermeidbar vor seinem geistigen Auge vorüberzog, wurde mit derselben Distanz behandelt, die er zwischen sich und den Völkern und Geschehnissen, über die er schrieb, wahrte. Jessie war wie üblich neidisch – ihr Leben erschien ihr vergleichsweise wie der Haarklumpen, den sich die Katze aus dem Fell leckt, dann verschluckt und daran würgt. Tom war aufgefordert worden, eine kürzere Version seiner halb fertigen Geschichte Schwarzafrikas für eine besondere Paperbackreihe vorzubereiten, die einen historischen Hintergrund für die heutige Weltpolitik bieten sollte. Er kämpfte darum, das Material aus

zwanzig Notizbüchern, bestimmt für ein Buch, das zu schreiben vielleicht drei Jahre erfordern würde, in zwei Monaten auf zweihundertfünfzig Seiten zusammenzufassen. Er hatte überhaupt keine Zeit auszugehen, und so gingen Jessie und Morgan in Morgans Ferien zusammen ins Kino und ins Theater. Morgan war nicht scharf auf ein Symphoniekonzert, aber Len Mafolo nahm ihn zu den Veranstaltungen einer ernsthaften Jazzband mit, über die er nachher dauernd reden wollte: Begeisterung war etwas, das bei Morgan außer Sicht reifte; was sie hervorgerufen hatte, versank, anscheinend ohne großen Eindruck gemacht zu haben, dann stieg es mit beträchtlicher Intensität an die Oberfläche. Ohne Tom machte sich Jessie eigentlich nichts aus Parties, und für Parties der Art, wie sie ihre Freunde gaben, war Morgan zu jung; sie wurde zu mehreren eingeladen, ließ sich aber nur einmal überreden, hinzugehen.

Es war eine der üblichen Parties, und nachdem sie erst einmal da war und mit einem Glas voll warmem Gin von Zimmer zu Zimmer wanderte in einem Haus, das aussah, als würde ein Umzug bevorstehen, fühlte sie sich wohl und amüsierte sich sogar einigermaßen. Männer, die sie außer auf Parties nie sah, kamen heran, umarmten sie und sagten wie bei einer großen und persönlichen Wiedersehensfeier: »Komm und unterhalt dich mit mir, Jessie«, oder »Komm, laß uns zusammen was trinken«, und Frauen tauschten mit ihr übertrieben freudige Begrüßungen aus: »Ach, der arme Tom! Und du Arme! Wie kommt das Buch voran?«

Jemand brachte Tonbänder mit Tanzmusik, und in einem anderen Zimmer war der kleine Simon Sofasonke ans Klavier geschubst worden. Überall wurde getanzt, weiße Mädchen in schwarzen Pullovern lehnten sich zurück, dann reckten sie sich mit vorgeschobenem Becken vor ihren entspannten, ermutigenden schwarzen Partnern, weiße Männer tanzten in sanftem Schleifschritt mit schwarzen Mädchen mit silbernen Fingernägeln und geglättetem Haar, gelackt und flach gekämmt zu einer kleinen schwarzen Kappe, die rings um das Gesicht zu zackigen Spitzen geschnitten wurde. Ab und zu kam ein schlanker junger Schwarzer mit einem mürrischen, trunkenen Gesicht herein und stellte das Tonbandgerät ab. »Wer das Zeug will, kann's mir sagen.«

Jessie kannte alle da, und diejenigen, die sie tatsächlich nicht dem Namen nach kannte, waren nur neue Gesichter in einem vertrauten Kontext: ein bebrillter weißer Linker aus Rhodesien, ein farbiger Journalist aus Kapstadt, eine Vermehrung der üblichen Studentinnen von der Universität, eine Änderung im Aufgebot schwarzer Junggesellen (von denen einige nur Junggesellen waren, weil sie ihre Frauen nie mitbrachten), das die weiblichen Gäste immer an Zahl übertraf. Eine weiße Frau, die gerade wegen Aufwiegelung angeklagt worden war und sich gegen Kaution auf freiem Fuß befand, war wie für einen diplomatischen Empfang angezogen mit einem mitternachtsblauen Samtmantel und antiken goldenen Ohrringen. Jemand sagte: »Wie sie das alles genießt!« Ein weißer Mann, der seit Jahren wegen politischer Betätigung mehrmals im Gefängnis gesessen hatte und mit einer der afrikanischen Gruppen zusammenarbeitete, griff einen schwarzen Führer aus derselben Gruppe an, der nicht seiner Meinung war. Der schwarze Mann sagte: »Wer immer Sijake überredet hat, diese Erklärung abzugeben, war schlecht beraten!«

»Schlecht beraten? Soll ich dir sagen, warum du das glaubst, Mapire? Soll ich dir sagen, warum? Weil du ein Rassist bist, darum ...«

Das entfernte Wimmern eines Babys – eines Kindes des Hauses – schien wie ein Geräusch im Kopf zwischen der Musik, den Gesprächen und dem Hin und Her, legte sich aber immer, ehe es Aufmerksamkeit erregte; es war in dem Tumult von Politik, Alkohol und Sex so unerheblich wie der Ruf eines Vogels in einer dröhnenden Maschinenhalle.

Etwa um halb elf trat ein neuer Strom von Gästen ein, hauptsächlich Schwarze, und ein weißes Paar, die zuerst woanders gewesen waren. Jessie ging von dem Zimmer mit dem Tonbandgerät in dasjenige, wo Simon Klavier spielte, und dort, zusammengesackt auf dem Sofa, den Kopf an die Schulter einer Frau gelehnt wie an einen Türpfosten, saß Gideon. Er war betrunken; er mußte schon sehr betrunken hergekommen sein. Sie hatten ihn dahin abgeschoben, ins Abseits, aber anscheinend wollte er hin und wieder aufstehen und anderen auf den Wecker fallen, denn die Frau sah so aus, als säße sie aus Freundlichkeit da, um ihn zurückzuhalten. Sie war ein großes, schwarzes Mädchen mit einem hübschen Gesicht und den stämmigen Beinen und kräftigen Armen einer Krankenschwester. Jessie war in dieses Zimmer gekommen, um dem Lärm zu entgehen, und obwohl es in diesem Zimmer nicht wesentlich weniger laut war als in dem anderen, kam es ihr vor, als sei der Krach sofort verdrängt durch eine tiefe, unkomplizierte Zuneigung zu diesem Mann. Sie überkam sie ganz friedlich, eines der einfachsten Gefühle, die sie in ihrem ganzen Leben je empfunden hatte. Das Erlebnis der katastrophalen Liebesaffäre, der sie so nahe gewesen war, lag wie die Erinnerung an ein Schlachtfeld zwischen ihr und diesem geschlagenen Mann – einer der Gierigen wie sie selbst: sie wußte, was er sah, wenn er wie jetzt durch Wände zu starren schien. Sein Gesicht war grau und das Dunkle seiner Lippen rot aufgerissen, übersät mit Flecken in blutiger Farbe, Scharlach und Purpur, wie eine seltsam gestreifte Tulpe. Sie setzte sich über ihr altes, oberflächliches Gefühl hinweg, daß er wohl mit dem Stilwell-Haushalt nichts mehr zu tun haben wollte, und ging zu ihm hinüber. Aber er war betrunken und antwortete ihr nicht. Sie sprach ihn noch einmal an, und sein Blick erkannte etwas, doch vielleicht nicht sie. Er murmelte: »Weiße Nutte, hau ab.« Jemand sagte: »Bringt ihn um Gottes willen raus, ehe er alles vollkotzt.«

»Selbst das Pigment in seinen Lippen hat sich verändert – vom Trinken, du weißt ja, wie entsetzlich sich das auswirkt. Was wird aus ihm werden?«
Jessie stand aufgerichtet vor Tom wie vor einem Tribunal. Tom wandte sich ab. »Er wird drüber wegkommen. Er wird zurückgehen und kämpfen; was anderes gibt es nicht.«
Als Jessie Gideon wiedersah, erinnerte er sich offensichtlich nicht an das, was er zu ihr gesagt hatte. Auch später begrüßten sie sich freundlich, wenn sie sich trafen, manchmal im Lucky Star, gelegentlich bei Freunden, aber das Gefühl, er habe ebenso einen Platz im Leben der Stilwells wie sie in dem seinen, das sie an jenem Abend gehabt hatte, stellte sich nie wieder ein. Solange Gideon sich nicht erinnerte, konnte Jessie nicht vergessen.

Glossar

Boerewors – Hausgemachte Landwurst, eine Mischung aus Rind- und Schweinefleisch mit Kräutern und Gewürzen.

Kongreß – Afrikanischer Nationalkongreß (ANC), von der Apartheid-Regierung verbotene Nationalbewegung der Schwarzen.

Kwatha – Blasinstrument

Lucky Beans – Scharlachroter Samen des Kaffernkorns mit schwarzen Augen, wird zu Halsketten und Anhängern oder als Ornament in Matten verarbeitet.

Mbira – dem Xylophon verwandtes Instrument, das mit dem Daumen gespielt wird, manchmal über einer wassergefüllten Kalabasse. Verschiedene Arten dieses Instruments werden in ganz Afrika benutzt.

Nkosikaz' – Von »inkosikazi«, Madame, gnädige Frau. Anrede für eine Schwarze. Bei schwarzen Stammesangehörigen gebräuchliche Anrede für jede weiße Frau.

Nyama – Fleisch

P.A.C. – Pan Africanist Congress. Seit 1959 Splittergruppe des ANC, von der Apartheid-Regierung verboten.

Penny-Atcha – Eine stark gewürzte Mischung aus Früchten und Gemüse, die als Beilage zu indischen Currygerichten gegessen wird.

Phuthu – Traditionelle Zubereitung des Maismehls, das zu trockenen Bröseln verkocht wird. Ist zu einer beliebten Frühstücksspeise der Weißen geworden.

Sakabula Bird – Von dem Zulu »i-sakabula«, der Witwenvogel.

Shebeen – Anglo-irisch für jedes Haus oder Geschäft, in dem Alkohol ohne Erlaubnis verkauft wird. Man vermutet, daß die Bezeichnung von englischen Bergleuten in Südafrika eingeführt wurde. Seither ist sie in alle Sprachen der schwarzen wie weißen Bevölkerung Südafrikas eingegangen.

Shipalapala – Blasinstrument

Timbile – Dem Xylophon ähnliches Instrument, das beim Stamm der Chopi gebräuchlich ist.

Tsotsi – Auffällig gekleideter Straßenrowdy, Mitglied einer mit Messern und anderen Waffen ausgerüsteten Bande (abgeleitet von »ukutsotsa« – auf übertriebene Art gekleidet).

Veld – Typische südafrikanische Landschaft, flach oder hügelig, Anbau- oder Weideland.

Veldschoen – Ehemals ein von Hand genähter grober Schuh aus ungegerbtem Leder, wie ihn die Hottentotten schon trugen, bevor die Weißen ins Land kamen. Heute jede Art von kurzem Stiefel aus grobem Wildleder, meist mit einer dünnen Gummisohle.

Witwatersrand – Bedeutet in Afrikaans soviel wie »Scheide der weißen Wasser«. Das größte Goldgewinnungsgebiet der Erde, westlich und östlich von Johannesburg.

Nadine Gordimer

Anlaß zu lieben
Roman
456 Seiten. Leinen und Fischer Taschenbuch Band 5948

Der Besitzer
Roman. 335 Seiten Leinen und als Fischer Taschenbuch Band 10708

Burgers Tochter
Roman
446 Seiten. Geb. und Fischer Taschenbuch Band 5721

Clowns im Glück
Erzählungen
Fischer Taschenbuch Band 5722

Der Ehrengast
Roman. 869 Seiten Leinen und als Fischer Taschenbuch Band 9558

Ein Spiel der Natur
Roman
535 Seiten. Leinen

Eine Stadt der Toten, eine Stadt der Lebenden
Eine Novelle und zehn Erzählungen
315 Seiten. Leinen und Fischer Taschenbuch Band 5083

Etwas da draußen
Erzählung
Fischer Bibliothek
143 Seiten. Geb.

Fremdling unter Fremden
Roman
Fischer Taschenbuch Band 5723

Gutes Klima, nette Nachbarn
Sieben Erzählungen
Fischer Bibliothek
144 Seiten. Geb.

July's Leute
Roman
207 Seiten. Geb. und Fischer Taschenbuch Band 5902

Die Geschichte meines Sohnes
Roman
320 Seiten. Leinen
S. Fischer

Leben im Interregnum
Essays zu Politik und Literatur
288 Seiten. Leinen
S. Fischer

Fischer Taschenbuch Verlag

Marguerite Yourcenar

Eine Familiengeschichte

Gedenkbilder
Band 5472

»Gedenkbilder« ist der erste Band eines dreiteiligen Erinnerungswerks zur eigenen Familiengeschichte, das Marguerite Yourcenar, die große alte Dame der französischen Literatur, unter dem Titel »Das Labyrinth der Welt« veröffentlicht hat: ihre Spurensuche gilt in diesem ersten Band der Familie mütterlicherseits. Dieses Erinnerungswerk, dem die Kritik schon bald den Rang eines Klassikers der Autobiographie bescheinigte, verdankt sich der Essayistin, Dichterin und Historikerin Yourcenar gleichermaßen.

Lebensquellen
Band 5473

In diesem Band ihres großen Erinnerungswerks verfolgt Marguerite Yourcenar die Herkunft ihrer väterlichen Vorfahren. Ihre Darstellung gipfelt in dem Portrait ihres Vaters Michel de Crayencourt, diesem liebenswerten Aristokratensohn und Weltmann des fin de siècle, der das Spiel, das Geld und die Frauen liebt, allen Konventionen feindlich ist und leichtherzig ein Vermögen durchbringt. Halb Dandy, halb Abenteurer, ist er eine Gestalt, die einem Roman von Proust zu entstammen scheint.

Liebesläufe
Band 10499

»Liebesläufe«, der dritte Band zur eigenen Familiengeschichte liest sich wie ein großer Liebesroman. Er widmet sich vor allem jenen beiden Menschen und ihrem komplizierten Liebesverhältnis, die für die Kindheit der kleinen Marguerite am wichtigsten waren: das sind der vielbewunderte Vater Michel und die faszinierend unkonventionelle Jeanne, eine Jugendfreundin von Marguerites früh verstorbener Mutter.

Fischer Taschenbuch Verlag

fi 988 / 2

»Mit ihrem Roman ›Unter dem Tagmond‹ hat die inzwischen 40jährige Keri Hulme Neuseeland innerhalb kürzester Zeit endgültig und unwiderruflich auf der literarischen Weltkarte etabliert.«

Frankfurter Allgemeine Zeitung

Keri Hulme
Unter dem Tagmond

Roman

›Unter dem Tagmond‹ gehört zu den wenigen Werken der neuseeländischen Literatur, die sogleich weltweite Geltung erlangten: 1985 wurde es mit dem Booker-Preis, Englands renommiertestem Romanpreis, ausgezeichnet.
Vor dem Hintergrund der urwüchsigen Küstenlandschaft Neuseelands spielt sich zwischen drei Menschen, die auf schicksalhafte und schmerzliche Weise zusammenfinden, ein verzweiflungsvolles Drama widerstreitender Gefühle ab.
Keri Hulme hat ein ungewöhnliches, äußerst eindrucksvolles und aufrührendes Buch geschrieben über die Verlorenheit des einzelnen, der aus seinen traditionellen Bindungen herausgefallen ist.

Band 10173

Fischer Taschenbuch Verlag

fi 1106 / 3